Cœur noir

Du même auteur,
chez le même éditeur

D'acier, 2011
(et « Piccolo » n° 88)

Le Lynx, 2012
(Piccolo inédit n° 90)

Marina Bellezza, 2014
(et « Piccolo » n° 123)

La Vie parfaite, 2018
(et « Piccolo » n° 148)

Une amitié, 2022
(et « Piccolo » n° 180)

Silvia Avallone

Cœur noir

Traduit de l'italien
par Lise Chapuis

Liana Levi

Ce livre a été traduit grâce à une aide du ministère italien des Affaires étrangères et de la Coopération internationale /
Questo libro è stato tradotto grazie a un contributo del Ministero degli Affari Esteri e della Cooperazione Internazionale italiano.

Titre original: *Cuore nero*

ISBN : 979-10-349-1035-9

www.lianalevi.fr

À Gio, mon mari.

Du silence, partout. Dans les bourrasques
Rien que le bruit léger des feuilles qui tombent
Là-bas dans les jardins et les vergers.
C'est l'été, mais un été froid, celui des morts.

Giovanni Pascoli, *Novembre* (*Myricae*)
(*Bonnefoy traduce Pascoli,* a cura di Chiara Elefante,
Mobydick, 2012, p. 31)

La réalité exige
Qu'on en parle également
La vie suit son cours.

Wislawa Szymborska, *La réalité exige*
(Wilslawa Szymborska, *De la mort sans exagérer,*
traduit du polonais par Piotr Kaminski,
Fayard, 1996, p. 118)

PREMIÈRE PARTIE

Deux solitudes

I

Le lundi de novembre où Emilia et son père s'engagèrent sur le sentier appelé Stra'dal Forche et montèrent à travers le bois de châtaigniers qui sépare Sassaia du reste du monde, c'était le jour des morts.

Riccardo persistait à penser que ce genre d'endroit – un minuscule hameau isolé – n'était pas ce qu'il fallait pour entamer une nouvelle vie : en tout cas pas pour sa fille, pas après tout ce qu'elle avait traversé, et encore moins seule. Mais Emilia avançait d'un bon pas, résolue.

Par ailleurs le ciel était d'un bleu aveuglant, ce matin-là. L'air, parfaitement lavé par la pluie de la nuit précédente, laissait apparaître jusqu'aux détails les plus lointains, et il y avait une telle lumière posée sur les choses : on aurait dit que personne ne pouvait jamais mourir, aucune histoire prendre fin, sur cette crête intacte de terre.

En réalité, tout avait déjà pris fin depuis un bon moment. Des abris pour le bétail en ruine, une chapelle votive où restait une Vierge Noire défigurée par les intempéries : père et fille faisaient semblant de ne pas remarquer ces épaves le long du chemin. Ils transpiraient et ne se parlaient pas. Ils avaient attendu ce moment pendant tant d'années qu'ils craignaient maintenant, en prononçant un mot, de l'anéantir. Le sentier muletier était recouvert d'une épaisse couche de feuilles mouillées et leurs pas aussi étaient muets. Seuls leurs cœurs faisaient un bruit assourdissant. Tous les deux, ils les écoutaient qui cognaient, à cause de la fatigue, de l'émotion, de la peur, amplifiés par le silence tapi partout, entre les racines, entre les branches : vivant.

De temps à autre, ils posaient leurs valises pour reprendre haleine. Leurs poumons n'étaient plus habitués à la montagne : gens de la plaine, ils l'avaient fréquentée seulement durant les vacances, bien longtemps auparavant. Ils avaient des élancements dans les jambes, dans le dos, mais pour monter à Sassaia, il n'y avait pas d'autre chemin : pas un seul tronçon goudronné ou de terre battue, ou même vaguement carrossable. Il leur avait fallu laisser la voiture à Alma, dernier avant-poste de la civilisation et continuer à pied, comme dans les années cinquante. Et vu que personne, soixante ans plus tard – à de rares exceptions près –, n'aurait accepté de traverser un bois à pied pour aller acheter du lait ou un paquet de cigarettes, ils croisèrent en tout et pour tout quelques pies, un écureuil, mais d'humains, pas même l'ombre.

Ce qui occupait leur esprit, à ce moment-là, c'était la maison, l'état dans lequel ils allaient la trouver. Riccardo avait, quelques semaines plus tôt, envoyé en éclaireur un lointain parent, une personne discrète, qui avait signalé certains de ces dégâts qu'on découvre au dernier moment. Le chauffe-eau était vieux, les tuyaux aussi, et il n'était pas sûr qu'ils résisteraient aux gelées. Plusieurs volets étaient mal en point, les courants d'air risquaient de diminuer la chaleur du poêle et, pour finir, l'installation électrique avait en divers endroits été mise à mal par les souris.

Comme on pouvait s'y attendre, Emilia n'avait pas voulu repousser le déménagement. Elle avait affirmé qu'elle allait se débrouiller, elle s'en occuperait elle-même. Aldo, le parent discret, avait fait ce qu'il avait pu en vue de leur arrivée : donné un coup de propre, remplacé certains câbles, rebouché quelques fissures. Mais il avait dit clairement que le plus gros du travail devait être fait par un électricien, un bon, disposé à grimper là-haut. Alors maintenant, la perspective d'allumer des bougies dans l'obscurité totale, l'obscurité d'un village sans réverbères, les angoissait un peu tous les deux.

À mi-chemin, ils s'assirent sur de grandes pierres qui semblaient mises là exprès pour qu'on s'y repose. Le soleil de midi transperçait de lumière jusqu'aux branches les plus basses, enflammait les dernières feuilles encore accrochées et tombait droit sur les châtaignes à terre, les faisant briller comme des perles.

« Si tu te dépêches, tu pourrais en ramasser une dizaine de kilos, lui dit son père en les montrant du doigt, et tu aurais de quoi survivre pendant des semaines. » Puis il ajouta, ironique : « Tu pourrais te débrouiller, même quand, cet hiver, comme c'est probable, le sentier sera enfoui sous la neige. »

Emilia allongea le pas, tâta du bout de sa ranger une bogue trempée d'eau sans répondre à cette provocation.

« Tante Iole, poursuivit Riccardo en hochant la tête, il n'y a jamais eu moyen de la convaincre que le pain était meilleur que les châtaignes. Une vraie *valëtta.* Tu te rappelles ? »

Bien sûr qu'elle se rappelait, mais elle ne voulait pas. Le point faible d'Emilia, pour reprendre un sujet important, c'étaient les morts. Et justement, tante Iole était morte. Peu de mois après « l'événement ». « De chagrin », avait-on dit.

Elle se demanda comment elle allait pouvoir, *concrètement,* habiter une maison qui avait appartenu à une personne à laquelle elle ne voulait pas penser, au milieu de tous ses meubles, ses nappes, ses bibelots. Et parcourir deux fois par jour ce sentier muletier qui, dans ses souvenirs, était le joyeux chemin sur lequel elle gambadait enfant mais qui s'était entre-temps transformé en un raidillon à vous faire éclater les poumons. Monter et descendre, en été comme en hiver. Pour faire les courses, pour chercher du travail et, si elle en trouvait, pour le garder. Elle comprit que les désirs, quand on les réalise, on les trahit aussi.

« Tu vas t'y habituer, la rassura son père qui lisait dans ses pensées, tu vas te retrouver avec des mollets gros comme ça, dit-il en éclatant de rire. Et si au contraire tu comprends que c'est une folie, comme tout le monde te l'a répété, je reviendrai te chercher. Demain même.

– Pas besoin.

– Changer d'idée n'est pas synonyme de faiblesse.

– Ça c'est toi qui le dis, répliqua sèchement Emilia. Et puis, de toute façon, je sais purger un tuyau, passer un coup de peinture. Même en menuiserie, je me débrouillais : je pourrais me fabriquer une luge pour l'hiver. »

Elle arbora le petit sourire de défi qu'elle avait attrapé dans cet endroit où elle avait appris à raboter, à scier, à mentir dans les règles de l'art et à tracer en couleur, d'un seul coup de pinceau, le profil parfait d'un paysage.

« Sans plaisanter, poursuivit Riccardo irrité, la neige m'inquiète. Et quand tu resteras bloquée, avec ton portable qui capte une fois sur deux ? Aldo dit que ça marche, dans un seul endroit de la cuisine, mais je veux vérifier… Qu'est-ce que tu feras, s'il ne capte pas ? Tu appelleras l'hélicoptère des gardes forestiers en faisant des signaux de fumée ? »

Emilia soupira. « Papa, jusqu'à avant-hier, je vivais sans téléphone portable. »

Les châtaigniers étaient pleins de bogues que personne n'allait ramasser. Au-dessus des arbres, on voyait pointer des roches nues, des bois à perte de vue et, éparpillés là au milieu, enveloppés d'une ombre obscure ou frappés d'une lumière froide, neuf ou dix paquets de maisons dont le plus petit était Sassaia.

Père et fille les regardèrent, sans dire un mot. Puis Riccardo se tourna vers Emilia avec une intensité qui était peut-être un espoir. Et elle retrouva sur son visage marqué par les chagrins mais encore beau, encore jeune à cinquante-neuf ans, un souvenir perdu, l'expression de confiance qu'elle lui avait vue lors de son premier jour à l'école primaire Collodi, quand il lui avait tenu la main jusqu'à la porte. Des enfants accompagnés par leur père, il n'y en avait pas d'autres, et pour elle aussi c'était une nouveauté totale, parce que papa travaillait tout le temps, voyageait même le week-end. Pourtant – elle devait le comprendre par la suite – il avait toujours été là.

Quelle que soit la chose, Emi. Quelle que soit la chose que tu aies… Tu es et seras toujours ma fille.

« Bon, conclut Riccardo en essuyant ses yeux, essayons d'arriver jusqu'à ce taudis avant qu'il fasse nuit. »

Il reprit les valises, lui laissa les sacs de provisions les plus légers et la précéda sur cette hostile Stra'dal Forche, qu'il n'avait pas été si facile de trouver.

Ils n'avaient pas mis les pieds là-haut depuis vingt ans. Quand ils étaient arrivés en bas, à Alma, la Volvo immatriculée à Ravenne avait été tout de suite remarquée. Ils n'étaient pas encore garés sur l'esplanade indiquée d'un P à l'entrée du village qu'Emilia avait, du coin de l'œil, perçu un léger remue-ménage. Certaines fenêtres s'étaient brusquement fermées, d'autres entrebâillées. Peut-être que c'était sa « paranoïa », comme le lui répétait son père. Mais quand ils étaient descendus de la voiture, une femme corpulente, le tablier noué autour de la taille, était sortie de l'épicerie pour les observer. Sans leur dire bonjour.

Ensuite, lorsqu'ils avaient demandé le chemin pour se rendre à Sassaia – le sentier n'était indiqué sur aucun panneau, aucune carte, et ils ne se rappelaient plus à quel endroit on le prenait –, les deux seuls habitants qu'ils avaient croisés les avaient dévisagés avec tant de méfiance qu'Emilia avait immédiatement commencé à regretter. Un homme les avait dépassés sans répondre, en les fixant comme s'il les reconnaissait. L'autre avait décroché trois mots, pas plus, avec des consonnes si dures, des voyelles si fermées que la seule idée clairement communiquée était celle-ci : ici, des gens d'ailleurs, on n'en voulait pas.

Je me demande à quoi ils s'attendaient : le tourisme, dans la Vallée, n'a jamais existé. Si vous arrivez là, cela signifie que vous pouvez vous prévaloir de liens de sang bien attestés, ou alors vous êtes un intrus, un fouineur, et vous n'êtes pas le bienvenu.

Leurs valises, leurs sacs de provisions remplis à ras bord indiquaient qu'ils étaient venus pour rester. Mais leur parenté avec ce territoire était estompée, tue, et il valait mieux ne pas l'exhumer ; qui sait si quelqu'un ne se mettrait pas à faire des rapprochements, à se souvenir, et donc à jaser, à médire comme le font les êtres humains chaque fois qu'ils en ont l'occasion.

Leur tenue vestimentaire ne plaidait pas en leur faveur. Emilia était accoutrée comme une adolescente – jeans déchirés, Dr. Martens violets, doudoune vert fluo –, et pourtant, adolescente, elle ne l'était plus. Son père au contraire semblait sorti d'un polar de Simenon, avec ce manteau gris élégant, son pantalon empesé, son cardigan en cachemire. Ni lui ni elle n'avait quoi que ce soit en commun avec les vieux revêches à la barbe hirsute, au feutre rabattu sur les yeux comme c'est l'usage chez nous, au patois âpre.

Emilia avait jeté un coup d'œil à la place du village, la seule, et la reconnaissait peu à peu. Elle y était venue l'été, pendant son enfance, pour accompagner sa tante qui faisait les courses, et pour certaines fêtes religieuses qu'elles avaient passées – elle s'en souvenait maintenant – dans ce restaurant-là, Les Bouleaux, dont il ne restait plus que l'enseigne. L'épicerie, en revanche, était encore en activité et vendait toujours de tout : depuis le pain jusqu'aux produits ménagers et la quincaillerie. Le bar Samouraï lui aussi avait tenu bon, il faisait bureau de tabac et maison de la presse. Un peu plus loin le bureau de poste – comme l'indiquait le panneau accroché à la porte – ouvrait le lundi, le mercredi et le vendredi de huit à douze heures. Pour refermer le cercle, il y avait l'église, la mairie et l'école.

Rien d'autre.

Putain, qu'est-ce que je fous ici ?

Confrontée à la réalité, Emilia s'était posé la question.

Elle n'avait pas besoin de Dieu, ni de retourner à l'école, et encore moins des journaux. De cigarettes, c'est tout ce dont elle avait besoin. Elle en avait tiré une du paquet qu'elle avait dans la poche et l'avait allumée. Elle avait aspiré avec force parce qu'elle commençait à avoir peur. Il y avait une règle inflexible dans sa vie : on ne revient pas sur sa parole. Sinon on est quelqu'un d'infâme. Son père ne le savait pas, il n'avait pas fréquenté les milieux dangereux. Mais elle, oui, elle l'avait appris, dans sa chair.

Pendant que Riccardo s'obstinait à poser des questions, elle s'était approchée des vitres opaques du Samouraï pour lorgner à l'intérieur. La clientèle, occupée à jouer aux cartes, semblait avoir un âge compris entre les soixante-cinq et les quatre-vingt-dix ans. Alors la voix de Marta lui était revenue :

Pense aux mecs, Emily. À tous ces mecs !
À la razzia qu'on va faire, après ! Et pas de fiancé, jamais.
On les baisera, c'est tout ! L'un après l'autre !

Il lui avait échappé un sourire : si tu les voyais, ces mecs-là, Marta.

Finalement, un berger était passé, avec un troupeau de moutons et ses deux chiens, Rivetti je crois. C'est lui qui avait indiqué à Riccardo l'escalier de pierre creusé dans la terre juste entre le bar et l'épicerie, tellement dissimulé par les ronces et les hortensias desséchés qu'il est impossible de le voir si on n'est pas au courant.

Des orties pointaient entre les marches, Emilia n'en avait jamais vu d'aussi exubérantes. Elles semblaient vouloir barrer le passage aux insensés dans son genre qui avaient cru pouvoir venir s'installer dans un endroit pareil. Un endroit qui la repoussait. Qui n'admettait personne de jeune et vivant. Où quatre-vingts pour cent des maisons étaient inhabitées, oubliées, vides. Mais c'était justement ça, la raison, non ?

Dans le dernier tronçon de la montée, Emilia s'imposa de se fier non pas à ce qu'elle avait vu à Alma ou à la fatigue que ses jambes portaient, mais à son inconscient. Lequel était ce qu'elle avait de plus désastreux. Mais Venturi avait dit quelque chose de juste : « Nos désirs, nous n'avons aucun pouvoir sur eux, nous devons seulement avoir le courage de les écouter. » Et elle, elle les avait écoutés, séance après séance, tranquillisant après tranquillisant. Elle avait maintenu sans dévier sa volonté de déménager à Sassaia même quand la psy était redevenue aussi con que d'habitude : « Une fille qui a le passé que tu as, Emilia, elle choisit une grande ville, une métropole où elle peut se fondre dans la masse. Pas un trou où on te stigmatise tout de suite.

– Personne se souvient, avait-elle répliqué, ils sont tous morts.

– Justement. Tu veux vivre avec les morts ? Parce que si c'est comme ça, c'est très significatif. » Va te faire foutre, avait-elle répondu mentalement à la psy. Elle s'était levée et était partie. Parce que c'était vraiment une question débile et, pour reprendre l'expression de Marta, Venturi était « une grande frigide qui avait un balai dans le cul ». Mais alors, pourquoi elle pensait encore à ça ?

Elle haletait, maintenant. Son père était épuisé lui aussi. Il semblait impossible que ce sentier prenne fin, qu'il y ait des maisons à l'autre bout, que quelqu'un puisse les habiter dans un siècle tel que celui-ci. Et pourtant, en plein milieu du bois, un panneau blanc apparut, sur lequel était écrit en majuscules noires

SASSAIA, COMMUNE D'ALMA

Et le nid de maisons décrépites de son rêve récurrent se matérialisa tout à coup. Des constructions en pierre aux toits d'ardoise qui tenaient encore debout en s'agrippant l'une à l'autre. Le soleil les incendiait. Il resplendissait avec tant de puissance qu'on se serait cru en juin plutôt qu'en novembre. Dans cette lumière, même les montagnes avaient l'air nouvelles. Elle-même, peut-être, pouvait devenir nouvelle. Et Venturi n'était qu'un souvenir, passé comme tout le reste.

Parce qu'ici, finalement, c'était *l'après.*

2

Sassaia, cette année-là, comptait, en tout, deux habitants.

L'un des deux, Basilio Raimondi, avait soixante-quatre ans mais en paraissait infiniment plus. Il n'avait jamais été marié ni fiancé, il avait toujours vécu là-haut, seul, devenant peu à peu un homme si avare de paroles qu'il aurait pu passer pour sourd et muet. Dans la vallée, on l'appelait « le Basilio » – les noms sont toujours précédés de l'article défini dans ces parages – et même si on le traitait avec gentillesse, tout le monde était, au fond, persuadé qu'il n'était pas normal.

L'autre habitant, pas différent du Basilio, c'est moi.

Nous ignorions tous les deux qu'une troisième personne était sur le point de s'ajouter à notre silence. Une femme, plutôt jeune encore, avec des cheveux roux et des taches de rousseur. Si nous l'avions su, je ne sais ce que nous aurions bien pu inventer pour nous défendre de cette intrusion. Rien peut-être, nous aurions juste été mieux préparés et la surprise aurait été moins traumatisante pour nous. Est-il besoin de dire que si quelqu'un décide de vivre dans un village vidé de ses habitants, c'est qu'il veut laisser derrière lui cette saison de la vie où il se passe des choses. Une saison où les événements vous bouleversent, vous déroutent, vous changent. Si nous avions été au courant de l'arrivée d'Emilia, nous n'aurions pas dormi de la nuit. Et effectivement, à partir de ce jour-là, comme cela se produit, dit-on, quand arrive un enfant, je cessai de dormir.

J'étais descendu au cimetière, ce matin-là. À sept heures pour éviter de rencontrer des gens d'Alma pendant que je passais une peau de chamois sur les photos ovales et que je remplaçais par des chrysanthèmes frais les vieilles fleurs en plastique pleines de poussière.

Ma sœur n'était pas venue. Cette année encore, elle n'avait même pas allégué une excuse boiteuse dans son sempiternel message lapidaire, et je ne m'en étais pas étonné : je ne savais même pas où elle habitait. Depuis combien de temps avait-elle cessé de venir ? De partager avec moi la charge des morts, des niches mortuaires empilées, l'échelle pour y accéder, les bougies commémoratives ? De me téléphoner ?

Se tenir à distance était devenu sa spécialité.

J'étais rentré vers huit heures et demie – je me rappelle le moindre détail de ce jour-là –, j'avais petit-déjeuné d'un œuf cru battu avec du sucre. J'aurais dû aussi prendre une douche, couper ma barbe qui m'arrivait maintenant au niveau des épaules. Mais je n'en avais pas envie : tant pis si on m'appelait « l'ours ». Les gens, de toute façon, savaient que je n'étais pas méchant.

Une fois Ofelia avait levé la main et m'avait demandé devant tous ses camarades : « Maître, vous avez quel âge ? »

La barbe, à cette occasion, m'avait servi à dissimuler un sourire. « Parce que Michele dit que vous avez trente ans et Marco dit que c'est cinquante. »

Les autres, derrière leurs bureaux, lui faisaient des signes : « Chut, tais-toi, crétine ! » J'avais répondu « J'en ai quatre-vingts », et ça m'avait bien amusé.

Comme le 2 novembre était, malgré tout, un jour férié, j'en avais profité pour transplanter les cyclamens dans des pots plus grands et pour lire jusque tard. C'est seulement dans l'après-midi que je m'étais décidé à corriger les devoirs: une rédaction intitulée «Mon meilleur ami». J'étais monté au premier étage et je m'étais assis à mon bureau où m'attendaient les copies soigneusement empilées. La première était celle de Martino Fiume, et j'avais tout de suite levé les yeux au ciel.

Il avait douze ans et redoublait le cours moyen deux. La première phrase promettait: «Mon meilleur ami est Nebbia, mon chien.» Et la suivante n'était guère mieux: «Je l'ai trouvé dans un fossé, il était petit, abandonné, et il braulait tellement il était désespéré.» J'avais poussé un soupir, sorti de son étui le crayon bleu qui servait pour les fautes graves et entouré *braulait*.

«Ce n'est pas correct, Martino», avais-je dit à haute voix. Parce que, à force de vivre seul, c'est une de ces habitudes qui rendent le silence supportable. «Je sais que le patois te suffira, dans les montagnes, mais tu dois quand même écrire et parler correctement.»

«Verbe "aboyer", avais-je écrit dans la marge, à conjuguer au présent et à l'imparfait, copier cinquante fois.» Je venais juste de lever mon crayon lorsque j'entendis deux voix qui n'étaient ni la mienne ni celle du Basilio.

Je me tournai d'un seul coup vers la fenêtre.

Une voix masculine et une féminine, en train d'échanger des plaisanteries et de rire. Les pas venaient dans ma direction, ils s'arrêtèrent juste sous ma fenêtre. Un bruit de clefs, de porte. Je sentis mon cœur, un organe pour lequel j'avais très peu de considération, se mettre à cogner dans ma poitrine aussi fort que si j'avais été pris au piège.

Des voix, à Sassaia, on n'en entendait jamais.

À l'exception de la période qui allait du début juillet au 15 août, lorsque des familles ayant hérité d'une des maisons du hameau sans parvenir à la vendre viennent y profiter de la fraîcheur, le silence était absolu. À part les perdrix, les grands-ducs, les chevreuils, les sangliers ou les cerfs, personne ne poussait jusqu'ici. Le prêtre ne venait plus, lui non plus, ni le facteur ou le cantonnier. Le courrier, on allait le chercher à la poste d'Alma, et les déchets, on se débrouillait pour en avoir le moins possible à descendre sur les épaules jusqu'en bas une fois par semaine. Il y avait bien quelqu'un qui passait, après une grosse averse, pour voir si les maisons ne s'étaient pas écroulées, mais tout seul, sans parler ni rire.

Je quittai mon bureau pour m'approcher de la fenêtre et lorgnai à travers le rideau.

Je ne vis personne. Ce qui me déçut, ou me soulagea. Je n'aurais su dire ce que je préférais. À rester planté là, tout raide, l'oreille tendue vers d'autres possibles bruits, j'imaginai quel jugement on pourrait porter sur moi de l'extérieur : un marginal, un asocial. Vulnérable sous ses vêtements pleins de taches, sa barbe hirsute et son odeur de sous-bois, au point de se sentir menacé par la seule présence de deux inconnus.

J'avais honte d'espionner de cette manière. Pourtant j'écartai le rideau et me penchai un peu au-dessus de la ruelle. Je remarquai que la porte d'entrée de la maison d'en face était grand ouverte et que deux valises étaient posées sur le seuil.

Soudain, je ne sais pourquoi, il me revint en mémoire que la rédaction « Mon meilleur ami », si je l'avais donnée à mes élèves, elle m'avait aussi été donnée par mon institutrice – elle s'appelait Irene –, quand j'étais en cours moyen un. J'avais écrit, textuellement : « Mon meilleur ami est ma sœur. Elle court plus vite que les garçons, elle grimpe sur les arbres plus vite que les écureuils. Elle a des jambes musclées, pleines de bleus, mais si elle se blesse, elle n'y fait pas attention, parce qu'elle est un roc et gagne toutes les compétitions de courage. » J'avais eu 9 sur 10. J'avais toujours 9 sur 10. À l'époque tout le monde était persuadé que j'avais un esprit brillant, un avenir extraordinaire. Un peu comme on disait du Basilio, quand il était enfant, qu'il deviendrait un grand artiste, et puis il avait fini peintre en bâtiment.

Je refoulai la rédaction et ma sœur dans les oubliettes de ma mémoire, là où elles devaient rester : au froid, dans le noir. Je m'écartai de la fenêtre et revins à mon bureau, me forçant à corriger les fautes, à faire en sorte que l'orthographe et la syntaxe triomphent de mon agitation. Mais le fait que mon cœur et mes souvenirs se rebellent contre mes propres règles était un signal clair de la tournure que les événements allaient prendre avec l'arrivée d'Emilia.

Ils ouvrirent grands les volets de la porte-fenêtre du premier étage et portèrent un matelas sur le balcon pour l'aérer.

J'ai mis les verbes au pluriel mais en réalité, c'est lui seul qui transporta le matelas, les couvertures, les oreillers pour les taper et les secouer fort, juste en face de moi. Elle resta savamment cachée à l'intérieur pendant tout le temps qu'il fit jour.

J'essayais de me concentrer sur le chien de Martino Fiume, sur son écriture digne de l'école maternelle, mais je ne cessais de lorgner, à travers le rideau, la silhouette de cet homme d'âge mûr, franchement trop bien habillé, qui battait et secouait la literie en criant d'un air contrarié quelque chose à propos des acariens qui, c'était sûr, proliféraient dans la laine.

Je me demandai ce que pouvait signifier ce matelas : quelques nuits, une semaine ? Une inspection en prévision de l'été ? Ou alors ils avaient décidé de vendre la maison de la Iole ? J'avais une certitude et une seule : personne n'allait venir à Sassaia pour s'y installer. Encore moins un citadin comme celui-là, avec sa chemise blanche et les boutons de manchette qui brillaient à ses poignets. Qui donc pouvait vivre, de nos jours, sans la TNT ?

Et ce fut justement cela, le premier obstacle : la télévision.

Car Emilia pouvait bien s'acharner, se désespérer et chambouler toutes les pièces, de télévision il n'y en avait pas et il ne pourrait jamais y en avoir. Alors je prends congé de moi-même au moment où je suis aux prises avec les rédactions de mes élèves pour passer à l'intérieur de la maison d'en face et reconstruire les événements tels que je devais les apprendre par la suite.

Emilia était sûre de se souvenir que tante Iole passait des heures devant la télé le soir. Elle était même capable de dire le titre de l'émission : *Inspecteur Derrick.*

« Tu confonds avec la tante de Ravenne… lui répondit son père.

– Partout, il y a une télévision !

– Dans ce cas, partout, il y a une route goudronnée. »

Emilia se laissa tomber sur une marche de l'escalier en colimaçon, en proie à un découragement qu'elle n'avait pas prévu. L'état de la minuscule salle de bains exposée au nord, une vraie glacière, elle s'en fichait, comme elle se fichait de la chambre sans électricité. Elle était habituée à un mode de vie spartiate et ne s'en était jamais plainte. Avoir l'air de faire des chichis, c'était le pire qui pouvait vous arriver, dans certains milieux. Elle n'avait jamais fait d'histoires pour un petit confort en plus, mais la télévision n'était pas un confort : c'était le salut. La chaloupe capable de vous tenir la tête hors de l'eau quand la tension montait, les voix aussi, et puis les mains ; ou quand la dépression sévissait et vous entraînait vers le bas, sans fond.

« Ce n'est pas une tragédie. » Riccardo apparut en bas de l'escalier avec un sourire capable de dédramatiser le pire. « Ça veut dire que tu liras un peu plus ! »

Emilia plissa les lèvres d'un air dégoûté. Elle repensa à la fois où on l'avait convaincue de participer à un atelier de lecture et d'écriture : pour le bonus qu'elle en tirerait, pas plus que ça. L'enseignante était une écrivaine d'âge moyen qui avait la bouche pleine de grands mots, de bons sentiments, de perspectives radieuses ; au milieu de la deuxième séance, Emilia avait éprouvé un ennui terrible, épidermique, comme une démangeaison, au point de lever la main. Elle qui ne s'exposait jamais avait senti le besoin urgent d'interrompre ce flot de conneries : « Vous êtes en train de nous dire que les mots soigneront nos blessures ? Que lire un livre, ça peut nous racheter ? Vous croyez qu'on est idiotes ? Sortez de votre vie et passez de ce côté-ci, pour vivre la nôtre. »

Marta avait été fière d'elle. Elle avait lancé un coup de sifflet, deux doigts dans la bouche, formidable. Elles avaient presque toutes crié et applaudi. L'écrivaine s'était embrasée. Alors elle, Emilia, s'était levée – triomphante, indignée – et avait quitté le cours. Marta lui avait passé un bras autour des épaules et donné un baiser derrière l'oreille qui valait mille fois plus que le bonus.

« Pa', il faut qu'on achète une télé. Maintenant.

– Tu sais combien de temps il faut pour descendre en ville et revenir ? Et puis, commençons par trouver un électricien, il n'y a pas d'antenne.

– Mais moi je peux pas m'endormir sans la télé, c'est pas possible. »

Son père hocha la tête : « Je te l'avais dit, que c'était une folie. La psychologue te l'avait dit, l'assistante sociale aussi… Rentrons à la maison.

– Mais qu'est-ce que tu racontes, putain ? », hurla Emilia.

Le visage bouleversé, les yeux écarquillés. Sa vie était une trame fragile, tendue au-dessus d'un abîme dans lequel elle risquait à chaque instant de dégringoler. « De quelle putain de maison tu me parles, là ? »

Riccardo conserva son calme, tâchant de la calmer aussi.

« Pour quelques nuits, il ne se passera rien.

– Je reviendrai jamais, *jamais*, à Ravenne !

– Alors, trouvons un hôtel à mi-chemin et reconsidérons le projet.

– Je veux rester ici. » Emilia était au bord des larmes. « Pourquoi tu veux pas comprendre ça ? »

Riccardo la fixa d'un air sévère : « Alors montre-moi que tu es adulte, oublie *Loft Story*, *Koh-Lanta* et toutes les idioties que tu regardes. Au lieu de te plaindre pour ce qui manque – il lui tendit un vaporisateur d'eau de javel – occupe-toi des sanitaires dans la salle de bains. »

Ils se mirent tous les deux à nettoyer rageusement, sans parler, pour ne pas penser, je crois. De son côté, il vérifia qu'il y avait bien dans la cuisine un coin où on pouvait capter le réseau, et que le poêle, le cumulus et le frigo fonctionnaient. Elle abîma ses ongles vernis en violet contre les carrelages de la salle de bains, gratta à fond les traces noires sur les joints, cet Aldo devait avoir une notion très approximative de la propreté.

Après la salle de bains, elle passa dans ce qui allait devenir sa chambre: une tapisserie à fleurs tachée d'humidité, une poupée en plâtre avec des yeux de verre perplexes assise sur une chaise capitonnée, et un sombre lit de bois avec incrustations de marqueterie qui faisait penser à une pension catholique ou à un couple pratiquant solennellement la chasteté.

Je ne m'endormirai jamais ici, pensa Emilia. Elle souleva de la commode le chandelier en cuivre, les bougies et les allumettes que le parent de confiance avait mis là pour qu'elle puisse triompher de la nuit. Elle les observa longuement et se rendit compte que ça allait être un combat très dur.

Ensuite, la rejoignant, Riccardo rentra les vieux draps en chanvre, une couverture de laine qui pesait une tonne, les oreillers, le matelas; puis, ensemble, ils firent le lit et donnèrent un coup de balai sur le plancher qui grinçait: ils préféraient s'accrocher aux choses concrètes plutôt que de se disputer à nouveau. Le jardin à l'arrière de la maison devenu une vraie jungle, le grenier réduit en une unique toile d'araignée, ils s'en occuperaient plus tard. Pour le moment, ils tâchaient de profiter de l'air parfumé de châtaigniers, tiède et faussement printanier, qui entrait par toutes les fenêtres en même temps que mon regard.

Le soleil commençait à se cacher derrière le Monte Cresto lorsqu'ils cessèrent de s'activer. « On mange un sandwich et je m'en vais », lui dit son père.

Rien qu'à entendre « je m'en vais », Emilia sentit le sol se dérober sous ses pieds. Elle le suivit à contrecœur en bas de l'escalier, dans cette cuisine étroite du rez-de-chaussée qui, comme toutes les cuisines de Sassaia, était sombre et humide, et ressemblait plutôt à une taverne.

Elle aida son père à couper le pain, à détacher les tranches de jambon du papier de la charcuterie, se mordant les lèvres pour s'empêcher de lui dire : « Reste. » Ils s'assirent avec les sandwichs sur le canapé, celui-là même sur lequel tante Iole avait passé des heures, des jours, des années, sans jamais regarder la télévision : était-ce possible ? Dans le rectangle de lumière qui provenait de la fenêtre, ils s'écoutèrent mâcher, déglutir, à nouveau incapables de se parler.

Peut-être, pensa-t-elle, revivait-il lui aussi « le traumatisme de la séparation ». Une des expressions préférées de la psy, et très certainement aussi de l'écrivaine. Allez savoir pourquoi toutes ces femmes qui menaient une carrière, réussissaient et faisaient les bons choix, avaient toujours une définition pour chaque problème. Emilia aurait voulu retourner à l'atelier d'écriture pour lever la main : « Madame *lire-nous-guérit*, écoutez bien ces cinq mots : le trauma de la séparation. Vous allez m'expliquer ce qu'ils veulent dire, putain ? Pour de vrai, *concrètement* ? » Chaque fois qu'elle les entendait prononcer, ces mots lui semblaient frigides, inutiles. Alors qu'elle était là, elle, et qu'elle était mal. Et le mal est chaud. Il vous brûle à la racine, il vous anéantit.

Ils mangèrent les sandwichs à moitié seulement, ils n'avaient pas faim. Ils burent deux verres d'eau glacée. Son père s'efforça de plaisanter : « La première bonne raison de vivre à Sassaia. » Il contempla son verre. « Je vais même tenter de nous faire un café avec cette eau, voyons ce que ça va donner. »

Il était bien normal qu'une fille de son âge s'en aille vivre seule, encore plus dans un lieu et une maison qu'elle avait choisis elle-même, s'entêtant jusqu'à l'épuisement dans sa décision. Mais la vérité était celle-ci : de normal, dans leur histoire, il n'y avait franchement rien.

« Cette cafetière, elle n'a pas dû servir depuis quinze ans. »

Voilà, c'était justement ces quinze années, le problème. Ou plus exactement : quatorze ans, quatre mois et neuf jours.

Ils attendirent que le café ait monté dans la petite cafetière, ils y mirent deux bonnes cuillerées de sucre, mais il demeura parfaitement imbuvable. Son père lava les deux tasses dans l'évier, jeta un coup d'œil autour de lui pour trouver un ultime torchon à ranger.

Puis, avec un sourire triste, il capitula.

« Bon, alors j'y vais, répéta-t-il. Quatre cents kilomètres, ça fait beaucoup. Si je trouve de la circulation, je risque de ne pas arriver à temps pour ce dîner dont je t'ai parlé.

– T'as pas à te justifier. »

Ils étaient habitués à ne pas vivre ensemble, mais maintenant ce n'était pas parce qu'ils y étaient obligés : ils l'avaient choisi. Emilia sentait une angoisse nouvelle monter sous son sternum. Une sensation semblable à une petite mort qui contenait aussi – et c'était là la nouveauté – un frisson d'adrénaline.

Riccardo reprit son portefeuille, sa montre et les clefs de la Volvo qu'il avait laissés sur le buffet. « Écoute-moi, lui recommanda-t-il, ne perds pas de temps, bouge-toi : commence tout de suite, dès demain, à porter ton CV en ville. Et utilise au mieux ces deux barres de signal sur ton téléphone, appelle-moi, quel que soit le problème. Ne fais pas la fière, ne te bute pas. Il suffit de quatre heures, et je suis là.

– Je vais me débrouiller», répliqua Emilia. Debout à côté de la table, une main appuyée dessus, parce que ses jambes tremblaient.

«Je sais. C'est juste que je ne veux pas qu'il t'arrive quelque chose.»

Emilia plissa le front. Un instant auparavant elle était sur le point de s'effondrer, et tout d'un coup elle éclata de rire: «Pap', t'es sérieux? Qu'est-ce que tu veux qu'il m'arrive *ici*? Qu'est-ce que tu veux qu'il m'arrive *de plus*?»

C'était déjà arrivé: *tout*.

Riccardo ne rit pas, il écarta les bras. Elle s'y laissa tomber. Ils s'étreignirent, fermant les yeux, respirant profondément. Puis son père, la bouche pleine de larmes, lui dit: «Emilia, on s'en est sortis.»

Ils s'écartèrent l'un de l'autre. Il enfila son manteau, se retourna et referma la porte sans lui dire au revoir, parce qu'il n'y avait pas d'au revoir possible. Et quand il fut parti, une torche à la main, alors que le ciel avait déjà bruni, quand le bruit de ses pas sur les cailloux de Sassaia disparut, englouti par le bois, Emilia se retrouva sous le cône de lumière électrique du lustre, dans la vieille cuisine de tante Iole. Seule.

Elle fixa soudain la porte.

Le verrou, la serrure.

Elle pouvait l'ouvrir et sortir quand elle voulait. À n'importe quel moment, à n'importe quelle heure du jour et de la nuit. Sans demander la permission. Sans devoir la mériter. Elle pouvait simplement se lever, et sortir.

Cette pensée la glaçait.

La brûlait.

Provoquait en elle une excitation sourde qui courait le long de son dos.

Elle s'approcha sur la pointe des pieds, telle une voleuse qui épie à travers un judas. Son cœur battait la chamade, comme après un orgasme.

Elle posa les doigts sur la poignée, fit le geste de l'abaisser.

Pas encore, se dit-elle.

Elle monta à l'étage en courant, pieds nus comme une gamine. Elle planta les bougies dans le chandelier en cuivre et les alluma toutes. Elle ouvrit la valise, en sortit le petit lecteur de CD stéréo qui était un des objets les plus chers au monde pour elle. Elle l'emporta dans la salle de bains où l'électricité fonctionnait, le brancha. Elle sentit le courant couler dans son corps.

Aucune nouvelle vie n'était possible, et elle le savait : le futur s'était terminé il y avait bien longtemps. Pourtant, ce CD-là était son préféré.

Elle appuya sur Play, monta le volume au maximum. Elle revint dans la chambre et se mit à danser. En remuant les hanches, les cheveux dénoués, elle passa du Glassex sur le miroir de la commode et les vitres de la porte-fenêtre. Pour la première fois dans l'histoire de Sassaia, une musique de boîte de nuit se répandait à travers les ruelles désertes, les maisons inhabitées, effrayant les animaux, faisant soudain lever la tête du Basilio et la mienne, moi qui n'avais cessé toute la journée d'épier et de tendre l'oreille.

Je la voyais enfin.

C'était un spectacle émouvant, à me fendre le cœur.

Une fille.

Qui dansait.

À la lumière des bougies.

Avec un spray de lave-vitres à la main.

Dans la maison d'en face.

Perdue, avec moi, au milieu des montagnes.

3

« Tu vas pas le croire : j'arrive pas à sortir ! »

« Ça me l'a fait à moi aussi le premier jour, t'inquiète. J'ai regardé la porte genre dix heures d'affilée, après quoi j'ai couru dehors à une heure du mat', je suis entrée dans le premier pub que j'ai vu et j'ai dragué un mec de vingt ans ! »

« Ici y a pas de pub, rien que des pierres… »

Emilia tendait tout son corps vers les presque trois barres de signal de son téléphone alors qu'elle était en train d'échanger des messages avec Marta, debout, compulsivement, comme les enfants quand ils sont captivés par un nouveau jouet.

« J'ai peur qu'il m'arrive quelque chose comme l'autre fois, piazza San Francesco, tu te rappelles ? J'étais presque tombée dans les pommes. »

« Oui, t'étais dans les pommes, et moi, j'avais déjà trouvé l'herbe. »

Emilia éclata de rire : « Première permission, premier joint ! Ah, je voudrais être toi, putain. »

« Tous les soirs quand je rentre, crevée, et que je me roule un joint, j'y repense et je prends mon pied. Tu es toi, Emi. Tu es magique, Emi. »

« Qu'est-ce que tu fais ? »

Avant même d'avoir fini de lire ce qu'écrivait Marta, Emilia relançait une phrase. Elle n'arrivait pas à réfréner ses doigts. Elle n'arrivait toujours pas à croire qu'elle pouvait envoyer des messages l'un derrière l'autre sans que le crédit soit déjà épuisé. Sa vie s'était arrêtée avec les SMS, et maintenant elle avait Internet dans son téléphone.

« Qu'est-ce que tu veux que je fasse ? Je suis en train d'arriver à mon travail. »

« Merde, moi, il faut que je commence à en chercher… »

« J'attends de grandes choses de ta part, sache-le. Pas que tu te trouves juste un bûcheron beau gosse. »

« Sérieux, comment je fais pour sortir ? »

« Pense juste à quand tu pouvais pas. »

Marta avait trois ans de plus qu'elle, mais elle appartenait à cette catégorie de créatures que la vie a tellement matraquées, et qui ont tellement résisté, qu'à la fin elles n'ont plus d'âge. « Quand c'est elle qui parle, silence » : les petites nouvelles étaient tout de suite prévenues. Rien à voir avec les psychologues, écrivaines et privilégiées en tout genre dont les diplômes étaient encadrés bien en évidence sur les murs de leur bureau rien que pour la frime. Marta, personne n'aurait dit qu'elle s'inscrirait à l'université et irait jusqu'au bout de ses études. Elle avait été la première dans l'histoire de cet endroit-là. C'était de la substance pure. Et même plus : un exemple.

Le jour où on était venu lui annoncer que sa mère était morte, elle était restée assise sur le bord de son lit un jour et une nuit, sans manger, sans boire, sans verser une larme, aussi imperturbable qu'un moine bouddhiste. Elle avait fixé le ciel pendant tout ce temps-là, hors de portée des paroles de qui que ce soit. Ensuite, d'un trou dans le matelas, elle avait extrait le coffre-fort secret, avait prélevé ce qu'il lui fallait, s'était fait une coupure profonde autour du nombril. Et puis, toujours avec le tee-shirt plein de sang, elle avait ouvert son livre de chimie.

« Pense juste à quand tu pouvais pas », lut encore Emilia.

« Et toi, t'y repenses jamais ? »

« Tout le temps », écrivit Marta. « Je repense à Giada, à Yasmina, à Afifa, à Myriam. »

Chacun de ces prénoms poignardait Emilia de tendresse.

« Avec Afifa et Myriam, on s'est cherchées sur Facebook et on s'écrit souvent. Giada, elle est skipper à l'île d'Elbe. Yasmina a eu un enfant. Tu devrais essayer de les joindre toi aussi, maintenant que tu peux. »

Il était neuf heures du matin. Un soleil magnifique baignait l'île de cailloux où Emilia avait abordé. Le bleu était une plaque parfaite, sans la moindre bavure de nuage. Le regarder lui faisait mal aux yeux : elle ne les avait pas fermés de toute la nuit.

Elle était restée coincée entre un matelas dur comme du ciment et une couverture tout aussi lourde, enroulée dans des draps de papier de verre qui puaient les décennies passées dans des armoires fermées. En tête à tête avec l'abîme.

Emilia ne se rappelait pas quel gouffre pouvait être l'absence de sons. Pire : l'absence de sons avec son cœur à l'intérieur.

Dans le passé dont elle provenait, la télévision parlait inlassablement jusqu'à vingt-trois heures trente, heure à laquelle commençaient les secrets, les bruits de corps, les chasses d'eau, les respirations lourdes de Marta, de Myriam, d'Afifa.

Toujours dans ce passé, il y avait eu une autre planche de salut : la lumière de la lampe qui éclairait la pièce jusqu'au retour du soleil. Même en pleine nuit, elle pouvait ouvrir les yeux et retrouver les photos des autres accrochées aux murs, ses aquarelles, les posters communs de Luke Perry et Brad Pitt torse nu, avec les jeans moulants qui laissaient voir le paquet, les silhouettes de ses compagnes de voyage qui, tout comme elle, ne dormaient pas ou se réveillaient continuellement. Elle pouvait s'accrocher à elles et se sentir en sécurité. Ici au contraire, il y avait seulement le silence et le noir, comme à l'intérieur d'une tombe.

« Je suis sans télé, Marta, cette nuit a été un enfer. »

« La nuit sera toujours un enfer pour nous, petite Emily. Prends des comprimés. Ou alors un homme qui sache baiser comme il faut. »

Emilia sourit : « Je descends au village et vois ce que je peux trouver. »

Elle attendit en vain un autre message de Marta, serra le téléphone dans ses mains comme pour en extraire de force quelques autres mots, mais ceux-ci ne vinrent pas. Elle remarqua qu'on ne voyait plus l'inscription « on line » sous le nom et la photo osée de Marta : assise dans un bar élégant, un cocktail à la main, un sourire aux lèvres, en minijupe. Qui aurait pu imaginer, douze ou treize ans plus tôt, que Marta se transformerait en cette belle femme normale ?

Emilia comprit que son amie, la seule avec laquelle elle avait décidé de maintenir les rapports de l'*après*, était entrée dans son laboratoire et qu'elle allait rester hors de portée pendant les prochaines sept ou huit heures.

Elle se laissa tomber sur le canapé.

Et maintenant, se demanda-t-elle.

Maintenant tu sors, bordel de merde.

« Dessine-moi un cœur. »

Un matin, de nombreuses années auparavant, dans la petite pièce qui donnait sur un platane derrière l'infirmerie, un monsieur chauve portant des lunettes rondes, une sommité disait-on, avait tendu vers elle un crayon et une feuille blanche et elle, du tac au tac, s'était mise à rire avec insolence: « Ça, non, je le fais pas. »

« Dessine-moi ton cœur », avait renchéri l'homme, sournoisement.

Emilia avait continué à résister, parce que c'était sa méthode universelle avec le monde adulte. Ensuite, au bout d'une demi-heure de silence exaspérant, elle avait empoigné le crayon rageusement, avait égratigné le blanc de traits rapides tantôt lourds, tantôt légers, tout en revoyant nettement dans sa tête le lit d'hôpital au cinquième étage, deuxième chambre à gauche, resté imprimé sur sa rétine en ce dernier jour de 1997.

Son cœur devait avoir été gangrené une fois pour toutes dans cette chambre pleine de silence, suspendue à une distance sidérale comme un corps céleste sur la ville bouillonnante des préparatifs du Nouvel An. Il devait s'être arrêté là, entre les murs peints d'un vert blafard, en même temps que la longue perf de morphine, l'odeur qui émane d'une personne quand elle se défait de l'intérieur, jaunit, pourrit et, finalement, se refroidit. En même temps que le livre qu'ils lui avaient offert quelques semaines plus tôt, posé sur la table de nuit avec le marque-pages au milieu, et qui resterait au milieu, en même temps que les lunettes à monture noire refermées à côté, le verre d'eau, la barrette en écaille.

Le cœur d'Emilia s'était arrêté et puis il avait recommencé à battre, mais seulement en apparence, comme pour duper les autres. En réalité il était devenu bleu et violet, comme ses cernes et ses hématomes.

Une autre chose encore qui s'était arrêtée, c'étaient les rêves. À partir de ce jour-là, Emilia avait complètement cessé de rêver, aussi bien pendant le sommeil qu'à l'état de veille ; ce qui, pour une petite fille de treize ans, peut-être, est le pire qui puisse lui arriver. Des nuits noires. Des jours noirs, creux comme un tronc mort. Le temps qui devient vide, rythmé par les sédatifs, les antidépresseurs. Jusqu'au moment où, de but en blanc, sans aucun signe avant-coureur et sans aucune raison, deux décennies plus tard, elle avait recommencé.

Un unique rêve : récurrent, sur un seul thème, rempli de sérénité et de lumière, de plantes grimpantes et de petits volets grands ouverts, de rigoles d'eau, de châtaigniers, d'étoiles clignotant dans la mélasse épaisse de sa vie.

Mais ce que je voulais écrire maintenant, c'est que lors de cette séance avec la sommité médicale, au cours des rencontres destinées à établir son profil psychiatrique, Emilia avait rendu au professeur la forme exacte de l'organe comme on le voit dans les manuels d'anatomie, avec les ventricules droit et gauche, avec les artères qui pompent et le tissu musculaire qui se contracte, et au centre un grand trou, noirci au crayon avec une telle force que le papier en avait été déchiré.

Le professeur avait soulevé ses lunettes en hochant la tête d'un air approbateur : « Personne ne t'a encore dit que tu dessines vraiment bien ? »

Emilia enfila sa doudoune, ses rangers et se présenta à la porte.

Elle attendit.

Elle écouta une elle-même qui riait comme une bossue, et une autre qui était sur le point de se pisser dessus. Elle tourna la clef : clic. Seulement un clic, ténu et gracieux comme un gazouillis. Elle caressa la poignée en se mordant la lèvre inférieure jusqu'à la blesser. Puis elle prit une grande inspiration, abaissa soudain la poignée. Elle ouvrit grand la porte, et boum !

Le monde.

Là, à portée de main, tout entier.

Emilia dit : « Putain. »

Elle franchit le seuil. Elle se sentit baignée par la lumière et l'air qui frétillait sur ses épaules. Fit un pas, puis un autre, et un autre. Elle se mit à courir au milieu de la trentaine de maisons inhabitées de Sassaia comme une grande gamine, une malheureuse, sur les cailloux incrustés de mousse, au milieu des ruelles désertes, laissant derrière elle la porte ouverte, de toute façon personne ne pouvait rien lui voler, la rappeler à l'ordre, la réprimander ou lui coller une punition. Il y avait du vent. Il y avait des milliers de châtaigniers tout autour qui étalaient leurs feuilles sèches sur le point de se détacher. Un clocher pointait, solitaire. Les montagnes dévoraient le ciel. Elle allait pleurer tant ses poumons, ses yeux, lui semblaient prêts à éclater quand deux phrases retentirent dans sa tête :

Tu dois te pardonner d'être vivante, Emilia.
Non, il n'y a plus rien que je puisse faire pour le mériter.

Elle retrouva son calme. En trois minutes de course, elle avait déjà fait la moitié du tour du village. Elle reconnut le lavoir de son rêve, celui où tante Iole passait le samedi après-midi à savonner et rincer le linge en bavardant avec ses amies dans un dialecte aussi inaccessible qu'un buisson de ronces.

Il n'y avait plus aucune femme penchée, en train de frotter, ou assise sur les bancs. Il n'y avait plus, là autour, d'enfants en train de jouer à cache-cache ou au chat et à la souris. Pourtant le silence n'était pas vide. Au contraire, il grouillait : d'appels d'oiseaux, de lézards dans les buissons, d'une pie au loin, même.

Emilia s'en revint en marchant lentement. Elle repassa devant sa porte et la ferma. Elle remarqua que la maison d'en face avait de beaux cyclamens blancs et rose fuchsia sur le bord des fenêtres, que celles-ci étaient grand ouvertes avec des rideaux impeccables devant les vitres, et se dit qu'elle avait une centenaire comme voisine. Elle se promit de remettre au plus tard le moment des présentations. Elle ne dirait pas son nom de famille ou, si elle était obligée d'en donner un, ce serait un faux. Non non… Aucune parenté avec Iole Innocenti.

Elle avança encore, pour finir le tour complet, et se retrouva sur la place de l'église. Même si « place » est un bien grand mot : « cour » conviendrait mieux, en fait. La porte de l'église était barrée par une croix de planches, le clocher sans cloches et sans horloge. Emilia observait le moindre détail avec soin et s'étonnait de tout reconnaître aussi bien. Une petite fontaine, du lierre qui grimpait sur une façade : c'était comme si les étés de son enfance n'étaient jamais passés. Comme si l'*avant*, dans cet endroit-là, était resté indemne.

Elle avança encore, longea le pré du Basilio et vit les oies et les poules. Encore une fois, elle chassa de son esprit le désagrément d'un autre habitant qu'il faudrait rencontrer, avec lequel il faudrait se justifier : « Salut, je m'appelle Emilia… » Elle pensa aux mensonges possibles : « Je suis ici pour une recherche, une thèse de doctorat sur le dépeuplement… Je ne vous dérangerai pas. Pas d'enfants, pas de drogue, je vous le garantis ! » En même temps, elle se rendit compte que dans un endroit comme ça, à des années-lumière de tout contrôle, elle aurait pu mettre sur pied une serre entière de marijuana. Les connaissances pour l'écouler ne lui manquaient pas : peut-être était-ce l'occasion de prendre contact avec Afifa sur ce Facebook dont tout le monde parlait.

Sassaia, en tout cas, était tellement recroquevillé sur lui-même qu'elle s'y sentait en sécurité comme dans une poche amniotique. Les ruelles avaient la largeur de passages, les maisons étaient enlacées les unes aux autres par des voûtes de pierre semblables à des bras. Mais une fois arrivée au bout du village, là où commence le sentier qui mène à Piaro, elle déboucha à l'improviste sur un belvédère.

Une terrasse naturelle, grand ouverte sur la vallée. Qui saisit Emilia et l'exposa tout d'un coup à la vastitude des montagnes, de l'automne, de tout ce ciel illimité au-dessus de sa tête. Et elle sentit que la tête lui tournait, elle se perçut comme un minuscule déchet perdu dans un espace sans fin. Le souffle lui manqua, la terre sous ses pieds aussi. Tellement fort qu'elle perdit connaissance.

Je rentrais de l'école. Le mardi, comme c'était moi qui avais les deux premières heures de cours, je disais au revoir aux treize élèves de l'unique classe de l'école primaire au moment de la récréation, je les laissais s'ébattre dans la cour avec Patrizia, ma collègue, et je remontais à travers bois. D'habitude, si je ne m'arrêtais pas pour ramasser des châtaignes ou des champignons, à onze heures j'étais à la maison. Je fus tenté ce matin-là, mais ne m'arrêtai pas. Je voulais passer chez le Basilio pour lui acheter des œufs. Voilà juste pourquoi je pris le raccourci par le belvédère et la trouvai devant moi.

Je ne la reconnus pas. Elle était tellement sans défense, recroquevillée sur elle-même, qu'on ne pouvait deviner ni son sexe ni son âge. On aurait dit un sac de chiffons abandonné.

Je restai à distance et m'entendis crier : « Hé ! Ça va ? »

Elle bougea, écarquilla les yeux et se remit péniblement debout. Son visage était tout défait, avec des mèches de cheveux trempés de sueur collées sur le front. Elle tapota de coups secs ses cuisses et ses fesses pour détacher la terre collée à son jean. Il devait faire plus de vingt degrés à l'endroit où nous nous trouvions, en plein soleil, et elle, elle portait une doudoune vert phosphorescent. Moi j'étais en manches de chemise. J'admets avoir pensé qu'il s'agissait d'une malade qui s'était enfuie de la maison de repos récemment ouverte dans le village après Alma.

Ensuite, elle leva la tête et m'aperçut.

Elle en resta sidérée, comme un chevreuil, la nuit, face aux phares d'une voiture.

Moi aussi, je vis nettement son visage. Alors, malgré moi, je fis le rapprochement : la silhouette sinueuse du premier soir, ondoyante, douloureusement séduisante dans la faible lumière de la fenêtre d'en face, c'était cette fille ébouriffée, sauvage et, en toute sincérité, moins belle que je ne l'avais imaginée.

Ce n'est pas que j'avais des intentions. Me tenir à distance de certaines questions était une règle inflexible que je m'étais donnée. Je m'étais juste abandonné à quelques divagations pour m'endormir plus doucement.

Sauf que maintenant il n'y avait plus de rideaux. Ni vitres, ni fenêtres pour nous séparer. Je ne pus m'empêcher de me demander si je ne sentais pas trop le sous-bois, si elle s'en rendait compte. J'éprouvai un malaise douloureux. Et elle de même, car elle s'enfuit.

Elle me tourna le dos et se mit à courir. Comme mon Martino Fiume quand il avait fait quelque bêtise, comme tous les élèves au son de la cloche. Comme si elle avait vu un monstre.

Je restai figé je ne sais combien de temps, sans bouger, déçu. D'elle, et de moi. Pourquoi est-ce que j'évitais certaines situations ? Pour ne pas être obligé de me sentir mal compris. Un couillon. Un à qui, au lycée, on pronostiquait une carrière dans quelque prestigieuse université européenne, qui, pourtant, vivait encore là où il était né. Et qui était le seul à y être revenu.

Qu'est-ce qu'elle était venue faire à Sassaia, cette femme ? J'eus envie qu'elle s'en aille, qu'elle plie bagage sur-le-champ. Je sentis en moi de la colère. Tellement de colère que j'en oubliai les œufs et le Basilio. Arrivé à la maison, je claquai bien fort la porte.

Et juste après, cependant, je mis ma tête et ma barbe sous le jet brûlant de la douche. Je me savonnai avec l'éponge sur tout le corps, minutieusement. Malgré tout, j'étais vivant.

4

Trois jours après notre première rencontre, si on peut l'appeler ainsi, la cuisine de la Iole stagnait dans un silence froid, figé. L'air était déjà vicié par la cigarette et la solitude. Vautrée sur le divan, après avoir déjeuné de chips et Coca-Cola, Emilia téléphona à son père et l'agressa avant même qu'il ait répondu : « Il devait pas venir ce matin avec un électricien, ce putain d'Aldo ?

– Bonjour Emilia, comment ça va ? Moi ça va, merci. Si tu veux tout savoir, ce n'est pas parce qu'il te faut quelque chose que, tac, tu l'as tout de suite. Surtout là-haut. En attendant, tu peux écouter la radio.

– Y en a pas, j'ai déjà cherché !

– Je t'ai offert un livre.

– Tu te fous de ma gueule ?

– Calme-toi.

– Non, je risque pas de me calmer ! Ça fait quatre nuits que je dors pas, comme ça, je vais devenir folle ! »

Elle faisait des caprices : un vrai luxe. Dans cet autre endroit, ça ne lui serait même pas venu à l'idée. Ni à elle ni aux autres. Si tu sentais la rage en toi ou une terrible frustration qui montait sans que tu arrives à l'étouffer, tu te tailladais les bras avec les lames cachées dans le matelas. Ou alors tu te tapais la tête contre les murs jusqu'au moment où tu sentais le sang qui coulait sur ton front.

Jusqu'au moment où arrivait quelqu'un à qui demander, en suppliant, un peu de Rivotril.

« Je te fais envoyer par mail la prescription du médecin et tu vas à la pharmacie acheter du Stilnox.

– Les gouttes et les médicaments, c'est fini, j'en prends plus. Je me le suis juré.

– Bon sang ! lui répondit Riccardo, énervé, alors je ne sais pas quoi te dire ! J'ai l'impression qu'on est revenus aux discussions de quand tu étais adolescente. »

Est-ce que je l'ai jamais été ? pensa Emilia.

« Je veux une télé, c'est pas difficile.

– Tu es descendue en ville ?

– Oui.

– Ne me mens pas. »

Depuis le moment où le bruit des pas de son père s'était atténué au fin fond de Sassaia le soir des morts, elle n'avait produit que du linge sale, un évier rempli de tasses recouvertes d'une croûte de café, des paquets de chips éventrés, des mégots partout. Vivre, elle n'avait même pas essayé. Elle en prenait acte, pendant que, de l'autre bout de la ligne, lui arrivaient, sourds comme une sentence, les bruits de la circulation de la ville où elle était née, les rythmes, scandés par les horaires, des bureaux, des usines, des écoles : le temps réglé des autres, de tous les autres. Sauf elle.

« Je te dis que j'y suis allée…

– Nos accords, ce n'était pas ça. C'était que tu te mettais en route tout de suite, sans perdre de temps. Tu ne peux pas rester là-haut à ne rien faire. »

Son père conduisait en parlant en mode « mains libres ». Emilia entendit qu'il mettait le clignotant et ralentissait. Elle se dit qu'il était tellement irrité et déçu qu'il cherchait un endroit pour se garer et pester à son aise. Pour sa part, sa capacité à le décevoir était ce qu'elle détestait le plus chez elle.

« Ne me dis pas ce que je dois faire. J'en peux plus des gens qui me donnent des ordres.

– Si tu veux qu'on te laisse libre de gérer ta vie, il faut que tu montres que tu en es capable. Que tu te trouves une occupation, que tu te rendes autonome. Tu m'avais promis que tu descendrais en ville mardi, aujourd'hui on est vendredi, et on parle encore de cette télé.

– Mais, oui, c'est ça ! brailla-t-elle, j'irai chez Manpower vendre mon cul ! »

Elle raccrocha et éteignit le téléphone.

Elle se repentit immédiatement de tout ce qu'elle avait dit et pas fait, mais se tromper, c'était sa spécialité. Elle retourna tous les coussins à la recherche de la lampe de poche et des clefs. Après cette première exploration de Sassaia, elle s'était barricadée dans la maison, rideaux fermés pour ne pas être vue des voisins et n'avoir rien à faire avec eux, en particulier avec l'homme barbu qui l'avait prise en flagrant délit.

Elle avait passé des heures au téléphone avec Marta, à échanger des messages et des émoticons. « Tu te rappelles toutes les baffes que je t'ai filées quand tu voulais pas travailler tes cours, tu vas voir, je vais débarquer là-bas pour t'en filer d'autres », l'avait menacée son amie. Et puis les quelques minutes au téléphone avec son père, à lui mentir royalement. C'était tout. Parce qu'il n'y avait pas d'autres numéros dans son répertoire.

Elle avait écouté de la *dance* allongée sur le canapé en imaginant qu'elle était quelqu'un d'autre, debout sur le « cube » d'une discothèque, jeune et sexy, en train de fumer en mouillant le filtre de salive – « Tu fumes pas, magique Emilia, tu fais une pipe aux clopes ». Elle avait remis le CD pour faire de l'aérobic, des abdos-fessiers, comme au bon vieux temps. Elle s'était masturbée, avait zoné dans la maison, parlé avec le noir : « Meurs, connard. »

Ça suffit maintenant, se dit-elle. Elle trouva la torche, les clefs qui avaient fini derrière le dossier du canapé dans un repaire de miettes et de poussière. Elle mit le tout dans son sac, vérifia que le portefeuille y était encore. Après quoi, elle se rendit à la salle de bains et se regarda.

Elle avait des cernes, des yeux morts comme ceux des poissons dans les caisses de glace à la jetée de Marina di Ravenna, la peau d'une pâleur telle que les taches de rousseur ressortaient comme des lentilles dans du lait.

Elle repensa à Rita et à leur dernier entretien. À la façon dont elle l'avait étreinte pour lui dire au revoir, comme une mère. « Appelle-moi, ce jour-là, lui avait-elle dit, tu me le promets ? Parce que je t'assure que ce jour-là arrivera, et que tu seras prête. Tu vivras où tu le désires, tu recommenceras. Passe-moi un coup de téléphone, n'oublie pas ! »

Elle se mit à brosser violemment ses cheveux frisés et indociles, se passa de l'eau sur les joues et les pinça pour en raviver un peu la couleur, essaya de se masquer derrière un beau rouge à lèvres cerise et beaucoup de rimmel sur les cils.

Elle dit au miroir : « La liberté, c'est le bordel, Rita. Et moi, je suis quelqu'un qui tient pas ses promesses. »

Elle mit un sweat propre par-dessus son jean déchiré, ferma son perfecto à la taille, prit son sac et, s'armant de toute la détermination qu'elle avait dans le corps, se dirigea vers Stra'dal Forche.

L'idée de rencontrer à nouveau ces gens qui la dévisageaient et devinaient sa pourriture l'incitait de manière physique à revenir en arrière, s'enfermer dans la salle de bains avec une lame de rasoir et recourir aux vieilles méthodes, mais elle avait décidé de réagir : elle le devait à son père.

Les branches entrelacées des châtaigniers formaient un plafond au-dessus de sa tête, comme une fresque : une voûte mobile de feuilles brunes, orange, jaunes, avec des yeux de lumière soudains. Il lui revint en mémoire le ciel de la crèche animée qui l'enchantait quand elle était petite, quand elle voyait apparaître le soleil, les étoiles et la comète en papier mâché. Quand elle regardait avec émerveillement ce spectacle installé par l'office de tourisme et sentait sur ses épaules les mains de ses parents, leur amour, quand elle n'éprouvait que de la confiance, en elle-même et dans le monde.

Elle cessa de marcher prudemment et s'élança en courant, bras écartés, dans le sentier qui descendait. Elle risquait de tomber à chaque tournant, mais ça lui était égal. La vitesse l'excitait, la libérait. Marta, lui demanda-t-elle, comment faire pour être comme toi ? Pourquoi est-ce que je ne suis pas venue à Milan moi aussi ? Dans ta maison ? Dans ton lit ?

Parce qu'ici on est toutes dans la même galère mais chacune a son trou noir et doit se le taper.

Elle déboucha au milieu des orties et débarqua décoiffée, rangers aux pieds, avec son sac de toile bon marché, entre le bar des retraités et l'épicerie de Rosa. Pour descendre, elle n'avait pas mis un quart d'heure.

Et maintenant, il lui fallait entrer dans la danse.

Elle traversa la place, se dirigea tout droit vers l'arrêt de bus. On est quel jour aujourd'hui ? Vendredi. Elle fit courir son doigt sur l'horaire. Il est quelle heure ? Trois heures moins le quart. Bien. Elle contrôla à nouveau l'horaire. Bien mon cul, oui : elle avait raté le bus. Pour dix minutes de merde. Et le prochain, le dernier, était à dix-huit heures. Trop tard pour arriver en ville, faire quelque chose et rentrer à une heure décente. Elle alluma une cigarette, puis le téléphone.

Elle écrivit à son père : « Excuse-moi. »

La place était déserte. Il y passait rarement un véhicule. Emilia regarda ceux qui traversaient l'endroit, la plupart du temps des triporteurs Ape ou des pick-up mal en point, chargés de matériel pour les jardins et les animaux. Elle éteignit la cigarette sur le dos de sa main et s'en alluma une autre. Puis son père lui répondit : « C'est toi qui dois m'excuser, je n'aurais pas dû te mettre la pression. Tu vas y arriver. »

Elle l'aimait. Et cet amour la faisait souffrir.

Parce que dans le monde, il y en avait plein, des filles modèles qui avaient des pères affreux, des pères qui les battaient, parfois les touchaient, qui, dans le meilleur des cas, s'en foutaient complètement – elle en avait connu des dizaines, des filles comme ça, sans compter Marta. Et elle justement, qui était la pire des filles, le sort lui avait octroyé un père parfait.

Avec son téléphone, elle photographia les horaires de l'unique ligne qui traversait la Vallée : quatre bus par jour en semaine, deux les jours fériés, à prendre ou à laisser. Elle se promit de monter dedans le lundi matin à six heures. Elle se jura à elle-même que la semaine suivante serait hautement profitable. Qu'elle nettoierait des toilettes, déblaierait du fumier, servirait des pizzas : n'importe quoi à condition d'en tirer un salaire, qui serait immédiatement investi dans un billet de train pour

Milan, direction chez Marta. Avant, pourtant, il lui fallait résoudre le problème du sommeil.

Inutile de chercher dans les parages des herboristeries où trouver un peu de valériane, encore moins des magasins d'appareils électriques et téléviseurs. Mais maintenant qu'elle était à Alma, elle ne voulait pas avoir fait le trajet pour rien. Elle regarda autour d'elle : que dalle, bien sûr. Alors son attention se concentra sur l'enseigne du Samouraï, sur les vitrines crasseuses.

Elle sourit. Comment j'ai fait pour ne pas y penser avant ?

Peut-être parce que c'était quelque chose de tellement interdit, l'alcool, même à Noël, au Nouvel An, au 15 août, elle en avait refoulé à la racine ne serait-ce que la possibilité. Elle arrivait bien à se faire quelques joints pendant les autorisations de sortie : juste deux taffes en cachette avant de se remplir la bouche de Chiclets à la menthe. Une bouteille de vodka, c'était inenvisageable, et juste un petit verre, ça ne servait à rien.

La dernière fois qu'Emilia s'était saoulée, cela remontait à la fin de la troisième : une fête de gamins dans une pizzeria sur la plage, couvre-feu à minuit. Un anniversaire qui avait mal commencé, personne n'ayant voulu s'asseoir à côté d'elle pour manger sa pizza, et qui avait continué encore plus mal, au milieu des parasols pliés, sur les chaises longues glissantes d'humidité que tout le monde avait fini par s'accaparer, sauf elle et une autre – dont elle avait tout oublié, jusqu'au moindre détail.

Elle se rappelait seulement qu'elles étaient restées à l'écart, à boire, boire, boire, pendant qu'un employé de l'établissement balnéaire tentait des approches. Elle avait dépensé en mojitos tout l'argent que son père lui avait donné et, à la fin, une fois à la maison, il avait été obligé de lui tenir les cheveux pour qu'ils n'aillent pas finir avec son âme dans la cuvette des toilettes.

Seize ans plus tard, voilà que l'opportunité ressurgissait : nette, libérée de l'inscription « sévèrement *verboten* ». Il suffisait de faire une dizaine de pas. Emilia les fit en se délectant. L'aiguille du possible avait oscillé pendant plus d'une décennie du zéro au zéro virgule un. Et maintenant, tout d'un coup, elle avait bondi à cent mille.

Quand elle arriva devant la porte, elle attendit, comme d'habitude, que quelqu'un la lui ouvre. Puis elle se traita d'idiote et entra.

Avec son rouge à lèvres cerise. Son jean troué qui laissait voir ses jambes. La malice et la faim de la fille qui, depuis cette lointaine fête de collégienne, n'a bu que du Coca-Cola, du Fanta et de l'eau pendant que les gens de son âge continuaient à se saouler, à tomber ivres morts sur les plages, et commençaient à chanter autour d'un feu en jouant de la guitare, à faire l'amour, à se fiancer.

Elle fit irruption dans le Samouraï résolue à rattraper un misérable fragment du temps perdu. Sans hésitation, sans regarder personne. Face à cette entrée extraordinaire, les plus introvertis, les plus réservés, les plus ensauvagés des vieux de la Vallée levèrent la tête de leurs parties de cartes pour la regarder, elle, l'*estrangère.*

Emilia s'assit au comptoir et commanda un amaro, merci.

Aucun des clients ne se donna la peine de dissimuler qu'il la dévisageait de la tête aux pieds. Aucun ne lui dit salut, bonjour ou bonsoir. Piero, qui était en train d'essuyer des tasses, la soupesa lentement d'un regard inquisiteur. Puis, sans émettre un son, remplit un verre, bien plein, et le posa devant elle.

Tout le monde retourna à son poker, sa quinte royale ou couleur comme si de rien n'était. Mais entre-temps, naturellement, *tout* avait eu lieu. Une femme. Qui se saoule à trois heures de l'après-midi. Seule. Que personne ne connaît. Qui porte ce rouge à lèvres-là. L'événement était tellement exceptionnel que, durant les semaines à venir, il ne serait pas question d'autre chose dans toutes les cuisines, les chambres à coucher et les étables.

L'intruse, dont tout le monde essayait secrètement de deviner âge, résidence et généalogie, buvait à petites gorgées, absorbée, les jambes croisées. Elle savourait la béatitude de l'alcool qui lui brûlait l'œsophage, lui chatouillait l'estomac, lui détendait un à un les nerfs, lui embrumait le cerveau. C'était un tel soulagement de se défaire de la prise sur soi, du souvenir d'être soi, du poids d'être soi, que, une fois le verre fini, elle en demanda un autre.

Malheureusement, au moment où elle avait la tête qui tournait au point d'avoir peine à tenir debout, Patrizia entra avec ses amies. Elle enregistra aussitôt cette nouveauté sensationnelle, en fut terriblement excitée. Tellement que peu après, elle me téléphona pour me raconter la nouvelle.

Elle se servit du prétexte pour revenir sur son sujet favori : « On devrait sortir dîner un de ces soirs ». Pour le conseil de classe, « pas pour autre chose », pour discuter du cas de Martino Fiume et de « combien de fois on peut recaler un élève ? ». J'esquivai la proposition avec une énième excuse qu'elle se refusait à interpréter correctement. Et pas satisfaite encore, le lundi suivant, à l'école, elle n'allait pas cesser de me parler, parler,

parler – pendant que j'observais les enfants dans la cour et n'écoutais pas – de cette étrangère qui avait péniblement sorti un billet de son portefeuille, n'avait même pas réussi à ramasser la monnaie, et avait titubé de son tabouret jusqu'à la porte en finissant par trébucher sur la première marche. Cette alcoolique. Une prostituée, c'était sûr. Une malade mentale échappée de la Villa Sorriso. Une abrutie. Une sorcière. Parce que je le savais, n'est-ce pas, que les femmes à cheveux roux étaient des sorcières ?

Je la trouvai pliée en deux près du lavoir, elle vomissait.

Les montagnes étaient devenues noires. Le Cresto, le Mucrone et le Barone avaient caché le soleil qui s'évanouissait vers l'ouest, mais une dernière lueur filtrait encore, teintée de rose. Les oiseaux s'étaient retirés dans les branches. L'air s'était fait plus froid. Des bouffées d'humidité et de feuilles pourrissant dans la terre montaient des bois. Je m'arrêtai.

J'avais parlé au téléphone avec Patrizia, donc je savais. J'admets que ce soir-là, j'étais sorti moins pour ma promenade habituelle que poussé par une inquiétude à laquelle, à ce moment-là, je n'aurais su donner un nom : la crainte que l'étrangère, en remontant Stra'dal Forche dans un triste état, puisse se faire mal.

J'observai son corps secoué par les vomissements. Sans la doudoune pour le couvrir, il était pâle et sec. Elle ne devait pas peser plus de quarante-cinq kilos, ses os pointaient sous les vêtements. Je fus étonné qu'elle ait pu remonter ivre jusqu'à Sassaia.

J'attendis qu'elle se relève, qu'elle plonge son visage dans l'eau glacée du lavoir et ouvre les yeux.

« Ça va mieux ? »

Elle me fixa et me reconnut, sans être effrayée cette fois. Elle passa la main sur son front et acquiesça avant de se laisser tomber sur le banc.

L'eau gargouillait, les oies du Basilio criaillaient au loin. Son rouge à lèvres bavait.

« J'ai pris une de ces cuites !

– Je crois qu'à cette heure, tout le monde est au courant dans la Vallée. »

Elle sourit en secouant la tête : « Je suis complètement nulle. »

Avec ces yeux à nouveau fermés, ces mèches de cheveux mouillées qui dégoulinaient sur ses épaules, et cette poignée de taches de rousseur éparpillées sur le nez et les joues, elle ressemblait à une Fifi Brindacier fatiguée.

« Ici, tu es en sécurité.

– Je suis venue pour ça. »

Elle rouvrit les yeux. Qui étaient vert bois, vert pomme, vert acide ; striés de jaune ; très beaux. Mais manquaient totalement d'éclat, comme deux étoiles mortes. Ils me troublèrent. Et quand je me rendis compte que nous étions en train de nous regarder et même de parler, je fus pris d'un malaise aussi fort que dans ces rêves où on se retrouve nu sur une place pleine de monde.

Je lui adressai un bref signe du menton avant de traîner mon encombrant mètre quatre-vingt-dix dans une direction quelconque. Des directions, il n'y en avait pas tant que cela, mais je voulais juste m'enfoncer dans un bois.

« Attends », entendis-je derrière moi.

Elle vint vers moi, à petits pas, maintenant entre nous une distance dont je lui fus reconnaissant.

« Tu habites ici, pas vrai ? »

J'acquiesçai.

Elle serrait entre ses mains la lanière de son sac et semblait pleine d'hésitation. «Je sais que tu risques de trouver bizarre ce que je vais te demander. Que tu risques de me trouver bizarre, en plus d'être saoule. Mais je te jure que je suis lucide, vraiment… C'est que je n'arrive pas à dormir.» Elle laissa tomber son sac par terre et poursuivit vivement. «C'est que je suis pas habituée à ce silence, il me troue les oreilles. Y a pas de télé, pas de radio, que dalle, et moi j'ai besoin d'entendre des voix, des personnes qui parlent. Parce que ça a toujours été comme ça, j'ai jamais dormi seule.» Je pensai qu'elle était très théâtrale. «Bientôt, quelqu'un va m'apporter une télé et tout sera arrangé. Mais en attendant…»

Je n'osai pas lui expliquer qu'aucune maison de Sassaia n'avait de téléviseur et n'en aurait jamais.

«… Mais en attendant, je te le demande, s'il te plaît. Et je te prie de ne pas penser à mal. Est-ce que tu voudrais venir chez moi ce soir pour parler jusqu'à ce que je m'endorme?»

J'étais resté immobile, en apnée, à l'écouter tout le temps qu'elle avait enchaîné l'une derrière l'autre ces phrases improbables. Mais là, je sursautai. «On se connaît même pas.

– Je sais, je sais!» Elle semblait à la fois jouer un rôle et être désespérément sincère. «Je suis pas folle, je t'assure, je suis juste épuisée. Je peux te payer pour le dérangement, ou te rendre ce service d'une autre façon si tu veux. Je te prendrai pas beaucoup de temps. Je me mets au lit, et toi tu me parles. De chèvres, d'astrologie, de ce que tu veux. Ensuite, dès que tu vois que je dors, et d'après moi, ce soir, je vais sombrer tout de suite, tu t'en vas.»

Je n'arrivais pas à le croire. Elle était en train de me demander d'aller chez elle après le dîner, dans sa chambre. Je ne connaissais pas son prénom, elle ne connaissait pas le mien. J'aurais pu être un pervers, un type qui avait de mauvaises intentions, qui viole les femmes plutôt que celui qui payait Gisella une fois par mois à l'hôtel Les Plaines au milieu des rizières.

« Excuse-moi », dit-elle en effaçant d'une main en l'air le discours qu'elle venait d'échafauder péniblement. « Oublie tout. » Elle ramassa son sac, le visage rouge.

Elle était tellement déçue et gênée, et moi je connaissais tellement bien cette sensation, que je fis une chose qu'il ne m'arrivait plus de faire avec les autres depuis très très longtemps : je me mis à sa place.

« C'est bon, lui répondis-je malgré moi. Je passerai après dîner. »

5

Un jour de fin septembre, en 2001, Rita lui avait dit: « On garde ce qui est bon. C'est par là qu'on va commencer à travailler.

– Si je me suis retrouvée ici, c'est sûr que, du bon, y en a jamais eu, avait répliqué Emilia retranchée derrière son perpétuel mur d'ennui.

– Personne n'est seulement mauvais. Même ceux que dans les journaux on appelle des monstres, les pédophiles, les terroristes, les mères qui tuent leurs enfants, ils conservent un fragment d'humanité. »

Emilia avait ri: « Oui, bien sûr », en continuant à jouer avec son paquet de Winston bleues.

« Fume si tu veux. Mais de toute façon tu n'as pas tellement le choix: il faut bien que tu commences quelque part. »

Emilia avait tendu la main vers le bureau, saisi le briquet de l'assistante sociale décoré de mignons petits chats, et s'était allumé une cigarette en s'affalant dans son siège.

« Je me suis déjà inscrite aux cours, qu'est-ce que vous voulez de plus, putain ?

– La vie dont on parle, c'est la tienne. À moi tu ne me rends aucun service en étudiant. Moi, un travail j'en ai un, un diplôme, une maison : je sais qui je suis. C'est toi qui dois faire des choix et te donner les moyens.

– Tu parles comme si j'avais un avenir.

– Évidemment ! Tu as dix-sept ans ! »

Emilia avait bondi de sa chaise : « Ne te fous pas de moi, Rita. Qui est-ce qui sera prêt à m'embaucher, après ? Qui est-ce qui voudra me louer un logement ? Qui voudra devenir mon ami, ou mon mec ? Qui oubliera un jour ?

– Oh, là, comme tu y vas ! » Rita s'était mise à rire. « Doucement, un pas après l'autre. Pour le moment, on pense à cette année scolaire, d'accord ? »

Pourquoi, avait pensé Emilia, il existerait un remède ? À l'irrémédiable ?

« Est-ce que je peux te dire quelque chose ? » Rita l'avait fixée calmement, les coudes posés sur le bureau, les mains jointes comme si elle priait. « Maintenant ça te paraît peut-être impossible. Mais je t'assure que tout finit par passer. Et si ça ne passe pas, ça change. »

De tout le petit bataillon que l'État avait disposé devant elle pour essayer de la réhabiliter – des professionnels qui ne visaient certainement pas à une quelconque rédemption mais se seraient contentés d'un minime changement, à condition qu'il fût réel – Rita était la seule qui avait réussi à gagner tout de suite sa sympathie, pourtant sur la défensive et à l'époque très émoussée par les anxiolytiques.

On disait que les assistantes sociales arrachaient les enfants à leurs familles, qu'elles étaient des espèces de sorcières très méchantes, revêches et sadiques. Mais Rita lui semblait être juste une femme simple, et très pragmatique.

La première fois qu'elles s'étaient rencontrées dans le bureau au rez-de-chaussée avec vue sur le terrain de sport, c'était le plein été, il faisait quarante degrés, et Rita, tout en s'éventant énergiquement, avait abattu ses cartes sans y aller par quatre chemins : « On peut se tutoyer, mais je ne suis pas ton amie. Nous sommes ici pour affronter ce qui s'est passé, mais je ne te demanderai rien tant que tu ne te sentiras pas prête. Pas de Freud, pas de Jung : avec moi c'est très terre à terre, il s'agit de tirer des difficultés actuelles un projet concret. Ah, et puis, dans mon bureau, on a le droit de fumer. »

Elle lui avait plu tout de suite. À cause des cigarettes et du « terre à terre » avant tout, car quand on est pris dans des problèmes énormes, ce qu'il vous faut, avant de sonder les lointaines profondeurs de votre inconscient, c'est un sol qui vous porte et, justement, une Winston. Et aussi à cause de ses cheveux crêpés et peroxydés comme ceux de Pamela Anderson, de sa poitrine plantureuse, elle aussi digne d'un téléfilm américain et exhibée dans de généreux décolletés. Et puis à cause du rouge à lèvres fuchsia démodé que la chaleur faisait fondre, des talons aiguilles de star. Et enfin à cause de son accent bolognais qu'Emilia adorait.

À partir de ce moment-là, elles s'étaient rencontrées deux fois par semaine et Rita ne l'avait jamais accueillie autrement qu'avec une robe de soie à fleurs ou un tailleur jaune canari, rose poudre, vert émeraude. On aurait dit qu'elle se mettait sur son trente-et-un pour la reine d'Angleterre, pas pour des malheureuses comme elle.

Cet entretien avait été le seul où elles avaient risqué de se disputer. Emilia était dans une phase encore profondément noire. Avec Venturi, la psychiatre, elle n'ouvrait même pas la bouche. C'était l'époque où, au réfectoire, elle s'asseyait toute seule à une table et regardait les autres manger sans adresser la parole à personne, sans même effleurer le pain. Il n'y avait qu'avec Marta qu'elle avait commencé à parler, timidement, le soir dans la chambre, à travers quelques commentaires sarcastiques sur les programmes télé et sur la structure qui les hébergeait. Mais son esprit était encore absorbé par une unique obsession : trouver une pile, une lame de n'importe quelle dimension, un lacet suffisamment long pour se pendre dans la douche. Les mots « avenir », « bon », « après », avaient le pouvoir de la faire enrager.

Ensuite Rita l'avait prise au dépourvu : « D'accord, ne me dis pas ce qu'il y a de bon en toi. Dis-moi plutôt ce qui te plaît.

– Ce qui me plaît ? » Emilia n'avait pas pu retenir un mouvement de surprise. « Bof », avait-elle dit en haussant les épaules.

« Il doit bien y avoir quelque chose... »

Elle avait souri avec l'air le plus insolent possible : « La vie !

– Hum... » Rita ne s'était pas laissé décontenancer. Et même, l'espace d'un instant, son visage supermaquillé s'était plissé pour prendre une expression condescendante de patience exagérée qui signifiait : Tu crois que tu es originale ? Vous me le dites toutes : « La vie », comme par hasard toujours après que vous avez réussi à vous la gâcher. C'est sûr que tu dois être une sommité en la matière, mais tu sais combien j'en ai vu passer, des malheureuses comme toi ?

« Et si on voulait circonscrire un peu le domaine ? avait-elle toussoté. Une discipline scolaire, un sport ?

– Je déteste les sports et je déteste l'école.

– Alors pourquoi tu t'es inscrite aux cours de lycée ?

– Parce que si je le fais pas, mon père, ça lui brise le cœur. Encore plus, je veux dire.

– Et si tu devais faire quelque chose pour toi, au contraire ? Parce que c'est toi qui le désires ? »

Ce « toi » l'avait frappée en plein visage.

Toi, t'es qui, en fait, Emilia ? Tu existes encore ?

Et ce verbe, « désirer », l'avait transpercée dans la seule zone démilitarisée de son âme qui lui restait.

Elle avait éteint la cigarette dans le cendrier et décidé d'y penser sérieusement. Le fait est que ce n'était pas simple du tout de parler de « plaisirs » et de « désirs ». Parce que d'un côté, elle ne méritait pas de respirer, alors quant à s'amuser ou se faire plaisir ! Mais d'un autre côté, on l'obligeait à vivre de toute façon, à s'occuper à autre chose de plus édifiant que les scarifications sur les bras et les jambes. Elle était une contradiction dans les termes, aussi bien pour la société que pour elle-même. Parce qu'elle était morte en dedans, mais quand même vivante.

Elle avait regardé la ville qui s'étendait, avec ses tours et ses clochers, au-delà du terrain de jeu, du grillage, des murs. Cette ville-là avait été sa terre promise depuis son enfance. Monter dans le train régional le week-end et arriver là pour visiter un musée, aller à un concert ou aux festivités du 25 avril, cela avait toujours été une joie irrépressible pour elle qui, en cette occasion, se réveillait à cinq heures du matin, préparait toute seule son sac à dos et mettait le couvert pour le petit déjeuner de ses parents.

Elle n'aurait jamais imaginé qu'elle finirait par y vivre pour de bon, pas en tant qu'étudiante comme elle l'avait rêvé, mais comme un déchet humain déjà pourri à dix-sept ans, avec des cheveux gras retenus par un élastique mou, des boutons et des ongles rongés à vif.

« Ce qui me plaît, c'est de m'asseoir devant la fenêtre et de dessiner les toits de Bologne, avait-elle admis. Villa Aldini, San Luca et les collines qui s'estompent vers Modène. Au crayon ou à l'aquarelle. »

Le visage de Rita s'était éclairé : « Et tu me les porterais, ces dessins, la prochaine fois ?

– Bof, si tu y tiens…

– Et tu dessines quoi d'autre ?

– Ce que je vois par la fenêtre : un bout d'église avec derrière, une colline, le balcon de la maison d'en face. Juste une fois, quand on nous a apporté les peintures à l'huile et les toiles. » Sans s'en rendre compte, elle avait baissé la garde. « Il y a un endroit à la montagne, dans le Piémont, où j'allais en vacances l'été, quand j'étais petite. Sur la toile, j'ai peint une de ces montagnes et je l'ai suspendue au-dessus du lit.

– Toi justement, une fille de la mer ? » La phrase avait échappé innocemment à Rita.

Emilia avait bondi sur ses pieds. Ses yeux éteints, tristes, morts, étaient devenus durs comme des pierres, injectés d'une lumière noire. Elle avait pointé le doigt en direction de Rita. « Moi, la mer, je la déteste, avait-elle grogné. Je suis contente de plus jamais être obligée de la voir.

– Pourquoi ? » Rita n'avait pas craint de le lui demander.

Emilia n'avait jamais versé une larme durant ces mois terribles. Maintenant, alors qu'elle se rasseyait correctement, il en glissait une le long de sa joue. Lentement, la larme avait coulé sur son cou, avait été absorbée par le coton du tee-shirt. C'était la première larme de ce très long temps du milieu, son gouffre entre l'avant et l'après.

« Parce qu'à la mer, c'est ma mère qui m'y amenait, c'était l'endroit qu'elle préférait, avait-elle admis le regard dans le vide, comme si elle s'était absentée. Elle louait un parasol et une cabine au Bagno Amore pour nous trois, quand on était heureux. La seule chose qui me soulage maintenant, la seule belle chose de ma vie, c'est l'idée qu'elle ait jamais été obligée d'apprendre ce que j'ai fabriqué après. »

Je frappai à la porte à neuf heures, avec une sacoche pleine de livres. Elle ouvrit tout de suite, comme si elle m'attendait juste derrière. Elle était en pyjama. Restant à moitié dissimulée, elle se hissa sur la pointe de ses pieds nus, peut-être pour avoir l'air moins petite à mes yeux, et me sourit. Mais à peine vit-elle les livres qu'elle me demanda sur un ton coléreux : « Pourquoi tu les as apportés ? »

Je restais sur le paillasson, hésitant. Le vent qui souffle à Sassaia les nuits de novembre semble naître des entrailles glacées des montagnes tant il est indifférent à nous, à nos sentiments. Il ébouriffait ma barbe et mes cheveux que je ne coupais pas depuis des mois. J'avais l'estomac noué, je n'avais pas pu manger ce soir-là.

« Je ne saurais pas quoi te raconter, lui répondis-je, et je ne suis pas très doué pour parler de moi. Ni d'ailleurs pour inventer. Donc, si ça te va, je te lis quelque chose. Sinon je vais me coucher.

– Excuse-moi, tu as raison. »

Elle ouvrit la porte, s'effaça pour me laisser passer et je me penchai pour entrer à nouveau, après des décennies, dans la cuisine de la Iole.

Toutes les maisons de la Vallée sont étroites et ont des plafonds bas, des lits courts, des meubles petits, parce qu'elles ont été construites dans une époque lointaine, pour des générations très différentes de la nôtre. Elle et moi, nous étions de toute évidence hors du temps, hors mesure. Je sentais qu'elle m'observait depuis le coin de la pièce où elle était restée. Moi je me déplaçais comme un géant mal à l'aise dans cette pièce lilliputienne et je ne savais où poser mon regard. Son pyjama était très léger, je détachais pudiquement mes yeux de ses épaules, de son cou fin, de ses clavicules qui pointaient sous le tissu et les accrochais aux murs pour me maintenir en équilibre. Je reconnus l'ordre inchangé des maniques sur l'évier, des casseroles en cuivre sur le buffet, le chaudron à trous pour faire sauter les châtaignes sur le feu.

« Ta grand-mère, ou peut-être que c'était ta tante vu qu'elle n'a pas eu d'enfant, pensai-je à haute voix, m'invitait toujours à manger les marrons grillés après l'école, quand j'étais petit.

– C'était pas ma tante, s'empressa-t-elle de souligner, j'ai pas connu la précédente propriétaire. »

Je n'avais pas de raison de soupçonner qu'elle me mentait : pourquoi aurais-je dû ? Même si de la « précédente propriétaire », il semblait qu'elle avait tout gardé, y compris les napperons. Je sortis les livres de ma sacoche et les exposai l'un à côté de l'autre sur la table : « Essais, romans, poésie. Tu peux choisir. »

Elle s'approcha à contrecœur, s'efforça de s'y intéresser. Tout en attendant qu'elle se décide, je sentais mon malaise croître dans le silence. Pour le rompre, je lui demandai : « Qu'est-ce qu'ils t'ont fait de mal, les livres ?

– Ils me rappellent une personne qu'il est douloureux pour moi de me rappeler. »

Elle avait été sincère. Mais je n'étais pas encore en mesure de distinguer les révélations des mensonges, le passé du présent, la douceur du visage plein de taches de rousseur et la mort sinistre posée sur le fond de ses yeux. Je me contentai de penser qu'à moi aussi, ça me faisait mal de me rappeler certaines personnes mais, pour cette raison justement, je m'accrochais à n'importe quel objet, lieu, habitude qui leur avait appartenu.

« Tu habites dans cette espèce de jardinière là en face ? » Elle changea brusquement de ton. « Avec les rideaux brodés ? »

J'acquiesçai.

« Et tu y habites seul. Ou avec ta mère ? Pardon. Ta femme ?

– Seul », répondis-je tout bas.

Ses yeux se plissèrent en une lame, me scrutant comme si ce détail me rendait tout d'un coup plus intéressant.

Je sentais de l'électricité dans l'air, celle des après-midi d'été avant l'orage, quand le ciel s'assombrit, que tous les oiseaux s'envolent, que les animaux se cachent, et qu'on sait que, surgissant de ce vide, l'enfer va se déchaîner.

Pourquoi est-ce que je me trouvais là ? Pourquoi, alors que je m'étais exilé ? Alors que j'avais brûlé le carnet où étaient inscrits les numéros de téléphone de mes camarades de lycée et d'université, que j'avais coupé net toutes les relations importantes et cessé de téléphoner à ma sœur ? Pourquoi avoir accepté une telle proposition de la part d'une inconnue ?

« Tu as choisi ? »

Elle baissa de nouveau les yeux sur les titres, caressa une couverture du bout des doigts. « Pour moi, ils sont tous pareils, décide, toi. »

Alors je pris un livre au hasard, sans regarder. Parce que, désormais, il me tardait de conclure cette histoire et d'en sortir indemne.

Elle me précéda dans l'escalier en colimaçon, se déhanchant imperceptiblement. Ses muscles, ses tendons bougeaient légèrement dans le pyjama de coton blanc à petits cœurs rouges qui laissait entrevoir les élastiques du slip et du débardeur. Il y avait quelque chose de la chimère dans ce corps : d'enfant et de femme, désarmé et menaçant. J'essayais de ne pas fixer mon regard dessus tout en interrogeant mentalement cette fille : qu'est-ce qui a bien pu t'amener jusqu'ici ?

La lumière électrique s'interrompit et nous nous trouvâmes plongés dans une flaque d'obscurité.

« Attends-moi », dit-elle en m'effleurant une main.

J'écoutai ses pieds nus s'éloigner quelque part sur ma gauche, faire craquer les lames vermoulues du plancher de cerisier exactement comme moi lorsque j'allais me coucher, avec un bruit qui semblait blesser le silence entier de Sassaia. Me tournant dans cette direction, je découvris sa chambre à la lueur de cinq bougies.

C'était une chambre identique à la mienne, à celle du Basilio, à celle de tous ceux qui avaient habité ce hameau perdu. Une tapisserie à fleurs usée, de vieux meubles en noyer et une odeur de bois gonflé d'humidité. Sauf qu'ici, accrochée à un mur, scintillait une série de toiles peintes de couleurs si intenses qu'elles semblaient vivantes. J'en fus frappé. C'était des vues de Sassaia, mais les coups de pinceaux énergiques, libres, pas du tout académiques, ne pouvaient être l'œuvre d'aucun médiocre peintre local.

Elle posa le chandelier sur la commode et se glissa tout de suite sous les couvertures.

« Tu peux t'asseoir là, dit-elle en m'indiquant un petit fauteuil capitonné éloigné du lit, et enlève aussi cette horrible poupée. Il faut que je me débarrasse de toutes ces vieilleries. »

Mes jambes étaient trop longues et mon corps trop gros pour ce petit fauteuil, mais je tentai de me caler, un peu de travers, entre les accoudoirs. J'ouvris le livre au hasard, en espérant qu'elle ne remarquerait pas le tremblement de mes mains. Moi je remarquai en revanche que les volets étaient restés ouverts.

«Je te les ferme ?

– Non, non. »

Elle m'arrêta, s'asseyant soudain avec une angoisse qui m'étonna. « Laisse-les comme ça.

– Le soleil ne te gêne pas ? Il fait jour de bonne heure de ce côté.

– Au contraire, dit-elle en s'allongeant de nouveau dans le lit, les draps remontés jusque sous le menton, quand la lumière entre, j'arrive enfin à dormir quelques heures. Si au moins je pouvais garder les bougies allumées… Mais mon père dit que c'est trop dangereux, et à cette histoire d'électricien maintenant j'y crois plus.

– Tu as qucl âgc ? » Je ne pus me retenir.

« Parce que j'ai peur du noir ? » Elle rit. «Je te le dirai seulement si tu me le dis le premier.

– J'ai trente-six ans.

– Mais tu en fais au moins dix de plus ! »

Je ne me vexai pas. Au contraire, à voir son visage amusé tout d'un coup, ses joues de nouveau colorées, ses dents blanches bien alignées en un sourire désarmant, je souris à mon tour. Et cessai immédiatement, parce que ses yeux ne riaient pas du tout, ils étaient immobiles et comme impuissants, enfoncés dans un abîme intouchable.

« Moi j'en ai trente et un. Mais dis-moi que j'ai l'air d'en avoir vingt et un, ok ?

– Bien sûr, c'est vrai.

– Et maintenant, dit-elle en fermant les yeux, commence, s'il te plaît. »

Je m'éclaircis la voix et me concentrai. Puis comme si j'étais à l'école, entre les hauts murs du vieux bâtiment d'Alma, face à un auditoire jeune et innocent, je déclamai d'une voix pleine :

Nous serons assis dans la cuisine.
Douce odeur du kérosène blanc.

Couteau tranchant et miche de pain…
Active, si tu veux, le réchaud,

Ou va chercher un bout de ficelle
Pour nouer le panier avant l'aube

Et là-bas, nous perdant dans la gare,
Disparaître de tous les regards[1].

«J'ai pas aimé.
– C'est Mandelstam…
– Jamais entendu parler.
– Poète russe, un des plus grands du vingtième siècle. Il est mort en Sibérie dans un goulag.»

Elle écarquilla ses yeux verts et sombres en direction du plafond: «Ah, il a été dedans!» Elle sourit. «Alors il m'est déjà sympathique. Lis-m'en un autre.»

Je poursuivis, coincé dans le fauteuil. Avec la voix qui, en raison d'une émotion absurde, se fêlait maintenant comme cela ne m'était jamais arrivé avec mes élèves; elle devenait rauque, s'enrayait, vaincue par certains passages:

Ton monde étrange et douloureux
Je l'accepte, j'y consens, ô vide[2] *!*

Elle non plus, elle ne résista pas à ces vers, elle se tourna sur un côté pour me regarder.

1. Ossip Mandelstam, *Œuvres poétiques*, édition bilingue établie et présentée par Jean-Claude Schneider, traduit du russe par Jean-Claude Schneider, *Le Bruit du temps*, La Dogana, 2018, p. 360.
2. *Ibid*, p. 67.

« Tu connais quelqu'un qui a besoin de personnel ? » Elle plia le coude sur l'oreiller et posa sa tête ébouriffée sur sa main aux doigts fins. « Il faut que je me trouve au plus vite un travail.

– Un travail dans le coin ? » J'eus envie de rire. « Depuis les années soixante déjà, les gens ne font que s'en aller.

– Même pas un petit restau ? Une dame qui a besoin d'aide pour le ménage ? Tout me va, même une étable. Sinon mon père me permettra pas de rester.

– Pourquoi est-ce que tu y tiens tant ? Ici il n'y a personne, tu es jeune.

– Toi aussi tu es jeune. »

Elle sortit du lit, alla ouvrir la fenêtre et le froid emplit la pièce. Je frissonnai. Elle non. Elle s'appuya sur le rebord de la fenêtre, arrangea ses cheveux sur un côté du visage, et face à l'obscurité, s'alluma une cigarette.

Je me demandai d'où elle venait. Elle n'avait pas l'accent du Piémont, mais pas d'autres régions non plus. Elle laissait les volets ouverts la nuit. Elle avait besoin que quelqu'un lui lise un livre pour s'endormir, à trente et un ans. J'étais dévoré par l'envie de savoir mais, en même temps, mon instinct me disait qu'il ne fallait pas poser de questions.

Je me levai comme si nous en avions terminé et que l'heure était venue pour moi de m'en aller.

Elle poursuivit : « Et puis, c'est pas vrai qu'il y a personne. Tu es là, toi. »

Sa cigarette semblait s'enflammer chaque fois qu'elle tirait dessus.

Je restai debout avec les *Œuvres poétiques* de Mandelstam, cherchant en vain quelque chose à dire pour prendre congé. Dans la pénombre de feu des bougies, elle ne cessait de me regarder et de fumer. Je revis en elle la silhouette du premier soir, qui dansait.

« Tu as quelle expérience ? Tu as fait quelles études ? »

Le sourire qu'elle m'adressa, délibérément déluré et charmeur, n'était pas celui d'une femme de trente ans, il faisait plutôt penser à une collégienne qui chercherait à séduire son prof.

« D'après toi, j'ai quoi comme diplôme ?

– Pas la moindre idée.

– La troisième ? Le lycée professionnel ? Tu me trouves trop ignorante ?

– Je ne juge personne.

– Oh, alors, t'es vraiment mon héros ! »

Elle se pencha pour jeter le mégot dans la ruelle avant de refermer la fenêtre. Au lieu de revenir dans le lit, elle s'approcha de moi. Jusqu'à ce que je sente distinctement son odeur. Et la chaleur qui émanait de son corps à travers l'étoffe. Et son cœur dans le silence. Et le mien.

« Je suis diplômée des Beaux-Arts, dit-elle, annulant tout l'espace.

– Alors, répliquai-je pour rompre l'enchantement dans lequel nous étions tombés, peut-être que je connais quelqu'un… Ces tableaux, là, c'est toi qui les as faits ? » dis-je en indiquant les toiles au mur. Elle acquiesça comme si elle n'en avait plus rien à faire du travail ni de rien. « Ils sont très beaux, ajoutai-je, sincère. Et le Basilio a passé sa vie à travailler comme peintre en bâtiment, mais il est doué, poursuivis-je avec peine. Il aurait pu devenir un vrai artiste si sa famille avait eu les moyens de l'envoyer à Turin… » J'étais tenté de reculer, de me cacher derrière ce mur de paroles. « Il ne se contente pas de mettre de la couleur, il restaure, il décore. On lui a même demandé de s'occuper des fresques des églises de la Vallée, celles d'Alma et des autres villages. Mais il est trop vieux pour y arriver tout seul… C'est le seul autre habitant de Sassaia, en plus de nous deux. »

Juste après « nous deux », elle m'embrassa.

Abaissant mes épaules de ses deux mains, écartant mes lèvres avec une telle force, une telle faim, que je ne pus lui opposer de résistance.

Elle me poussa vers le lit. Je ne voulais pas, mais je ne voulais que ça. C'était la première idée qui m'avait traversé l'esprit quand elle m'avait dit : « Viens chez moi ce soir pour parler. »

La déshabiller, la toucher. Et ça avait été la même chose pour elle, comme elle devait me l'avouer des mois plus tard.

Ce soir-là, nous ne nous dîmes rien. Toute parole aurait été impossible pour l'un et l'autre, tandis que s'étourdir l'un contre le corps de l'autre, et puis l'un dans l'autre, était presque une libération. Je sentais toute ma solitude et sa solitude qui s'agrippaient et s'annulaient tour à tour sur ce lit d'une place et demie qui sentait le renfermé, les bois, les souvenirs. La seule lueur allumée au milieu des montagnes.

C'était la chose qu'elle voulait le plus depuis des années : baiser avec un homme. Et moi avec une femme, en éprouvant du sentiment pour elle. On s'était trouvés. Elle l'aurait fait avec n'importe quel homme qui aurait habité en face. Et moi avec n'importe quelle fille arrivée pour mourir là où je m'étais enterré.

Mais maintenant nous étions vivants. Et j'étais tombé amoureux d'elle sans rien savoir. Si j'avais continué à ne pas savoir, la vie aurait été un endroit parfait. Comme cette nuit-là.

6

Le téléphone, miraculeusement réceptif, fit irruption dans la chambre inondée de lumière, avec la fenêtre entrouverte et l'air qui entrait, parfumé de pierre, de ruisseau, tandis qu'Emilia rongeait ses ongles étendue sur le lit.

Quand elle vit que c'était Marta et non son père, elle appuya de ses deux pouces sur le symbole du haut-parleur, comme si elle avait encore le vieil Alcatel à touches de sa classe de seconde – celui qui était devenu ensuite une « pièce à conviction » et qu'elle n'avait plus jamais récupéré.

« J'allais t'appeler, juré, démarra-t-elle en trombe.

– Il faut que je te dise quelque chose. »

Emilia préféra ne pas saisir ce qu'avait de sombre le ton de voix de Marta.

« Attends, moi la première. J'ai une nouvelle *sensationnelle.*

– J'écoute.

– J'ai perdu ma virginité. » Elle hurla cela comme si elle brandissait un mégaphone dans une manifestation. Et Marta en resta sans voix.

« Putain ! Ça fait quoi, cinq jours au plus que t'es là-bas ? » Son ton redevint ce qu'il était d'habitude : joyeux, insolent. « De toute façon, excuse-moi de te le rappeler, tu n'étais pas vraiment ce qu'on appelle une tendre petite vierge...

– Mon hymen était intact, jusqu'à hier soir.

– T'as raison. Qui c'est, comment il s'appelle ? »

Emilia éclata de rire : « J'en ai pas la moindre idée.

– Je l'ai toujours dit et redit, assura Marta tout excitée, même quand personne ne me croyait et que toi non plus tu voulais pas m'écouter. Je l'ai toujours dit, que tu sortais du lot et que t'allais faire du chemin. » Elle laissa de côté le motif de son appel et se laissa aller : « Tu te rappelles, ce jour dans la cour ? Où j'avais arrêté la partie pour toi ?

– Comment je pourrais l'oublier ?

– T'étais là, assise sur le muret, à te balancer d'avant en arrière… dans quel état t'étais ! Quand on m'a obligée à faire du bénévolat à la maison de repos, j'en ai vu, des lobotomisées, et elles m'ont toujours fait penser à toi à cette époque-là. Je t'avais dit : T'as la flamme, baby, gâche pas tes chances. Et voilà. »

Emilia sourit, enfonçant la tête dans l'oreiller, les yeux fermés pour mieux se souvenir. Rien n'était plus gratifiant que l'approbation de Marta et, à y repenser après coup, il y avait peu de moments de sa vie qui lui paraissaient aussi doux que ce 9 ou 10 août 2001 où avait commencé leur amitié.

Elle pouvait encore saisir, au fond du temps, cette palpitation.

C'était cinq heures de l'après-midi, c'était l'été. Un amas de cigales barricadées sur les branches des arbres en train de chanter, chanter, comme possédées.

Bologne, au-delà du fil de fer barbelé, était déserte comme dans un futur apocalyptique. Les immeubles qu'elles parvenaient à voir avaient tous les volets fermés, les balcons vidés. On n'entendait plus aucun bruit de voiture ou de klaxon monter des rues. Il n'y avait que ce vide dégoulinant de chaleur étouffante tout autour.

À l'intérieur, au contraire, dans l'imposante cour, elles étaient toutes présentes. Chahutant, en sueur, à moitié nues. On ne partait pas en vacances, de ce côté-ci. On jouait au volley, éternellement. Parce que l'été, c'était la fin des activités et le temps fondait comme l'asphalte. Il faisait tellement chaud que, par moments, les filles allaient à la petite fontaine du jardin potager, prenaient le tuyau qu'elles utilisaient pour arroser durant l'atelier de jardinage, ouvraient le robinet et s'aspergeaient à tour de rôle, mouillant leurs vêtements, se trempant les cheveux. Si elles exagéraient, bien sûr, on les réprimandait. Le bonheur ? *Verboten !*

Elles avaient des corps palpitants sous le soleil, élancés, affirmatifs. Elles étaient tellement radieuses, à l'intérieur de leur adolescence mauvaise. Elles se touchaient le cul l'une l'autre, s'embrassaient sur les lèvres devant toutes les autres si elles marquaient un point – mais en cachette, dans les toilettes, ou la nuit quand on éteignait la télé, elles y allaient bien plus fort. Et quand c'étaient elles qui le perdaient, le point, elles étaient furieuses, folles de rage même. Certains gros mots, Emilia ne les avait jamais entendus : c'est là qu'elle les avait tous appris. Quand, dans le jeu, il y avait faute, elles se donnaient des gifles, se tiraient les cheveux. C'était un vrai spectacle, si seulement quelqu'un avait pu les voir de l'autre côté du mur, les admirer sans savoir qui elles étaient, où elles se trouvaient, de quelle vie elles venaient. Elles étaient tellement belles, tellement vivantes. Elles portaient des shorts découpés dans les jeans de manière à laisser voir la moitié des fesses, des débardeurs enroulés jusqu'au-dessous du soutien-gorge et retenus par un élastique. Toutes.

Sauf Emilia, assise à l'écart sur un muret. De temps à autre, elle émergeait de sa catalepsie et les regardait à la dérobée. À les voir sauter avec grâce sous le filet, smasher avec une rage inouïe dans le camp adverse, elle s'étonnait que ce soit *des filles*. Normales, pas tellement différentes de celles qui, au même moment, jouaient au beach volley à Rimini, Riccione ou Punta Marina, pourvues de parents qui étaient dans les parages ou, déjà, de petits amis avec lesquels se peloter dans les cabines de plage.

Avec le temps, elle allait devenir une vétérane et, en dépit de sa paresse, une assez bonne volleyeuse, plus par sens du collectif que par goût du sport lui-même. Mais à ce moment-là, cela faisait environ un mois et demi qu'elle était là et elle s'était isolée sur le muret qui entourait le jardin potager, à une certaine distance du terrain de sport.

Il n'y avait que des pestiférées à l'intérieur de cette grande cour murée dans laquelle le ciel semblait être un rectangle clos plutôt qu'une chose infinie. Mais elle était persuadée que c'était elle qui avait l'infection la plus grave, les blessures les plus purulentes et si, déjà dans sa vie d'avant, elle avait été la cible privilégiée de filles qui la harcelaient, maintenant dans ce cauchemar abject, elle se sentait un peu comme ce héros grec couvert de plaies et maudit, abandonné sur un récif en pleine mer, aveuglé par le soleil, brûlé par la chaleur. Comment il s'appelait, lui ? Philoctète.

Depuis qu'elle avait échoué dans cet endroit, elle n'avait jamais essayé d'échanger deux mots ou deux tirs de ballon avec les autres malheureuses. Et les filles s'étaient bien gardées de venir se pencher sur son gouffre intérieur. Par respect, selon les règles du lieu qui fonctionnait à l'inverse du monde de l'autre côté : plus vous avez de plaies, plus vous êtes digne de considération. Mais ces règles, elle ne les connaissait pas encore, elle croyait que les autres ne la calculaient pas, c'est tout.

Ce jour-là, après qu'une fille de son équipe s'était fait une entorse qui l'avait obligée à quitter le jeu, Marta avait regardé autour d'elle et, au lieu d'en appeler une autre qui attendait patiemment sur le côté, elle avait décidé, pour des raisons impénétrables, qu'elle voulait Emilia.

Elle avait interrompu la partie au milieu d'un chœur de protestations – mais tu sais bien à quel point elle s'en foutait, de la désapprobation des autres ? – et, se frayant un chemin à grandes enjambées dans cette chaleur étouffante, elle s'était approchée. Debout, les mains sur les hanches, elle avait projeté sur Emilia son ombre majestueuse.

« Je m'appelle Marta Vargas », avait-elle dit en guise de présentation, même s'il n'y en avait pas besoin. « Je suis ici depuis deux ans et j'en ai encore huit devant moi. » Traduction : je suis une autorité incontestable, indiscutable, et d'habitude ce sont les autres qui viennent vers moi, pas le contraire.

Gavée de Rohypnol, Emilia, après s'être efforcée de distinguer la silhouette à travers le brouillard dont elle était prisonnière, avait été frappée par ses cheveux brillants et noirs, presque bleus, qui flambaient, détachés, jusqu'au milieu de son dos. Et par ses sombres yeux orientaux dont, Emilia le découvrirait plus tard, elle avait hérité de sa mère vietnamienne. Et par son mètre soixante-dix-sept digne d'un mannequin, ses jambes athlétiques, sa poitrine haute, et un sourire féroce : Sailor Mars tout craché, avait-elle pensé, avant de baisser les yeux.

Marta n'avait pas apprécié ce geste. Tandis que les autres continuaient à protester, impatientes de reprendre le match, elle avait grogné non pas « T'as la flamme ? » mais « Lève ton cul et viens jouer, t'es pas la princesse sur son muret ». Puis, comme Emilia s'entêtait à garder les yeux baissés et à balancer les jambes, elle lui avait pris le menton avec ses ongles et l'avait griffé assez fort pour laisser des traces.

« Ici personne se fait prier. Personne attend sans rien branler d'être sauvée. Si tu le sais pas encore, les princesses ça existe pas. On est toutes des connasses, des salopes et des reines tout pareil. »

« Allô, Heidi ! T'es là ? Je t'ai demandé ce qu'il fait, le mec ! S'il gagne du fric ou la misère. C'est des infos cruciales. »

La Marta d'aujourd'hui, comme la reine d'autrefois, la secoua.

« Je lui ai même pas demandé…

– Putain, mais vous avez pas parlé ? Tu lui as sauté dessus et tu lui as baissé le froc ? Bravo, c'est comme ça qu'il faut faire.

– Non, il m'a lu des poèmes.

– Hum… » Le détail déçut Marta. « La poésie, on en vit pas.

– Bah, peut-être qu'il est berger. Il a une barbe…

– Bon dieu, Emilia, un poète à chèvres, non. Un entrepreneur, c'est ça que tu dois te trouver, ou un ingénieur, un notaire. Si lui il écrit et que toi tu peins, c'est la merde ! Il faudra peut-être que tu l'entretiennes. Mais c'est un mec ok, ou il a des antécédents ? »

Elles ricanèrent toutes les deux.

Elles étaient adultes désormais. Elles ne jouaient plus au volley. Finis les horaires de caserne, les masturbations ensemble dans les toilettes, les tranquillisants à Noël. Elles n'appartenaient plus à cet endroit-là. Mieux : elles lui avaient survécu. Et pourtant.

Elles n'appartenaient à rien d'autre de manière aussi forte.

« Je crois qu'il serait même pas capable de ramasser un portefeuille tombé par terre dans la rue, répondit Emilia.

– Bon, vas-y, baise mais tombe pas amoureuse. Et maintenant, excuse-moi, mais il faut que je te donne une triste nouvelle. »

Emilia se leva du lit et soupira : « Aujourd'hui ?

– Le frère de Myriam m'a appelée. »

Emilia pressentit le contenu de l'appel. Il y eut une interruption sur la ligne et elle fut obligée d'aller à la fenêtre pour récupérer le réseau. « Je veux pas savoir.

– Elle est morte. »

Emilia resta debout, à regarder le ciel très haut qui était une chose infinie, oui, mais qui était déjà redevenu lointain et inaccessible comme à l'intérieur de cette cour d'avant.

« L'enterrement a lieu demain après-midi, à Piacenza. » Marta hésita. « Si tu arrives à Milan dans la matinée, on y va ensemble.

– Et tu voudrais qu'on se revoie à un enterrement ? » Emilia sentit la colère l'envahir. « Après tout ce putain de temps, à l'enterrement de Myriam ? Tu te fous de ma gueule ? Alors qu'on s'est toujours promis "On se reverra pour dîner dans un restaurant étoilé, à la plus grande rave d'Europe, sur la Costa Smeralda", toi tu viens me proposer un enterrement de merde ?

– On a pissé, étudié, chanté, pleuré ensemble pendant… combien d'années ?

– On s'est surtout foutu sur la gueule.

– Elle s'est tuée, Emy.

– Trouillarde.

– Ils l'ont pas aidée, ils l'ont laissée toute seule. On lui a enlevé la petite parce qu'elle avait encore fugué du centre d'accueil et qu'elle continuait à se piquer. Alors, comme réponse, elle s'est balancé tellement de dope dans la veine qu'elle pouvait crever deux fois. »

Ce n'était pas un choix irrationnel, pensa Emilia. Si chacune d'entre elles avait relu sa propre histoire depuis le début, avec une attention particulière concernant le chapitre principal, c'était ça la conclusion logique.

« Ça fait un bail, je me suis juré que, de toute ma vie, j'irais plus jamais à un enterrement ou dans un cimetière. J'irai pas à celui de mon père, je lui ai déjà dit. Je viendrai pas au tien, si tu meurs avant moi, sache-le. Et pour Myriam, je regrette. C'était une conne, mais je regrette… » et sa voix se fêla quand elle ajouta : « surtout pour cette gamine. Mais quand même c'est trop facile. »

Elles cessèrent de parler. Pendues l'une à la respiration de l'autre, le téléphone collé à l'oreille, écoutant le vide de Milan se confondre avec celui de Sassaia. Elles revoyaient ensemble, pour la dernière fois, leur vieille chambrée. Les quatre lits identiques, refaits à la perfection. Myriam dormait à côté d'Afifa, Marta à côté d'Emilia. Veillant sur les nuits agitées de toutes, punaisé au mur en position stratégique, il y avait Brad Pitt en jean moulant rebaptisé « L'Ange de la Masturbation ». Et puis il y avait Luke Perry l'air maussade, et Brandon de *Beverly Hills 90210* avec cette touffe de cheveux qui n'était déjà plus à la mode là-bas, dans le monde. Mais elles, elles étaient restées en arrière, sur un astéroïde à part. Dans leur dérive, elles s'étaient trouvées, défiées et aimées. En se regardant avec une méfiance revêche au départ, se lançant des piques.

Mais ensuite, elles avaient fini par tout échanger: les strings, les tampons hygiéniques, les baisers, les peurs, les cours de maths et de philo; les désirs.

«J'aurais pas dû te demander de venir. C'est trop tôt pour toi – la voix de Marta se fêla aussi – mais s'il te plaît, fais-moi plaisir: quand tu verras un beau panorama, là-haut dans les montagnes, fais-lui un petit signe. Parce que je parie sur ma tête qu'elle est allée au paradis. On s'en fout de ce que pensent les gens, on ira toutes. On a assez sué pour ça. Et gare à toi si tu te hasardes à faire une connerie de ce genre, compris? Continue à baiser avec le sans-nom, gagne du fric et profite de cette putain de vie parce que je veux te revoir. Après, promis, je t'emmène dîner, c'est moi qui paie. Mais toi, *file droit*, comme disait Frau Direktorin.»

Elle lui raccrocha au nez parce qu'elle était peut-être en train de pleurer, et que pleurer devant les autres, ça ne se fait pas. Les vieilles règles étaient toujours en vigueur.

1– On ne pleure pas.
2– On ne balance pas.
3– On ne revient pas sur la parole donnée.
4– On ne déballe rien sur sa famille.

C'étaient là les piliers de leur éducation. Emilia les répéta dans sa tête pour ne pas tomber.

À onze heures, je partis dans la forêt parce que je n'en pouvais plus d'attendre. Quoi? Qu'elle se réveille et vienne me chercher? Qu'elle frappe à ma porte? Pourquoi aurait-elle fait ça?

Je pris mes gants de jardinage, mon chapeau, le filet. Je mis mes bottes et glissai dans le sac à dos deux tranches de pain avec de la tomme pour mon repas de midi, parce que je voulais rester le plus longtemps possible loin du hameau.

J'étais sûr qu'elle ne voudrait plus me voir, qu'elle se repentait déjà : impossible qu'une femme aussi désinhibée et sexy puisse se contenter d'un homme des cavernes, d'un « pauvre vieux garçon », comme on disait de moi dans le village.

Par ici, un homme se marie, tôt, à vingt ans. Il engrosse sa femme, devient un père sévère, se crève à la tâche huit heures par jour avec les bêtes ou les pierres, et quand il a fini, il s'en va au Samouraï boire et jouer aux cartes avec les autres hommes. Il ne lit pas de poèmes, il ne baise pas avec des inconnues de trente ans qui couchent le premier soir. Et si ça ne lui convient pas, il s'en va, ce qu'avaient fait presque tous mes amis.

Je remontai le talus du Monte Cresto en déplaçant des monceaux de feuilles mortes qui m'arrivaient à mi-mollets. C'était un mois de novembre anormal, tellement chaud que les animaux se baladaient encore au lieu de préparer leur hibernation, les oiseaux infestaient les branches, les insectes volaient sans direction précise, et il y avait entre les arbres une mer de lumière telle que les châtaignes scintillaient au fond.

Je me penchai pour commencer à en ramasser, distinguant à la volée les bonnes des véreuses, les pleines des creuses, intuitivement, comme lorsque j'étais enfant et que tout Sassaia se répandait dans les bois avant que l'hiver nous isole et nous congèle pendant des mois. Les meilleurs marrons, les plus gros, les plus fermes, je ne les mis pas dans mon filet avec les autres, mais dans ma poche. C'était une chose dont j'aurais dû m'occuper le soir du 2 novembre, mais elle avait débarqué dans ma vie et me l'avait fait oublier.

J'avais bien noté, oui, une petite tache de sang sur le drap. Mais qui aurait pu imaginer? C'était la première femme sur le visage de qui j'avais lu le plaisir. Qui m'avait guidé en elle comme elle voulait, qui m'avait adressé des paroles indécentes bien précises et n'avait pas eu la pudeur de me cacher quoi que ce soit, sauf.

D'où elle venait, pourquoi elle était là, son nom.

Je m'étais éclipsé comme un voleur dès que l'aube avait éclairé la chambre. Sans oser la regarder, sans rien lui laisser d'écrit. Je m'étais juste dépêché de m'habiller le plus vite possible, de ne pas faire craquer ces maudites lames du plancher tout en me répétant à outrance qu'il ne s'était rien passé d'irréparable, rien d'extraordinaire. Je continuais à me le répéter maintenant encore, sans y croire.

Dans ce coin-là, il n'y avait que des gorges, des ravins, des escarpements. Pas de sentier, pas de clairière. Mais je connaissais ces bois mieux que je ne me connaissais moi-même et je ne me perdais pas. Au contraire, je savais exactement où me diriger. Vers un endroit où je n'étais pas revenu depuis des années et où, maintenant, de but en blanc, je sentais que je voulais aller. Un endroit où les partisans s'étaient cachés pendant la guerre, avant d'être découverts et trucidés. Où l'on disait que s'étaient aimés le rebelle Fra Dolcino[1] et sa compagne Margherita avant qu'on les brûle vifs. Où se réunissaient les courageux, les hérétiques, les sorcières: *notre* endroit secret.

En fait c'était juste une ruine. Cachée au fond des bois à un endroit où le soleil ne donnait jamais. Une

1. Fra Dolcino de Novare et sa compagne Margherita Boninsegna, morts en 1307, furent les meneurs de la secte des «Apostoliques», en lutte contre l'église officielle. *(Toutes les notes sont de la traductrice.)*

fois arrivé, je laissai tomber mon sac à dos, mon filet plein de châtaignes et moi aussi, sur le dos, les bras en croix au milieu des feuilles. Je regardai longuement une virgule de ciel découpée par les pointes des hêtres, immobile dans cet été factice qui fourmillait autour de moi.

Ensuite je trouvai le courage de fermer les yeux et d'écouter à nouveau le chœur des voix de quand nous étions enfants.

Certaines appelaient de l'extérieur de cette maisonnette, inquiètes, hésitantes – et parmi celles-ci je distinguai la mienne, qui piaillait « Valé viens ! T'es où ? Valé ! ». D'autres résonnaient à l'intérieur, en avant, en train de chercher les fusils des partisans, les chaudrons des sorcières, dominées par la voix la plus intrépide de toutes : celle de ma sœur.

La Vallée n'était pas encore aussi dépeuplée qu'elle l'est aujourd'hui. Nous, les enfants, nous étions peu nombreux, une vingtaine en comptant tous les hameaux, mais nous nous connaissions tous, nous grandissions ensemble. L'été, nous sortions le matin, avec du pain et de la tomme dans le sac à dos, pour ne rentrer que le soir, aiguillonnés par la faim et la fatigue. Aucun adulte ne nous cherchait, ne nous réprimandait. Il n'y avait qu'une recommandation : ne pas mourir. Au fond d'un ravin, déchiquetés dans le noir. Mais nous nous déplacions en hordes comme des loups, surveillant nos arrières. Pantalons courts, mollets balafrés par les ronces, canifs en poche. Valeria en avait un à cran d'arrêt : elle coupait des branches pour en faire des sarbacanes et des lances, elle gravait les écorces de ses initiales pour marquer son territoire. Elle avait sa bande, elle ne voulait pas m'avoir dans les pattes. Mais moi je la suivais immanquablement, je me collais comme une tique à ses amis qui avaient six ou sept ans de plus que moi. Elle entrait la première dans cette bâtisse qui avait peut-être été un fenil, ou un abri pour les moutons ou un entrepôt pour les châtaignes. Elle se jetait dedans avec son bâton, chassait les chauves-souris qui s'envolaient terrorisées, elle donnait des ordres aux garçons ; c'était la cheffe, la *condottiera*, la Sorcière des Bois.

Moi je restais dehors, parmi les trouillards. Frêle, disgracieux. J'étais déjà le petit élève studieux qui savait lire, écrire et compter à cinq ans, mais elle, qui en avait onze, était un prodige de beauté, de vitalité, d'audace tel qu'elle n'avait pas besoin de livres et d'appréciations. Ils étaient tous amoureux d'elle, dans la Vallée, et moi plus que tout autre. Parce qu'elle était libre, indomptée, parce qu'elle brillait. Et en plus elle était de mon sang. Rien n'aurait pu nous éloigner : une certitude. Comme le granit, l'ardoise, les montagnes.

Mais les choses s'étaient passées comme elles s'étaient passées.

Et après, elle n'avait plus été ni libre ni belle. Après, je l'avais vue devenir dure, muette, sèche.

Je ne l'avais jamais trahie, je m'en rendis compte avec étonnement, jusqu'à la nuit précédente.

Pendant que j'étais là, couché au milieu des feuilles, devant l'endroit secret de notre enfance, partagé au plus profond de moi-même entre oublier la nuit passée avec l'étrangère dont je ne connaissais même pas le prénom et courir à perdre haleine vers elle, entre oublier Valeria et me décider à chercher cette fille, pendant ce temps-là, un peu plus bas, à Sassaia, l'étrangère en question errait dans la maison grinçante de la Iole, en proie à l'inquiétude, enveloppée dans son peignoir de bain. Elle venait de s'apercevoir qu'elle n'avait presque plus aucune petite culotte ni linge propre à se mettre et commençait à réaliser que l'attendait un problème bien plus compliqué que le manque d'une télé : celui d'un lave-linge.

Je ne la vis pas tandis qu'elle ne cessait de regarder à la fenêtre si j'étais chez moi. Je ne la guettai pas pendant qu'elle sombrait dans un samedi mou et informe, fumant une cigarette après l'autre, insultant à voix haute une ancienne camarade de chambre : « Quelle salope, tu aurais quand même pu me dire au revoir. Tu pouvais te faire donner mon numéro par Marta et me le dire : "J'en ai marre de pas dormir, maintenant je dors pour toujours." Je t'aurais comprise, je t'aurais envoyé un baiser. Je t'aurais dit : "Pense à ta fille, putain, et fais pas l'imbécile." »

J'étais sûr qu'elle m'avait jaugé : amant muet, coincé, médiocre. Et éliminé. Mais au contraire, les cheveux mouillés, les bras pleins d'estafilades qu'elle s'était faites sous la douche un peu plus tôt, à un moment donné elle avait attrapé son bloc de papier dessin A4 et sa trousse. Elle en avait eu assez de gérer sa douleur avec un rasoir jetable. S'était assise dans la cuisine, avait allumé la énième Winston bleue et, avec un crayon gris à mine tendre, avait attaqué le blanc.

« Les mots ne servent à rien, me dirait-elle par la suite, mais les dessins, eux, si. » Une ligne droite, une courbe, un cercle sont fidèles aux choses. Respectueux de leurs limites, de ce qui ne se voit pas sous la surface et qui fait tellement mal : ils ne s'acharnent pas sur les définitions, les dessins.

« Je t'ai même pas demandé comment tu t'appelles », avait-elle dit à la feuille tout en traçant, estompant, noircissant.

En pensant aussi : De toute façon, qu'est-ce que ton nom pourrait bien m'apprendre sur toi que je ne sais pas encore ? On n'est pas des noms prénoms rapports plus ou moins détaillés établis par des psychiatres, des assistantes sociales, des experts.

On est des clairs-obscurs.

Des trous pleins d'obscurité d'où sortent, parfois, de fortuites déchirures de lumière. Et tu es bon, j'ai vu ça tout de suite. Tu es en colère, retranché en toi comme un enchevêtrement d'épines, mais tu es bon. À la différence de moi.

Je rentrai au crépuscule. Je jetai un coup d'œil à la maison d'en face : les lumières étaient éteintes, on aurait dit qu'il n'y avait personne. Arrivé à la porte, je marchai sur quelque chose qui fit un bruit familier. Baissant les yeux, je vis que c'était une feuille de papier roulée en boule, comme celles que mes élèves se lancent, avec une solution du problème à l'intérieur. Mon cœur recommença à me désobéir.

J'aurais pu ne pas la ramasser, l'ignorer. Ma tête me disait qu'il aurait été juste de rester fidèle au passé, comme si l'avenir n'était qu'une vague et vaine fantasmagorie.

Entré dans la maison, je refermai la porte derrière moi et m'appuyai au mur dans un coin de la pièce où j'étais sûr qu'on ne pouvait pas me voir. Alors, dans ce qu'il restait de la lumière du jour, je dépliai la feuille.

C'était un portrait. Net, précis. Il représentait un vieux, le visage caché par la barbe, encadré de cheveux hirsutes et bouclés, le front plissé, une tristesse infinie figée dans des yeux sans défense, encore enfantins.

C'était moi. Je me reconnus comme jamais je ne m'étais reconnu.

Elle, elle avait compris : j'avais été un enfant heureux, puis j'étais devenu vieux tout d'un coup, et entre les deux il n'y avait rien eu.

En bas à droite, elle avait écrit :

Sassaia, 7 novembre 2015
Pour toi, de la part d'Emilia

7

« Les femmes ne sont pas violentes. Selon de récentes études sur le cortex cérébral, elles ont, comparativement aux hommes, de plus grandes capacités à élaborer la souffrance, la colère, la frustration. Et cela expliquerait, au moins en partie, pourquoi seulement 4,2 % de la population carcérale italienne est de sexe féminin. »

Cette thèse les avait fait se tordre de rire.

« Eh, les meufs, avait crié Giada, on est l'exception de l'exception : une rareté !

– Là, on nous raconte qu'on a le cortex cérébral aussi arriéré que celui des mecs, avait rétorqué Yasmina, personnellement, je me sens offensée.

– Moi aussi, avait ajouté Myriam en tapant des mains sur le banc, si je me suis retrouvée ici, c'est pas parce que j'étais comme les mecs mais parce que les mecs m'ont fait chier.

– Bravo ! Tu l'as dit ! » Cris de libération.

Pandolfi, la pauvre prof d'italien qui avait apporté cet article avec qui sait quelle intention édifiante, avait inutilement essayé de calmer les choses, mais trop tard, le feu était allumé maintenant. « On est pas comme les mecs, putain ! On est le CONTRAIRE. C'est qui, ces connards de l'article ? » « Juste parce qu'on a pas subi et encaissé comme les autres femmes, on aurait le cerveau touché ? » « Mais écoutez-moi ces enculés ! » Elles avaient frôlé l'insurrection.

Comme toujours, Marta avait mis un point final à la discussion de manière supérieure : « Mais quels processus raffinés d'élaboration de la douleur, de l'humiliation, du deuil ? Avec un type qui veut te frapper, qui veut te violer ? Des baffes, des griffures, des coups de pieds dans les couilles : ça s'appelle *parité de genre.* »

Pandolfi s'était levée en implorant un peu de calme. Quelle idée lui était venue ? C'était la pire classe de sa vie. Elle était une espèce de sœur laïque qui rêvait de rédemption, et ses élèves lui mettaient des punaises sur la chaise, dessinaient des bites sur son cahier d'appel, et n'en avaient rien à faire, de sa rédemption.

Pourtant l'histoire des 4,2 % avait fini par plaire. Elle leur avait donné l'impression d'être spéciales. À partir de ce jour-là, quand elles étaient découragées, elles se pointaient du doigt en disant : « Hé, rappelle-toi : t'es les 4,2 %, toi. » Avec fierté. « Garde la tête haute, femme exceptionnelle. »

De ce côté-là, les choses fonctionnaient, généralement, sans tellement de médiations culturelles, linguistiques, artistiques. Au début, Yasmina connaissait péniblement cinquante mots d'italien. Afifa était née et avait grandi en Italie mais elle était tellement – et justement – enragée de ne pas avoir la nationalité et d'être traitée comme « la négresse, la bouffeuse de bananes, la guenon », qu'elle détestait tout et tout le monde, et sa rage, elle la faisait passer en tirant les cheveux, très violemment. Quand l'une d'elles recevait une mauvaise nouvelle, globalement elle n'allait pas l'écrire en vers sur son journal intime, ne la sublimait pas en dessinant des licornes et des arcs-en-ciel, ne tendait pas l'autre joue, ne prenait pas un air content et patient de Sainte Vierge. À la première phrase de travers, à la première réplique mal tournée, elle bondissait comme une hyène, et ce n'était que violence féminine, archi-pure, brutale.

Cette violence, on pouvait l'orienter contre les autres ou contre soi-même, ça ne changeait pas grand-chose. Comme Emilia tenterait un jour de l'expliquer à Rita à un certain point de leur parcours, le fait était que, lorsqu'on souffrait à en mourir, on voulait mourir. Anéantir soi-même, son interlocuteur, tout ce qui vous entourait. Raser toute chose au sol et la simplifier au maximum.

« Pourquoi ?

– Parce que la douleur physique, c'est une solution à la douleur.

– C'est pour ça que tu continues à te mutiler ?

– Quand t'es en train de te noyer, t'as pas le temps. Si t'as les poumons pleins d'eau, c'est pas le moment de te mettre à broder de jolies phrases… T'es désespérée, putain. Tu veux juste le silence et ressortir de là. Juste faire taire le bruit insupportable dans ta tête, juste pas tomber dans le trou que t'as au centre de la poitrine, à la place du cœur.

– Alors tu te coupes.

– Oui. Et je sens à nouveau mon corps vivant. C'est la seule chose que j'aie pour rester accrochée à la Terre.

– Et maintenant, tu veux y rester, accrochée ? »

Ça se passait en 2006. Printemps. Emilia avait vingt et un ans.

« Je veux continuer l'université.

– Pour ton père ? Ou pour toi ?

– Principalement pour mon père. Ensuite pour Vargas : c'est elle qui m'a persuadée de faire des études. Et puis pour les autres, pour les plus jeunes, parce que je veux être un exemple pour elles comme Marta et Myriam l'ont été pour moi.

– Et pour toi, tu fais quoi ?
– Moi, j'existe pas. »
Rita avait froncé ses sourcils en aile de mouette passés au crayon noir : « Tu es là devant moi.
– Je suis ce que tu vois de moi. Je suis la fille que mon père voit. Le malheureux cas que les professeurs voient quand ils viennent ici pour me faire passer les examens. Je suis une amie pour certaines filles, une garce pour d'autres. Mais je peux faire n'importe quoi, je reste toujours Emilia Innocenti, non ? Pas moyen d'échapper aux photos, aux titres de ces journaux-là. Donc, ce que je fais, je le fais pour les autres. Et pour moi, je me coupe. »
Rita avait respiré profondément. « Tu crois pouvoir exister au-delà d'Emilia Innocenti ? Je veux dire, est-ce que tu crois que tu peux être aussi une personne différente de celle que voient les autres ? De celle dont les autres se souviennent ? Est-ce que tu penses que tu contiens, à l'intérieur de ce corps, quelqu'un qui mérite quelque chose ? »
Emilia avait réfléchi longuement, très sérieusement. Ensuite elle avait répondu, avec certitude : « Non. »

« Qu'est-ce que tu fais ? » Elle cria dans ma direction au moment où je déplaçais les pots de fleurs sur le rebord de la fenêtre.
Il était dix heures du soir. Sassaia était noir comme l'encre. Il y avait une concordance parfaite entre la lumière qui éclairait sa cuisine et celle qui éclairait la mienne.
« Je laisse une poignée de châtaignes pour les morts.
– Les morts ? » Emilia pinça les lèvres, dégoûtée. « Pouah ! »

Elle fumait, en jean et soutien-gorge. Tout en trafiquant avec mes cyclamens – les arrosant, enlevant les feuilles jaunes – je l'observais du coin de l'œil sans oser la regarder en face. Elle s'était assise à califourchon sur le rebord de la fenêtre dans une pose de vamp. Son soutien-gorge blanc laissait transparaître les aréoles sombres et les tétons encore plus sombres.

« Ça veut dire quoi "pour les morts" ? »

Je compris que le sujet la touchait. Elle avait la tête appuyée contre l'encadrement de la fenêtre, ses cheveux roux ondulaient dans son dos. Elle faisait tomber la cendre de sa cigarette dans la ruelle, et celle-ci était si étroite, si froide aussi que je pouvais voir la chair de poule sur ses bras pleins de griffures et de cicatrices.

« L'usage veut, lui expliquai-je, que, durant ces jours de novembre, après avoir ramassé les châtaignes, on laisse les plus belles aux défunts.

– L'usage veut ? » Elle me regarda, perplexe. « Les défunts ? Mais putain, tu parles comment ? »

Elle aspira encore une bouffée, remonta un genou vers sa poitrine en l'entourant de son bras, peut-être pour se réchauffer tandis qu'elle laissait l'autre se balancer, enfantine et allusive. Ses techniques de séduction avaient l'air empruntées aux séries télé des années quatre-vingt-dix.

« J'ai jamais cru à ces conneries, poursuivit-elle. Je laissais même pas du sel pour les rennes sous le sapin de Noël, quand j'étais petite. Mais quand même, dans le doute, dit-elle, sérieuse soudain, sois gentil, ajoute une châtaigne pour Myriam, s'il te plaît. »

J'acquiesçai et me penchai vers le filet.

« Elle la mérite pas, précisa-t-elle, mais je suis grande dame et j'ai de la rancune envers personne. »

Elle m'observa, s'assura que je laissais une châtaigne en plus dans le petit plat de porcelaine. Puis elle se pencha sur la ruelle déserte, leva la tête vers le ciel étoilé et cria de toutes ses forces : « Myriam, là, je te laisse une châtaigne, t'as compris ? Pour toutes les fois où tu m'as piqué des clopes, des strings d'Intimissimi, des numéros de *Cioè*. Essaie d'aller bien là-haut où que tu sois, putain ! T'as ma bénédiction ! »

Elle s'appuya de nouveau au montant de la fenêtre et me regarda l'air satisfait, attendant une réaction. Mais je ne savais pas quoi lui dire, quoi faire. Si je devais refermer en vitesse la fenêtre ou ne pas la refermer de toute la nuit.

« Tu m'as rien dit du dessin, me reprocha-t-elle.

– Il est très beau…

– *Beau*, ça veut rien dire. »

Je déplaçais l'assiette des châtaignes à droite, à gauche, la posai enfin devant moi, comme si elle suffisait à me protéger. « C'est qu'on ne m'a jamais dessiné… avançai-je, sincère. Tu m'as pris au dépourvu.

– Comme hier soir ? » Elle sourit, trop explicite.

Mais moi, je ne voulais pas tomber dans cette galère-là. Parce que cette fille était une vraie galère. Je voyais les estafilades sur ses bras, il était clair qu'elle se les était faites elle-même. Je tirais des conclusions : c'était quelqu'un qui allait mal. Et peu importait combien de fois elle me faisait l'amour. Faire une erreur, me laisser aller, vivre, ça pouvait m'arriver une fois… La deuxième, ça aurait été une faute.

« Demain matin, mon réveil sonne de bonne heure, il faut que je te laisse. »

Elle se renfrogna. « Demain c'est dimanche, où c'est que tu dois aller ? » Elle jeta le mégot dans la ruelle avec mépris. « Ah c'est comme ça qu'on se débarrasse des filles après avoir tiré un coup. Excuse-moi, je savais pas encore. »

Je me détestais. « C'est pas ce que je voulais dire… »

Elle sauta lestement du rebord de la fenêtre vers l'intérieur, la referma avec dédain, tira les rideaux.

Je restai là comme un crétin, avec les châtaignes pour mes morts et pour les siens.

Je refermai à mon tour la fenêtre et pris une poêle dans le buffet car je n'avais pas dîné. Je cassai trois œufs dedans, coupai des morceaux de tomme que je fis fondre sur les jaunes. Je descendis aussi deux verres de vin. J'avalai mes œufs idiotement, comme les *margari*, ces bergers fromagers que j'avais vus manger dans le brouillard épais de la plaine, plongés dans la solitude de ceux qui passent leur vie en compagnie des bêtes. J'allai me laver les dents. Éteignis toutes les lumières et montai à l'étage.

Sa fenêtre était éclairée.

Je me couchai tout habillé, laissant comme elle les volets ouverts. Dans le noir, mon cœur battait en même temps que les coups au clocher d'Alma, dans le lointain.

Le lendemain, il fallait que je prépare mes prochaines leçons. Un tableau pour enseigner aux plus petits le son « in » : le pain, le vin, le mien. Pour les plus grands : qu'est-ce qu'un verbe ? Une action qui interrompt une stase, un état d'immobilité, de mort qui traîne. Qu'est-ce qu'un substantif, qu'est-ce qu'un nom propre. Et pourquoi celui-ci seulement exige une majuscule au début.

« Emilia », me répétais-je mentalement je ne sais combien de fois.

Parce que, même s'il y a beaucoup de gens qui le portent, ce prénom-là ne désigne que toi sur toute la Terre. Toi qui es une fille qui se mutile, qui as besoin de quelqu'un pour t'endormir. Mais qui ne se répétera pas, n'arrivera pas une deuxième fois dans ma vie.

Je sautai du lit, descendis à toute vitesse. Dehors encore plus vite. Je frappai à sa porte, le son que firent mes mains résonna dans les montagnes.

Emilia se fit attendre, cette fois. Elle me faisait payer.

Et moi je voulais de toutes mes forces me tromper.

Elle m'ouvrit, renfrognée, encore en jean et soutien-gorge.

« Je m'appelle Bruno, lui dis-je, le souffle court.

– J'en ai rien à branler de comment tu t'appelles. »

J'entrai et refermai la porte, fermai les yeux. Je l'embrassai, emplissant mes mains de ses cheveux, ma bouche de sa salive, contre le soutien-gorge blanc que je dégrafai pour sentir ses seins, pour sentir son cœur.

Elle se laissa embrasser. Puis elle s'écarta et me donna des gifles. De toute la force qui était en elle. Chaque gifle, je la recevais, et je la regardais, elle, tandis qu'elle me frappait : à quel point elle était furieuse, pâle et absente. Elle me donnait des coups de poing sur la poitrine, le torse, les hanches. Elle était trop frêle et moi, en face, un roc.

Nous devions seulement laisser les mots en dehors de notre histoire, pensai-je, le passé en dehors de nos nuits. À cette condition, je reviendrais.

« Je reviendrai tout le temps. » Je le lui dis. « Tous les soirs où tu en auras besoin. »

Elle ne me faisait pas mal. Elle était seulement en train de me remettre son mal à elle.

Tandis que les vieilles maisons de pierre, les hiboux et les bois nous écoutaient haleter, elle adoucissait ses poings, ouvrait les mains, les laissait tomber le long de ses hanches. Et moi, je l'embrassais de tout mon corps comme si j'avais enfin trouvé une nouvelle maison.

« Je te le promets », la rassurai-je.

8

Le rendez-vous était à onze heures moins le quart devant l'église d'Alma. J'arrivai en retard, haletant, traînant mon cartable de cuir plein de livres et de devoirs d'élèves. J'étais inquiet pour Martino Fiume qui n'avait fait qu'embêter ses camarades, preuve que son père était rentré ivre et avait cogné. En plus, pendant la récréation, Patrizia m'avait retenu dans la salle des professeurs pendant une bonne vingtaine de minutes pour parler d'une de ces stupidités administratives que j'ai en horreur et auxquelles elle consacre une énergie infinie, tout cela en minaudant, me prenant par l'épaule, m'asphyxiant de son parfum douceâtre. Et, comme d'habitude, je n'avais pas été capable d'opposer la moindre résistance. Une torture.

Quand je vis Emilia debout sur les marches, pourtant, j'oubliai Martino et son père, le son « in » et la syntaxe, Patrizia et ses formulaires à la noix. Elle était tellement insolite sur cette place d'Alma, avec son jean déchiré, son blouson à franges, son sweat rouge décoré du symbole de l'anarchie ! Tellement imprésentable pour un premier rendez-vous de travail, même s'il s'agissait du Basilio, avec ses cheveux noués en queue de cheval, trois kilos de rouge à lèvres et son chewing-gum qui n'arrêtait pas d'exploser sur ses lèvres. Je ne pus m'empêcher de penser, par jeu ou peut-être sérieusement, que cette fille était ma copine.

Elle entendit le bruit de mes pas et se retourna. Elle allait me sourire mais se retint. « Bonjour », me dit-elle sur un ton docile. M'immobilisant à une certaine distance, je lui répondis encore plus froidement : « Bonjour, je vous accompagne à l'intérieur. »

La place était déserte. Le Samouraï se trouvait à l'opposé, sa porte était fermée, comme celle du magasin de Rosa et celle du bureau de poste. Personne pour entendre nos paroles. Personne à la fenêtre ou au balcon. Alma était le plus gros bourg de la Vallée, ses neuf cent trois habitants semblaient s'être éteints depuis des centaines d'années. Mais moi, je savais qu'ils étaient là, et qu'ils allaient tout de suite nous remarquer, nous observer minutieusement, nous fouiller jusqu'à la moelle, cachés derrière les volets, les entrebâillements, les rideaux. Je savais que tout de suite après, ils allaient s'activer, affûter leurs intelligences spécialisées dans la détection du sordide pour nous démasquer, donner un nom précis à l'apparition suspecte de l'instituteur Peraldo en compagnie de l'*estrangère* alcoolique. C'est pourquoi j'avais soigneusement préparé Emilia à cette rencontre en public, comme on prépare sa maîtresse pour une fête lorsqu'on sait que sa femme y sera également invitée. Peu importe si je n'étais pas marié et elle non plus, à ce que j'en savais ; peu importe si nous étions majeurs et libres de faire ce qui nous plaisait. Ça, c'était la théorie. Dans la pratique, en dehors de Sassaia, nous n'étions pas libres du tout.

Je lui montrai le chemin. Elle me suivit sans laisser paraître la moindre familiarité. J'espérais que l'église, du fait que c'était une église, pourrait dissuader toute éventuelle rumeur. Nous échangeâmes un rapide coup d'œil brillant avant d'entrer, puis, comme si nous nous connaissions à peine, comme si nous n'avions pas passé ensemble chacune des nuits de ces dix derniers jours, nous débouchâmes dans l'église par la porte latérale, nous retrouvant dans les plis d'une épaisse tenture de velours où je trouvai le temps de lui voler un baiser, au mépris des bigots, de ceux qui croient détenir la vérité. L'amour ne peut être que désobéissance.

À l'intérieur, l'ombre était glaciale, épaisse : un aquarium noir. À l'exception des lumières puissantes qui illuminaient comme en plein jour la façade intérieure à laquelle le Basilio, assis au sommet d'un haut échafaudage, était en train de travailler.

Il était tellement absorbé qu'il ne s'aperçut pas de notre présence. Il faut dire aussi qu'il commençait à être sourd. Quand elle vit sur le mur la fresque du Jugement dernier, Emilia se figea. Elle perdit tout d'un coup l'enthousiasme qu'elle avait exprimé au téléphone avec son père – j'avais entendu leur conversation en m'attardant volontairement à rempoter des cyclamens pendant qu'elle se promenait dans la ruelle – pour cette opportunité inespérée de mettre à profit l'art qu'elle avait étudié.

J'appelai bien fort le Basilio. Il était en train d'appliquer du papier de riz trempé d'eau distillée sur l'aile noircie d'un ange blond : il termina son travail puis, très lentement, se tourna vers nous. Il ne nous salua pas, ne nous sourit pas, ne nous fit aucun signe ; j'avais expliqué à Emilia que ce ne serait pas facile d'avoir affaire à lui. Il s'agissait d'un homme profondément éprouvé, introverti, réservé. Qui n'avait jamais voulu travailler avec personne et qui maintenant, après une semaine d'insistance opiniâtre de ma part, avait fini par accepter de mettre Emilia à l'épreuve seulement parce que son corps était épuisé et qu'il en avait encore pour trois ans avant la retraite.

Une fois descendu de son échafaudage, il porta sa petite personne voûtée et fragile à notre rencontre. Il leva son regard clair sur le visage d'Emilia et l'observa attentivement derrière les verres de ses vieilles lunettes, de ses yeux bleu glacier, brillants et vifs, signe qu'à l'intérieur de cette carcasse brisée s'agitait encore un esprit agile.

Son visage eut une espèce de sursaut. Je le remarquai sans y prêter plus d'attention.

« Voici Basilio Raimondi, notre artiste le plus renommé et admiré dans toute la Vallée, dis-je tandis qu'il hochait la tête en signe de désapprobation pour ces louanges futiles, et elle, c'est Emilia, la personne dont je t'ai parlé, l'autrice du dessin au crayon, Emilia... – et là je m'aperçus que je ne connaissais pas son nom de famille – qui est diplômée des Beaux-Arts. »

« Tu sais restaurer une fresque ? » lui demanda-t-il tout de suite.

Emilia mit un peu de temps à répondre. Je ne l'avais jamais vue aussi pâle. Elle massacrait ses ongles, arrachait les peaux autour. Elle acquiesça finalement : « Oui, j'ai été reçue à deux examens de restauration.

– Ici, c'est une humble église du quatorzième siècle, lui expliqua le Basilio, d'un petit village à l'écart qui, au faîte de sa gloire, parvint à compter deux mille cent treize habitants. Le long du torrent, un peu plus bas, on a brûlé vive Margherita Boninsegna, pour te donner une idée. La Vallée a toujours été pleine de sorcières, d'hérétiques, de rebelles. Peut-être est-ce pour cela que, malgré la modestie qui nous caractérise, nous avons ce merveilleux Jugement dernier. Bien sûr, ce n'est pas Giotto, mais... Regarde-le. »

Emilia leva péniblement les yeux et les baissa tout de suite.

Le Basilio s'exprimait toujours et uniquement dans un italien impeccable, il était en cela le seul de sa génération. La raison en était que – c'était un secret que j'avais découvert par hasard –, n'ayant pas d'amis et ne fréquentant personne, il lisait avidement : il puisait dans la vieille bibliothèque qu'un franc-maçon lui avait léguée, reconnaissant de la façon dont il avait décoré de fresques sa maison, ou peut-être se repentant de ne pas l'avoir aidé plus tôt.

« Est-ce que tu penses que tu peux rendre ce Jugement de nouveau lisible ? Il y a des endroits, comme tu vois, l'Enfer et le diable en particulier, qui sont mangés par le noir de fumée et les efflorescences salines. »

Je n'avais jamais vu Emilia aussi taciturne, aussi peu encline à provoquer.

« Il y a seulement cette chose-là, à restaurer ? »

Le Basilio fut étonné de la question, moi aussi. C'était un mur entier, « seulement » n'était pas vraiment le mot approprié.

« Il y a aussi une Vierge Noire en bois à repeindre.

– Alors je voudrais commencer mon essai par elle, dit-elle, si cela ne vous ennuie pas. Ensuite, si vous décidez de me prendre avec vous, je vous aiderai pour la fresque.

– D'où viens-tu ? »

Je frémis. C'était une question tellement simple que je n'avais jamais eu le courage de la lui poser. Je me tournai vers elle et la vis clairement, imperceptiblement, frémir à son tour.

« Des Marches, un petit village entre Pesaro et Urbino. »

Instinctivement, j'eus la certitude qu'elle mentait.

« Où as-tu fait tes études ? »

Emilia reprit des couleurs. « À l'Alma Mater Studiorum de Bologne », annonça-t-elle d'un ton pompeux.

La bouche du Basilio se plissa en un sourire triste. « Moi je ne l'ai pas, le diplôme. Mais j'aurais tellement aimé faire des études. Et aussi visiter Bologne et Urbino, que j'ai vues seulement dans les illustrations. »

Le plus loin qu'il était allé, c'était Turin, où il avait commencé l'université, plein d'aspirations et de fierté – il allait peut-être devenir le premier diplômé de l'université dans l'histoire de Sassaia. Mais au bout de moins d'un an, sa famille n'avait plus eu d'argent et personne d'autre n'avait voulu financer ses études, alors il avait dû revenir au bercail et peindre des plafonds de maison.

C'était tellement douloureux pour moi de me voir reflété dans les renoncements de cet homme que je ne pus me retenir de dire à voix haute, même si cela pouvait sembler un peu puéril : « Mais même sans diplôme, Basilio, ici tout le monde connaît ton talent. Sinon on ne te confierait pas la restauration d'une église telle que celle-ci, ni des sanctuaires, ni des villas de maître. »

Une maigre consolation, telle fut la réponse muette, creusée dans le visage las et rugueux, à moitié couvert par une barbe longue et frisée comme la mienne, mais blanche. Il chassa mes paroles comme des mouches et s'adressa à Emilia : « Ça n'a plus d'importance, je suis vieux. Mais toi tu es jeune et je veux voir ce que tu as appris à Bologne. »

Je les regardai s'éloigner vers la gauche, dans l'obscurité de la nef latérale. Il l'accompagnait vers la statue de la Vierge Noire et elle le suivait de quelques pas, avec retenue, comme une petite religieuse, me surpris-je à penser, dans cette église sombre autrefois bondée de monde dont on ne savait même pas pour qui on la restaurait aujourd'hui.

J'étais étonné de la gentillesse avec laquelle le Basilio, habituellement si rude et renfermé, l'avait traitée. De la timidité qu'elle avait manifestée à l'égard d'un pauvre vieux comme lui, totalement en désaccord avec son habillement provocant et son Bubble gum, mâchonné de plus en plus discrètement puis craché et caché dans un ticket de caisse – je n'avais pas pu ne pas le remarquer – et finalement glissé dans sa poche.

J'eus l'intuition que, de quelque secrète manière, ils s'étaient reconnus. Comme s'ils étaient non seulement les deux personnes que je connaissais – lui depuis des décennies, elle depuis deux semaines – mais aussi deux étrangers impénétrables pour moi.

« À quelle heure je peux venir la chercher ? », criai-je au Basilio.

Un doigt sur les lèvres, il me fit signe de me taire, on était quand même dans une église et le prêtre était une mauvaise langue de première catégorie. Il ouvrit grand la main et ajouta le pouce de l'autre pour me répondre : six heures.

Il avait déjà compris qu'Emilia et moi avions une relation. Il ne le dirait à personne. Il n'y avait pas besoin de se cacher de lui.

Avant de partir, je murmurai dans l'obscurité : « Bonne chance, Emilia. »

Ma première impression devait par la suite s'avérer juste : Basilio l'avait reconnue. Il avait été le seul. C'était pour cette même raison qu'il avait déjà décidé de la garder avec lui, sans tenir compte des résultats, car il se comportait toujours à l'inverse de tout le monde.

Ce matin-là, après l'avoir laissée seule avec la Vierge Noire et son enfant, il partagea son pain et son fromage, les fruits et l'eau avec Emilia, qui n'avait pas compris qu'elle devait apporter sa gamelle. Ils étaient assis en haut de l'échafaudage parce qu'il n'aurait pas été convenable de manger ailleurs : dans l'idée du Basilio, peu importait qu'on soit croyant ou non, dans le doute, Dieu devait être épaulé.

« Tu as fait un excellent travail sur la couronne et le voile.

– Merci, répondit-elle, les yeux baissés.

– Excuse-moi par avance si, de temps en temps, tu me trouves bourru, je ne suis pas habitué à avoir quelqu'un près de moi. À part les poules, les oies et les canaris. »

Emilia déglutit, but une gorgée d'eau de la gourde du Basilio et, tournant délibérément le dos au mur du Jugement dernier, admit : « J'espère que je ne vous ennuie pas, que je peux vous être utile. Je tiens vraiment beaucoup à ce travail…, ça a toujours été mon rêve. Du moins, pensa-t-elle à haute voix, depuis que j'ai recommencé à rêver. »

Le Basilio l'écoutait avec attention et l'observait avec retenue. Il savait très bien qui était la personne qu'il avait devant lui. Emilia, de son côté, ne pouvait soupçonner qu'il était au courant, sinon elle se serait levée à l'instant et aurait fui le plus loin possible.

Elle aussi, sans rien dire, se souvenait de lui. Ce n'étaient que des fragments confus de son enfance, elle n'aurait même pas été capable de les remettre en ordre. Sa tante lui avait toujours parlé avec admiration du « peintre », et il était venu chez elle quelquefois, pour prendre le café ou porter des œufs. Emilia avait oublié son nom mais pas son visage, pas ces yeux dont émanait encore, malgré la souffrance et la fatigue gravées sur les paupières, une lumière extraordinaire.

Le Basilio ne lui posa plus aucune question et évita de la mettre mal à l'aise en faisant allusion à quelque détail que ce soit du passé. Ils parlèrent de l'histoire de cette petite église de village, du sculpteur qui avait tiré d'un tronc de rouvre la Vierge à l'enfant, des artistes mineurs qui s'étaient consacrés aux portraits du Christ et des saints, et du regret que c'était de ne pouvoir remonter jusqu'à l'auteur anonyme de ce Jugement qui surclassait haut la main toutes les autres œuvres. Une telle beauté, et pas la moindre mention de lui ou – pourquoi pas ? – d'elle dans aucun livre ou document. Est-ce que ça n'était pas injuste ?

« Peut-être pas, répondit Emilia. Qui nous sommes et ce que nous faisons ne sont peut-être pas la même chose. » Elle leva les yeux et ajouta : « Je pense au Caravage.

– Tu as raison », approuva le Basilio. Leurs yeux, l'espace d'un instant, restèrent immobiles. « L'art est toujours une tentative de lumière, un écart par rapport à l'obscurité qu'il y a dans la vie. »

À la fin de leur pause, avant de retourner au travail, il lui dit : « Ça m'ennuie, mais je vais être obligé de te payer une misère. »

Emilia sourit, comprenant qu'elle était engagée. « Sassaia ne coûte pas cher. Et mon père, il lui suffit de savoir que j'arrive à gagner ma vie. »

Riccardo, le Basilio se le rappelait parfaitement. Il avait souvent pensé à lui durant ces années. Il avait prié pour lui, et pour Emilia.

Chacun d'eux retourna à son travail. La Vierge Noire était une copie de très bonne facture de celle d'Oropa.

Elle était vêtue d'or, avec un voile d'or, des cheveux d'or. Son petit Enfant aussi avait des boucles dorées, et souriait avec le même détachement radieux en direction des pitoyables affaires humaines.

Repeindre cette Vierge insufflait en elle une paix douloureuse, la mettait à l'aise parce qu'elle avait une origine obscure, et parce qu'on disait qu'elle incarnait la nuit dont naît l'aube. Une part d'Emilia aurait voulu être, pour toujours, le petit enfant qu'elle tenait dans ses bras, en sécurité. Une créature à peine créée, propre, innocente. Suspendue au-dessus du sol dans une bulle d'amour premier, irréductible.

L'enfance avait été pour elle un petit paradis et peut-être était-ce pour cette raison qu'en avoir été chassée avec violence lui avait brisé le cœur.

Elle s'appliquait de tout son être à estomper la couleur, à l'intensifier, recherchant la tonalité exacte que la Vierge avait reçue lorsqu'elle était neuve et que le temps avait ensuite irrémédiablement gâtée, ternie, trahie. Elle désirait que le Basilio soit fier de son travail et qu'il la prenne avec lui de manière définitive. Elle désirait ce début : cette maison, ce demi-fiancé, ce travail. Malgré les pronostics de son père, de Rita, de Venturi, cet endroit fruste et abandonné la couvrait de présents. Comme si elle était une reine, comme si elle les méritait.

L'examen portant sur le Jugement dernier de Giotto était le seul auquel elle n'avait pas été reçue. Elle avait fini par se résigner et avait présenté d'autres modules. Le Jugement de Michel-Ange, elle n'avait même pas essayé. Elle mourrait sans avoir jamais mis les pieds à la Chapelle Sixtine ni dans celle des Scrovegni, elle en était sûre. À Bologne, à San Petronio, lorsque, au cours de la seule visite guidée qu'on lui avait accordée, elle s'était trouvée face à la gigantesque fresque de Giovanni da Modena avec, au centre, le Diable noir dévorant la tête d'un homme, elle avait demandé à sortir, le souffle coupé.

Il y avait des lieux où Emilia ne pouvait pas revenir. Où elle ne reviendrait pas, même en usant contre elle-même de la plus extrême violence. Cela, même Venturi l'avait admis :

Il y a des trous que tu ne peux pas combler.

Qui resteront là pour toujours, noirs et profonds.

Pourtant, si tu le veux, tu pourras construire une vie autour. Comme l'herbe repousse au bord des cratères. Comme on peut orner des puits avec des pots de fleurs.

Ta vie sera toujours un anneau autour de ce gouffre.

Tu as le courage d'accepter ça ?

Des faisceaux de lumière transperçaient l'ombre, chargés de poussière et d'ailleurs. L'église, quoique mineure et déserte, la dominait de son silence jugeant. Soudain, un souvenir lui traversa l'esprit. Un souvenir parmi tant d'autres bâillonnés, enchaînés avec une camisole de force au fond de son inconscient détraqué et bien pire qu'un gouffre…

L'odeur d'encens de la cathédrale de Ravenne, la voix du prêtre pendant les obsèques, le cercueil d'acajou recouvert de roses blanches, la fleur préférée de sa mère. Emilia s'était sentie minuscule. À partir de ce jour-là – le 2 janvier 1998 –, elle avait commencé à disparaître. Il lui était resté le corps, comme il reste les pierres tombales, les plaques, les photographies encadrées. Mais l'intérieur s'était vidé. Plus rien ne bougeait, dedans.

Le visage de la Vierge était ébréché sur une joue et sous l'œil droit. Emilia polissait, remplissait. Une moitié d'elle-même se répétait: Permets-toi de recommencer maintenant, je t'en prie. Mais l'autre la tempérait: On te découvrira, c'est juste une question de temps.

Il avait suffi d'une question inoffensive comme « D'où viens-tu ? » pour lui fermer l'estomac. Et quand le Basilio lui avait demandé : « Où as-tu fait tes études ? », elle avait été tellement soulagée de pouvoir, pour une fois, répondre la vérité : « Alma Mater Studiorum de Bologne. » Mais elle avait omis un petit détail: la « succursale » où elle avait obtenu ce beau diplôme. Le parcours pour ainsi dire « spécial » qui l'avait menée jusqu'à cette note excellente, inimaginable, presque le maximum. À son père qui avait pleuré comme un enfant, de joie pour une fois.

Emilia était occupée en permanence par cette tâche colossale: cacher derrière son corps son passé entier. Sauf que son corps était des plus frêles, et son passé gigantesque.

Bruno te découvrira, se dit-elle, et il ne voudra plus te voir. Le Basilio te licenciera. Les habitants d'Alma te chasseront avec leurs fourches, parce que c'est juste. Il n'existe pas de lieux sur la Terre pour toi, c'est avec les diables que tu dois rester, saisie par leurs griffes, brûlée dans les flammes.

Ce n'était qu'une question de temps, et pourtant. Ce temps-là, malgré sa durée réduite et sa fragilité, malgré elle-même, elle voulait le vivre.

Nous nous arrêtâmes dans le vestibule qu'une épaisse tenture de velours séparait de la petite porte latérale.

« Comment ça a été ? »

Emilia vérifia que le Basilio était assez loin pour ne pas l'entendre et, quand elle s'en fut assurée, elle exulta, avec un sourire radieux que je ne lui avais jamais vu : « Bien, très bien !

– Il t'a engagée ?

– Il m'a dit de revenir demain. »

Son bonheur faisait fondre ce qui demeurait encore glacé en moi, j'en fus conscient. « Je crois que le Basilio n'a jamais été aussi gentil avec quelqu'un », commentai-je.

Elle allait pousser la porte, mais je l'arrêtai.

« Je te rappelle que nous sommes sur le point de sortir sur la grande scène d'Alma, dont nous sommes aussi l'attraction principale. »

Emilia leva les yeux au ciel : « S'il te plaît, jetons un peu de scandale parmi ces grenouilles de bénitier. » Elle me mit la main dans le pantalon.

« Tu ne les connais pas, ils ont déjà fait brûler plusieurs sorcières. Tu veux finir comme elles ?

– Absolument.

– Le Samouraï doit être plein à cette heure-ci, on va se retrouver au beau milieu des ragots qui pullulent dans cet antre…

– Oh, ça va, dit-elle en soufflant. Rappelle-moi ce que je dois faire : je sors la première et je monte vers Stra' dal Forche ? »

Le raccourci, allais-je lui répéter, lui réexpliquant mon plan compliqué que n'importe qui, en dehors des habitants d'Alma et des environs, aurait jugé relevant de la paranoïa. Mais, dans la pénombre, je discernai une Emilia nouvelle. Sous la pose fanfaronne, la cuirasse de protection, les yeux inertes, j'entrevis la jeune femme qu'une raison obscure avait conduite jusqu'à Sassaia. Et j'eus l'intuition que cette femme avait aujourd'hui obtenu une satisfaction.

« Sortons en même temps. Allons dîner quelle part », dis-je, changeant le programme.

Elle écarquilla les yeux comme si je lui avais dit : Je t'emmène en Amérique.

« Si tu en as envie, bien sûr. Mais je crois qu'il faudrait fêter ça. »

Quelque chose bougea dans ses yeux. Une lueur infinitésimale, un *input* venu d'une très lointaine galaxie à des milliards d'années-lumière, d'une étoile qui sans aucun doute était morte depuis longtemps, que je pus saisir pourtant. Cela me donna du courage.

« Ils m'ont déjà vue tituber, saoule en sortant du bar, me rappela-t-elle, tu vas ruiner ta réputation. »

Je l'embrassai en répondant : « Je m'en fous. »

J'avais passé les dernières heures assis sur un rocher blanc à côté du torrent, à repérer les titres les plus alléchants pour persuader mes treize élèves de lire un pauvre, un misérable roman. À élaborer des stratégies pour faire passer l'idée qu'ouvrir un livre n'était pas un geste inutile dans un monde comme celui-ci, où les sentiments sont tordus et où vous avez l'impression de devoir vous cacher pour être aimé ; où il y a des rues entières à l'abandon, des maisons laissées vides, où chaque coin vous rappelle qu'ici le temps a pris fin et que ceux qui restent sont des perdants. J'avais l'intention de faire tout mon possible pour qu'ils comprennent que lire pouvait les libérer de la solitude énorme de cet endroit et de ses lois de merde.

J'envoyai balader la première, de ces lois : Méfie-toi des étrangers.

Je me dis qu'il fallait joindre le geste à la parole. Et donc j'ouvris grand la porte et nous sortîmes de l'église. Dans la lumière pleine du soleil couchant, avec le Samouraï bondé, où certains tournèrent leur visage, leur cou, leur buste dans notre direction, sans faire le moindre effort pour s'en cacher. Nous aurions dû être plus prudents, à y repenser a posteriori. Continuer à nous aimer à Sassaia, épiés seulement par les rochers, les hêtres, les animaux. Nous aurions gagné du temps, peut-être. Ou peut-être pas, parce que ce qui doit arriver arrive. Malgré toutes les précautions, les efforts pour l'éviter. Alors peut-être que nous avons bien fait, en nous octroyant ce petit bout de bonheur, tout entier et tout de suite.

Écrit comme ça, on pourrait croire que nous sortîmes de l'église main dans la main, ou en train de nous embrasser passionnément. Alors qu'en fait nous nous contentâmes de franchir le seuil au même instant et de marcher côte à côte à travers la place, d'avancer parallèlement sans nous effleurer, sans gestes éclatants. Mais notre simple apparition était amplement suffisante.

En passant devant les vitrines du Samouraï, je priai en mon for intérieur : Mon Dieu, faites que Patrizia ne soit pas là, faites que Patrizia ne nous voie pas. Même si, avec Dieu, je n'avais jamais fait autre chose que me disputer.

9

Mourir pendant les fêtes, on ne fait pas ça, encore moins à une fillette de treize ans.

Emilia venait d'avoir ses premières règles, elle était déboussolée dans son corps ; elle avait les joues ravagées par l'acné et regrettait son enfance. Quand elle lisait à haute voix en classe, c'était comme si les lettres se chevauchaient, se mélangeaient, mais la prof ne le comprenait pas et continuait à l'humilier devant ses camarades. Il lui semblait être la seule personne triste dans un monde de gens heureux et maintenant, comme si ça ne suffisait pas, elle était obligée de s'entendre répéter : « Courage, *il faut* que tu ailles de l'avant. » Déclamé sur un ton grave, comme s'il s'agissait d'une perle de sagesse, par des connaissances antipathiques, par des voisins qui l'avaient vue grandir. Ils exprimaient leurs condoléances, les bras chargés de sacs de provisions et de bouteilles de champagne, la tête déjà au réveillon, au compte à rebours du passage à la nouvelle année sur Rai Uno, à l'avenir qui, pour elle, devenait un temps mort.

Le soir du dernier jour de l'année 1997, Emilia et son père l'avaient passé dans la cuisine, radicalement seuls. Assis en silence l'un en face de l'autre, évitant de se regarder, au milieu d'un décor de table pas dressée, télévision éteinte, évier débordant d'assiettes sales.

On entendait au loin les premiers feux d'artifice, des pétards que des gamins, incapables d'attendre minuit, faisaient éclater dans les cours d'immeubles. Des jardins des villas alentour, des fenêtres éclairées de l'autre côté de la rue arrivaient des flots de rire, des rafales de musique à plein volume, soudainement baissé, par respect peut-être, parce que quelqu'un venait de se souvenir du malheur de la famille Innocenti.

En réalité, Emilia n'entendait rien. Elle écoutait seulement, à l'intérieur d'elle, l'affaissement irréversible du ventricule droit, du ventricule gauche, de l'aorte. Elle fixait la plaque de marbre de la table et y voyait, comme dans un miroir magique, les filles de sa classe.

À cette heure-ci, pensait-elle, elles ont dû mettre dans leurs cheveux les serre-tête en velours, les barrettes Swarovski, et aux pieds les talons hauts. Et à peine sorties de la voiture des parents, elles ajouteront une couche de maquillage à ce qui a été autorisé par leur mère. Elles se brosseront une dernière fois les cheveux avec leur peigne de poche, remettront en place leurs bracelets, leurs bagues, les collants en voile qu'elles n'ont pas l'habitude de porter sous la jupe courte. Et pour finir, dans le local loué collectivement pour l'occasion, avec les baffles qui font pulser *What is love ?* et les bouteilles de Sprite bien alignées pour cacher la vodka, elles feront leur entrée triomphale devant les garçons.

Ça aurait été sa première fête hors du contrôle de ses parents. Mais elle était là, avec son père, à contempler son adolescence terminée avant d'avoir commencé.

Tu devais me répéter de ne pas exagérer avec le rouge à lèvres, lui avait-elle reproché. Tu devais me prêter ton soutien-gorge, m'amener à la fête en me conseillant sur la façon de répondre à ces connasses de Sofia et de Vanessa qui me mettent tout le temps à l'écart, qui m'appellent « poil de carotte ». Tu devais me montrer comment on fait pour marcher avec des talons hauts, pour fumer une cigarette, oui, sans avaler la fumée. Me réprimander jusqu'à l'épuisement quand je n'ai pas envie de faire mes devoirs, ou parce que je préfère les jeux vidéo aux livres que tu voudrais tellement me voir lire. Tu devais aussi mieux m'expliquer les méthodes contraceptives, et ce poème de Pascoli que je n'ai pas compris. Mais tu es morte.

Son père s'était levé à un moment donné. Il devait être neuf ou dix heures du soir. La vérité, c'est que le temps avait disparu et à sa place s'était répandu un désert lunaire où la gravité était absente, le jour et la nuit absents, la vie absente. Il ne restait que la stagnation sourde de la matière.

Son père s'était mis debout, avec lassitude et détermination. Il avait posé les deux mains sur la table. Il l'avait regardée.

Pendant des années, ils se débrouilleraient avec des surgelés et des plats préparés. Dormir sans un comprimé, cette nuit-là, comme toutes les nuits à venir, ni l'un ni l'autre n'aurait même essayé. On vous raconte que, face à la maladie, vous avez le temps de vous habituer, de vous faire une raison. Parce que les personnes que vous aimez, quand vous les voyez dans un tel état, tellement méconnaissables, à la fin vous voulez seulement y renoncer.

Mais quelle raison ? aurait voulu répliquer Emilia. Quelle habitude ? Elle l'aurait gardée là, sur son lit médicalisé, pour toujours. Même pesant trente-neuf kilos, même horrible, avec trois cheveux sur la tête, abrutie par la morphine. Pourtant toujours sa mère.

Elle était égoïste, une fille unique gâtée. Mais vous n'avez qu'à essayer, vous, de continuer, *après.*

Si elle avait pu, Emilia se serait attachée éperdument à son tas d'os, à sa peau flétrie à trente-sept ans. Elle aurait voulu garder pour elle cette version épuisée et squelettique de sa mère jusqu'à ce qu'arrive le bon moment. C'est-à-dire, quand elle aurait eu cent ans. Cent dix. Quand, avec un peu de chance, elles auraient même pu mourir ensemble, à quelques heures de distance. Sa mère n'était plus en état de se nourrir de manière autonome, elle respirait à peine, mais entre pouvoir lui faire une bise, serrer sa main chaude, lui raconter comment ça s'est passé à l'école, et ne plus pouvoir le faire, il n'y a rien de comparable.

Et donc son père s'était levé, avait posé les mains sur la table, l'avait regardée dans les yeux, interrompant le mouvement de ses pensées qui allaient de la perfusion de morphine à Sonia et Vanessa avec des paillettes sur les paupières, des coups de téléphone aux pompes funèbres aux baisers qu'allaient échanger ses camarades de classe sans elle, cette nuit-là, sur fond de musique, et cela sans solution de continuité, comme si la mort et ces attouchements, la tumeur et le vacarme des baffles n'étaient qu'une seule et même chose.

Il lui avait dit : « Emilia, il faut qu'on mange. »

Amaigri, les yeux cernés, gonflés.

« Il faut qu'on fasse cuire des pâtes. »

Une barbe de plusieurs jours, les cheveux blanchis d'un seul coup, totalement épuisé. Mais impératif et catégorique.

« Maintenant nous sommes tous les deux, toi et moi. Et nous devons nous suffire à nous-mêmes. »

Quand j'eus soulevé la porte du garage qui se trouvait à la sortie d'Alma, dévoilant aux yeux d'Emilia la Seat

Ibiza rouge cabossée, elle éclata de rire : « Elle a combien de siècles ? »

Elle s'approcha du capot, le considéra d'un air amusé et raya de son index la croûte de poussière en dessinant un énorme pénis.

« Allez, dis-le, la provoquai-je, Marta n'approuverait pas.

– Oh, Marta vomirait sur-le-champ ! Jamais elle ne monterait dans rien de moins qu'une Mercedes, polie à la cire en plus ! »

Je finis par dénicher un mini-aspirateur portatif qui traînait là avec un tas d'autres outils pour la mécanique : le genre d'ustensiles auxquels j'avais toujours préféré Giacomo Leopardi. Je me mis à débarrasser de mon mieux les sièges des mouches mortes, des miettes de pain remontant à qui sait quelle sortie, des toiles d'araignée. Quand l'habitacle me sembla à peu près acceptable, je vérifiai l'huile, l'eau et la pression des pneus. Enfin, j'invitai Emilia à monter.

« Je t'en prie ! Je te laisse même conduire, si tu veux.

– Non, non », répondit-elle en rougissant. Elle s'empressa de s'installer côté passager, mit ses lunettes de soleil et changea tout de suite de sujet : « Elle est trop propre, aussi neuve que dans les années soixante-dix, je suis éblouie.

– Quatre-vingt », précisai-je.

Je mis le contact sans savoir exactement à quoi m'attendre. La dernière fois que j'avais utilisé cette voiture remontait à une année auparavant, c'était pour aller retrouver Gisella au Motel Les Plaines. Cette pensée me remplit de tristesse.

Avec la moitié du réservoir d'essence, je me dis qu'on pouvait peut-être dépasser la limite de notre province, au-delà de Turin, quitter le Piémont dont, enfant, je n'étais sorti que l'été pour aller à la mer en Ligurie.

La bagnole démarra, sortit miraculeusement du garage. Descendant vers la route provinciale, prenant son élan, elle nous jeta dans le monde.

Emilia baissa la vitre, malgré le froid. Novembre s'était désormais décidé à être lui-même. J'appuyais sur l'accélérateur comme si j'étais poursuivi tandis qu'elle gardait la tête dehors pour sentir le vent dans ses yeux, dans ses cheveux qui fouettaient son visage. La vie qui se jetait sur nous.

Je repensai à Marta, le seul indice dont je disposais pour reconstruire l'histoire d'Emilia. Nous haletions encore dans la chambre éclairée par les bougies comme au Moyen-Âge quand ce prénom était sorti pour la première fois. Et j'avais foncé dessus avec une faim que je ne pensais pas avoir.

Ça s'était passé comme ça : Emilia m'avait demandé quel travail je faisais, et je lui avais répondu, très tranquillement, que j'enseignais l'italien dans une école primaire. Après quoi elle avait eu une réaction bizarre, de surprise, presque d'inquiétude. Secouant la tête, elle avait fait ce commentaire : « Pas possible, je me baise un instit'…

– Qu'est-ce que ça a d'extraordinaire ?

– C'est pathétique, avait-elle répondu en couvrant son visage de ses mains. Marta va me chier dessus quand elle va savoir ça.

– Qui est Marta ? »

Emilia ne nommait jamais personne sauf, parfois, son père. Elle semblait ne pas avoir eu de vie avant son arrivée à Sassaia. Je m'étais assis, jambes croisées, pour l'écouter avec le plus grand intérêt. Elle avait répondu d'un air grave : « Une de mes copines d'internat. »

Je m'étais quand même demandé qui pouvait bien encore envoyer ses enfants en pension dans les années quatre-vingt-dix ou deux mille. Sauf que Marta était plus importante.

« Elle a des exigences, avait poursuivi Emilia, elle vit à Milan dans un appartement de cent mètres carrés, dans un quartier très chic. Elle est chercheuse, tu sais ? Pour une boîte pharmaceutique. Elle ne sort qu'avec des chefs d'entreprise, des banquiers, et c'est toujours elle qui paie le dîner, parce que c'est une femme libre et féministe.

– T'as qu'à pas lui dire que tu sors avec un instituteur. Transforme-moi, je ne sais pas, en universitaire, par exemple !

– Un mensonge à Marta ? s'était-elle scandalisée. On a fait le serment, on s'est entaillé le poignet et on a mêlé nos sangs dans la salle de bains. Le pacte ne se rompt pas.

– Bien, et alors, elle voudrait quel genre de compagnon pour toi, cette Marta ?

– Ben, avait-elle réfléchi, un dur, très mec. Plein de thune, mais cultivé aussi. Avec un diplôme dans des matières sérieuses : sciences, maths. Un manager. »

J'avais éclaté de rire comme ça ne m'arrivait plus depuis vingt ans peut-être.

« Un manager, à Sassaia, t'en trouveras jamais un. Mais des hommes durs, avec le tricot troué, une odeur d'étable et des mains calleuses, ça oui, autant que tu veux. »

Ensuite, il s'était passé quelque chose de bizarre. Emilia s'était comme absentée. Le regard ailleurs, tortillant une boucle de cheveux autour de son doigt, elle avait murmuré : « … me lisait toujours leurs rédactions avant que je me couche. »

Mais quand je lui avais demandé de qui il s'agissait, elle s'était ressaisie, gênée : « Non, c'est rien. »

Je repensais à cet épisode et, encore une fois, à la réponse qu'elle avait faite au Basilio : les Marches. Qu'est-ce que j'avais en main ? Rien. Son père, la seule fois où je l'avais vu sur le balcon, avec le matelas, m'avait semblé un type riche. L'internat, c'était peut-être un de ces campus de style américain où les familles aisées envoient leurs enfants faire leurs études. Peut-être existait-il un campus de ce genre dans la province de Pesaro et d'Urbino. Peut-être fallait-il que je cherche sur Internet. La route provinciale, pendant ce temps, serpentait au milieu des bois, à pic sur le torrent, déclinant peu à peu au milieu des montagnes noires.

« Où on va ? me demanda-t-elle, décoiffée, après avoir remonté la vitre.

– *À la gare, disparaître de tous les regards.*

– Mandelstam », dit-elle en souriant.

Je me tournai vers elle pour la regarder : ses taches de rousseur, ses lèvres fines et crevassées qui n'allaient pas résister à l'hiver, ses yeux opaques et impénétrables comme des braises. Est-ce que je pouvais l'aimer sans savoir qui elle était ?

Arrivés en bas, au carrefour, je marquai le stop un temps infini, même si la route était déserte.

Je commençais à soupçonner que, pas toujours mais de temps à autre, elle me mentait. Je ne comprenais pas pourquoi elle m'avait caché un détail aussi insignifiant que le permis de conduire qu'elle n'avait pas.

Mon intention était de tourner à gauche, vers un établissement de la plaine dont j'avais entendu dire du bien sans jamais y être allé. Je voulais que tout soit nouveau entre nous, comme si nous venions de naître à l'instant.

Au contraire, comme un kamikaze, au dernier moment je pris la direction opposée.

Le restaurant s'appelait «Le Cerf vert». Il existait encore, retranché sur une colline de Donato, à la limite de la province, dans une vallée bien plus ensoleillée que la nôtre, creusée par un torrent moins impétueux.

En arrivant à la porte, je sentis mon estomac se nouer. La dernière fois que j'avais franchi ce seuil, c'était à midi, un dimanche d'août. Vingt-cinq ans – je les comptais – avaient passé.

Emilia ne se décidait pas à entrer, elle non plus. Elle restait là à fixer la porte comme si elle attendait que quelqu'un la lui ouvre. Mais je ne pouvais pas déchiffrer ce détail, je n'avais pas les éléments nécessaires. Elle hésita plus longtemps que moi, j'abaissai la poignée.

Le temps est parfois implacable, parfois miraculeux.

Quand je pensais à ce qu'il avait fait à ma Vallée – des villages qui, au début des années soixante, comptaient des milliers d'habitants et aujourd'hui quelques dizaines –, mon cœur cessait de battre. Sassaia avait rassemblé jusqu'à trente-cinq familles, à l'époque des tailleurs de pierre et des maçons, quand ils étaient renommés dans le monde entier. Un peu en dessous d'Alma, les fabriques de chapeaux, les filatures, les cultures de chanvre prospéraient. Quand j'étais petit, il y avait quantité de magasins ouverts, des fêtes pour chaque saint patron, des bars pleins de gens, bruyants jusque tard le soir, des boulangeries, des marchés. Puis une sorte de peste était arrivée, elle avait vidé les maisons et les bars, les restaurants et les places.

On aurait dit que le temps s'était transformé en une avalanche qui, roulant depuis les cimes, avait fait taire toute voix.

Ici pourtant, au Cerf vert, il avait conservé et protégé le moindre détail. Il y avait toujours les cornes accrochées aux murs, les hiboux et les perdrix empaillés avec leurs yeux de verre qui vous fixaient, stupéfaits, les photos en noir et blanc pleines d'hommes portant un chapeau et de femmes coiffées d'un foulard, qui remontaient à une époque où ce territoire était riche et où aucune de ces personnes n'aurait pu imaginer que leurs petits-enfants allaient fuir en masse. Les tables aussi, me sembla-t-il, étaient dressées avec les mêmes nappes, ornées au centre des mêmes plateaux rustiques sculptés dans le bois.

En revanche, comme on n'était pas un dimanche d'août de l'année 1990 mais un mercredi ou jeudi de novembre 2015, cette salle avec vue sur les Alpes était déserte. Il n'y avait qu'Emilia qui glissait, rêveuse, entre les tables, caressant du doigt les couverts et les nappes.

« Tu peux pas imaginer depuis quand je suis pas allée au restaurant.

– Moi non plus.

– Pourtant tu es triste, je le vois », dit-elle en levant les yeux vers moi.

Je restai cloué sur place, embarrassé, ne sachant que répondre. Contrairement à elle, j'étais incapable de mentir.

Une femme âgée coiffée d'un chignon, portant un tablier, sortit des cuisines pour nous accueillir et nous demander où nous préférions nous installer. Emilia choisit une table carrée devant une fenêtre qui servait de cadre au Mombarone. Nous nous assîmes face à face tandis que la dame allumait une petite bougie et que mes mains tremblaient. Je commençais à transpirer.

« Auto-sabotage », voilà comment ça s'appelle. Quand vous voulez sortir du marécage, vous concéder enfin un geste normal comme emmener dîner une jeune femme, et qu'en même temps vous voulez vous punir d'avoir simplement essayé. Par conséquent, parmi toutes les places où m'asseoir, je choisis la pire.

Emilia lisait avec enthousiasme le menu typique : polenta et cerf, ou polenta et *moja*, ou polenta *concia*[1]. Moi, j'essayais de me concentrer sur elle, sur son beau sourire, sur le présent qui était le seul espace libre, mais mon regard, comme irrésistiblement attiré par un aimant – le passé –, retombait toujours sur le côté, sur une longue table dressée pour une famille nombreuse, bruyante, joyeuse. Et pendant qu'Emilia commandait un litre de vin de la maison et un plat de polenta et *moja* pour chacun, moi je voyais défiler comme dans un petit film amateur les toasts, les éventails, les éclats de rire de ce dimanche-là, et je sentais une enclume s'enfoncer dans ma poitrine.

« Combien de petites amies t'as eues ? »

Je repris soudain pied dans le présent. « Pourquoi tu me demandes ça ? » Je m'aperçus que nos verres étaient remplis de vin. « La quantité est importante ?

– Putain, oui ! Elle est fondamentale ! Allez, dis-moi, la vérité et rien d'autre, dit-elle en levant son verre.

– Zéro, avouai-je en faisant tinter nos verres. Des petites amies, zéro. »

Elle secoua la tête d'un air incrédule : « Pas une histoire en trente-six ans ?

– Non, rien que des nuits par-ci par-là, sporadiques, tristes. Et tardivement, en plus.

---

1. Deux spécialités des montagnes du Piémont. Polenta et *moja* : boulettes de polenta dans une crème de fromage fondu. Polenta *concia* (« arrangée ») : polenta enrichie de fromage (tomme et fontine).

– T'es jamais tombé amoureux? T'as jamais vécu avec quelqu'un? T'as jamais présenté aucune fille à ta famille?»

Cette dernière question s'avéra particulièrement douloureuse pour moi.

Je vis clairement le soulagement sur son visage tandis que je lui répondais: «Non, rien de tout ça.»

Nous vidâmes les verres d'un coup. Le vin m'aida à émerger.

«Et toi?»

Emilia prit tout à coup une pose fanfaronne. Elle se laissa aller contre le dossier et soupira: «Ah, moi des types, j'en ai eu *à la pelle*! Je baisais dans les chiottes de L'Imperiale et du Cocoricò, à Riccione. Mais j'ai eu aussi des histoires sérieuses, de deux, trois ans. Une de cinq ans, même, avec Emanuele, mon grand amour.» Elle ne me regardait pas en disant cela. Elle se souriait à elle-même, emportée. «On s'était mis à vivre ensemble, quand on était étudiants. Il m'avait même demandé qu'on se marie… Mais j'étais pas prête.»

De tout ce qu'elle disait, instinctivement, je ne retins qu'un mot: Riccione.

La polenta arriva. Emilia rayonna. Je ne comprenais pas si c'était le vin, le restaurant, l'essai réussi avec le Basilio, mais elle était décidément très excitée. Moi, par contre, j'avais l'impression que j'avais une pierre attachée aux chevilles, et qu'il y avait sous la table un lac, noir tant il était profond, qui n'attendait qu'une chose: m'engloutir. Qui me poussait à prendre tout ce bonheur inespéré, immérité, inattendu, et d'y mettre le feu.

«Pourquoi des Marches à Sassaia?» Je fus incapable de me retenir. Avant même d'avoir touché à mon assiette. Avec sérieux, avec violence, avec désespoir. «Ou plutôt, pourquoi de Riccione à Sassaia?»

Elle, qui avait déjà commencé à manger, s'assombrit totalement.

Elle finit sa bouchée, posa sa fourchette, me regarda droit dans les yeux avec une expression qui, assurément, était de la haine : « Les interrogatoires, avec moi, ça marche pas, il faut que tu le saches. » Elle s'essuya le coin de la bouche avec la serviette. « Et si tu fais le con, moi, là, je mange, je me lève, je prends ta caisse et je me casse. Même si j'ai pas le permis et si je connais pas les routes, je m'en bats les couilles et tu rentres à pied. »

Sa transformation me terrifia.

« Je te l'ai demandé, moi, pourquoi tu m'as emmenée dans cet endroit alors qu'il te fait souffrir ? Je te l'ai demandé, moi, qui ou quoi il te rappelle ? J'ai essayé de mettre le doigt dans ta plaie ? Non, parce que je suis pas une merde.

– Excuse-moi. »

Je lui pris brusquement la main et la serrai.

Je fermai les yeux. Je sentis les larmes glisser sur mes joues. Je ne fis rien pour les dissimuler.

Elle dut être étonnée, parce qu'après un instant d'hésitation, elle serra à son tour ma main, sur la nappe, entre les verres et la corbeille à pain. Je ne voyais pas son expression, mais j'entendis ses paroles s'adoucir : « T'es bien perturbé, toi aussi, hein ? »

Je me sentais perdre pied. Et sa main me retenait.

« Écoute, maintenant on mange. On va pas laisser refroidir cette merveilleuse polenta. Tu sais ce que me disait toujours Rita, une autre amie de pension ? Qu'il faut bien recommencer quelque part. Moi j'y croyais pas, je voulais pas, et puis j'ai été obligée. Alors, parmi tous les endroits du monde, j'ai choisi Sassaia parce que c'est le plus beau. C'est comme… – elle réfléchit un instant – un utérus de pierre. On y est à l'abri, innocent, au chaud comme dans l'étable de la crèche. Et au-dehors, le monde entier, glacé et méchant. »

Je rouvris les yeux. Je la regardai à travers mes larmes avec un sentiment, qui sans aucun doute, même si elle devait me mentir toujours, même si je ne savais pas encore quel serait le prix à payer, était de l'amour.

« Toi, me demande plus rien, conclut-elle. Baisons, vivons, mais restons sur la frontière, OK ? Sans la dépasser. »

Quand toute sa classe, bien coiffée et portant des vêtements sombres, s'était présentée à l'enterrement, de cœur, Emilia n'en avait déjà plus.

Depuis le premier banc, celui réservé à la famille, elle s'était retournée vers le fond de l'église où s'entassaient ceux qui ne savaient même pas comment s'appelait sa mère. Elle les avait dévisagés un à un, ses camarades, et plus encore les filles, pourvues de seins, de hanches et de fesses quand elle n'était encore qu'une planche à repasser. Et elle avait deviné, derrière chaque regard baissé, chaque silence forcé, leurs pensées qui revenaient à la fête du Nouvel An à laquelle elle n'avait pas assisté, à la vodka pêche avalée cul sec, à l'étourdissement après le premier tour de joint, à ce truc que dans *Cioè* on appelait de manière aseptisée *petting* et qui signifiait, de manière très terre à terre, essayer de faire l'amour sans en avoir le courage.

Ils étaient là-bas, eux, sur une ligne droite qui courait à perdre haleine, avec toute la vie devant eux. Et elle au contraire, elle était là, sur une voie sans issue. Son horizon était le cercueil de sa mère, qui s'appelait Cecilia et aimait les romans de Richard Ford, de Daniel Pennac, et les poèmes d'Umberto Saba. Qui avait trente-sept ans, enseignait l'italien à l'école primaire Ungaretti de Ravenne, et avait toujours préféré la mer à la montagne.

Elle aimait se faire bronzer, aller au large avec un pédalo pour admirer sur la plage les parasols devenus des petits points de couleur – « Regarde Lilliput, Emilia ! » –, déjeuner au restaurant avec du sable dans le maillot de bain. Mais plus que tout, elle aimait revenir à l'école en septembre et retrouver ses élèves, les écouter raconter leurs vacances, corriger les journaux de bord qu'elle leur avait donnés comme devoirs de vacances en même temps que des « lectures sauvages en liberté ».

Sa mère était une personne bonne, qui n'avait jamais rien, mais vraiment rien, fait de mal.

Elle avait monté à ses frais une bibliothèque scolaire. Donné des leçons gratuites aux enfants en difficulté venant des quartiers défavorisés. Quand la vie l'avait maltraitée avec la fausse couche du petit frère d'Emilia – un épisode dont Emilia se souvenait parfaitement, même si elle n'avait alors que cinq ans – elle avait passé quelques jours au lit, à pleurer, et puis, au lieu de rester sur son chagrin, elle s'était inscrite dans une association de bénévoles qui distrayait les petits enfants hospitalisés dans le service d'oncologie pédiatrique.

Pendant que le prêtre parlait, ou plutôt déblatérait, de l'impénétrable dessein de Dieu qui est toujours juste et bon, les expressions amusantes de sa mère, son habitude d'enlever les jaquettes des livres et de les semer dans la maison, sa façon de lui poser des questions au sujet d'éventuels fiancés en haussant juste un sourcil, tout cela se conjuguait déjà au passé.

Bientôt Emilia allait retourner à l'école, comme toujours humiliée par la prof d'italien, par Vanessa et Sofia qui lui baissaient de force la culotte dans les toilettes

– « Poil de carotte ! Qui te baise ? T'es trop moche ! » – et elle ne retrouverait plus sa mère qui lisait dans le salon.

Elle ne pourrait plus pleurer dans son giron, pelotonnée sur sa poitrine. Elle ne l'entendrait plus dire : « Elles sont faibles, c'est pour ça qu'elles te font du mal. Ceux qui sont forts sont toujours généreux. » Quand elle ouvrirait la porte de la maison, elle allait trouver un trou. Un gouffre assourdissant, vertigineux, où flottait encore l'odeur de ses vêtements bien rangés dans les armoires, de ses parfums alignés sur l'étagère de la salle de bains, de ses romans qui tapissaient complètement la bibliothèque du salon, et que ni elle ni son père ne toucheraient plus jamais.

Au moment où on avait porté le cercueil hors de l'église, Emilia ne voyait plus ni ses camarades ni ses enseignants ni les parents ni le ciel ni la terre. Puis quand on avait glissé le cercueil, avec sa mère à l'intérieur, dans une niche en hauteur le long du mur du cimetière monumental de Ravenne et qu'on avait commencé à murer celle-ci, avec ce bruit définitif de ciment frais et de truelle, de briques et de râpe, Emilia n'avait plus été capable de respirer, de se tenir debout et s'était affaissée de tout son poids.

Quand elle était revenue à la maison, elle avait composé le numéro du téléphone portable de sa mère et l'avait entendu répondre : « Vodaphone, le numéro que vous avez composé n'est pas disponible actuellement. » Elle continuerait à le composer, ce numéro, chaque jour, obsessionnellement pour entendre, à la place de la phrase « Ma chérie, dis-moi » une voix anonyme qui disait « Vodaphone ».

Ce n'est pas vrai qu'après on continue.

Après, il y a les conséquences.

Et la première, la plus importante dans la vie d'Emilia, ce fut une sourde, une implacable rage.

10

Nous arrivâmes à Sassaia trop tard, cette nuit-là, troublés et remués par les paroles que nous nous étions dites au restaurant et qui continuaient encore à nous travailler en dedans, comme ces guêpes maçonnes qui s'insinuent dans les petites fissures des volets, et creusent, et bourdonnent jusqu'à les évider.

Le froid était tombé brusquement, comme une hache. L'humidité des bois nous fendait les os. Nous nous frayions un passage à la torche dans les endroits les plus touffus, où l'obscurité était une pâte noire, fourmillante de dangers. Nous n'aurions pas dû nous habiller si légèrement, nous n'aurions pas dû tant et tant de choses. Et pourtant. Avec les « ne… pas », impossible d'avancer.

À mi-chemin du sentier, entre le petit autel votif et les rochers géants, je m'arrêtai et lui saisis une main. Je voulais, de tout mon être, lui demander : Dis-moi qui tu es. Mais je ne pouvais pas, parce qu'à ce moment-là elle, elle me l'aurait demandé à moi.

Alors je commençai à l'embrasser. D'une manière violente où s'exprimait toute ma frustration. Emilia tremblait dans son blouson de cuir à franges, mais ne me repoussait pas. C'était comme si nous étions sur le point de nous perdre, menacés par un souvenir, par une question, par les personnes que nous avions été et que peut-être, en nous rencontrant, nous n'étions plus.

Nous éteignîmes les torches pour nous appuyer à un châtaignier, avant de finir entre ses racines, dans un amalgame de feuilles, de pierres et de terre glacée. La lune était presque pleine et filtrait comme un ruisseau à travers les branches. Le clocher d'Alma sonnait au loin une de ces heures impossibles où rien n'est encore fini, rien n'a encore commencé. Nous avions la chair de poule, les ronces nous griffaient. Tandis que nous nous pétrissions l'un dans le corps de l'autre, je me dis que maintenant, j'y entrerais, dans le repaire des partisans. Que je n'aurais plus peur, ni des chauves-souris ni des bombes encore actives. Que pour elle j'irais voir de quoi était fait le noir, quelle odeur il avait. Même sans ma sœur.

« On est dingues, nous deux, commenta Emilia à la fin, les cheveux pleins de feuilles. Baiser dans les bois, c'est un truc d'ados qui ont leurs parents à la maison, pas de gens de trente ans qui peuvent rester au chaud.

– Moi, je l'ai complètement sautée, l'adolescence. Mais peut-être que je suis en train de la récupérer maintenant, avec toi. »

Je vis qu'elle était sur le point de me répondre quelque chose d'important, mais elle se ravisa au dernier moment. Les torches rallumées, nous reprîmes notre marche. Emilia montait devant et, malgré sa fatigue, elle gardait le rythme pour se réchauffer. Elle commençait à maîtriser Stra'dal Forche. C'était déjà chez elle, me dis-je. Quand nous arrivâmes au panneau indiquant SASSAIA, elle se retourna pour me regarder et dit en souriant et en se frottant les bras : « Qui l'aurait dit ? Je vais même être obligée de le remercier, cet Aldo, de ne pas m'avoir apporté la télé. »

Nous pouvions être heureux, me hasardai-je à penser.

« Mais s'il fait froid comme ça en novembre, putain, qu'est-ce que ça sera en janvier ? Je sens plus mes doigts, ni mes orteils, dit-elle en continuant à se frictionner et à marcher le plus vite qu'elle pouvait.

– En janvier, on fera rien d'autre qu'enlever la neige à la pelle, briser la glace, charger les poêles et finir nos provisions. D'ailleurs, je te préviens, il va falloir bientôt commencer à les amasser. Ça pourrait nous arriver souvent de rester bloqués.

– J'entends déjà mon père jubiler, dit-elle en imitant sa voix : "Je te l'avais bien dit, malheureuse !" »

Dans les ruelles éclairées par la lune, entre les maisons muettes d'abandon, sur les petites places si minuscules qu'elles n'avaient ni numéro ni indication de propriétaire, juste des noms en dialecte comme *Surtun, Busc, Stela,* nous marchions enlacés. Moi aussi je sentais l'hiver arriver, j'en percevais l'odeur dans le vent qui dégringolait des montagnes. Pourtant je me rendis compte que, pour la première fois, je pouvais descendre en ville faire les grandes courses de l'apocalypse, aller chez Rivetti acheter du bois en quantité industrielle, et attendre, isolé devant le poêle, que la bourrasque passe, mais pas seul : avec elle.

Arrivés entre les portes d'entrée de nos deux maisons, je lui demandai : « Ça te dirait de dormir chez moi ? »

Elle fut surprise, comme si elle n'avait jamais envisagé cette possibilité. Comme si ma maison était un cercueil, une caverne, un musée fermé et inaccessible. Ce qu'elle était, en effet.

« OK », me répondit-elle, plus pour échapper au froid que par conviction.

Je frissonnai au moment de tourner la clef dans la serrure, mais ce n'était pas à cause du froid. Personne, à part Valeria et moi, n'était entré dans cette maison depuis tout ce temps que je n'arrivais pas à mesurer. J'appuyai sur l'interrupteur, la lumière se fit, révélant, dans toute sa nudité, ma vie.

Qui était un désert. Une exposition bien ordonnée d'objets : une baratte, un porte-œufs qui ne servait plus, une couronne de fleurs tressées que j'avais laissée sécher, et d'innombrables bols et tasses qui avaient appartenu à des personnes dont j'avais oublié le son de la voix, la façon de sourire. Mais ce mausolée, j'étais le seul à le voir. Emilia était trop fatiguée, elle avait trop froid.

« J'ai peur d'avoir la fièvre », me dit-elle en claquant des dents.

Je la regardai : ses lèvres étaient violettes.

« Je peux pas ne pas aller au travail demain, c'est mon deuxième jour. Je peux pas décevoir le Basilio.

– Ne t'inquiète pas, lui dis-je, viens avec moi. »

Je l'emmenai à l'étage, dans ma chambre, allumai la petite lampe de chevet qui me servait pour lire. Je jetai du bois dans la cheminée et fis asseoir Emilia sur le fauteuil à côté du feu qui commençait à prendre. Je lui couvris les épaules d'une épaisse couverture de laine.

« Attends-moi ici. »

Je descendis et mis de l'eau à chauffer. J'agis en répétant exactement la succession de gestes que faisait Valeria quand je tombais malade. Je remontai avec l'infusion d'orties fumante. Enroulée dans la couverture, Emilia s'était endormie, ou presque. Je lui fis boire l'infusion brûlante. Je lui mis la main sur le front : « Juste un peu de fièvre, demain tu seras en grande forme. »

Je ne fermai pas les volets, n'éteignis pas la lampe. Je n'osais pas me le dire à haute voix, mais j'avais recommencé à le vouloir. L'avenir.

Quand elle eut fini de boire, j'accompagnai Emilia dans la salle de bains et la déshabillai malgré sa résistance, malgré son épuisement, malgré l'hiver qui continuait à la glacer jusque dans les os. Dans la douche, je fis couler un jet brûlant en lui assurant qu'après ça, le froid allait passer, elle devait juste me faire confiance. Elle s'affaissa contre le carrelage, je pris l'éponge, le savon et la lavai des débris de feuilles et de terre.

« Trop d'émotions aujourd'hui », se justifia-t-elle, baissant les yeux de honte.

Je l'enveloppai dans mon peignoir. Lui séchai les cheveux. Lui donnai un de mes pyjamas, un comprimé de paracétamol, et la mis au lit, couchée dans la partie que personne n'avait jamais occupée.

« Pourquoi tu fais tout ça pour moi ? », me demanda-t-elle d'une voix très basse tout en fermant les paupières sous les couvertures.

« Parce que. »

Je ne l'avais jamais dit à aucune femme.

Et je ne parvins pas non plus à le lui dire, à elle.

Emilia comprit cependant mon silence, écarquilla ses yeux brillants de fièvre. Avec de la panique dans la voix, elle me cria presque : « Tu peux pas. »

Je restai assis à côté d'elle sur le bord du lit.

« Tu peux pas », répéta-t-elle. C'était un avertissement. Elle me serrait la main pour que je ne parte pas, que je retire tout de suite les paroles que je n'avais pas prononcées. « Tu me connais pas, tu sais pas.

– Ces dix jours avec toi, lui dis-je, valent mille fois plus que les dix ans qui les ont précédés. Ça m'est égal si tu veux juste t'amuser, si tu ne veux pas t'engager, si tu as besoin de compagnie et que je suis le seul homme dans les parages. Je ne demande pas que ce soit réciproque, je ne veux pas te retenir, je ne veux rien. Je suis seulement heureux que tu sois ici. »

Emilia abandonna ma main, en me fixant avec un étonnement plein de désespoir.

«Je le mérite pas.

– Moi non plus, lui répondis-je en me levant, mais dors maintenant, parce que, dans six heures, il faut qu'on se réveille.

– Quand on tombait malade, on devait s'isoler pour ne pas contaminer les autres, marmonna-t-elle, et les caresses de ma mère me manquaient. Je suis pas habituée au froid. Je suis pas habituée à tout ça.» Avant de plonger la tête dans l'oreiller, elle ajouta: «J'ai perdu comme ça tellement d'hivers, que je les avais oubliés.»

Je sortis de la pièce. J'éteignis toutes les lumières du rez-de-chaussée, du premier étage, à l'exception de notre lampe de chevet. Je me jetai sous la douche, et en sortant, tout mouillé, dégoulinant dans le peignoir qu'elle avait enfilé quelques instants auparavant, je me regardai dans le miroir embué. Il était une ou deux heures du matin, mais cela m'était égal. Le lendemain, à l'école, mes élèves allaient être pétrifiés sur place, mais cela aussi m'était égal. Je saisis d'abord les ciseaux, puis le rasoir. Des mèches de barbe tombaient dans le lavabo comme une vieille peau lors de la mue. Des morceaux de cuirasse, des morceaux de masque.

Lorsque je fus parfaitement rasé, je reconnus dans le miroir un homme différent. Une personne qui ne m'était pas étrangère, ou plutôt que j'avais gardée bâillonnée à l'intérieur de moi pendant tant de temps, à qui j'avais interdit toute forme et mesure de bonheur. Assez!

J'allai me coucher dans mon lit qui, pour la première fois, n'était ni glacé, ni désolé, ni seulement mien. Je m'allongeai sur le côté, dans la même position qu'Emilia. Je tendis la main pour tâter son front: elle n'avait déjà plus de fièvre. Je n'aurais permis à aucun passé de venir nous troubler.

Patrizia était au Samouraï quand Emilia et moi avions traversé la place en sortant de l'église. Elle était assise à une table avec des amies, près de la vitrine et, comme le reste du village, elle nous avait vus.

Lorsque, le lendemain, je me présentai à l'école avec une nuit trop courte imprimée sur le visage, des cernes profonds, et surtout sans barbe, elle traversait le couloir dans la direction opposée. Sur le moment elle ralentit, surprise. Après quoi elle m'incendia d'une bouffée de haine, et poursuivit son chemin sans le moindre geste pour me saluer.

Nous travaillions ensemble depuis 2005. À l'époque, cela faisait un an que j'étais revenu vivre à Sassaia, un an parmi les plus désastreux dont je me souvienne. Elle, elle venait juste de divorcer. Au départ, nous avions deux autres collègues, des femmes, et cela rendait les rapports plus faciles. Mais en peu de temps, avec la diminution drastique du nombre des enfants inscrits, il n'était plus resté que nous deux. Alors les choses avaient tout de suite pris une tournure compliquée, parce qu'elle se sentait seule et que la solitude était pour elle une pieuvre difficile à combattre, alors que pour ma part, j'étais persuadé de me trouver très bien tout seul et n'avais pas envie de devenir la solution à ses manques.

Je n'avais jamais rien fait pour encourager son intérêt pour moi, rien non plus pour la blesser. La fois où elle m'avait embrassé par surprise dans la salle des professeurs, je l'avais éloignée de moi le plus délicatement possible en m'excusant par-dessus le marché, avant de prendre les jambes à mon cou.

Par ailleurs, Patrizia ne m'avait jamais vu fréquenter aucune femme. Gisella habitait à trente-cinq kilomètres d'Alma et qui aurait pu soupçonner que moi, justement moi, monsieur Peraldo, l'instituteur réservé et ascétique, je puisse faire certaines choses ? Pour ce qu'elle en savait, j'aurais pu tout aussi bien être gay. J'espérais que c'était ce qu'elle croyait. Je voyais sa fragilité et cela m'attristait de la blesser. Je tâchais d'être d'accord avec elle, d'accueillir avec tact ses emportements, même si sa manière d'enseigner ne me plaisait pas, même si elle non plus ne me plaisait pas. Une prudente amitié, c'était tout ce que je pouvais lui offrir.

Ce matin-là, ses talons résonnaient avec mépris sous les voûtes du dix-neuvième siècle de notre école, comme s'ils voulaient me piétiner, moi, plutôt que le carrelage noir et blanc. Je compris tout de suite qu'il devait s'être produit en elle quelque chose de terrible mais, franchement, je m'en fichais pas mal.

Quand je fis mon entrée dans la classe, mes treize élèves étaient, comme d'habitude, occupés à bavarder et échanger des cartes Pokémon : c'est à peine s'ils me remarquèrent. Je les rappelai à l'ordre, ils s'assirent enfin, les yeux dirigés vers mon bureau et, à ce moment-là, un silence de marbre s'abattit sur la classe.

J'étais tellement changé, et pas seulement en ce qui concernait la barbe, que je me mis à rire en voyant leurs petits yeux écarquillés, incrédules : « Hé, les enfants, c'était juste une barbe ! »

Ils furent encore plus perplexes.

« Je ne suis pas un imposteur, c'est bien moi, monsieur Peraldo, votre maître. Et je peux enfin vous révéler mon âge : j'ai trente-six ans. »

Ils commencèrent à sourire, laissant voir les trous entre leurs dents, d'abord timidement, puis plus ouvertement. Ils étaient habitués à s'ébattre au milieu de vieux décrépits et maintenant l'idée d'avoir un enseignant jeune leur donnait sans doute l'impression d'être plus cools.

« Ça ne va pas nous empêcher de faire notre leçon, comme d'habitude. Nous allons nous occuper du son "in" avec les petits, et des verbes avec les grands. Contents ? »

« Nooon ! » En chœur.

« Allez, rangez-moi ces cartes et sortez vos cahiers. »

J'ouvris le registre et fis l'appel, très rapide dans cette école énorme avec vue sur le torrent. L'école que nous avions fréquentée, Valeria, moi et plusieurs générations de Peraldo, et où nous n'étions plus que quatre pauvres diables désormais. Je me levai pour aller au tableau : « Faites bien attention quand vous écrivez le son "in", le mot peut prendre un sens complètement différent. » J'écrivis en épelant à haute voix : *le pin ou le pain, le saint ou le sein,* et comme prévu j'entendis leurs rires merveilleux.

Pourquoi, me demandai-je, aurais-je dû tenir mes promesses d'avenir ? Devenir un professeur d'université renommé, enseigner à la Sorbonne ou à Berlin ? Et renoncer à ces rires ?

Pour une fois, ce matin-là, je n'eus pas l'impression d'être un raté.

Plus tard, à la récréation, j'entrai dans la salle des professeurs et trouvai Patrizia en train de boire un expresso apporté par Piero sur un plateau du Samouraï. Je brisai le silence d'une voix inhabituellement gaie : « Bonjour Patrizia ! »

Elle ne répondit pas. Elle sirotait son café en fixant, au-delà de la fenêtre, les enfants qui se poursuivaient dans la cour, se perchaient, tous en nage, anoraks ouverts, écharpes déroulées, avec des bouffées d'haleine que le froid de cette journée condensait.

Elle était si tendue que ses mains tremblaient. Mais j'étais tellement content, moi, que je voulais qu'elle le soit elle aussi.

« Martino n'a fait aucune faute en conjugaison, lui dis-je, tout fier, je ne sais pas si c'est parce que son père n'est pas rentré ivre ou parce qu'il est dans de bonnes dispositions, ou qu'il n'a plus envie de redoubler. Mais aujourd'hui, on dirait quelqu'un d'autre.

– *Tu* es quelqu'un d'autre. »

Elle posa sa tasse sur la table. Sans me regarder, agitée, elle plongea la main dans son sac, en sortit son téléphone portable sur lequel elle se mit à écrire compulsivement avant de quitter la pièce à toute vitesse.

Une sonnerie me fit sursauter. Elle venait de mon cartable en cuir. C'était mon téléphone, un objet dont j'étais si peu familier que je le laissais presque toujours éteint ou sur silencieux. De toute façon, la seule personne chère à mon cœur ne m'appelait pas depuis des années, les derniers SMS qu'elle m'avait envoyés étaient tellement succincts qu'ils avaient l'air de télégrammes. Vodafone m'écrivait. Les call center m'appelaient. Une tristesse.

Mais ce matin-là, ma vie avait changé : il y avait une autre personne chère à mon cœur et qui pouvait éventuellement m'appeler, m'écrire, éprouver le besoin de me dire quelque chose. Nous avions échangé nos numéros au petit-déjeuner. « Putain, c'est des fiançailles, ça », avait commenté Emilia. Pas plus que moi, elle ne savait par cœur son numéro. « Il a changé y a pas longtemps », avait-elle menti. Et moi, maintenant, j'espérais qu'il lui était venu l'envie de m'écrire pendant qu'elle faisait une pause dans son travail sur la Vierge Noire ou le Jugement dernier.

Je saisis le téléphone et lus.

« ÉVIDEMMENT, je ne suis pas assez pour toi. Pas assez maigre, assez alcoolique, assez salope. Je ne pensais pas que tu étais le genre d'homme qui va chez les putes. Tu m'as IRRÉPARABLEMENT déçue. »

Je sentis monter en moi une bouffée de haine. À cause de ce mot, « pute », avant tout.

J'ai été enfant de chœur quand j'étais petit. Il y a une part de moi qui a été forcée à devenir bonne : encaisser, comprendre, tendre l'autre joue. C'est à cette part que je devrais confier le portrait que je vais faire de Patrizia. Je devrais poser comme préalable que je ne souhaite pas la juger, ni maintenant ni par la suite, parce que je sais parfaitement que plus nous sommes faibles, plus nous faisons du mal.

Cependant, là, j'ai envie de m'en ficher et de m'acharner sur elle. Déjà, rien que les adverbes écrits en majuscules laissent transparaître beaucoup de choses de sa personne. Comme les ongles reconstruits, qu'elle n'arrivait même pas à garder en bon état si bien que le vernis s'écaillait, se fendait, et que ses doigts finissaient par avoir l'air de griffes maladroites.

À l'époque de ces faits, Patrizia avait quarante-cinq ans. Après la fin de son mariage tardif et de courte durée, elle s'était installée à Alma pour être plus proche de sa vieille mère ; mais peut-être était-ce seulement un prétexte pour venir se mettre à l'abri. Comme on l'aura compris, la Vallée est l'endroit idéal pour les fugitifs.

Elle était au régime en permanence, ne buvait son café qu'avec un édulcorant, remplaçait le repas de midi par des barres protéinées, mais ensuite, à cinq heures de l'après-midi elle s'en allait au Samouraï où elle se gavait de frites et de Spritz, ce qui fait qu'elle n'arrivait jamais à maigrir. Elle commençait souvent ses phrases à propos de la présence discrète et temporaire de quelque très rare immigré en disant : « Moi je ne suis pas raciste, mais... » Certains matins, elle franchissait la porte de l'école dans un nuage de laque, sanglée dans des vêtements moulants, décolletés et succincts qui signifiaient : Regarde-moi. D'autres fois, elle rasait les murs dans de longues jupes foncées et d'amples pulls, dont le seul but était de la cacher : Ne me regarde pas. Je sais qu'elle avait une page Facebook sur laquelle elle était très active, mais comme je n'avais pas idée de ce que pouvait être un réseau social, je n'avais pas non plus idée de ce qu'elle pouvait y publier, pour qui elle votait – je pouvais cependant le deviner –, quelles émissions elle suivait, le souffle coupé – *Chi l'ha visto ?* ou *Quarto grado*[1]. Elle avait tenté de me convaincre d'ouvrir moi aussi un compte pour *chatter*: « C'est marrant d'échanger des messages, tu te sentirais moins coincé. » Elle m'avait demandé de sortir tous les deux de temps à autre : « Un petit café ? », « Un petit repas ce soir ? » J'avais bien pris quelques cafés avec elle, mais pour ce qui était de dîner, j'avais toujours trouvé une excuse. Chaque fois que je l'entrevoyais avec un homme au Samouraï, les jambes croisées moulées dans des bas résille, toute permanentée, j'espérais qu'elle avait trouvé la personne qu'il lui fallait. Mais ça durait quelques mois, et elle se retrouvait seule. Les maths, elle les détestait. Les enfants, elle ne les aimait pas. Alma était trop étriqué pour elle. Elle était cancanière. Fragile. Furieuse.

En lisant son message, ce matin-là, j'eus l'intuition de quelque chose que je ne voulais pas voir : de loin, en sourdine, commençait à se profiler le prix à payer pour le bonheur inouï qui m'avait submergé.

Ce même soir, en effet, tandis qu'Emilia et moi baisions avec la fougue des ados que nous n'avions pas été, Patrizia commençait ses recherches sur Google.

---

1. Émissions télévisées correspondant plus ou moins en France à *Perdu de vue* et *Enquêtes criminelles*.

11

Nous n'avions eu que deux amours, dans le passé. Moi un, Emilia un. Et encore, pour nommer ça « amours », il faut le vouloir.

Pour expliquer comment deux personnes de trente ans pouvaient se jeter aussi mal équipées dans une relation, peut-être est-il utile de donner une idée de l'expérience réduite, qui plus est approximative et déformée, qui était la nôtre avant de nous rencontrer.

À propos du fameux Emanuele avec lequel elle avait vécu, qui l'avait demandée en mariage, dont j'aurais théoriquement dû être jaloux, voilà, il convient de dévoiler dès maintenant le récit véridique qu'Emilia devait me faire ultérieurement, sous la contrainte des événements. Un récit que je peux restituer seulement avec ses mots à elle, en m'efforçant de les rapporter fidèlement. Avec cette façon nerveuse de parler qui est la sienne, par à-coups, toujours dans la provocation, sur la défensive. Tout cela aurait dû être clair pour moi dès le début, mais une personne amoureuse ne veut jamais *voir*.

« La pension – laisse-moi l'appeler comme ça encore un moment – était un ex-couvent de bonnes sœurs. “Ironie du sort”, c'est ce qu'on dit dans ces cas-là ? Du quinzième ou seizième siècle, je m'en souviens plus maintenant.

Il y avait de très hauts plafonds en berceau et d'immenses fenêtres qui donnaient toutes, imagine un peu, sur des immeubles, des balcons : des logements normaux où vivaient des gens normaux. Certaines personnes disaient même que c'était quelque chose de très positif parce que comme ça, on pouvait avoir l'impression de faire partie de la ville plutôt que de nous sentir exclues, rejetées. Des conneries. On avait juste sous les yeux, au bout du nez, la vie des autres qu'on pouvait pas vivre. Et ça nous faisait péter les plombs. Même si, quelquefois, je reconnais que voir les familles réunies autour de la table, ou deux personnes âgées devant leur télé, ça m'attendrissait presque, comme si ces inconnus me tenaient compagnie à moi aussi.

Quoi qu'il en soit, la grande baie vitrée de notre classe de lycée donnait directement sur le deuxième étage d'un petit immeuble, précisément sur un appartement dans lequel on pouvait tout voir, jusqu'aux savonnettes dans la douche. En 2002 ou, peut-être que c'était 2003, une famille s'était installée là, une vraie famille Ricoré, avec la mère jeune, le père plutôt pas mal, la petite sœur de deux ou trois ans toujours avec des tresses, des queues de cheval, des barrettes, et puis le frère, canon le mec.

Mais qui était aussi un connard. Ça, je le sais maintenant, mais à l'époque j'y comprenais rien. C'était le mois d'avril, ou de mai. Lui, quand il était seul à la maison, il se baladait en slip, fenêtres ouvertes. Il avait notre âge, le matin il partait pour le lycée avec son scooter et son sac à dos. Il rentrait à midi et, quand ses parents n'étaient pas là, il faisait des abdos torse nu sur le balcon. Flexions, fentes. Il était tout bodybuildé, avait du gel dans les cheveux. Il savait très bien qui nous étions, et que nous le regardions.

Imagine si la situation devait l'exciter. Imagine-nous. Il suffisait que l'enseignante nous laisse seules, ne serait-ce qu'une minute, pour que nous nous entassions toutes contre la fenêtre, les doigts dans la bouche, en sifflant – pour celles qui savaient siffler –, en criant : "Hé beau gosse, t'as le gros paquet ? T'es bien monté ?" Il nous souriait et nous envoyait des baisers. Ensuite, mis en confiance, il nous montrait avec la langue comment il nous aurait sucées.

Ça a été notre grand amour interdit. Un amour collectif qui, pourtant, n'a fait qu'une victime, à la fin : moi. Parce que j'étais la plus ringarde.

Nous n'avions pas d'autres gens de notre âge sous les yeux, et lui il était trop stylé, sportif, il frimait, qui sait combien de filles il se tapait. S'il en avait ramené une chez lui – on aurait flairé ça tout de suite –, je crois que ç'aurait été l'émeute.

On l'avait baptisé "Le Mec-d'En-Face". Les filles du niveau collège, et même les étrangères qui suivaient les cours d'alphabétisation, venaient avec mille excuses dans notre classe rien que pour le voir. Durant ces mois-là, comme par magie, on voulait toutes faire des ateliers, des cours l'après-midi, on trouvait toujours une bonne raison pour venir travailler dans cette salle justement, et on allait même jusqu'à lire des livres ! Par contre le matin, on voulait même pas se lever – de toute façon, lui, il était au lycée, en train de se choper dans les toilettes avec ses copines de classe. Tous ces petits changements avaient éveillé les soupçons de l'Armée, mais on était très douées pour rien laisser voir. En théâtre, ça oui, voilà en quoi on était diplômées.

On avait seize, dix-sept ans, t'imagine nos hormones. Et lui il s'appuyait au balcon avec ses bras musclés, son petit sourire de frimeur, sa mèche coiffée au gel qui lui retombait sur les yeux. Il nous envoyait de petits baisers avant de sortir pour son entraînement de foot, ou retrouver ses copains sur la place et fumer des joints avec eux, ou aller se planquer quelque part avec sa copine. Et nous, punies, dans nos petits lits.

Je te raconte pas ce qu'on y faisait, dans ces petits lits. Le Mec-d'En-Face nous faisait toutes mouiller. On attendait de nous qu'on devienne des bonnes sœurs, qu'on sublime tout. Mais comment on peut attendre de filles de cet âge qu'elles pensent pas tout le temps au sexe ? Parmi nous, il y en avait qui avaient jamais entendu le verbe "sublimer". D'autres avec des enfants dehors, nés quand elles avaient quatorze ans. Et puis les ringardes comme moi qui avaient même pas eu le temps de la perdre, leur virginité.

J'ai pas honte de dire que je suis tombée amoureuse de lui. Ça m'était jamais arrivé avant. J'avais juste embrassé avec la langue, dans une cabine à la plage, un garçon de quatrième qui me plaisait même pas et portait un appareil : ça m'avait dégoûtée. Emanuele, pour moi, c'était Justin Timberlake, et il était là, réel, il pouvait me voir, remarquer mon existence et, paradoxalement, justement à cause de l'endroit où j'étais, il pouvait me trouver intéressante, plus que personne l'avait jamais fait à l'extérieur. J'avais toujours été "Poil de carotte", "miss Pustule", la "pauvre orpheline", la "ringarde", et maintenant j'étais une *bad girl* dans les règles. J'avais ma chance, peut-être.

Marta, jamais elle aurait commis une erreur comme ça, garanti. Imagine un peu, elle voulait lui casser la figure. "Il se fout de ta gueule, ce mec, ce privilégié qui a le cul dans le beurre, avec son petit papa et sa petite maman qui lui préparent tout, qui lui paient tout. Il habite dans le centre et a un scooter tout neuf, il se tape toutes les meufs friquées qu'il veut, et puis il se branle juste sur toi, sur nous, pour s'endormir. Il nous fait l'aumône. Putain, mais comment tu fais pour pas avoir la haine ?"

J'y arrivais pas. Parce que moi aussi, à la différence de Marta et de presque toutes les autres qui étaient là-dedans, je venais d'une famille aisée comme celle d'Emanuele, et j'avais eu le scooter stylé, la belle maison, l'inscription à la salle de sport et le moindre de mes vices satisfait par mon petit papa. Mais, et c'était encore une différence avec presque toutes les autres, j'avais pas la plus petite expérience en matière d'amour et de sexe. Je crois qu'elles avaient toutes déjà baisé. Il y en avait beaucoup qui avaient même un mec, avec qui elles correspondaient, à qui elles téléphonaient, qui les attendait dehors, en les cocufiant certainement, mais de toute façon c'était déjà quelque chose.

Moi aussi je voulais quelque chose : un répugnant et misérable petit bout de vie normale. J'avais mes règles, des sautes d'humeur, les hormones en ébullition. Le Mec-d'En-Face, c'était tout ce que me fournissait le couvent – littéralement – et moi, je voulais me prendre ça.

Peut-être parce que j'étais la plus désespérée de toutes, c'est à moi qu'est venue l'idée de lui écrire.

Un petit mot complètement dingue, au début. Genre : "Je voudrais bien te faire une pipe, comment tu t'appelles ? Ici on se branle la chatte à mort tous les soirs en pensant à toi." Et les autres autour qui sifflaient, applaudissaient, m'encourageaient "Ajoute sucer… avaler…" »

En se rappelant ça, Emilia s'était laissée aller à un magnifique éclat de rire, toute pleine de tendresse pour elle-même et pour ses compagnes, au point qu'elle était parvenue, malgré la nuit sans retour dans laquelle nous étions engloutis, à m'attendrir à mon tour.

« En tout cas, je l'ai écrit, ce petit mot, j'ai roulé le bout de papier comme j'ai fait avec ton portrait, et c'est là que commence le plus beau de l'histoire. Parce que je voudrais t'y voir, toi, en train d'essayer de faire passer le papier en question entre deux barreaux en visant le balcon d'en face. On était pas des lanceuses de javelot, nous. Au mieux, on jouait aux fléchettes. C'était un big problème. En plus il fallait faire vite pour pas éveiller les soupçons de l'Armée. Et il fallait que ce soit au moment où il était tout seul sur le balcon, parce que sinon, c'était sa mère qui risquait de ramasser le papier. T'imagine la scène !

Le premier petit mot a rebondi sur les barreaux je sais pas combien de fois. Puis il est tombé dans la rue. On en a écrit un autre, il est encore tombé. On s'y mettait toutes, Afifa, Myriam, Yasmina. Pas Marta, elle se refusait à "tomber aussi bas". Elle, avec le Mec-d'En-Face, elle avait engagé une lutte de classe.

Il nous a fallu un entraînement intense pour mettre en route cette correspondance, mais ensuite… Il nous répondait !

T'aurais vu les lancers qu'il arrivait à faire, un tir formidable, il visait juste au premier coup, très sûr de lui. Je voudrais savoir ce qu'il est devenu aujourd'hui, ce qu'il fait comme travail, s'il a des enfants.

Bon, voilà. Dans le premier petit mot qu'il nous a lancé, il y avait écrit : "Je m'appelle Emanuele, et vous ? Vous êtes mon rêve érotique. Dites-moi comment je peux entrer et vous faire jouir." Ça nous a fait délirer. On a commencé à hurler comme si on était à un concert des Backstreet

Boys, et on a failli le déchirer, ce billet, à force de nous le repasser, toutes excitées. Un dérivatif, *deo gratias*!

Après ce premier échange, on y a pris goût et on est devenues de plus en plus douées pour rouler les petits messages en leur donnant une forme aérodynamique. J'aimerais bien savoir où ils ont fini, ces petits mots pornos : laquelle parmi nous a réussi à les récupérer et les emporter chez elle. Mais peut-être qu'ils ont fini à la poubelle. Qui serait assez débile pour emporter des souvenirs de la pension ? À part moi, évidemment. Ses petits messages qui m'étaient destinés, je les ai tous gardés, et quelquefois je les relis encore.

J'avais jamais pensé à l'évasion. Parmi toutes celles qui étaient là, j'étais la seule fille à papa, avec une mentalité criminelle degré zéro, et zéro entraînement au délit. J'étais une morte qui marchait. Je voulais juste filer droit et souffrir. Mais Emanuele a insufflé en moi une goutte de vie, il m'a bouleversée. À tel point que je me suis mise à rêver vraiment de m'enfuir pour lui.

En groupe, on lui écrivait des trucs obscènes, auxquels il répondait de manière encore plus obscène. Mais toute seule, je lui écrivais que je l'aimais, je le suppliais de m'attendre, je faisais des projets absurdes sur comment on pourrait arriver à voler au moins un baiser. De son côté, dans les petits mots qu'il fermait avec écrit dessus "Pour Emi", il jouait le jeu. Il m'écrivait qu'il m'avait tout de suite remarquée, que j'étais la plus belle, la plus sexy. Je sais pas si je dois le traiter de salaud, ou de naïf. Il se rendait pas compte, je crois. Il jouait avec les sentiments d'une condamnée. Mais rien n'est jamais tout simple, les choses sont plus compliquées. Et donc, oui, il jouait avec le feu, mais en même temps il m'apportait du soulagement. Il me rappelait ce que ça voulait dire de se lever le matin avec une raison de pas se tuer.

Lui, il avait à sa disposition Internet et une bonne quantité de pornos, mais pas nous. On risquait de se répéter, avec nos trois petits scénarios de fantaisie, toujours sur un fonds lesbien, parce que c'était ça notre quotidien. Il s'était formé un petit groupe de filles déchaînées, moi en tête, qui vivaient pour cette espèce de sexe par messages interposés. Et puis il y avait celles qui étaient plus malignes, comme Marta, qui s'est placée un jour devant la fenêtre en disant : "Mais commencez donc par lui demander des cigarettes, non ? De quoi fumer, à votre bel Emanuele ! Vous vous donnez pour rien. Utilisez-le sans vous faire utiliser."

Elle avait raison. Les parcours de prostitution, ça manquait pas parmi nous, mais on sait bien que l'amour rend idiot. Et l'abstinence aussi. Et donc celles qui, dans leur vie d'avant, s'étaient fait payer quelquefois jusqu'à mille euros pour un week-end sont sorties de leur abrutissement et ont pris l'affaire en main : "Oui, écrivons-lui que s'il veut continuer, il faut qu'il nous lance de l'herbe. Sinon, qu'il aille se faire foutre ! Oh, on est pas comme ses petites putes du lycée, nous, on est des professionnelles."

"On est des reines, disait Marta pour attiser notre colère, des *rei-nes* ! Le 4,2 pour cent national. On est une rareté, un raffinement, ajoutait-elle en baisant le bout de ses doigts. Faites-vous valoir, faites-vous respecter. Allez, sortez-moi un peu de féminisme, bordel !"

Ensuite, elle a réussi ses études de biologie moléculaire, elle a commencé à travailler comme chimiste dans le secteur pharmaceutique, mais elle aurait dû faire de la politique dans la vie. Les meetings, les discours, c'était son pain quotidien. La révolution, c'est ça qu'elle aurait dû faire.

Le bel Emanuele a commencé à nous lancer des Lucky Strike en quantité. "Tu sais, quand t'as ton argent de poche…", avait commenté Marta sur un ton très acide. Puis il est passé aux boulettes de shit enveloppées dans du papier alu, mais à condition qu'on lui fasse voir quelque chose de concret – des seins, des culs – à travers les barreaux. Il avait la bosse du commerce, lui aussi. Je me souviens que quelquefois il nous lançait des joints tout roulés pour qu'on lèche la salive avec laquelle il les avait fermés. Le maximum du contact physique auquel on pouvait aspirer.

Sauf que moi, malheureusement, un film s'était mis à tourner dans ma tête.

Peut-être qu'il pouvait tomber amoureux lui aussi. Peut-être qu'il pouvait m'attendre. Peut-être que dans quelques années, avec les premières autorisations de sortie, on pourrait s'enfuir et se marier. À l'étranger, avec de faux documents que – vu mes nouvelles connaissances – j'aurais pas eu de mal à me procurer. J'avais perdu ma lucidité, ma dignité, totalement. Lui, qui sait ce qu'il en faisait, de mes lettres, s'il les lisait à voix haute à ses copains pour frimer. Qui sait s'il savait ce que j'avais fait. Je crois pas.

De toute façon, c'était une idylle qui pouvait pas durer. En fait, on nous avait déjà repérées. L'Armée était aux aguets, elle attendait seulement le bon moment.

Lequel est arrivé un après-midi de juin, mon mois noir. À quatorze heures quarante-cinq, en plein flagrant délit, ponctuelle comme la mort, Frau Direktorin a débarqué dans la classe.

Et on s'est pris l'engueulade du siècle !

Épique. Gigantesque. Je m'en souviens encore.

Tout Bologne l'a entendue gueuler.

La tête de Marta : blanche comme un linge.

Frau Direktorin était quelqu'un de bon, que ce soit clair, et elle nous aimait. Nous aussi on l'aimait. Mais quand elle piquait une crise, le plâtre tombait des murs.

Toutes punies. Adieu permis de sortie, adieu remises de peine, adieu coups de fil supplémentaires. Elle a rédigé et envoyé sur-le-champ un rapport, et elle s'est pas arrêtée là : elle a fait recouvrir les fenêtres d'un grillage métallique à mailles si fines que même un moustique pouvait pas y passer, juste l'air. Elle a été impitoyable, putain.

Et bien sûr, elle a aussi pris contact avec la famille d'Emanuele par le biais d'un courrier à en-tête. Je crois que les parents Ricoré ont dû bien l'engueuler, lui, parce qu'on l'a plus vu pendant un bon bout de temps. Les rideaux étaient toujours tirés, y avait que la petite sœur qui allait sur le balcon avec la baby-sitter sud-américaine. Ensuite ils sont partis en vacances, les veinards, et les persiennes sont restées fermées pendant des semaines, comme nous. Nous qui allions en classe juste pour glander, nous faire les ongles, jouer aux cartes, parce que toutes les activités avaient pris fin. Et quand la jolie petite famille est rentrée, en septembre, mon Justin Timberlake perso a bien recommencé à se faire voir, oui, mais sans daigner nous jeter un regard. Nous n'existions plus pour lui, comme nous n'existions pas pour le reste du monde.

J'ai continué à lui écrire dans mon journal intime. À me promettre de lui livrer ma virginité sous le bout d'arcade que je voyais depuis la chambre. À projeter des fuites en Espagne, au Brésil et, pourquoi pas, à Sassaia. Mais entre-temps, dans notre pension, on était retournées au train-train habituel. Dans la fleur de l'âge, cul bien ferme, tétons durs, désir au max. Et les mecs qui pouvaient même pas nous effleurer. T'imagines le gâchis.

C'est inhumain, non ? Un droit à la sexualité, ça existe pas, c'est évident. Allez leur dire ça, à un de ceux qui braillent leur mot d'ordre : “Enfermez-les et jetez la clef !” Allez leur dire ça, qu'on avait seize, dix-sept ans, et qu'on voulait baiser, tomber amoureuses. Ça les gonflerait tellement, qu'à force de gueuler ils s'en feraient péter le cou, ces gens-là. Qui savent pas, qui sont jamais venus nous voir, nous rencontrer. Qui ont pas idée.

La vérité, c'est que nous, un corps, on en avait un, réactif, grand ouvert. Si t'étais lesbienne, ça pouvait même être le paradis, de temps en temps. Si tu l'étais pas, ça pouvait quand même être une expérience. Toujours, une forme de sentiment. Alors peut-être que mon seul amour avant toi, ça a pas été Emanuele : ça a été Marta. Parce qu'on s'est aidées, on s'est caressées. On s'est réchauffé le cœur l'une l'autre, et aussi l'enveloppe qui le contenait. »

Moi, mon seul amour avant toi, ça a été la Gisella. Mais de mon histoire avec elle, je n'ai pas la force de parler pour le moment.

12

La première neige fut juste une poignée de farine sur les dalles d'ardoise des toits, sur les branches nues des bouleaux et des châtaigniers, dans les interstices d'ombre entre les maisons de Sassaia, où elle s'entêta et resta, fine et dure comme du verre.

Emilia n'arrêtait pas de glisser dessus, de s'affaler et de tomber sur le cul, comme elle disait, et elle riait, riait. Cette légère patine de neige lui suffisait, disons même qu'elle l'excitait. Elle s'emmitouflait dans un double débardeur, un tee-shirt technique, sweat en polaire, doudoune, pantalon imperméable, et roulait en hurlant comme une folle dans la clairière en pente au-dessous du belvédère, dans la bouillie de feuilles au sol, entre les trouées de soleil qui faisaient fondre la neige par taches.

Je l'observais d'en haut, avec juste un gros pull de laine, les bras croisés. Quand elle arrivait en bas du pré et heurtait les troncs avec le buste ou le dos, elle se remettait debout, remontait et recommençait ; infatigable, comme nous quand on était enfants. « Viens ! me criait-elle, lâche-toi un peu, vieux débris ! » Et moi je souriais, mais je ne me « lâchais » pas.

Je devrais écrire que nous étions heureux. Parce que c'est la vérité. Durant ces journées précaires et froides, moi à l'école, en train d'enseigner les adjectifs, et elle dans l'église, à cinq cents mètres de là, à repeindre des *putti* avec un manteau de laine de la Iole enfilé sous sa doudoune.

Nous l'avons été un vendredi après-midi, dans la Seat en direction du Centergross, au fond de la vallée, zone d'entrepôts et centres commerciaux, pour faire les courses presque comme si on était un couple normal. Emilia poussait le caddy, épatée qu'on ne fabrique plus les biscuits pour le goûter qu'elle aimait enfant, surprise par ceux qui les avaient remplacés. Pendant ce temps, moi, j'entassais de la farine, de la polenta, de la sauce tomate, ravalant des questions telles que : quand est-ce que tu as fait les courses pour la dernière fois ? Je ne lésinais pas sur le sucre et autres denrées non périssables qu'il nous fallut ensuite traîner jusqu'en haut par moins un sur Stra'dal Forche en suant et jurant.

Nous avons été heureux devant le poêle, le soir, quand nous plongions la cuillère dans notre bouillon aux petites pâtes, buvions trop de vin, finissant ivres sur le canapé, nous épuisant l'un l'autre sans même atteindre le lit à l'étage. Le dimanche dans la forêt, moi à fendre du bois, elle à fumer ses Winston en tétant le filtre. Et le lundi matin, le réveil à six heures, la cendre dans la cheminée, ma chambre ou la sienne glacée comme une caverne, les vitres couvertes de buée, et nous deux sous les couvertures, l'un fourré dans la chaleur de l'autre, les jambes enlacées, ses fesses dans mon ventre, agrippés tous les deux à cette espèce de salut.

Nous avons été heureux, oui, dans cette poignée de semaines où je suis parvenu à ne rien lui demander. Mais à l'intérieur, quelque chose me rongeait. Et je savais que le temps est un salaud.

La deuxième neige, en effet, ne mit pas longtemps à arriver. Elle fit ça la nuit, en cachette, un samedi de la mi-décembre. Et quand Emilia se réveilla dans mon lit, le lendemain matin, tard parce qu'aucun de nous deux ne devait aller au travail, je l'entendis qui m'appelait: « Bruno ! Tout est blanc ! »

Je venais d'ouvrir les yeux. Elle se tourna vers moi, pâle, striée par la lumière laiteuse qui filtrait à travers les rideaux : « C'est tout, tout, mais vraiment *tout* blanc. »

Moi, j'y étais habitué, elle non. Quand il neigeait pour de bon, Sassaia n'existait plus. Le hameau devenait un manque, un vide comprimé au milieu d'une montagne. Et nous pouvions faire comme si nous nous étions détachés du monde, libres de fabriquer n'importe quoi. « De toute façon personne ne nous voit » était devenu la phrase préférée d'Emilia. Pour me voler un baiser dans les ruelles, pisser au milieu du sentier, me baisser le pantalon contre le tronc d'un châtaignier.

Sauf que ce matin-là, elle ajouta: « J'avais jamais été ici, l'hiver. »

Elle murmura cela tout bas, sans s'en rendre compte, éblouie par le monde désormais privé de contours qui blanchissait là dehors.

L'espace d'un instant, un seul, j'entrevis comme dans une hallucination une petite fille aux cheveux roux et frisés disciplinés par deux tresses. Une poignée de taches de rousseur sur chaque joue. Une salopette en jean. Sur la place, la main dans celle de la Iole. Laquelle, à la différence de la petite fille, était très nette dans mon souvenir. Elle était en train de parler avec d'autres femmes, disant quelque chose à propos de cette nièce. Peut-être que c'était l'Assomption. L'église était ouverte. Iole avait des parents éparpillés un peu partout en Italie qui venaient lui rendre visite pendant les vacances, restaient chez elle une ou deux semaines, jouaient dans le village, se mêlant à nous.

Était-il possible que j'aie connu Emilia ?

La question me glaça dans le lit, me raidit au point que je peinais à bouger les bras et les jambes, à respirer. Elle, entre-temps, avait couru s'habiller. Quand je la rejoignis dans la cuisine, le cœur lourd, la gorge serrée, elle ne voulut même pas petit-déjeuner. Elle était en train de mettre ses gants, son écharpe, son bonnet. Elle ne tenait plus en place. La surprise s'était transformée en agitation, en frénésie. Avant même que je puisse confronter son visage de trente ans avec ce lointain fragment, elle avait déjà ouvert la porte en grand et plongé depuis les marches, bras en croix, dans un mètre de neige.

Je chassai ce qui était sans aucun doute un mauvais tour de la mémoire. Je remplis la grande cafetière et coupai le pain. Le silence enneigé de Sassaia était comme un gouffre qui raclait le nerf acoustique : le son parfait du néant. Brisé, ce matin-là, par les éclats de rire d'Emilia. Un enthousiasme tellement féroce qu'on ne pouvait pas éviter de se demander pourquoi un restaurant, un supermarché, une bouteille de vin, une chute de neige produisait un effet aussi exceptionnel sur une personne de son âge. Le boucan qu'elle faisait était tel qu'au bout d'un moment, on vit arriver, avec sa pelle, son feutre et ses caoutchoucs, le Basilio qui venait s'assurer que tout allait bien.

Emilia lançait des boules de neige contre mes fenêtres : « Sors si t'en as le courage ! » Ça me rendait joyeux, quand elle faisait l'idiote. J'étais déjà incapable de dormir sans elle, de dîner sans elle, je ressentais son absence même quand j'enseignais, pendant les seules heures que nous passions séparés ; mais cette phrase – *J'avais jamais été ici virgule l'hiver* – avait recommencé à creuser au même endroit, le plus faible, elle abaissait la température, diminuait la lumière, aigrissait le goût de la confiture de mûres que j'avais faite l'été d'avant.

Les boules de neige cessèrent de tomber. J'entendis la voix d'Emilia qui s'excusait: «Je t'ai réveillé?» Et ensuite celle du Basilio qui répondait: «Ça ne risque pas, je me lève à cinq heures tous les matins.»

Je me montrai à la porte. C'était étrange de les voir tous les deux, emmitouflés et enfoncés dans la neige jusqu'aux genoux. Je leur demandai s'ils voulaient un café. Le Basilio acquiesça et s'extirpa du froid. Emilia était partagée, on voyait qu'elle tenait à conserver un peu de tenue devant lui. Mais c'est lui, justement, qui dit: «Va t'amuser.» Alors, comme si elle n'attendait rien d'autre, elle se laissa tomber encore et encore, roulant dans une ruelle, s'élançant d'un muret, glissant le long d'un escalier. Nous restâmes là, à la regarder, pendant un instant, pensifs, puis le Basilio enfonça sa pelle dans la neige et nous entrâmes. Le café était monté. Je posai la cafetière sur une manique au milieu de la table. Le Basilio enleva ses bottes, sa parka, et il s'assit. Nous bûmes en silence tout en entendant Emilia courir et chanter: unique bruit dans le blanc.

«Elle t'a amené un peu de vie, hein?», dit-il en posant la tasse avec un mouvement de tête vers l'extérieur.

Je me sentis rougir. «Ne le dis à personne, s'il te plaît.

– Et avec qui veux-tu que je parle?» répondit-il en souriant

Nous n'étions pas amis. Nous partagions seulement une gigantesque solitude en forme de Sassaia. Il était resté l'unique habitant de cet endroit avant que j'y débarque, revenant de Turin, ou plutôt la fuyant. Je me souviens qu'un des premiers soirs – je n'avais même pas défait mes valises et, quand je ne parcourais pas la Vallée de haut en bas comme un fou, je passais toute la journée au lit, les volets fermés, les yeux grand ouverts dans le noir, la tête entre les bras –, il avait frappé à ma porte tellement fort et avec tant d'insistance qu'au bout d'une vingtaine de minutes, j'avais dû céder.

Il connaissait parfaitement toute l'histoire : la mienne. Il m'avait dit : « Bruno, choisis un autre endroit. » J'avais pensé qu'il ne voulait pas m'avoir dans les pattes, mais en fait c'était moi qui ne le voulais pas. J'avais répliqué : « Je n'ai pas d'autre endroit. »

Il n'avait pas baissé les bras : « Va chercher un atlas. Ferme les yeux et laisse tomber un doigt sur une page au hasard. Tu peux tomber sur Paris, Cuba ou le Japon. Le monde est illimité, comme les chances que tu as encore. »

Je l'avais envoyé se faire foutre. « Et pourquoi t'y vas pas toi, les saisir ? » J'étais dans un état tellement pitoyable que je n'avais plus honte de rien, pas même de manquer de respect à un vieux.

« J'ai raté le train, moi. Mais toi, tu es trop jeune. »

Je lui avais crié à la figure : « Tu préfères que je me tue ? » Alors il était parti en remuant la tête, peiné comme si j'étais son fils.

Dix ans plus tard, il me regardait avec un air de satisfaction que je ne lui avais jamais vu.

« Tu avais raison, poursuivit-il après un de ces blancs qui caractérisaient sa conversation. Elle a du talent, elle s'applique.

– Ça me fait plaisir.

– On va arriver à redonner son éclat à l'église d'Alma, à celle de Novella qui est une ruine, et aussi à celle de Donato qui, en fait, est ma préférée. »

Je partis d'un rire sarcastique : « Ça va pas être trop pour Emilia, toutes ces églises ? Elle m'a l'air décidément allergique à la religion. »

Le Basilio devint tout à coup sérieux, grave presque : « Personne ne connaît Dieu mieux qu'elle. »

Il se leva. Remit ses caoutchoucs, son chapeau, sa parka. Sortit sans même me remercier pour le café. Me laissant planté sur ma chaise, avec la certitude d'être le seul à ne pas savoir.

« Papa, tu peux pas comprendre.

– Tu es restée bloquée ? J'ai vu la météo. »

Emilia mordit l'index de son gant pour l'enlever et mieux tenir le téléphone : « Mais on s'en fiche, c'est le paradis. On a l'impression d'être dans un nuage, tu marches et tu sais pas où tu vas. Et de toute façon, ajouta-t-elle, piquée, si je suis bloquée, mon employeur l'est lui aussi.

– C'est malin de ta part. » Riccardo changea de ton : d'abord inquiet, il était amusé maintenant. « Vu qu'il neige et que tu n'as rien à faire, si j'étais toi, je profiterais de ces quelques barres de connexion que tu as pour commencer à chercher quelque chose de moins précaire... Pour l'année qui vient. »

La bonne humeur d'Emilia s'envola. Pour une fois que c'était elle qui l'appelait, qui voulait faire la gentille fille. Assise sur un tas de neige en lisière du bois, à un endroit où le réseau affichait jusqu'à quatre barres, elle perdit tout de suite patience. « T'es jamais content. Je suis restauratrice, c'est un truc cool, vraiment. Qu'est-ce que tu veux de plus ?

– Un contrat en CDI, un emploi qui t'apporte quelque chose en termes de carrière et de retraite.

– Mais puisque tu voulais même pas que je vienne là-haut ! Et maintenant tu me parles de retraite ? Mais ça veut dire quoi, ça ? Qu'est-ce que tu racontes, putain ? Quand on aura fini avec les églises, on se mettra aux villas. Les peintres en bâtiment se font de la thune.

– Est-ce que je peux te dire que ce n'est pas ce que je rêvais pour toi ? »

Une pic se détacha soudain de la cime d'un pin, provoquant une déchirure verte dans le blanc uniforme.

« T'es gonflé. » Emilia piétina son gant et l'envoya balader. « Y a pas deux mois encore j'étais dans un foyer de merde au-dessus de Pianoro, sans compte en banque, sans téléphone, sans papiers, et maintenant j'ai un boulot, je fais ce pour quoi j'ai étudié à l'université. Mais même si je trayais les vaches, ce serait déjà énorme, au final.

– Il faudrait que je te traite comme une pauvre malheureuse ? Tu veux que je me contente du moindre pas en avant que tu fais parce que tout est mieux que ce qu'il y avait avant ?

– Exact, Mister.

– Eh bien, je sais que tu vaux plus qu'une aide peintre en bâtiment. »

Emilia revit son père quand il venait aux parloirs. Le plus élégant. Le plus poli. Le plus soigné de tous. Un extraterrestre.

Il y avait cette salle peinte en teintes pastel – jaune et rose, avec une envolée de fleurs et de papillons dans les coins, comme à la crèche. Quatre tables bleues, tout aussi enfantines, et quatre chaises de bois autour pour accueillir les visiteurs : trois à la fois au maximum.

Son père se présentait comme Richard Gere qui se serait trompé de film. Il prenait place en pinçant son pantalon de cachemire au-dessus du genou, laissant voir ses chaussettes bleues en fil d'Écosse et ses chaussures luisantes. Un homme en plan-buste, resplendissant de l'autre côté de la table, de plus en plus ridé avec les années, vieux et fatigué, parce que le temps, justement, est un salaud. Mais qui, quoi qu'il en soit, demeurait Riccardo Innocenti, insouciant de la hauteur des obstacles, concentré seulement sur le verre à moitié plein : le résidu infinitésimal de ce qu'il y avait de bon chez sa fille, et son *avenir*.

Emilia se rappelait ses discours pour la motiver, son entrain, son optimisme inoxydable qui faisait même se retourner les familles rafistolées assises aux autres tables. Des mères voilées avec leur foulard à fleurs, des pères au pantalon taché de chaux ou de peinture, des sœurs et des frères en jeans de contrefaçon et baskets usées. Des parents qui demandaient à ses compagnes de manger plus parce qu'ils les trouvaient maigres, ou d'essayer de reprendre l'école pour obtenir leur brevet, ou de tenir bon parce qu'à la maison, il y avait le petit frère qui les attendait : « Tu lui manques tellement, il demande tout le temps après toi », ou bien leur fils à elles : « Il a perdu une autre dent, ça fait un joli petit trou. » Qui racontaient des choses du genre : « On nous a attribué un logement social », « On t'a acheté à crédit ce fer à lisser que tu voulais tellement : dès que tu sors, tu le trouves sur ton lit, dans ta chambre », ou alors : « Eh, ils ont foutu ton oncle en taule, à la Dozza, c'est pas juste, pour trente grammes. » Emilia les avait toutes enviées, les destinataires de ces discours, tandis que son père l'incitait à envoyer ses dessins à une revue d'art, à penser à obtenir une licence, elle avait envie de lui répondre : Mais tu vois pas où je suis, putain ?

Riccardo le voyait, oui, mais c'était comme si ces circonstances n'avaient aucune valeur compromettante pour la vie, l'éternité et au-delà. Il lui portait une pile de livres de poche chaque fois – les couvertures rigides, avec lesquelles elles auraient pu opportunément rendre aveugles les autres ou elles-mêmes, étaient absolument *verboten* –, des trucs du genre Buzzati, Cassola, Erich Fromm – *La Peur de la liberté*, vous imaginez ça ! – , dont elle faisait systématiquement « don » à la petite bibliothèque de la « pension », pour le plus grand bonheur de filles comme Marta qui n'avait pas un chien pour lui rendre visite à part son avocat et ne pouvait pas faire autrement que de s'en foutre et de lire.

« Peut-être que t'as pas encore accepté le fait que ta fille unique fera pas carrière, se mariera pas, te donnera pas de petits-enfants et, si elle survit dans ce trou du cul d'endroit, ce sera déjà un succès énorme. Au fait, dit-elle pour en rajouter, t'es au courant que Myriam s'est suicidée ? »

Son père resta silencieux pendant un instant assez long. Emilia pensa avoir réussi à lui infliger une défaite.

« Je regrette pour Myriam, dit Riccardo sincèrement, je ne le savais pas. Je vais envoyer tout de suite des fleurs et un télégramme à sa famille. » Mais il reprit immédiatement, parce qu'il était fait comme ça, invincible :

« Je te rappelle que Marta vit à Milan et qu'elle a un excellent travail.

– Ne commence pas avec les comparaisons.

– Il ne s'agit pas de comparaison, mais d'exemple, n'interprète pas mal mes paroles. Le travail que tu fais maintenant, ça va très bien, comme début. Mais ce que je veux te dire, c'est de ne pas t'en contenter. Ne perds pas de vue l'horizon, celui que la vie peut *encore* t'offrir. »

C'était incroyable, à quel point les parents pouvaient s'entêter à ne pas vouloir voir leurs enfants tels qu'ils étaient. Pathétique leur volonté de ne pas s'avouer vaincus, de vouloir à tout prix qu'ils soient un prolongement de leurs rêves plutôt que des éclats cinglés, et souvent désastreux, d'eux-mêmes.

Son père était un architecte renommé. Un homme intègre, très estimé, connu à l'étranger. Cela avait été particulièrement souligné, dans les journaux. Les journalistes avaient pris leur pied à tourner et retourner cette saloperie du destin : un homme d'un tel prestige, et puis… Voyez la fille que le sort lui a octroyée.

« Tu sais ce que je te dis ? Je vais plus t'appeler.

– Tu n'acceptes pas les conseils, les critiques constructives.

– Va te faire foutre ! Je voulais juste te dire qu'ici y a un bordel pas possible de neige, que c'est magnifique, que je suis en train de me venger de cette fois où elle était tombée, à Bolo, et qu'on nous avait pas laissées descendre dans la cour, même pas pour la toucher. Parce qu'on était pas *équipées pour*, parce qu'on pouvait *tomber malades*, dit Emilia en singeant la voix d'une matonne qu'elle ne pouvait pas blairer. On l'a regardée depuis la fenêtre, en bavant, jusqu'à ce qu'elle ait fondu, et alors, là, on nous a laissées sortir. Et maintenant que je suis en train de regagner tout ça, avec les intérêts en plus – elle reprit l'expression préférée de Marta –, tu viens me les casser.

– C'est mon rôle, *darling* », répondit son père en riant.

Emilia s'extirpa du tas de neige, les fesses mouillées malgré le pantalon imperméable, et ne put se retenir de rire aussi.

Ils avaient été capables de rire ensemble dans des circonstances où un autre père et une autre fille se seraient collés au tuyau du gaz. C'était leur force secrète : toucher le fond, pleurer et, le visage baigné de larmes, se mettre à rire. « Tu sais quoi ? Au lieu de continuer à creuser toujours plus profond, on pourrait essayer un tunnel latéral et voir où il nous mène », lui avait-il dit le lendemain de la sentence.

« Quand est-ce que tu viens exactement, demanda Emilia.

– Je devrais y arriver pour le 23, au maximum le matin du 24. Mais tu dis que j'arriverai à remonter le sentier ?

– On va déblayer à la pelle, pas de souci.

– Qui ? Toi et le Basilio ? C'est pas un vieux qui a de l'arthrose ?

– Il y a un autre habitant, admit Emilia, ici à Sassaia. »

Sa voix avait eu un changement imperceptible : gênée, un peu rauque. Riccardo s'en aperçut tout de suite.

« Tu ne me l'avais pas dit… C'est un garçon ?

– Plus ou moins, bredouilla Emilia.

– Rappelle-toi que tu as droit maintenant à une vie normale. »

Nous avions accumulé tellement de draps à laver que, neige ou pas, il fallait régler le problème cette fin de semaine. J'étais en train de les enfoncer dans une hotte – le *cistùn* qui avait appartenu à ma grand-mère – quand Emilia rentra, nerveuse, inquiète peut-être. Elle claqua la porte, et le portable sur la table. Elle alla s'installer, toute mouillée, sur le canapé.

« Qu'est-ce qui s'est passé ?

– Rien. » Elle fit un geste vers la hotte : « Tu veux quand même pas faire la lessive avec ce temps ?

– Si, avant qu'il recommence à neiger.

– T'es malade, toi. »

Elle était allée parler trop longtemps pour que je puisse saisir quelque chose – j'avais essayé d'entrebâiller un tout petit peu la fenêtre – mais il était clair que son changement d'humeur avait quelque chose à voir avec le coup de téléphone.

« Personne a un lave-linge, ici en haut ? me demanda-t-elle sur un ton hargneux. C'est possible, ça ?

– Certains estivants qui viennent de Turin ou de Milan l'été s'en sont fait installer un, lui répondis-je tranquillement.

– Et nous, on peut pas en acheter un ? La modernité nous dégoûte tant que ça ? T'es vieux, putain. Dedans et dehors. »

Me contrôler, conserver un ton modéré, rester calme pour endiguer ses décharges de colère : je m'y essayais.

« Je t'accompagnerai pour en acheter un, si tu veux. » Je chargeai la hotte sur mon dos. « Il faut juste que tu multiplies par trois les frais de livraison. À moins que tu ne veuilles louer une paire de mules. »

Emilia arracha son écharpe, sa doudoune, ses bottes de ski, puis elle grogna dans ma direction : « T'en as un, toi, de père ? »

Je sortis. Je pris au clou le marteau servant à casser la plaque de glace qui s'était sans aucun doute formée à la surface de l'eau et dégageai la neige à coups de pied jusqu'au lavoir.

Ça se passait comme ça, avec Emilia. Un moment elle était gaie, tendre, sensuelle, coquine ; l'instant d'après, c'était comme si elle voulait raser au sol la planète entière, y compris vous, tellement il y avait de haine qui lui montait dans le corps.

Je donnai un coup de marteau sur l'eau, et la glace se fendit en étoile. Je plongeai un mois et demi de draps, les siens et les miens, dans l'eau glacée du lavoir. Un mois et demi de sexe toutes les nuits que faisait le bon dieu sans rien savoir d'important l'un de l'autre. Observant des objets, des us et coutumes de nos vies précédentes qui étaient pourtant comme les vieux réacteurs de Tchernobyl : inapprochables.

C'était difficile. Supprimer des questions inoffensives telles que : tu es née où ? Soupçonner que chacune de ses réponses dissimulait quelque chose. Quand j'avais affaire à la meilleure des deux Emilia, je me persuadais que ça m'allait comme ça. Mais quand elle se transformait en conne de première catégorie, j'avais juste envie de fourrer ma main dans son sac, de sortir son portefeuille et de lire sa carte d'identité : nom, date de naissance, lieu de résidence.

On était le 19 décembre, notre bonheur était extrêmement fragile.

Avec un bâton, je fis remonter une taie et la renvoyai d'un coup sec vers le fond, comme si je devais la tuer.

À un certain moment, Emilia émergea de la neige. Elle vint vers moi qui étais en train de savonner et rincer. Elle glissait ses chaussures dans les empreintes que j'avais laissées et avançait en souriant, repentie. Elle se pencha au-dessus du lavoir.

« Quel parfait homme de ménage je me suis trouvé.

– Emilia, je ne sais pas si je vais y arriver.

– À faire quoi ? » Elle continuait à sourire alors que mon visage était sombre.

« À baiser et rien d'autre. »

Elle s'assit sur la margelle de pierre recouverte de mousse. Elle la caressa de ses doigts nus et rougis, aux ongles vernis d'un bleu électrique.

« Des discussions avec mon père. Excuse-moi, t'y es pour rien. »

Je continuai à savonner, frotter, rincer. Et à ne pas la regarder.

« Ce qu'il y a, c'est qu'il va venir dans quelques jours, il reste jusqu'au Nouvel An, et ça m'énerve. Vivre entre adultes, utiliser les mêmes toilettes. Je sais même pas où je vais le faire dormir et comment faire avec toi… Il va falloir que je descende par la fenêtre avec les draps noués, dit-elle en éclatant de rire. Et puis Noël. Noël, c'est un truc qui me ravage.

– Ne m'en parle pas. »

Virgule l'hiver.

Peut-être que c'était Noël, dans mon cas aussi, qui me faisait replonger dans la colère et la dépression. Ou peut-être que je me rendais compte que, malgré la fougue, la volonté, le sentiment, nous ne pourrions pas vivre longtemps comme ça, clandestins dans le présent. Comme deux sans famille, sans histoire.

« Faisons un jeu, dis-je en lâchant les draps et en la regardant. Maintenant je te dis un truc de moi, un truc vrai, et toi en échange tu m'en dis un de toi. Ok ? »

Son regard se voila à l'instant, son sourire s'évanouit sur ses lèvres. Mais le ton sur lequel j'avais parlé était exceptionnellement agressif, il ne tolérait aucune dérobade. Du coup, Emilia mit de côté son insolence et me fit oui avec la tête.

« La réponse est non, commençai-je. Je n'ai pas de père. Pas de mère non plus. Comme tu as dû t'en apercevoir, personne ne m'appelle au téléphone, personne ne passe me voir, je n'ai pas ce problème, te cacher ou te présenter. »

J'appuyai mes mains fendues par le froid sur la margelle du lavoir et la fixai droit dans les yeux, dans cette impénétrabilité que je m'étais mis à détester.

« J'ai raconté cette histoire deux fois dans toute ma vie. Une fois au commissariat, et une au tribunal. » Je la vis tressaillir. « Je préférerais me tirer un coup de pistolet dans la bouche plutôt que de me l'arracher une autre fois. »

Le ciel était immobile et blanc, impossible à distinguer de la terre. De temps à autre, on entrevoyait une cheminée, une balustrade, un fronton. Des lignes coupées et courtes qui n'avaient plus de sens suspendues dans ce néant.

« Mais pour un misérable petit bout de ta vérité, Emilia, je suis prêt à te raconter la mienne. »

13

« Pendant quelque temps, l'événement a eu un retentissement dans les journaux et à la télé. Une équipe était même venue à Sassaia, un truc inouï. La journaliste était très belle, avec une coiffure vaporeuse. Je sais pas comment elle avait fait pour monter Stra'dal Forche avec des talons comme ça, peut-être qu'elle s'était changée au dernier moment. Je sais même pas pourquoi elle est restée aussi précisément dans ma mémoire. Elle voulait nous interviewer, ma sœur et moi, elle s'était entêtée. Le cameraman, genre heavy metal avec un tee shirt AC/DC, lui obéissait au doigt et à l'œil, ils se sont postés devant la maison et ont attendu jusqu'à la tombée de la nuit. Des chacals. » Je pris une inspiration. « Il y avait un téléphérique. À trois montagnes d'ici, quinze kilomètres en voiture. Un téléphérique inauguré en 1952 qui reliait le sanctuaire de San Giuseppe à un petit lac glacé et un refuge situé en haut du Monte Stella.

Mes parents étaient des fous de montagne. » Je pris une autre inspiration. « Il ne se passait pas un dimanche ou un jour de fête sans qu'on monte sur quelque tas de pierraille avec nos grosses chaussures et les sandwichs beurre-anchois dans le sac à dos. Mon père disait qu'il fallait dépasser la forêt pour commencer à comprendre. Qu'il fallait que le ciel te pèse sur la tête. Que les rochers avaient des millénaires et que les escalader t'aidait à remettre les problèmes à leur juste place.

Mes parents étaient des gens simples : un maçon et une femme au foyer. Ils n'avaient pas fait d'études. Que je travaille bien à l'école les avait d'abord étonnés puis convaincus que l'avenir pouvait nous récompenser. Mais nous étions une famille tellement normale que personne ne pouvait nous envier ni nous admirer. Nous ne faisions de tort à personne, nous ne nous détachions pas du lot. Moi, j'étais une imposture, comme on devait s'en apercevoir par la suite. Nous n'étions pas riches, mes parents se disputaient et ils s'aimaient. Dans l'ordre naturel des choses, le fait que nous existions ou pas ne changeait rien du tout. Et pourtant – je détachai mes mains du mur et me tournai du côté des montagnes englouties dans le blanc – je peux t'assurer que nous étions heureux. »

On ne voit pas le Monte Stella depuis Sassaia, ni depuis le sommet du Monte Cresto, même par les journées les plus limpides : un cadeau compatissant de la géographie. Mais je savais, chaque jour, chaque instant, qu'il était là. Inamovible, comme l'est toute montagne.

« Le 26 août 1990, un dimanche, à huit heures trente-cinq du matin, nous avons pris les billets et nous nous sommes mis dans la queue derrière un autre groupe de personnes pour monter dans le téléphérique. Pas loin de là, il y avait un bar où nous nous étions assis juste avant pour prendre un second petit-déjeuner. Café, croissants, je peux te dire comment ils étaient : un normal pour ma sœur, au chocolat pour moi. Nous sommes tous entrés dans la cabine du téléphérique. Fais bien attention : *tous*. D'abord le petit groupe d'inconnus avec un enfant blond dont je devais découvrir par la suite qu'il s'appelait Thomas, qu'il était de Busto Arsizio et qu'il avait cinq ans ; ensuite mon père et ma mère, ma sœur et moi ; et pour finir un couple de personnes âgées.

Je pourrais revivre pendant l'éternité ces deux minutes.

Ma mère portait une casquette verte, sa queue de cheval glissée au-dessus de la fermeture réglable lui donnait un air jeune et espiègle. Mon père avait son appareil photo autour du cou et il trafiquait avec l'objectif. Ils se sont avancés vers la vitre avant pour avoir la meilleure visibilité. Après le couple de personnes âgées, il n'est plus monté personne. C'était la fin de l'été, il n'y avait pas grand monde. Mon père et ma mère se sont enlacés par la taille, en une pose intime. Moi je n'avais pas un poil sur les joues ni le menton, j'étais anguleux et gauche. Ma sœur se fichait de moi, elle disait que mes chaussettes étaient des scories nucléaires. Les employés répétaient, ennuyés, les mêmes gestes que tous les autres jours, années, dizaines d'années. À un certain moment, ma mère s'est tournée vers moi. Sans se détacher de mon père, elle a posé une main sur mon épaule, comme pour vérifier que j'étais bien là. Ou me confirmer qu'elle était là, et qu'elle m'aimait toujours même si j'étais devenu ce bizarre homme-enfant qui avait la voix rauque et une pudeur toute nouvelle. Elle m'a caressé une joue. Je me suis dérobé, gêné. Elle s'est mise à rire. C'était l'instant le plus précieux de ma vie, mais je ne le savais pas.

On était tous là, à attendre. Les employés du téléphérique regardaient si par hasard il n'arrivait pas encore quelqu'un. On était onze personnes et la cabine pouvait en contenir trente. Puis Valeria s'est frappé le front avec le poing et a crié : "Oh ! Mince ! J'ai oublié mon sac à dos dans les toilettes du bar !" »

Je me suis tourné vers Emilia : elle était encore là. Calme tout à coup, les yeux comme deux stalactites pointées vers moi. Je m'assurai que le lavoir aussi était toujours là, et les draps. Que Sassaia était bien vidé de tous ses habitants et qu'on était bien en 2015.

« C'est absurde quand on y pense. Un sac à dos. Le sac à dos d'une fille contenant qui sait quels petits mots de son copain à garder absolument, des serviettes hygiéniques, ou peut-être la bague surprise de l'œuf de Pâques, comme gage d'amour.

J'ai soupiré en disant: "Tu changeras jamais, toi." Maman a dit "Cours le chercher, dépêche-toi ! Tu monteras après." Elle s'est tournée vers moi. Elle portait un tee-shirt rouge, un bermuda en jean, c'était ma mère, personne ne pouvait m'aimer plus qu'elle. "Vas-y toi aussi, allez ! Comme ça vous monterez ensemble à neuf heures." Valeria est partie en courant, je l'ai suivie à contrecœur seulement parce que ma mère me l'avait demandé. Ma sœur n'avait pas besoin de compagnie. Elle a six ans de plus que moi. Mais j'ai obéi, j'étais obéissant. J'aurais pu protester, répondre: C'est son sac, c'est elle qui l'a oublié, c'est son problème.

C'était un truc tellement idiot, quand on y pense: un sac à dos.

Valeria courait et moi je marchais derrière en râlant.

Depuis quelque temps, nos rapports avaient changé: j'étais en train de muer. Elle avait dix-sept ans et un copain. Moi, j'étais gêné par leurs baisers et par mon propre corps. Elle était toujours dans la salle de bains, elle s'enfermait à clef, ses secrets me blessaient à mort, à plus forte raison ce jour-là. Ce dimanche-là. Où elle ne voulait même pas venir avec nous, elle voulait voir son copain. Et qui sait ce qu'il y avait de si important dans le sac à dos, je me le demandais. Je me demandais si elle avait ses règles. Ce qu'il m'arrivait à moi, dans mon slip. Je me posais ces questions idiotes pendant que la cabine partait. Valeria entrait dans le bar, et moi je n'étais ni d'un côté de l'enfance ni de l'autre.

Je suis arrivé dans le jardin du bar et j'ai attendu dehors. Je me suis retourné et j'ai vu la cabine monter. J'ai vu mes parents qui restaient enlacés et regardaient. Plus vers les montagnes, mais vers nous maintenant. Vers moi. Ils me faisaient signe de la main. »

Vingt-cinq ans avaient passé et je n'arrivais toujours pas à pleurer.

À comprendre.

À accepter.

« Au bout de dix mètres, j'ai vu la cabine tomber. »

Aujourd'hui, au moment où j'écris, je sais qu'Emilia a perdu sa mère à cause d'une tumeur au sein quand elle avait treize ans : l'âge, plus ou moins, où moi-même je suis devenu orphelin. Ce matin de neige au lavoir, elle ne me l'avait pas encore raconté, mais d'une certaine façon, je l'avais compris tout de suite.

Le problème c'est que, à peu près à la période du collège, on doit commencer à se détacher de ses parents, les ramener à de nouvelles proportions, les critiquer, les voir pour ce qu'ils sont : deux personnes parmi tant d'autres, qui nous sont dévolues par le sort. Mais si on les perd à cet âge-là, il est impossible de s'en détacher ensuite. Impossible de leur donner leur juste place. Impossible de grandir.

Emilia me regardait avec une attention intense et n'osait pas s'approcher.

Je le savais moi aussi : celui qui a survécu est intouchable. La douleur forme comme un halo.

Elle restait debout en face de moi, de l'autre côté du lavoir et attendait patiemment, avec le plus grand intérêt, le reste de l'histoire. Le fait qu'elle ne semblait ni troublée ni bouleversée me frappa. Mais j'étais trop pris par moi-même, à ce moment-là, pour m'occuper de ça.

«Je me suis demandé pourquoi, poursuivis-je, tous les jours. Ma sœur est sortie du bar : je ne l'ai pas vue, je l'ai seulement sentie qui arrivait contre mon épaule en disant : "Je l'ai !", soulagée qu'on ne lui ait pas volé son petit sac à dos violet. Moi j'étais paralysé face à l'espace vide entre le câble qui avait lâché et la terre jonchée de tôles. Mon corps avait déjà réalisé, mon esprit non : il était vide et sourd comme un gouffre. Valeria ne s'était pas rendu compte, pas encore. "Eh, bouge-toi, qu'est-ce que tu fais ?" Je sentais un de ses seins appuyé contre mon dos, son haleine sur ma nuque qui, à un certain moment, a commencé à diminuer, à faiblir, comme si elle était en train de mourir elle aussi. Avec eux. Avec moi. Les gens criaient, accouraient de toutes parts, appelaient la police, l'ambulance. Nous non.

Nous étions de la matière inerte, à la dérive dans un non-espace, dans un non-temps. Nous sommes restés plantés sur l'herbe comme deux poteaux, immobiles, à respirer ensemble, lentement. Pendant des minutes, des heures, qui peut le dire. Je sais juste qu'à un moment donné, on nous a arrachés de là et emmenés à l'hôpital.

On en a parlé dans tous les journaux et à la télé pendant plusieurs semaines. Le monde a découvert qu'il existait un endroit appelé Sassaia abritant deux orphelins qui, par un hasard du destin, avaient miraculeusement survécu à la catastrophe du téléphérique du Monte Stella. Mais Sassaia ne voulait pas être raconté. Les gens du village ont esquivé les micros et se sont serrés autour de notre maison, la surveillant nuit et jour, nous préservant des chacals et des curieux. Ils nous portaient à manger, faisaient le ménage, s'assuraient que nous allions nous coucher, que nous nous lavions et mangions quelque chose. Ensuite, d'autres malheurs sont arrivés, d'autres nouvelles, et notre histoire a fini par ennuyer. Il se passe des choses absurdes partout, tout le temps : des massacres, des calamités, des catastrophes aériennes, des tremblements de terre, des carambolages en chaîne sur les autoroutes. Notre catastrophe était une parmi tant d'autres. »

Emilia acquiesça comme si elle comprenait parfaitement.

« Nous sommes restés seuls, Valeria et moi. Avec toute cette liberté qui nous épouvantait. Nous n'étions plus des gamins comme les autres, mais deux passagers qui étaient descendus au dernier moment de la maudite cabine et avaient échappé à la mort. Être sain et sauf est une honte. Mais ce qui se passe après, je te le raconte pas : ça intéresse jamais personne.

Je te dis juste ça : Valeria a quitté son copain et jeté le sac à dos avec ses lettres et sa bague. Chaque fois que nous nous regardions en silence, nous la lisions sur le front de l'autre : la faute. La maison était devenue énorme pour nous deux. Valeria a tenu bon jusqu'à ce que j'aie dix-huit ans, puis elle est partie. »

Je baissai les yeux et cessai de parler.

Sous le jet de la fontaine, les draps blancs nageaient et gonflaient comme des méduses. Le soleil n'était pas là. La lumière, blanche, ruisselait de tout le ciel. On ne comprenait pas s'il était onze heures, midi ou deux heures.

Le temps s'était brisé pour moi ce matin-là. Depuis lors, j'avais seulement fait semblant de vivre. Avec des hauts et des bas, avec de longues phases dépressives et de brefs intermèdes d'illusions. L'indicible, ce n'est jamais le moment où, l'instant bouleversant. C'est le lent, l'inexorable *après*.

Chaque jour j'ai pensé que ça aurait été mieux, mille fois mieux, de mourir tous ensemble dans cette cabine. Aucun de nous quatre ne se serait plaint ou n'aurait demandé autre chose. Nous nous serions écrasés en même temps, nos os, nos poumons et nos cœurs se seraient mêlés, comme si, dans l'impact, nous étions devenus une seule personne. Ça aurait été une belle fin. Et ça m'aurait été bien égal de mourir à l'âge de onze ans. J'avais été heureux un tas de fois : dans les bois, à Noël, à l'école. Nous n'avions rien fait de mal. Rien pour mériter d'être séparés de cette façon, brusquement, deux au cimetière, deux à la maison. Ça a été l'enfer, après.

« Ça a été l'enfer, dis-je à Emilia, jusqu'à ce que tu arrives et m'obliges soudain, au bout de vingt-cinq ans, à me demander si ça ne vaut pas la peine de vivre, malgré tout. »

J'avais envie de pleurer, maintenant.

Emilia fit un pas vers moi, puis un autre. Elle tendit une main vers ma joue, pour l'essuyer.

Mes lèvres tremblaient tandis que je la suppliais : « Je t'en prie, ne me raconte plus que tu as trouvé Sassaia sur Internet, que tu l'as choisi parce que les loyers sont les plus bas d'Italie. Ici, on y vient pas. Personne. On y revient. Dis-moi qui tu es. »

Emilia se raidit, laissa sa main retomber.

Elle ferma les yeux et répondit : « Je peux pas.

– Avec ce que je viens de te raconter ? dis-je en écartant les bras d'étonnement. Pourquoi est-ce que tu t'obstines comme ça ? »

Quand elle les rouvrit, ses yeux gris-vert n'étaient plus opaques ni impénétrables. Ils brillaient. Derrière la surface, il y avait une lutte.

Elle me dit : « T'as aucune faute. Aucune. » Immobile à cinquante centimètres de moi, elle ajouta : « Mais maintenant je sais que l'innocence aussi peut avoir un poids. »

Je ne pouvais pas comprendre. Je voyais seulement qu'elle continuait à se dérober et cela m'exaspérait. « Quand on était enfants, sur la place. Toi et moi, on s'est jamais rencontrés ? Tu es sûre ? Réponds-moi. »

Elle me regardait et ne disait rien.

« Tu étais déjà venue ici, l'été ? Iole était une parente à toi ? »

Ses yeux plongeaient dans les miens. J'étais sûr que ce silence était un oui, mais je voulais que ses lèvres s'ouvrent, que sa voix l'admette. Je l'exigeais. Mais ses lèvres restaient scellées, sa voix muette.

« On peut pas vivre ensemble, dis-je. Si tu connais mon histoire et que j'ignore la tienne, ça veut dire qu'on peut pas rester ensemble. »

J'attrapai les draps, les tordis tellement fort que la peau de mes phalanges s'ouvrit, et les jetai dans la hotte.

Je chargeai celle-ci sur mon épaule et m'acheminai vers la maison. Il avait recommencé à neiger. Les draps mouillés pesaient des tonnes. Dans le grenier, ils allaient mettre au moins une semaine à sécher. Ensuite je plierais les siens et les lui rendrais. Ensuite, je m'efforcerais de ne pas regarder si la lumière était allumée ou éteinte dans la maison d'en face. Ensuite, je n'avais même plus Sassaia pour me cacher.

Je sentis qu'on m'enlaçait.

Par-derrière, ses mains plongèrent sous ma parka, ses ongles dans ma peau.

« C'est pas à cause de ce que tu m'as raconté. C'est pour ce que tu es maintenant. »

Je me retournai péniblement pour la regarder. La neige se déposait sur nos épaules, sur nos cheveux, sur nos cils. Mon orgueil était stupide. Emilia était sérieuse.

« Tu n'es pas cette cabine, dit-elle. Comme moi je ne suis pas ce que j'ai fait. Je te le dirai, dit-elle en hochant la tête, je sais que je dois te le dire. Il me faut seulement un peu de temps. Attends-moi, je t'en prie. Pourtant. » Elle frappa mon cœur de son minuscule poing. « Nous ne sommes pas nos traumatismes. Le résultat de ce que nous avons commis ou subi. Le passé ne coïncide pas avec le point où nous nous trouvons maintenant. Nous sommes ailleurs. Je ne le savais pas jusqu'à aujourd'hui. Et puis tu m'as raconté ce que tu croyais être *tout.* Tu m'as expliqué pourquoi tu es seul, pourquoi tu vis à Sassaia, mais ça c'est seulement une *partie,* conclue, terminée. Il y en a une autre qui a déjà commencé. La vérité aussi change », dit-elle en souriant.

14

« Parle-moi d'Angela. »

Emilia avait cessé de respirer.

De tous les noms, celui-ci était le seul qu'on ne pouvait pas prononcer. Comme celui de ce personnage des *Fiancés* de Manzoni, le plus puissant : « l'Innommé ».

« Ça fait trois ans. »

C'était comme si un bloc de marbre l'avait frappée de plein fouet. *Parle-moi de* était une expression qu'elle ne pouvait plus supporter. Non seulement elle devait *payer*, mais en plus elle devait *parler*. Et le deuxième verbe était bien pire que le premier.

« Tu peux me dire n'importe quoi. Un détail physique, une anecdote. L'important c'est que nous commencions à l'*extraire* du silence. »

Emilia avait brusquement eu des sueurs froides. Comme la nuit, quand ses règles arrivaient et que son corps se transformait en un bloc de glace bouillante. Elle avait deux vies, elle aussi, comme tout le monde. Le racontable était la pointe inoffensive de l'iceberg ; l'indicible, c'était elle.

Venturi lui souriait, patiemment. Jamais elle n'avait eu le feeling avec elle, parce que, contrairement à Rita, elle portait des lunettes prétentieuses sans monture, des chemisiers blancs bien repassés, crème ou ivoire, que ses bijoux étaient sobres – des perles, une petite touche brillante –, jamais tape à l'œil. Sa façon convenable de s'asseoir, dos droit, jambes croisées, stylo à la main, incarnait exactement l'idée de la femme maîtresse d'elle-même, équilibrée, qui avait appris à apprivoiser sa part féminine indomptée et, du coup, vous faisait au premier regard sentir que vous étiez nulle : elle semblait être la raison pure quand vous étiez une boule de nerfs. Et son travail, c'était de vous planter les aiguilles au plus profond de ce nœud-là.

« Je peux pas.

– Tu dois, au contraire. Tu ne seras jamais libre, même quand tu sortiras d'ici, tant que tu n'auras pas affronté le sujet. »

Du cœur pourri d'Emilia monta un éclat de rire. *Son* rire incomparable de protestation : Je suis pas un sujet, idiote ! Je suis l'Innommée !

Emilia avait broyé le paquet des cigarettes que, dans ce bureau, à la différence de celui de Rita, elle ne pouvait pas allumer. Mais *le sujet* était tellement délicat et potentiellement létal que Venturi lui avait proposé, de façon exceptionnelle, de l'accompagner à l'extérieur pour qu'elle fume.

On était en 2004. Ce pouvait être le mois d'avril, ou septembre : la lumière était claire, la température agréable. Impossible de se souvenir des mois, ils n'avaient aucune valeur de ce côté-ci de la grande cour entourée d'un mur, les saisons non plus. Pour les pensionnaires, seules avaient un sens la lumière et l'obscurité. L'année scolaire et les vacances. Quand les autres travaillaient, cela se traduisait par des activités, des dérivatifs, par le remplissage parfois efficace des minutes et des heures. Mais quand ils étaient en vacances, c'était le vide absolu, celui qui s'élargit sous vos pieds pour vous engloutir, vous anéantir.

Elles étaient sorties. Certaines fenêtres étaient ouvertes au premier étage. *Toxic* de Britney Spears jaillissait de l'une d'elles comme de la chambrette de n'importe quelle fille normale. Mais c'était dix heures du matin. Les filles normales allaient à l'école. Tandis qu'elles, au Couvent, elles suivaient les cours par intermittence, quelques heures par jour, ou alors elles avaient des ateliers de cuisine, de couture et parfois de menuiserie, un reliquat de l'époque où ce riant édifice était destiné à des usagers masculins, et alors qui sait ce qu'il se passait… « Ils brûlent les lits du matin au soir », avait raconté une matonne dont le fiancé était lui aussi surveillant, mais chez les hommes. « Ils n'arrêtent pas de se taper dessus, c'est tout le temps la bagarre. Normal, ils sont pleins de testostérone. » Alors elles, qui de la testostérone en avaient très peu, mais de la colère énormément, et des familles ravagées, et des diagnostics malheureux, quand elles entendaient ces histoires, elles se prenaient à rêver d'un couvent commun, de cellules devenues alcôves, de rendez-vous secrets à la bibliothèque, de tendres messages pleins de fautes d'orthographe glissés sous les portes blindées, et de leur peine transformée en exercices prénuptiaux. Alors là, oui, elles auraient été motivées pour *changer*!

Emilia et Venturi avaient traversé lentement la cour. En marchant côte à côte, Emilia s'était aperçue que sa psy, maintenant qu'elle n'était plus barricadée derrière son bureau parfaitement en ordre, avait rapetissé. Était-ce possible ? Ou peut-être était-ce elle qui était plus grande ? De combien de centimètres avait-elle grandi en captivité, sans s'en apercevoir ?

Son père n'arrêtait pas de renouveler ses vêtements : des blousons, des survêtements, des tee-shirts, des choses pratiques et pas prétentieuses : là-dedans, on ne pouvait pas tellement jouer aux défilés de mode. Mais c'étaient quand même toujours des pièces de qualité, de bon goût, avec la marque bien visible parce que, de toute façon, dans ces couloirs, il fallait se faire respecter, maintenir un certain statut, peut-être même susciter un minimum de crainte – un pouvoir qu'avaient certaines marques, en particulier sur celles qui n'en avaient jamais possédé qu'une contrefaçon.

Papa calculait les tailles, même des petites culottes. Et les vieux trucs qui ne lui allaient plus, Emilia les passait aux autres qui n'attendaient que ça, qui s'extasiaient, qui s'imaginaient déjà, une fois sorties, revenant au quartier avec un jean Armani. Elles les essayaient devant le miroir de la salle de bains accroché au-dessus du lavabo, montant sur la cuvette des toilettes pour mieux se regarder. C'était toujours la fête quand Emilia faisait cadeau de ses vêtements. Il y avait des mineures non accompagnées, ou des Roms, qui n'avaient même pas de chaussettes, ou alors trouées. Certaines éducatrices les ramenaient chez elles pour les raccommoder, ces chaussettes, et une fois, une gamine de quinze ans avait répondu sans réfléchir à l'une des éducatrices qui les lui rendait comme neuves : « Merci maman. »

Jetez la clef ! Jetez la clef !
Mais là-dehors, qu'est-ce qu'ils en savent ?
La faute, c'est vraiment la tienne ?
Alors que tu n'as que quinze ans ?

Emilia et la psy étaient arrivées jusqu'au petit mur qui entourait le jardin potager. Il y avait une odeur de mauve, de romarin, de sauge. Venturi observait les plantes aromatiques que les filles avaient, avec soin pour une fois, semées, arrosées, taillées. Les légumes qu'elles allaient bientôt cueillir et cuisiner. Elles auraient préféré des animaux, en fait: des chevrettes, des moutons, des agneaux tout doux et frisés. Mais de l'argent pour la *pet therapy*, il n'y en avait pas, bien sûr, car il n'y en avait même pas assez pour engager le personnel nécessaire à la gestion ordinaire.

Elles ne s'étaient pas assises. Elles étaient restées debout, à écouter Britney Spears dans le cœur barbelé de Bologne.

« Tu penses que tu peux me la décrire ? Même si c'est seulement un détail. Ses cheveux ? Ses yeux ? »

Le rectangle de ciel sur leurs têtes était haut, d'un bleu intense et uniforme, avec juste quelques nuages crémeux qui planaient, éparpillés.

« Bleus, avait admis Emilia en soufflant la fumée, comme ce ciel. »

Elle était lasse de s'entendre dire « Parle-moi de ». Parce que si on ne dit pas une chose, ça ne veut pas dire qu'elle n'existe pas. Elle existe encore plus. Elle existe tellement qu'on respire avec un seul poumon, parce que l'autre est écrasé, la gorge bouchée, le cœur comme un trou. Mais la formuler signifie ôter de vous un projectile tellement bien enfoncé qu'il fait maintenant partie de votre organisme, les tissus se sont formés autour, les artères les ont innervés. L'extraire équivaut à mourir.

« Ses cheveux, ils étaient pas terribles. Châtain, fins, sans volume. Elle en avait honte et les gardait toujours attachés. Mais les yeux – elle avait aspiré une autre bouffée – eux, on ne les oubliait pas. »

Elle avait fait une pause, surprise. Ses paroles avaient coulé d'elle comme un filet de sang d'une petite croûte qu'on a grattée, sans qu'elle ait pu les retenir. Elle imaginait le visage de Venturi gonflé de satisfaction, mais ne voulait pas se retourner.

En 2001 aussi, elles écoutaient Britney Spears. Elles passaient des après-midi entiers à regarder des vidéos sur MTV, à fumer des joints en cachette, ou alors à jouer à *Resident Evil* sur la PlayStation. Elles auraient dû travailler, mais Emilia n'avait jamais envie, et l'Innommée, il lui suffisait d'une demi-heure le soir pour avoir une excellente note.

« Elle avait cette famille, avait-elle poursuivi, *parfaite.* Une maison mitoyenne blanche qui, en fait, n'était pas tellement différente de la mienne, mais plus pleine : de meubles, de voix. Son père travaillait à la banque, sa mère était femme au foyer, à disposition. » Elle aspira le filtre et le garda entre ses doigts, jusqu'à se brûler. « Elle avait aussi un chien, un labrador comme celui de la pub du papier hygiénique, et un frère aîné, mignon. Sa mère l'amenait à la danse, faisait du shopping avec elle, lui préparait ses vêtements sur le lit tous les matins avant l'école, assortis aux chaussures, et chez eux la cuisine avait toujours une odeur de pancake et d'œufs au plat. »

Britney Spears continuait à chanter et maintenant, les gamines du premier étage chantaient avec elle. Déchaînées, elles criaient dans une espèce d'anglais mêlé d'arabe, de roumain, d'italien, sans doute qu'elles s'étaient aussi déshabillées, qu'elles étaient montées sur les lits et s'étaient mises à sauter et à se déhancher, oubliant où elles étaient et la vie qui les y avait amenées.

« Tu l'enviais ? »

Non, j'essayais de sortir avec son frère. Sa mère me laissait toujours un pancake tiède quand je passais chez eux la prendre pour aller ensemble en scooter au lycée. Je voulais faire un échange : je deviens toi, tu deviens moi, d'accord ?

Mais ça, elle ne l'avait pas dit à la psy. Elle s'était brûlé le bout des doigts avec le filtre incandescent sans même sentir la douleur. C'était sorti d'elle comme ça, toute cette pourriture, et elle se sentait plus légère.

Alors elle avait dit au revoir à Venturi et était partie danser elle aussi. Le jour, les portes entre les étages étaient toujours ouvertes. La surveillante l'avait laissée passer, même si elle était du second et non du premier, mais maintenant, elle faisait partie de la maison, n'est-ce pas ! Les gamines l'avaient accueillie parmi elles comme une reine, parce que c'était ce qu'elle était devenue : une vétérane, comme Marta. Les petites Roumaines, les Nord-Africaines à la peau brune et aux grands yeux magnifiques partiraient d'ici peu, chez elles, ou, dans un foyer d'accueil si elles n'avaient pas de chez elles. Tandis que Marta et elle et quelques autres rares Italiennes allaient rester là pendant des années, comme des célébrités, des légendes, entre ces murs de la Renaissance repeints avec zèle, dans ces petites cellules monastiques tellement propres qu'on aurait pu manger par terre.

Elles s'étaient toutes répandues dans le couloir, certaines habillées, d'autres en petite culotte. Emilia avait dansé les yeux clos, remuant le bassin, frottant ses hanches contre les fesses des autres, levant les bras comme si elle voulait saisir quelque chose dans le ciel. Et puis, à la place de Britney, il y avait *cette chanson-là* qui avait commencé.

La chanson de l'été 2001.

Franchement un truc de ploucs, il faut le dire. Qui faisait boum boum boum, genre samedi soir dans un bled de campagne. Qui inondait toute la Riviera comme la brume sur l'Adriatique le matin. Avec ces paroles inoubliables :

Because I, I live to love you some day
You'll be my baby
And we'll fly away

Elle les avait chantés elle aussi, ces mots-là, imaginant se trouver dans une de ces boîtes de nuit énormes dans lesquelles elle n'avait pas réussi à temps à entrer, comme elle n'avait pas réussi à temps à se faire dépuceler par le frère de l'Innommée. Même à tomber amoureuse, elle n'y était pas arrivée à temps. À vivre comme tout le monde cet été-là, qui avait brisé sa vie, et son âme, pour toujours. Elle chantait en pleurant, sautant, secouant de toutes ses forces ses cheveux.

Jusqu'à ce que la matonne décide : « Bon, ça suffit maintenant, vous avez assez joué à la boîte de nuit. » Elle avait commencé à taper ses énormes clefs de cuivre contre les barreaux des portes, provoquant un son qui avait immédiatement fait taire les voix, affaissé les corps, éteint la musique.

Un son qu'elles toutes n'oublieraient plus, comme on n'oublie pas la voix de sa mère, le battement de son cœur à l'intérieur de son ventre.

15

Ce matin du 24 décembre, le ciel était nuageux et lourd de neige, l'humidité montait du torrent et vous glaçait jusqu'à la moelle.

Emilia tapait des pieds, soufflait sur ses mains gantées pour les réchauffer. Elle l'attendait sous le P du parking d'Alma, là où, ensemble, ils avaient touché terre le 2 novembre.

En moins de deux mois, il s'en était passé des choses, de ces choses qui arrivent dehors, aussi incontrôlables que la pluie ou la neige. Elle se demanda s'il allait la trouver changée, s'il allait s'apercevoir du sentiment nouveau qui l'agitait. Jusqu'au moment où, du dernier virage, elle vit déboucher le museau de la Volvo et sentit son cœur pulser comme une pierre qui s'ouvre.

Riccardo lui sourit à travers le pare-brise, beau comme un vieil acteur, pressé de se garer, d'éteindre le moteur, de serrer le frein à main. Elle, de son côté avait les yeux brillants, la gorge douloureuse. Elle était émue. Elle s'était toujours entêtée sur la partie manquante de la famille, sur la chaise vide entre eux, et pourtant maintenant que son père sortait de la voiture, avec son costume rayé, sa pochette de soie, elle se rendait compte que si elle était arrivée jusque-là, dans l'avenir, c'est parce qu'il n'avait jamais manqué de l'aimer.

« Emi ! » Il ouvrit les bras.

Emilia prit son élan et s'y jeta.

Tout passe, et si ça ne passe pas, ça change.

« Mais c'est quoi, cette voix que tu as ? »

Riccardo lui prit les épaules et l'écarta de lui pour l'examiner.

« Je suis juste enrhumée. À Bologne, ils laissaient les radiateurs au max, ici j'ai qu'un poêle et une cheminée pour toute la maison. »

« À Bologne », c'était leur façon, diplomatique, de faire allusion au passé.

« Mais tu as du paracétamol, au moins ? »

Riccardo secoua la tête, sur le point de se lancer dans ses recommandations habituelles, mais c'était la veille de Noël : ils pouvaient s'offrir une pause. Il se dépêcha d'enfiler son manteau, troqua ses chaussures de cuir bien cirées contre de grosses chaussures de montagne imperméables. Il ouvrit le coffre où se devinaient un panettone et une bouteille de spumante, mais se ravisa au dernier moment : « Emmène-moi d'abord voir l'église. »

Les joues pâles d'Emilia s'embrasèrent. Elle ne s'attendait pas à ça, à ce contrôle-surprise. Elle moucha son nez gercé pour prendre du temps.

« Qu'est-ce qu'il y a ? Tu as honte ?

– Tu rigoles ! » En fait elle était terrifiée. À l'idée que, devant la Vierge Noire, ou, pire, devant le petit groupe des damnés du Jugement auquel elle avait fait l'effort de se consacrer, il pense : Juste ça ?

Ils remontèrent tout le village côte à côte pour se tenir chaud. Des remblais de neige sale s'étiraient le long des trottoirs. Une fumée grise montait des cheminées, seul signe que ce lieu au milieu des montagnes était habité. Le torrent creusait dans le silence, se brisait contre les rochers blanchis, avec ce cri étouffé. Son père voulait en savoir plus sur le Basilio, sur les techniques utilisées, sur l'âge de l'église. Emilia répondait à voix basse tout en regardant autour d'elle avec circonspection.

Elle était désormais une résidente de Sassaia, mais pour les habitants d'Alma elle restait un « corps étranger ». Pire : « l'*estrangère* qui s'envoyait en l'air avec l'instituteur », « l'alcoolique venue de dieu sait où », « qui dévoie ce brave type de Peraldo » et, par contagion, aussi les chastes enfants auxquels il enseigne. Aussi, tandis que Riccardo l'assaillait de son enthousiasme, elle rentrait la tête dans les épaules. Les questions de son père lui arrivaient de loin, sur une ligne perturbée, comme si elles traversaient l'océan, tandis qu'elle ne cessait de lorgner à la dérobée les fenêtres, les portes d'entrée, les recoins sombres de ce vieux village bourré de serpents.

Chaque jour Bruno – « Le Saint » – l'accompagnait à l'église avant de se rendre à l'école, puis il revenait la chercher à la fin de la journée comme s'il s'agissait d'une petite fille. Et elle, à son côté, se sentait à moitié libre, à moitié la Catin.

Tandis qu'en son for intérieur elle pensait : Si vous saviez...

La messe de la Vigile était en cours, mais Riccardo voulut tout de même entrer et Emilia dut le suivre. Le prêtre prêchait avec ardeur pour son troupeau réuni au complet à l'occasion de la fête. Il s'interrompit quand ils entrèrent et les regarda. Certaines personnes se retournèrent sur leur banc, d'autres murmurèrent un commentaire. Le prêtre reprit son homélie, sur la Genèse.

Caïn dit à son frère Abel : « Allons dans la campagne ! »

Les petites vieilles emmitouflées se renfoncèrent dans leurs manteaux. Les hommes, le feutre dans les mains, recommencèrent à suivre, ou à dormir dans la pénombre aux relents d'humidité. Mais, assise au dernier rang, une tête noire, moins obéissante que les autres, ne s'était pas retournée vers l'autel.

Au contraire, elle était restée à les regarder, effrontément. Elle ressemblait à Méduse, tellement ses cheveux permanentés étaient enchevêtrés et noirs. Elle avait planté son regard sur les corps des intrus et ne les lâchait plus, fouillant jusque sous les vêtements. Ses yeux rétrécis, excités devant la proie sans défense, émirent une lueur. Comme si, derrière la cornée, venait d'exploser une intuition magique.

Emilia ne la connaissait pas. Elle ignorait ses nuits blanches, sa vue abîmée par la lumière bleue de l'ordinateur qu'elle interrogeait sans relâche comme une sorcière sa boule de cristal. Des moments terribles, jusqu'à deux ou trois heures du matin, à poser des questions sur Google. À envoyer des messages indiscrets sur Facebook, à fouiner parmi les lointains parents de lointains habitants de Sassaia qui, la plupart du temps, ne lui répondaient pas. Mais elle ne se décourageait pas, loin de là ; elle affinait ses recherches sur les noms de famille. Reniflant, flairant, grattant entre posts et commentaires, à la chasse aux indices utiles. Elle avait tout son temps. La frustration était son carburant.

Ce n'était pas une idiote. Elle avait de nouveau grossi, on pouvait même la considérer comme un « boudin imbaisable » ou un « éléphant », ainsi qu'elle l'avait trouvé écrit sur un mur des toilettes réservées aux enseignants, sans aucun doute par cet ex-élève qu'elle avait recalé deux fois. Mais elle était intelligente. Et seule l'intelligence comptait. Dans ce monde infâme où les femmes étaient utilisées et jetées, baisées et trahies, elle avait appris à se défendre. À se fier uniquement à elle-même et à son instinct. Et maintenant son instinct lui suggérait qu'une fille à cheveux roux comme les sorcières, toute seule, qui était allée se fourrer là-haut où tout le monde crevait et personne ne naissait, cette fille-là, avait *forcément* un secret. Sale, scabreux. Un mari, des photos cochonnes, une addiction peut-être !

Cependant Emilia ce matin-là, bien que passant à côté d'elle, ne pouvait percevoir les pensées convulsives qui s'agitaient dans la tête de Méduse, imaginer toute cette activité fébrile, cette navigation forcenée sur Internet. Elle vivait dans la terreur que quelqu'un commence à enquêter, mais pour elle, ce quelqu'un, ce ne pouvait être que moi, le principal intéressé. Le Basilio, ce n'était pas son genre. Et qui d'autre aurait eu une raison de le faire ?

Ils arrivèrent devant le Jugement dernier encore à moitié dissimulé par l'échafaudage. Ne filtrait par les vitraux qu'une écume de lumière grise.

Son père resta un moment sans rien dire, sondant le mur du regard. Finalement, il hocha la tête avec fierté : « Eh, bien ! Je n'imaginais pas. »

Emilia eut un coup au cœur, de joie. Elle savait qu'elle avait bien travaillé sur son groupe de damnés, qu'elle les avait aidés à émerger du noir de fumée dans tout leur éclatant désespoir, mais que son père le reconnaisse, c'était une satisfaction qui surpassait toutes les autres. Certes, le mérite n'en revenait pas seulement à elle. Le Basilio l'avait guidée par ses précieuses suggestions. D'en haut, assis entre les putti ailés, baigné de lumière divine, il l'avait encouragée, manifestant son approbation comme son père venait de le faire, à continuer, à nettoyer, à supprimer des incrustations et déchets jusqu'à atteindre la pureté. Laquelle ?

Rappelle-toi qui tu es, se dit-elle.

On entonna le *Notre Père* dans leur dos. Le chœur de voix mal accordées semblait manifester l'agacement des fidèles vis-à-vis de ces deux personnes mal élevées qui n'avaient pas prié, pas communié, et ne s'en allaient pas, commentant comme si elles étaient au musée des choses qu'elles montraient sur le mur.

Riccardo s'attardait encore sur de minuscules détails. Il la complimentait, surpris, heureux, tandis qu'elle ne pouvait s'empêcher de se rappeler, malgré elle, le visage lointain de sa mère. À l'autre bout de la table, dans le salon. En cours moyen un ou deux. Les muscles tendus, la mâchoire contractée. Quand il était évident désormais que l'orthophoniste ne réglerait pas le problème.

Maman l'écoutait lire, ou plutôt balbutier, ânonner, se perdre au milieu des mots, au cours d'après-midi brumeux, télévision éteinte, dans le silence catastrophique de leur maison coincée au milieu d'un lotissement de villas toutes identiques où se retranchait la bourgeoisie de Ravenne. Elle s'efforçait de sourire pour masquer le déchirement que c'était pour elle. Leur fille. Leur fille unique. Quelle déception.

Emilia se rappelait son père rentrant le soir à huit heures alors que rien n'était jamais prêt, parce que la mère et la fille étaient encore là, assises à la table du salon, les livres de lecture grand ouverts. Maman était enseignante, elle savait comment il fallait s'y prendre avec les enfants : ne pas s'énerver, ne pas crier, ne pas pousser à bout. Sauf que ce qu'elle avait devant elle, ce n'était pas une petite fille : c'était sa fille. Et elle ne faisait pas de progrès. En calcul non plus : sept par deux, ça fait combien sept par deux ? Tellement évident, comme de dire que la nuit est obscure et que le jour est clair. Mais cette fille-là ne répondait pas. Elle régressait. « Mais comment c'est possible, que tu ne saches pas ? Que tu ne comprennes pas ? » Emilia, ces questions insistantes, rageuses, la mettaient dans tous ses états. Noir dehors. Noir dedans. Les chiffres, les mots, tout se confondait en un magma indistinct, incompréhensible, dans lequel elle sombrait. Avec une seule idée : même une femme comme maman, qui fait du bénévolat, que tout le monde aime et estime, même elle, à la fin, avec moi elle perd patience.

En effet, après toutes ces heures à résister et lutter, le sourire de Cecilia s'effaçait, sa colère débordait, sa déception : *Mais tu es sortie de moi, bon sang ! De moi et de ton père. Comment ça se fait qu'on t'ait ratée comme ça ?*

Elle ne les criait pas, ces mots. Mais le sens y était. Le non-dit. Entre les lignes. L'implicite qui allait dominer la vie d'Emilia. Celle-ci restait comme assommée, inerte, telle une poupée cassée qui mérite juste d'être jetée. Jusqu'à ce que l'architecte, revenant de son bureau avec un sachet de cappelletti artisanaux à peine confectionnés, fasse une bise à chacune en disant : « Maintenant, ça suffit. Elle n'a pas appris ? Elle apprendra. »

Quand ils remontèrent ensemble pour la seconde fois Stra'dal Forche, le bois de châtaigniers était enfoui sous la neige avec toutes les racines. Au-dessus de leurs têtes, les branches nues s'entremêlaient en trames serrées et osseuses. Son père tirait sa valise à roulettes avec une peine évidente tandis qu'Emilia devait se forcer à ralentir pour ne pas le laisser en arrière, alors qu'elle transportait deux sacs remplis de provisions, dont – elle n'avait pu faire autrement que de le remarquer – un plateau enveloppé de papier venant de l'atelier de pâtes fraîches.

« C'est sûr que tu files comme un train, maintenant », lui dit son père, haletant. Ils n'étaient pas encore arrivés jusqu'à la chapelle votive.

« Donne-moi cette valise, répondit-elle, ce chemin, je le fais deux fois par jour, cinq jours sur sept. Et pourtant mes mollets, tu vois, ils se sont pas transformés en bouées comme tu le prétendais », lui lança-t-elle sans se priver d'une petite pique.

Riccardo refusa qu'elle lui porte sa valise : « Je ne suis pas encore si vieux. »

Emilia se posa soudain la question : avait-il quelqu'un, à Ravenne, une compagne qui avait pris d'une certaine façon la place de sa mère dans cette énorme maison vide, au moins les week-ends, au moins pour dîner de temps à autre. Pour la première fois, elle osa formuler cette pensée mentalement, sans pourtant trouver le courage de le lui demander.

Lui, en revanche, la question, il avait l'intention de la poser. Ils avancèrent en silence pendant un moment sur les cailloux luisants de neige, craquants du sel qu'elle et moi avions jeté dessus après des dimanches entiers à déblayer à la pelle. Et mon nom flottait dans l'air, perceptible entre eux. Le père attendait le bon moment. La fille réfléchissait sur la façon de distiller les informations. Ils auraient eu besoin, tous les deux, d'un peu d'entraînement, de quelque chose de progressif, de quelques petits flirts au lycée, pour ouvrir la voie. Mais ils n'en avaient pas eu la possibilité.

« Alors, se décida Riccardo, quand est-ce que tu me le présentes ? »

Emilia pressa le pas.

Durant les années du Couvent, après la déception liée à l'histoire avec Emanuele, elle s'était abandonnée à une rêverie : elle rencontrerait un jour un garçon comme elle, qui avait grandi dans les mêmes salles, avec les mêmes horaires, le même bruit de fond de clefs grosses comme celle de l'Hadès au cou de Cerbère, et ils se comprendraient du premier coup sans avoir besoin d'explications : leurs volets resteraient ouverts, la télévision allumée toute la nuit.

D'ailleurs ce n'était pas tellement une divagation : la plupart des copains de ses compagnes entraient et sortaient des couvents comme s'ils adoraient ça. Quand ils se téléphonaient, ils discutaient des articles du Code pénal avec tant de précision et d'aisance qu'ils auraient pu sans problème avoir leur licence en droit. Giada, qui avait juste le brevet, en remontrait à son avocat. Afifa connaissait le droit de ce pays mieux que n'importe qui jouissant de la nationalité par le droit du sang depuis des générations – sans vouloir faire de jeu de mots sur le sang dans un endroit de ce genre. Marta, quant à elle, avait longtemps hésité entre biologie moléculaire et droit. Son parcours serait l'« Histoire de la Rédemption », ça, c'était déjà décidé, il fallait juste préciser la trajectoire. À la fin, elle avait opté pour les molécules : elles étaient plus fiables que les lois. « Et puis, franchement, des procès, j'en ai plein le cul. »

Son père laissait Emilia s'enfuir. Et au fur et à mesure qu'elle approchait de Sassaia, elle retrouvait sa lucidité. La parano qui la traquait à Alma dans chaque recoin s'atténuait ici, jusqu'à disparaître. Les troncs et les rochers, les escarpements et le silence – ce silence gigantesque que pendant des années elle n'avait jamais, jamais, jamais entendu, noyé par les cris, les bavardages, la télé, les talkies-walkies, les clefs – la faisaient redevenir neuve, et possible.

Ce n'était pas un garçon comme elle qu'elle avait rencontré, mais un parfait innocent, une victime. C'était arrivé comme ça. La vie ne demande pas d'autorisation, ne se laisse pas programmer. Disons même qu'elle adore se foutre de vous.

Emilia s'arrêta : elle n'entendait plus les pas de son père. Elle posa les sacs contenant le repas du réveillon et celui de Noël sous le panneau portant l'inscription SASSAIA, COMMUNE D'ALMA, planté au milieu de nulle part. Puis elle s'assit sur un rocher qui dépassait, pour réfléchir.

Est-ce qu'elle devait les faire, ces présentations ? Même s'ils n'étaient pas fiancés et ne le seraient jamais ? Parce que pour des fiançailles officielles, il faut tout savoir l'un de l'autre, ou tout au moins, un minimum de vérité : au moins le lieu de naissance et le nom de famille.

Au contraire, elle lui avait dit « Morelli ». Elle avait piqué ce nom à Rita. Tout en commettant ce larcin, elle avait détesté la bureaucratie italienne qui ne lui avait pas encore donné la possibilité de le changer, son nom. « Vous pouvez comprendre ça, avait-elle crié, que si j'écris sur ma sonnette "Emilia Innocenti", je pourrai jamais mener une vie normale ? » « Et pourquoi ? lui avait répondu le masque à lunettes, gris imperturbable, de la Bureaucratie, vous prétendez à quelle vie normale ? »

Bruno n'acceptera jamais, se disait-elle. Tout en attendant son père en haut du sentier, elle revint en pensée à ce dimanche où nous avions écouté la radio dans la cuisine de la Iole. Il y avait eu cette information : une mère avait laissé mourir de faim et de soif sa fillette de dix-huit mois. Elle était partie s'envoyer en l'air avec son petit ami pendant six jours et six nuits, et la petite était restée toute seule dans son lit, au milieu de ses excréments, mangeant la mousse de son matelas dans la tentative désespérée de survivre à cet effroyable abandon.

Elle se souvenait très bien de mon commentaire, sorti comme ça, pendant que je cessais de tourner la cuillère dans la sauce et levais les yeux vers elle. « Je ne suis pas pour la peine de mort, mais dans certains cas, ça se justifie. »

Emilia avait senti son estomac se rétracter. Elle n'avait pas réussi à dire un mot, avait seulement acquiescé en continuant d'écraser les gnocchis avec la fourchette, mais elle avait eu envie de vomir.

La radio ajoutait des détails. De subtils psychologues consultés par les journalistes en studio intervenaient dans l'émission : *Les mécanismes de la psyché. La dissociation. La mère avait été elle-même abandonnée par sa mère.* L'explication : ils cherchaient l'explication. Mais elle n'existe pas. *Si quelqu'un est un monstre, c'est un monstre.* Qu'est-ce qu'il vous faut d'autre ? *Vous êtes en train d'essayer de la justifier ? Vraiment ? Quelle horreur ! Justifier la gamine de Ravenne ? Cette gamine-là, c'est un monstre !*

Elle avait couru aux toilettes. Penchée sur la cuvette, elle s'était juré : je ne lui dirai jamais. Et si le prix à payer pour être avec lui est de faire semblant que je ne suis pas moi, je le paierai. Entre-temps, j'avais éteint la radio et j'étais allé frapper à la porte, surpris, ignorant tout : « Emilia, ça va ? » Non, je suis pourrie. Bruno est quelqu'un de bon, s'était-elle dit, il n'appartient pas à l'armée de ceux qui hurlent : *Jetez la clef.* Pourtant lui aussi, il a dit : *la peine de mort.* Normal. On a tué ses parents. C'était par imprudence, c'est vrai. Mais il est la partie lésée.

Et elle ? Elle était ce vomi.

Son père émergea, traînant la jambe, le manteau en cachemire ouvert, le front perlé de sueur. Quand il la rejoignit, il lâcha sa valise et se laissa tomber à côté d'elle sur la pierre qui dépassait.

Il admit : « Je vieillis. »

Emilia regarda le paysage blanc devant eux. La vie qui respirait doucement sous la terre. Les animaux endormis dans leur tanière. Les œufs cachés. Le temps recroquevillé dans un antre chaud et invisible.

« Tu as une copine, toi ? lui demanda-t-elle sans se tourner vers lui. Une personne qui connaît toute l'histoire, et qui est quand même avec toi ? »

Riccardo hésita, passa la main dans ses cheveux. Puis il répondit : « Oui.

– Depuis combien de temps ?

– Trois ans, mais on se connaissait avant. Je ne dirais pas que c'est une copine, à mon âge. Disons *une compagnie.*

– Elle est de Ravenne ?

– Oui.

– Alors, elle savait ? »

Son père soupira, comme si la question n'était pas là. Le ciel était tellement bas qu'il entrait au milieu des arbres et se répandait, humide et glacial.

« Vous en avez déjà parlé ? », insista Emilia.

Il posa ses deux mains sur ses genoux, comme pour se préparer à affronter un sujet plus grand que lui, sur lequel il avait perdu dès le départ. Mais qui devait de toute façon être affronté.

« Ou peut-être que vous arrivez à être ensemble sans jamais en parler ? » Emilia se tourna vers lui avec ses sombres yeux verts à peine mobiles, comme la surface putride d'un étang ridée par quelque nouvelle et inattendue forme de vie. « C'est possible, d'après toi ?

– Tu ne peux pas vivre comme ça. »

Déplaçant la main de son genou vers celui d'Emilia, il le serra délicatement.

«Écoute, pa', ce garçon ne sait rien. Et il doit rien savoir. D'ailleurs c'est même pas un garçon. Il est plus âgé que moi. Il comprendrait pas, il accepterait pas. Je le sais.

– Emilia», reprit son père.

Est-ce qu'on peut parler de faute quand tu as seize ans ?

La faute, chez les adultes et chez les adolescents, c'est la même ?

Mais si l'adolescent n'est pas encore adulte, qui agit à l'intérieur de sa faute ?

« Tu as payé, lui dit-il calmement, tu dois te le rappeler. Tu as achevé ton parcours. Si tu tiens à cette personne, quand tu sentiras que le moment est venu, tu lui diras comment tu es arrivée jusqu'ici, et pourquoi. Et lui, il te connaîtra, il ne pourra pas faire moins que de te voir comme je te vois.» Il avait les yeux pleins de larmes. «Je suis très fier de toi, Emilia.»

16

Alors que j'ouvrais la porte, heurté par une sombre lame de froid, je ne pus réprimer une pensée : le Basilio, seul chez lui.

Je savais ce qu'on ressentait. Lors des quinze dernières années, à Noël, j'avais fendu du bois, déblayé la neige, nettoyé le poêle, déjeuné et dîné en silence comme n'importe quel autre jour d'hiver. Avec juste une différence : l'espoir secret que ce jour-là passe plus vite. Sans aucun doute, vivre à Sassaia rendait les choses plus faciles : pas d'illuminations, pas de messe de minuit remplie de familles, pas de maisons d'autres habitants décorées pour la fête, avec le reflet des sapins clignotant aux fenêtres. Mais même si nous n'étions que tous les deux, le Basilio et moi, là-haut dans ce paquet de rochers glacés, ce jour-là n'était pas du tout *comme n'importe quel autre jour d'hiver.*

Aujourd'hui, en cherchant dans l'armoire ma plus belle chemise, j'avais hésité à croire que c'était vrai : l'invitation. Pas pour le repas de midi, ça aurait été exagéré, mais pour l'après-midi, plus neutre.

Il était quatre heures moins cinq maintenant, il faisait nuit noire, le thermomètre à l'extérieur indiquait moins trois : c'était le moment. J'étais prêt depuis des heures, je m'étais même passé sur les joues un after-shave qui remontait, je pense, à mon adolescence, je portais un pantalon de velours côtelé bleu et les seules chaussures en cuir que j'avais, achetées à l'occasion de mon examen de maîtrise et jamais réutilisées : malgré toute cette armure, je me sentis comme nu en traversant le chemin.

Je m'étais réveillé angoissé. L'absence d'Emilia de l'autre côté du lit m'avait troublé. La veille au soir, j'avais dîné sans elle l'estomac noué, me forçant à ingurgiter une soupe, surpris de constater comment, en l'espace de deux mois, ma vieille solitude bien rodée m'était devenue insupportable. Peut-être était-ce l'idée de faire la connaissance de son père qui m'inquiétait. Le fait de me trouver en présence de ce passé qu'elle s'obstinait à me refuser.

Arrivé devant leur porte, je fis le geste de frapper. Mais tout d'un coup, je les entendis rire derrière la fenêtre chaude de lumière et laissai retomber mon bras. Je me dissimulai dans l'embrasure.

En hiver, le silence de Sassaia était encore plus vaste. Tout ce qui pouvait le couvrir lui était ôté : les appels des oiseaux, le bruissement du vent dans les feuilles, le bourdonnement incessant des insectes. La seule chose qu'on entendait, au milieu des bois dépouillés et de l'immobilité des montagnes, c'était le temps : assis sur le monde comme un géant. Picoté maintenant par leurs deux voix joyeuses et ironiques qui traversaient les murs en même temps que la chaleur du poêle.

Ils étaient en train de parler de politique. J'entendais Emilia énumérer une liste de noms étrangers et s'enflammer : « Imagine-les en train de voter ! Ce serait le pied ! C'est pour ça qu'on veut pas leur donner la citoyenneté, à mes copines. » Son père avait un ton de voix plus bas, je ne compris pas ce qu'il répondait. Je distinguai seulement sa silhouette à travers le rideau, il approuvait d'un hochement de tête. Ils étaient assis côte à côte, ils avaient l'air complice. Le sens du mot « famille », eux deux ensemble à Noël, au chaud dans la vieille maison de pierre, ils me le montraient clairement, quel qu'il fût.

Je frappai deux coups, leurs voix s'interrompirent.

Un instant passa avant qu'Emilia vienne m'ouvrir, visiblement embarrassée. Mais je l'étais encore plus, moi. Je mis un temps excessif pour essuyer mes semelles intactes sur le paillasson, laissant le froid s'infiltrer comme un tourbillon dans la pièce. Emilia frissonnait et ne trouvait pas le courage de me regarder. Son père quitta la table pour venir à ma rencontre et me tendre la main, souriant et affable. C'était lui que j'avais vu sortir le matelas au soleil, sur le balcon d'en face. Même élégance, mêmes manières d'homme de la ville. Mais maintenant, en regardant son visage sous la lumière impitoyable de la lampe, je fus certain de l'avoir déjà vu. Avant le 2 novembre dernier, j'entends. Bien avant. Et cette certitude me noua la gorge juste au moment où je tentai d'articuler quelques mots de salutation.

« Enchanté, Riccardo. »

Sa poignée de main était énergique, mais pas violente : il n'avait pas besoin de faire sentir la moindre hiérarchie. Quand sa main quitta la mienne, je retrouvai un minimum d'esprit d'initiative : je sortis de la poche intérieure de ma parka la bouteille de liqueur de noix que j'avais fait macérer à la cave et la tendis à Emilia qui la prit comme si elle me connaissait à peine. Ensuite je quittai ma veste et jetai un coup d'œil circulaire pour voir où la poser, comme si je ne savais pas m'orienter dans cette cuisine où elle et moi avions fait littéralement de tout. Nous nous assîmes, moi en face de Riccardo, Emilia entre nous. La table avait été débarrassée, il ne restait du repas que des miettes et une carafe d'eau. Emilia rongeait ses ongles, je n'avais plus de voix, Riccardo nous regardait d'un air amusé. Ouvrant les bras, il dit: «Je goûterais volontiers cette liqueur.»

Il se dirigea sans hésitation vers une étagère du buffet et sortit trois petits verres en cristal. Je me fis la réflexion qu'il connaissait très bien la maison. Emilia et moi, nous nous regardâmes. La petite peau qu'elle avait arrachée avec ses dents autour de son index saignait. Nous avions tous les deux un besoin désespéré de boire.

Riccardo posa les verres au centre de la table et les remplit jusqu'au bord.

«À la couleur, on voit tout de suite qu'elle est bonne.»

Il n'avait rien du classique «père italien jaloux». Au contraire, il percevait notre tension et s'employait à l'atténuer. C'était le genre d'homme qui veut toujours mettre à l'aise les gens qu'il a en face de lui, quels qu'ils soient. Je me dis qu'avec un père comme ça, Emilia ne devait rien avoir vécu de trop affreux. En dehors de la mort de sa mère, bien sûr. Elle n'avait pas pu être toxico, hypothèse qui m'avait paru la plus plausible. Elle ne pouvait pas avoir eu un enfant à l'adolescence qu'elle aurait rejeté, autre hypothèse, mais moins convaincante. Avec un père comme ça, je me dis que sa vie avant Sassaia ne devait pas m'effrayer.

«Félicitations, approuva Riccardo en dégustant ma liqueur, on sent vraiment la noix.

– Tout autour d'ici, c'est plein de châtaigniers et de hêtres, parvins-je à dire, mais quand on va vers Piaro et qu'ensuite on descend, il y a quelques noyers.

– À côté du torrent. Oui, je connais l'endroit.»

Levant les yeux vers Emilia, j'eus le temps de remarquer qu'elle le foudroyait du regard. Lui, au contraire, paraissait très calme. Il changea de sujet très naturellement:

« Emilia m'a dit que tu enseignes à l'école primaire d'Alma. Tu as beaucoup d'élèves ? »

Au fond, j'étais comme lui : mettre les autres en difficulté me mettait moi-même en difficulté. Je n'avais aucun besoin de demander pourquoi il connaissait l'endroit et depuis quand. C'était Noël, et énerver Emilia était la dernière chose que je souhaitais. Je lui avais promis que je l'attendrais.

« Treize cette année, de tous les âges. C'est une classe unique.

– Un peu comme autrefois, non ? Ça doit être fascinant de faire l'école comme ça, dans un petit village. Être une référence, pour les enfants, mais aussi pour la communauté. »

Je pensais à Patrizia et il m'échappa un sourire amer : « Ils ont presque tous Internet maintenant. L'école les ennuie. Ils savent déjà tous qu'ils ont envie de partir d'ici le plus tôt possible. Il n'y en a qu'un qui est sûr de rester et qui sera berger, comme son père. En fait, il ne veut pas du tout apprendre l'italien. »

Riccardo m'écoutait d'un air intéressé, jambes croisées, avec dans la main le petit verre qu'il sirotait lentement. Emilia avait fini le sien depuis un moment, elle s'en versait déjà un autre. Je remarquai que la liqueur faisait briller ses joues : cette rougeur pleine de taches de rousseur lui allait à merveille.

« C'est sûr que ça doit être un sacré défi de faire que les enfants se passionnent pour l'orthographe, avec tous ces jeux vidéos, ces écrans toujours à portée de main. Dans un endroit comme ça, où il n'y a pas de cinéma, pas de bibliothèque. »

En faisant ma toilette, j'avais utilisé une dose excessive de gel douche et maintenant, au lieu de mon odeur, je sentais que je dégageais un parfum de pin sylvestre. Le col de ma chemise fermée jusqu'au dernier bouton m'étranglait. Je n'étais pas moi-même, accoutré de cette façon. Pourtant, le poêle dégageait une chaleur délicieuse, la nappe à carreaux bleus avait un air familier, et la liqueur de noix qui détendait les nerfs d'Emilia me détendait moi aussi.

« Un matin, nous avons vu un cerf, m'entendis-je raconter. Au bord du torrent sur lequel donne notre classe. Martino Fiume, le garçon dont je parlais qui veut devenir berger, a été le premier à le remarquer et il nous a tous appelés pour qu'on vienne devant la vitre. Il était majestueux. Il avait une paire de bois tellement imposante ! Un pelage, un museau : royaux. Il était tellement près qu'on pouvait lire dans ses yeux jaunes, détendus, pacifiques. C'était comme se trouver en face d'une apparition, d'un messager. Comme si le roi de notre Vallée était descendu de la forêt pour nous dire quelque chose. » Je finis mon deuxième verre et le posai. « Les enfants m'ont ensuite écrit dans une rédaction, tous, chacun avec ses mots, que ça avait été pour eux une expérience surnaturelle, inoubliable. Le cerf est un animal difficile à approcher, c'est comme s'il n'existait pas. Et pourtant il est plus réel que tout le reste. »

Emilia bondit. Elle courut ouvrir un tiroir et revint avec un crayon et une feuille.

« Décris-le-moi encore. » Elle écarta un pan de la nappe pour poser sa feuille épaisse directement sur le bois et commença à tracer, à noircir, à estomper, concentrée. Je compris que c'était là sa façon de gérer la situation, alors je choisis les adjectifs les plus précis, en commençant par les bois : sombres, noueux, amples, rayés, abîmés, par les intempéries, par les batailles, redoutables, solennels.

Riccardo la regardait avec amour. Moi aussi je la regardais de la même manière. Penchée, les cheveux sur le visage, la main rapide. Je m'aperçus qu'elle était gauchère. Son don coulait de ses doigts. Nous ne parlâmes plus, son père et moi, pour ne pas la déranger. Jusqu'à ce qu'elle ait terminé. Jusqu'au moment où elle leva la feuille et nous montra l'image exacte du cerf que mes élèves et moi avions vu ce matin-là.

Je ne pus m'empêcher de lui demander : « Quand as-tu découvert que tu avais ce talent ? »

Une question inoffensive, croyais-je. Pourtant son visage s'assombrit. Comme cela arrivait souvent : avec une soudaineté mortelle. L'expression extatique qu'elle avait eue en dessinant disparut d'un seul coup. Il resta l'Emilia blasée, sur la défensive. Mais, devant son père, elle n'avait pas envie de me mentir.

« Tardivement. »

Pour la première fois, son père baissa les yeux.

« Au lycée... fit-elle avec une grimace, j'étais en option littéraire mais ça marchait pas très bien. Et puis j'ai changé d'établissement, et voilà. Un jour où je savais pas quoi faire, j'étais en face d'une fenêtre, j'avais un bloc-notes et un crayon. Je m'ennuyais. Il y avait ce paysage de toits et de collines. Ça s'est passé comme ça. »

Je me cramponnai au cerf. Je pris la feuille et l'observai, stupéfait. Il était vivant. Il perçait la feuille de son museau et me fixait.

Riccardo se leva une nouvelle fois. Pour dissiper le silence glacé que les phrases d'Emilia avaient provoqué en se posant sur nous comme de la neige fondue. Il ouvrit le frigo, y prit une bouteille de spumante : « Nous t'avons attendu pour trinquer ensemble. »

Je rendis le dessin à Emilia et regardai autour de moi. Il n'y avait pas d'arbre de Noël. Pas de crèche ni de houx pour décorer la table ni de bougies rouges posées sur des couronnes vaporisées de blanc. Il n'y avait pas de pommes de pin décorées ni d'angelots en pâte à sel. C'était un sombre après-midi d'hiver avec de très mauvaises prévisions météo pour la nuit.

Les Noël précédents, pensai-je, nous n'avions jamais essayé de nous voir. Nous avions été deux solitudes qui gravitaient sur la même orbite, comme Emilia et moi avant de nous rencontrer. Ça nous allait comme ça, au fond. Mais aujourd'hui, c'était différent : Riccardo allait sortir le panettone de son emballage. Emilia avait brisé le silence de Sassaia, pour toujours. Nous étions sur le point de célébrer cette fête, comme n'importe quelle autre famille plus ou moins chrétienne sur la Terre.

« Excusez-moi, dis-je, je ne suis pas chez moi, mais est-ce que cela vous ennuierait que j'aille chercher le Basilio ?

– Au contraire ! » répondirent-ils en chœur, comme comme s'ils avaient eux aussi souhaité le faire sans oser le proposer.

J'enfilai ma parka et courus dehors, ma torche à la main. Dans le noir, dans la neige. Avec ces chaussures en cuir que fermait une boucle argentée, totalement inadaptées aux cailloux disjoints. Je courais en repensant à l'époque où ma sœur et moi, le soir de Noël, nous laissions, sur le bord de la fenêtre de la cuisine, du lait et des biscuits pour le Père Noël. Une fois Valeria avait ajouté un faux rouge à lèvres pour la Sainte Vierge et une fronde pour l'Enfant Jésus. Nous n'étions plus si petits que ça, mais nous y croyions : que Noël pouvait témoigner de l'existence d'une exception.

Ça ne changeait rien, absolument rien. Il n'y avait pas le moindre repas un peu amélioré – sauf exceptions – et évidemment aucun toast porté pour célébrer la fête, une boisson alcoolisée, ce n'était même pas la peine d'y penser. Deux ou trois fois, il était arrivé qu'elles mangent une part de gâteau. C'était à l'époque où il y avait le commandant Ruggieri, un père de famille séparé : peut-être était-ce pour cela qu'il passait leur porter un panettone et, avec un drôle de culot quand même, leur souhaiter un bon Noël.

Elles étaient toujours peu nombreuses, pour cette fête. Parce que la plupart d'entre elles arrivaient à bénéficier d'une permission de sortie, même si ce n'était que quatre ou six heures, juste le temps d'arriver chez elles, de déjeuner, digérer et revenir. Mais embrasser à nouveau sa famille, ouvrir les cadeaux, boire un verre de vin – mieux encore, se saouler carrément – ou se rouler tranquillement un joint dans sa vieille chambrette, c'était toujours ça.

Les vétéranes, et les petites nouvelles qui avaient pris seulement quelques mois mais par malchance pas les bons, restaient plantées là comme des connes. Alors c'était la dépression. Le découragement absolu : le monde entier était en train de célébrer la joie sacrée d'avoir une maison, une famille, de croire plus ou moins en Jésus ou en la Bonté humaine, et vous, vous n'aviez ni maison ni famille ni foi, et encore moins que tout la Bonté humaine.

Le Couvent était à moitié vide : tout le monde – on en revient toujours au même sujet – avait quelqu'un avec qui se retrouver devant une assiette fumante de tortellinis. Seules quelques représentantes de l'Armée se voyaient obligées de pointer, et ça leur cassait les pieds parce que, c'est évident, personne n'a envie de travailler à Noël. Et là il ne s'agissait pas d'un hôpital, où les personnes arrivaient en urgence et n'étaient coupables de rien. Elles, elles étaient des coupables reconnues ! Et en plus elles gâchaient le Noël des autres.

Marta passait la journée à se limer les ongles, s'épiler, appliquer des masques faits maison sur son visage et sur ses cheveux, des emplâtres d'œuf, de sauge et d'autres choses qu'elle se faisait offrir par la cuisine. C'était tout de même un jour de fête, non ? Alors elle qui, de toute sa vie n'avait jamais mis les pieds dans un spa, jouait au salon de beauté. Enveloppée dans son peignoir, elle restait étendue sur son lit en faisant comme si, par la fenêtre, elle voyait, mettons, les Dolomites. Elle poussait des soupirs, arrangeait sous ses yeux les tranches de pomme de terre pour atténuer les poches. Et à Emilia et Myriam, qui n'avaient même pas envie d'allumer la télévision – il n'y avait que des films de Noël – elle disait : « Y a presque du silence, vous entendez ? Quelle merveille… Vous devriez vous baiser les mains et remercier le Christ ou quelqu'un à sa place, au lieu de tirer ces tronches-là. À chacun des Noël que le bon Dieu a faits, mon père était pris d'une irrésistible envie de massacrer ma mère. Il se levait exactement avec cette idée-là. Il regardait le sapin, dégueulait sa cuite de la veille au soir, et retroussait ses manches sur ses avant-bras poilus. Et ça n'y manquait pas », elle racontait ça comme s'il s'agissait d'une plaisanterie, « tôt ou tard, de préférence pendant le repas de midi, les couteaux partaient, les assiettes volaient. Une fois, ça a été un sac de farine ouvert, effet napalm dans *Apocalypse Now.* Pour finir les voisins appelaient leurs copains de la police qui étaient en train de digérer leurs lasagnes, et vous imaginez l'envie que ceux-là pouvaient avoir de rédiger encore le même procès-verbal que d'habitude… Les filles – elle agitait ses doigts de pieds luisant de vernis à ongles – ces Noël, ici, c'est une aubaine ! »

Après la mort de sa mère, Marta n'avait personne qui l'attendait au-dehors, c'était bien normal qu'elle parle comme ça. Mais Myriam, elle, avait une fille qui avait à peine plus de deux ans, confiée à ses grands-parents, et qui probablement ne la reconnaîtrait même pas quand elle reviendrait. Elle, oui vraiment, à Noël, elle était effondrée : elle passait déjà la nuit du 24 à l'infirmerie et se faisait donner quelque chose de bien fort, qui la ferait dormir et l'abrutirait aussi pour toute la journée du 25.

Quant à Emilia, son premier Noël au Couvent, ça avait été quelque chose ! Elle était là depuis six mois. Elle s'était vaguement habituée. Mais le premier Noël dedans reste toujours « le premier Noël dedans ». Elle avait traîné un peu après le réveil, avait essayé de dormir jusqu'au milieu de la matinée, histoire de ne pas voir les autres qui se préparaient, toutes heureuses, elle avait tenu le coup pendant le repas de midi au réfectoire avec le résidu morose des filles sans famille ou des condamnées à des peines lourdes, estomacs fermés, plaisanteries amères, envie de filer des baffes brûlantes à la cantonade. Et puis elle n'avait plus tenu le coup : elle était revenue dans la chambre, elle avait éventré la télécommande et avalé une pile.

Marta s'en était aperçue juste à temps et avait crié : « Putain, qu'est-ce que tu fais ? Crétine ! » Elle avait appelé les gardiennes en urgence. « Oh, cette débile est allée bouffer une pile ! » L'Armée était arrivée immédiatement. Explosion de talkies-walkies. Frau Direktorin prévenue au téléphone : furax. Emilia regardait, ahurie, tout ce remue-ménage, comme si elle se trouvait dans un film où elle aurait débarqué par hasard, avec pour titre *La Pile.* « Une pile, putain! », c'était répété d'une chambre à l'autre, d'un étage à l'autre. Pendant ce temps, Marta n'arrêtait pas de l'agonir d'insultes: « Un truc comme ça, ça se fait pas, Emily, t'es vraiment une connasse. Une pauvre fille. » Emilia ne regardait personne, ne voyait rien. Elle se murmurait à elle-même, désespérée, soulagée: « Maintenant je meurs. » « Mais non, tu vas pas mourir. Ils vont te faire un lavage d'estomac. Ou alors t'ouvrir en deux, c'est tout ce que tu mérites! Imbécile! » Marta était encore plus furieuse que Frau Direktorin: « Ces conneries-là, ce sont les adultes qui les font, pas nous. »

L'ambulance était arrivée. On l'avait emportée sur un brancard. « Bon Noël à Sant'Orsola, magique idiote! » On l'avait transférée à l'hôpital avec deux agents furibards, sirènes hurlantes. Les médecins des urgences, furibards eux aussi, lui avaient fait une radio. Son père qui, comme elle, ne s'était pas encore habitué à cette situation pour le moins hallucinante, était arrivé à toute vitesse de Ravenne à Bologne. Il n'avait pas encore réalisé ce qui s'était passé six mois auparavant, et maintenant voilà qu'en plus sa fille avalait une pile. Il était anéanti au-delà de tout adjectif. Un débris d'homme. Est-ce que ça ne suffisait pas, tout ce qui s'était passé? Non, en plus, il fallait la pile! Et lui, qu'est-ce qu'il avait fait de mal pour mériter une fille comme ça? Qui était une catastrophe, littéralement. Qu'il aurait suffi de ne pas concevoir, de ne pas mettre au monde, et sa vie aurait été paisible, aurait été *normale*.

Il avait été autorisé à lui faire une visite rapide. Emilia était allongée sur le lit, juste après l'endoscopie, avec une nausée tellement forte qu'elle la sentait jusqu'au bout de ses pieds et de ses cheveux, encore assommée par l'anesthésie. Mais voir le visage de son père, ça avait été la vraie punition. La vraie mort qu'elle aurait voulu s'infliger, peut-être. Parce que, ce qu'elle voulait, Emilia ne le savait plus. Vivre et mourir étaient devenus synonymes, deux verbes mêlés en un seul.

Il était entré dans la pièce, s'était approché du lit, l'avait regardée. Alors il s'était effondré, comme une tour de sable.

Il s'était mis à pleurer, secoué par des sanglots, avec la morve au nez : un enfant. Ça avait été pour elle un spectacle terrible. Car cet homme était bon. C'était un géant de force, de compréhension, de dignité. Et jusque-là, il avait essayé de tenir le coup, en puisant dans quelles ressources, on se le demandait. Il s'était activé plutôt que de s'abandonner au désespoir. Il s'était collé au téléphone, avait voyagé la nuit, ne s'était économisé en rien : avocats, experts, consultations. Dieu le frappait dans le dos et lui, il se relevait en tendant la poitrine. Pourtant la pile, non, c'était trop. La mini-pile de la télécommande avait rompu les digues.

Riccardo ne lui avait rien dit, il ne s'était même pas assis sur le bord du lit. Il avait constaté que ce désastre de fille était encore vivant, il avait pleuré, pleuré, pleuré. Puis, une fois les larmes épuisées, il s'était penché sur elle, lui avait donné un baiser sur le front. Et il était parti.

Ce jour de Noël 2001, Emilia s'était juré qu'elle ne ferait plus jamais pleurer son père. Et elle avait convenu en son for intérieur que Marta avait raison : il valait mieux le Couvent que l'hôpital.

Je revins accompagné du Basilio. Ses yeux clairs et brillants semblaient frémir de surprise derrière les verres embués de ses lunettes, ou peut-être s'agissait-il d'un sentiment plus profond : la gratitude.

« Pris à l'improviste, dit-il pour s'excuser, je n'ai pu porter que ça. » C'était une boîte des typiques *torcetti* au beurre. « Merci, il ne fallait pas ! Pas de cérémonies, surtout aujourd'hui ! » répondit Riccardo. Et comme ils se connaissaient, superficiellement mais depuis très longtemps, ils se regardèrent droit dans les yeux en se serrant la main. Puis, comme ils n'avaient pas non plus envie de jouer un rôle, et encore moins de nous troubler, Emilia et moi, ils n'ajoutèrent rien.

Dehors, il avait recommencé à neiger. Emilia avait bu un autre verre de liqueur, et cela se voyait. Son corps s'était amolli, affaissé au point de tomber sur mes genoux et d'y rester un peu, devant le Basilio et son père. Nos joues, nos mains s'effleurèrent. Maintenant que les présentations étaient faites et que, somme toute, ça ne s'était pas mal passé, nous commencions à penser à la façon dont, plus tard dans la soirée, elle pourrait s'échapper chez moi.

« Ton père fera semblant de ne pas s'en apercevoir, lui murmurai-je.

– Mais la Sainte Vierge va tomber, répondit-elle en riant, parlant de la neige. Et tu seras obligé de m'aider à descendre par la fenêtre…

– Allez, arrête de me toucher. »

Riccardo et le Basilio faisaient semblant de ne rien voir. Ils parlaient de la météo, du risque concret de rester bloqués jusqu'au Nouvel An.

« Ce n'est pas dit. Parce que Bruno est capable de déblayer tout le sentier en une matinée. Vous, quand est-ce que vous devez repartir ?

– Boh, dit Riccardo avec un sourire en sortant le panettone du papier, ça dépend de comment les choses tournent. Je ne voudrais pas être une entrave… »

Ensuite, nous nous assîmes tous les quatre autour de la table, avec un verre de spumante et une portion de panettone sur une petite assiette de porcelaine de la Iole. Riccardo leva son verre et regarda sa fille dans les yeux : « Alors tous mes vœux ! Joyeux Noël ! »

Le Basilio et moi, nous répondîmes « Joyeux Noël », la voix rauque d'émotion.

Emilia ne dit rien. Pendant que les flûtes tintaient au-dessus de la table, elle ne me regarda pas, moi, elle ne regarda pas le Basilio, elle regarda seulement son père, intensément.

Avec le temps, elle s'était habituée. Elle aussi, elle s'était allongée sur le lit à côté de Marta, nue sous le peignoir, pour se faire des soins de beauté dans le spa-Couvent avec vue sur le mur et le fil de fer barbelé. Ensuite, après du temps encore – des tonnes de temps – elle avait bénéficié à son tour des fameuses autorisations de sortie, et son père était venu la chercher, comme à la sortie de l'école quand elle était petite. Ils passaient d'abord par le MacDo ou le Burger King : juste un repas rapide avec ceux qui, à cause de leur travail ou de leur religion, ne fêtaient pas Noël. Ils avalaient un sandwich et, vite, tout de suite, ils partaient réaliser le seul cadeau qu'Emilia désirait désormais : une promenade. De préférence sur les collines, à la Villa Spada ou la Villa Ghigi. Avec le soleil, la pluie, la brume, la neige : cela n'avait pas d'importance. Elle voulait sentir les mottes de terre molles se défaire sous ses pas. Tout ce ciel au-dessus qui lui faisait tourner la tête. L'espace s'ouvrait tellement, là-haut, qu'il lui tourbillonnait autour. Au Couvent, d'une certaine manière, c'était comme rester dans le ventre de sa mère : bien serrée, enveloppée, à l'abri de l'immense menace du monde. On souffrait, là-dedans, on y suffoquait. Pourtant la vérité inavouable, c'est qu'on y était bien *aussi*. Parce que les problèmes, ceux qui vous avaient amenée là-dedans, restaient dehors.

Maintenant, seule fille parmi des hommes, finalement, avec la chaleur de l'alcool qui embrasait sa nuque et les lobes de ses oreilles, Emilia pensait que ce Noël à Sassaia était aussi beau que ceux de son enfance, quand sa mère lui caressait la tête sur le canapé devant un film de Disney.

Elle ne pouvait pas s'empêcher de se demander si Riccardo repensait lui aussi à la pile. S'il était en train de comparer ce Noël-ci avec l'autre, lointain.

Entre-temps, ils n'avaient pas chômé. Ils avaient été courageux. Il suffisait d'un rien pour tout détruire, mais le matin, elle avait fait des recommandations à son père. Alors Riccardo avait soupiré : « S'il te plaît, ne me demande pas de m'appeler *Morelli*.

– Mais non, il suffit que tu dises rien.

– Pourtant, à l'avenir, il faut que tu lui parles.

– Papa…

– Tu dois mettre de l'ordre dans tes idées…

– Oui, tranquillement.

– Pas trop. Sinon après, ce sera pire. Tu ne peux pas te moquer de ce pauvre garçon.

– Je me moque pas de lui ! Je le protège ! »

Il se fit tard. Je tenais la main d'Emilia dans la mienne, sous la table. On parlait de choses gaies. La neige tombait dans l'obscurité en gros flocons et enveloppait d'un drap glacé Sassaia, une seule lumière allumée, une seule pièce chauffée.

En rentrant chez moi ce soir-là, après bien des années, j'allais trouver le courage de téléphoner à ma sœur.

17

Cinq jours plus tard, le soleil était apparu.

J'avais accompagné Riccardo pour descendre par Stra'dal Forche, en lui prêtant mes vieilles bottes qui montent jusqu'au genou, la pelle sur l'épaule pour déblayer aux endroits les plus difficiles. Je lui avais dit au revoir sur la place d'Alma, sans un mot mais avec un sourire sincère. Et j'étais remonté à grandes enjambées.

J'avais rejoint Emilia à la maison. Elle était déjà nue. Tout en sueur, je m'étais affalé sur elle. Pendant que la neige fondait. Pendant que Sassaia, à nouveau tout à nous, ruisselait autour de la maison, gouttant des toits, des branches, des épines des ronces. Il était presque midi quand, fondus dans une flaque de lumière, nous devînmes une seule et même chose.

Après, nous restâmes étendus sur le lit, sans rien dire, nous tenant par la main. Enfin libres d'obligations, celles du travail, celles de la famille. Le ciel était tellement bleu, incendié par le froid : comme si l'univers venait juste d'être forgé et qu'il n'existait sur la Terre d'autres hommes et femmes que nous deux.

« J'ai une proposition », me dit-elle d'une voix inhabituellement haute, sur un ton insinuant. « Seulement si tu veux, bien sûr. Seulement si ça te paraît pas absurde. »

Je tournai la tête pour la regarder : toutes ses taches de rousseur crépitaient.

« Demain soir, on va danser ? »

Elle éclata de rire : elle l'avait dit.

Je fronçai les sourcils. « Comment ça ?

– Danser ! » Elle me donna une petite bourrade. « Danser ! »

Elle se mit debout sur les couvertures défaites et se trémoussa dans le soleil, devant la fenêtre d'où personne, pas même les animaux endormis, ne pouvait la voir. « Dans une boîte de nuit !

– Mais j'ai presque trente-sept ans… répondis-je en souriant, et j'y suis même pas allé quand c'était le bon moment.

– Raison de plus ! Le *bon moment*, il existe pas.

– Il existe, bien sûr qu'il existe, dis-je en hochant la tête. D'ailleurs, il n'y a pas de boîtes de nuit dans le coin.

– On n'a qu'à regarder sur… comment ça s'appelle ? dit-elle. *Google !* On n'a qu'à la chercher là-dessus, la boîte.

– Ne me demande pas un truc comme ça. Demain – cela me vint à l'esprit –, en plus, c'est le Nouvel An, y aura un monde fou.

– Justement. » Emilia cessa de sauter. « Moi, demain, je veux pas penser, je veux pas me souvenir. » Sérieuse, les yeux redevenus deux marécages.

Les détonations de la fin d'année ne parvenaient jamais jusqu'à Sassaia. Les modestes pétards que faisaient exploser mes élèves arrivaient encore plus sourdement que le son des cloches filtré par les bois. C'était l'idéal pour passer n'importe quelle fête : les réveillons et les familles bruyantes et heureuses des autres ne pouvaient pas vous faire sentir que vous étiez un raté.

« On sera très bien ici. Si tu y tiens, je peux descendre en ville t'acheter une bouteille de Dom Pérignon.

– Il s'agit pas de ça, s'obstina-t-elle.

– Et de quoi, alors ? »

Et voilà que tout à coup, immanquablement, le Masque des Grandes Omissions se forma sur son visage. Mi-sourire, mi-rougeur. Mouvements infimes sur la surface stagnante des yeux, d'un vert si trouble, presque putride.

« Je t'en prie. » Elle se laissa tomber sur moi. C'étaient maintenant les manœuvres de détournement : hautement prévisibles. Elle me mordilla l'oreille, murmura dedans : « Je t'en prie, mon nigaud, fais-moi ce cadeau. »

Je me mis à rire. À cause des chatouilles. Et puis, parce qu'elle était en train de glisser une main entre mes jambes. Elle ne m'avait pas vraiment appelé « mon nigaud », mais c'est comme ça que je me sentais, moi.

« C'est bon ! » Je la renversai sur le lit pour mieux la maîtriser, lui faire payer le prix de cette faveur. Je m'y voyais déjà : un bison empoté frappé par les lumières stroboscopiques, planté comme une montagne au milieu d'une mer agitée de gamins qui auraient pu être mes enfants. Et elle, l'experte en discothèques où elle s'était trémoussée mille nuits durant son obscure jeunesse, elle m'échapperait. Je la perdrais, au milieu des corps de tous ces gens.

« Déjà que tu me demandes un sacrifice énorme, tu le sais, jure-moi au moins que tu ne me laisseras pas tomber dans un endroit comme ça. »

Emilia se dégagea de mes bras. Elle me fixa avec une expression déchirante. Les yeux brillants, comme si elle pouvait pleurer. Mais non, ce n'était pas possible ? Pleurer pour une boîte de nuit.

Pourtant une larme coula vraiment le long de sa joue, et je fis tout mon possible pour ne pas la voir.

Nous mangeâmes tard. Désorganisés, brouillons, la table installée devant le poêle, parce que la cuisine était un vrai frigo. Elle en petite culotte, avec de grandes chaussettes et un sweat en polaire, moi en tricot de corps, pantalon de laine, mes autres vêtements étant tombés je ne sais où. Notre déjeuner, de polenta et de *maccagno,* notre fromage local, cuisinés avec les restes des fêtes, se fit à la liqueur de noix. Il devait être trois heures de l'après-midi, mais dehors le soleil tapait encore. Après tous ces jours de tourmente et d'obscurité, où les maisons de Sassaia étaient restées enfoncées dans les nuages furieux et lourds de neige, la vallée était maintenant une baie de lumière, un paisible miracle.

Après cela, sans même débarrasser la table, nous enfilâmes nos combinaisons de ski pour sortir avant qu'il soit trop tard. Les montagnes étaient des pointes de glace tellement imposantes qu'elles semblaient avoir grandi durant le mauvais temps. Dans les bois, les rayons nous aveuglaient tandis que nous nous lancions des boules de neige. Et moi, naïf, ivre, je lui courais après, je me cachais derrière les troncs pour la surprendre.

Nous n'aurions jamais dû nous aventurer hors de ces bois, pensai-je. Nous aurions dû prendre congé, ne plus mettre un pied à Alma, faire un potager, élever des poules, vivre comme mes grands-parents, de châtaignes et de polenta, sans plus aucun contact avec la civilisation et l'histoire.

Mais au contraire, de retour à la maison, je me laissai tirer un bras sans opposer de résistance. « Allez, allez ! Prends ton téléphone ! » Je m'assis à la table, docile. Écartai les verres et les assiettes sales. Incité par Emilia, je m'appliquai à chercher une boîte de nuit sur Google.

Et comme j'étais un montagnard sans lave-linge, sans radiateurs, sans télé ni micro-ondes, avec Internet non plus je n'étais pas à l'aise : j'étais lent. Elle s'agitait, maintenant, elle m'insultait, me traitait de nul. Je lui dis : « Tiens, je t'en prie, vas-y. » Elle saisit hargneusement mon téléphone, puis le regarda, perdue. Elle avait cinq ans de moins que moi, elle était à coup sûr plus citadine – même si chaque fois que j'essayais d'en savoir plus, elle citait des villes toujours plus lointaines : Bologne, Rimini, Pesaro, Urbino, une vie de déménagements… Et malgré cela, elle appuyait sur l'écran avec l'index comme si on était en train de lui prendre les empreintes digitales. Des informations, des commentaires défilaient par dizaines, elle était dépassée. Elle me rendit le téléphone en disant, gênée : « T'as qu'à choisir, toi. »

La boîte de nuit, Internet, les Marches et la Romagne qui se fondaient en une seule région. Tout cela, c'était des signaux d'alarme. Mais moi, de la manière la plus absolue, je ne voulais pas *voir.*

« Le Tartana, dis-je finalement, 52 minutes, 47,8 kilomètres, ça peut aller. »

« Allô ? Valeria ?

– Qui est à l'appareil ? »

Tandis que j'exhumais son numéro, que j'écoutais le téléphone sonner, j'étais revenu en arrière dans un espace creux du temps où nous avions encore, moi six ans et elle douze, et où nous rentrions chargés de butin – des pommes de pin, des champignons, une sauterelle dans un bocal avec le couvercle troué – de nos expéditions sur le Monte Cresto, avant de nous écrouler comme un seul homme, après le repas, sur nos lits jumeaux séparés seulement par une table de nuit.

« Qui est à l'appareil ? »

La lampe de chevet allumée parce que j'avais encore peur du noir. L'odeur des pins de montagne dans les narines. Les voix étouffées de nos parents, de l'autre côté, dans la cuisine.

« Qu'est-ce que c'est ? Une plaisanterie ?

– Valeria, c'est moi, Bruno. »

Silence.

Ces deux enfants-là étaient morts. Nous avions trente-six et quarante-deux ans. Et nous ne savions plus rien l'un de l'autre.

« Mais c'est qui, à cette heure-là ? Allez, on y va ! » Lointaine, j'entendis la voix agacée d'un homme. Puis tout de suite après, la sienne qui répondait, docile : « Un instant, j'arrive ! » Et enfin qui me disait à moi, pas du tout docile : « Qu'est-ce qui se passe ?

– Non, je voulais juste te souhaiter une bonne année.

– Tu te fous de ma gueule ? »

Sa voix avait pris un ton bizarre. De toute évidence, elle avait cessé de conserver mon numéro dans son répertoire.

« T'as bu ? T'es saoul ? »

J'étais rentré depuis peu, la cuisine était glaciale parce que le poêle était resté éteint pendant des heures. Il y avait des fantômes partout et Valeria n'avait pas tort : si je n'avais pas bu tout ce spumante et cette liqueur de noix, je n'aurais pas commis une telle imprudence.

« J'ai juste fêté le Nouvel An, comme tout le monde. Et j'avais envie de savoir comment tu allais. »

De nouveau, silence.

De nouveau, la voix masculine qui insistait, derrière.

« Tu peux peut-être lui dire que tu es au téléphone avec ton frère ?

– Une minute, j'arrive ! Il sait même pas que t'existes.

– Qu'est-ce qu'il sait alors ? Pour le téléphérique, il sait ?

– C'est un mauvais moment, Bruno. S'il y a pas de choses graves, on s'appelle une autre fois. »

Des choses graves.

En 1991, le procès avait eu lieu. Toujours en 1991, Valeria avait obtenu son diplôme de capacité à l'enseignement primaire. Avec une note basse, de toute façon il n'y avait plus personne à qui rapporter les résultats.

Ensuite, elle avait trouvé un emploi en ville comme vendeuse dans un supermarché. La Sorcière des Bois. La Capitaine des expéditions au refuge des partisans, bâton à pointe de silex brandi dans le noir. Elle prenait le bus à six heures du matin, en bas, à Alma, les cheveux gras, les ongles rongés, jamais un gramme de maquillage. Et elle rentrait le soir par l'autobus de six heures, fatiguée comme elle l'était en partant, apathique, muette. Moi, pendant ce temps, je me préparais à manger tout seul, faisais mes devoirs tout seul, la lessive tout seul. Il n'y avait que le soir que nous nous asseyions ensemble pour dîner, articulant tout au plus trois mots. Elle se punissait en ne sortant jamais avec personne – le sac à dos violet avait été brûlé dans le jardin derrière la maison. Elle se châtiait en portant presque uniquement des vêtements masculins, larges, usés : les vêtements de travail de notre père – naturellement nous n'avions rien jeté des affaires de nos parents, pas même les chaussettes. Et puis, quand enfin j'avais eu dix-huit ans, et qu'elle n'était plus légalement obligée de s'occuper de moi, elle avait donné sa démission et était partie. Comme si elle n'attendait que ça.

« Où est-ce que tu vis, maintenant ?

– À Ostie. »

Qui sonnait à peu près comme : Singapour, Sydney, Honolulu.

« Et tu fais quoi, à Ostie ?

– En été, maître-nageuse. L'hiver, je me débrouille.

– Et depuis quand tu sais nager ?

– Bruno, excuse-moi. Tu crois que tu peux prendre ton téléphone après, combien de temps ? Et venir t'occuper de mes affaires ?

– Le temps n'enlève rien au fait que nous sommes des parents plutôt très proches, il me semble.

– Et toi, t'es toujours dans ta tanière, là-haut, dans ce tas de pierres de merde ? »

Elle n'avait pas cessé tout de suite, d'être ma sœur. De temps à autre, les premières années, elle revenait. Quand elle habitait encore à Milan. Jamais pour Noël, jamais l'été, mais tous les ans, le 2 novembre, elle se présentait devant la grille du cimetière.

En minijupe. Bas résille, grandes bottes à talons tellement hauts qu'ils avaient l'air d'échasses, sur lesquels elle n'avait jamais appris à marcher de manière convenable. Blouson de cuir clouté, tee-shirt à moitié transparent laissant entrevoir le soutien-gorge. Visage barbouillé de maquillage, cheveux rasés d'un côté et verts ou rose fuchsia de l'autre. La première fois que je l'avais revue, ça avait été un choc. Comme si l'ailleurs où elle était allée vivre était le royaume de la transformation prodigieuse.

« T'as pas idée de toute la vie qu'il y a là-dehors, dans le monde », m'avait-elle dit une fois pendant que, en haut de l'échelle, elle déposait un bouquet de viornes blancs à côté du visage souriant de notre mère enchâssé dans l'ovale de la pierre tombale, avec les dates *1954-†1990.

J'avais pensé : « Pourquoi ? Sassaia ne fait pas partie du monde, peut-être ? »

Elle travaillait dans un bar de nuit. Un endroit transgressif « où tout le monde fait ce qu'il veut : des trucs à trois, fumer un joint... », avait-elle dit d'un ton allusif en souriant. Je lui avais demandé : « Et toi, t'y fais quoi, dans cet endroit-là ? » Elle était descendue de l'échelle, l'avait déplacée d'une dizaine de centimètres et puis, remontant vers notre père avec une bougie toute neuve et un autre bouquet de viornes, elle m'avait fait un clin d'œil : « Des cocktails empoisonnés. »

J'étais alors en dernière année de lycée, seul garçon dans une classe de quinze filles, toutes plus bûcheuses les unes que les autres. Mais le plus bûcheur, ça restait quand même moi. Car non seulement elles habitaient tout près du lycée et ne perdaient pas comme moi des heures dans un bus scolaire puis sur un sentier, mais en plus, une fois arrivées chez elles, elles avaient quelqu'un avec qui échanger quelques mots, avec qui se disputer, regarder une émission à la télé. Moi je crapahutais avec mes gros souliers et mon sac à dos lourd de livres sur Stra'dal Forche, et une fois en haut, il n'y avait pas âme qui vive. Pas de télé, pas de radio. C'était la solitude la plus totale, le vide. Une liberté totale, dont je ne savais quoi faire. Je lançais tout de suite un gros livre de classe sur la table, rien que pour faire du bruit, et me mettais à le souligner, pour ne pas voir, pour ne pas me souvenir. Je dînais en compagnie de la Seconde Guerre mondiale, d'*Œdipe-Roi*, des sonnets d'Ugo Foscolo. Qu'est-ce que je pouvais en savoir, des bars de Milan ? Des trucs à trois ? Je vivais déjà comme un ermite.

Nous avions partagé l'argent de l'indemnisation en deux comptes séparés, en deux vies séparées. Seul le jour des morts nous unissait.

« Oui, je vis toujours dans *notre* maison. Et je t'ai pas appelée pour me mêler de tes affaires, mais pour reprendre contact.

– La raison ?

– Je suis fiancé. »

Ça m'avait échappé. Je n'avais pas l'intention. Mais Valeria avait ri. Un grand rire qui m'avait tout de suite, à l'instant même, crevé le cœur.

Sur un ton brusquement surpris, joyeux, elle m'avait demandé : « C'est pas vrai ! Tu te maries ?

– Non, pas de mariage.

– Ah ! » Elle était vexée.

La voix masculine avait encore une fois fait irruption dans cette partie de l'univers où elle habitait, à Ostie, à environ – j'allais vérifier rapidement juste après – sept cents kilomètres de Sassaia.

« T'es encore en train de t'habiller ? Tu parles avec qui, putain ?

– Personne, j'arrive de suite. »

De suite ? Je ne l'avais jamais entendue dire ça.

J'avais essayé d'imaginer la tête de cet homme : son compagnon ? Et dans quel genre d'endroit ils vivaient. Et si dans cet endroit-là ils fumaient du crack, si des enfants étaient nés. Elle était vraiment impitoyable, la vie, si elle pouvait transformer la Sorcière des Bois en cette nomade qui avait changé qui sait combien de fois de travail et de ville.

Celui qui avait oublié de maintenir en état ce câble avait fini par détériorer aussi nos âmes. Et il n'y avait pas moyen, il n'y aurait jamais moyen de les réparer.

Ou peut-être que si ?

« Vale, t'es encore là ?

– Je suis là.

– On peut se parler de temps à autre, d'accord ?

– C'est ta meuf qui t'a donné cette envie de famille ? Elle est pas enceinte, par hasard ?

– Non, elle l'est pas. Mais on peut se téléphoner une autre fois ?

– Il faut que j'y aille. Salut. »

Avant de raccrocher, avec un filet de voix, elle avait ajouté : « Je crois que oui. »

18

Un hangar perdu au milieu des rizières. Un néon flottant sur la plaine pour enseigne. Comme une lampe attire les phalènes, un piège falot suspendu entre des usines fermées, des maisons abandonnées, et, un peu plus loin, la frontière de l'univers – le péage de l'autoroute.

Le voilà, notre Tartana. Parallélépipède de béton, neuf et déjà vieux. La terre promise qu'Emilia dévorait des yeux de très loin, trépignant sur son siège pendant que nous nous faufilions dans une colonne de phares qui avançaient au ralenti sur un chemin de terre.

Brûlante d'excitation, elle montrait l'endroit, le doigt appuyé sur le pare-brise comme pour le toucher. Moi, je roulais tristement, sans rien savoir, et me garais, sans la moindre idée. Sur la grande esplanade d'herbe couverte de gelée blanche, au milieu de dizaines d'autres voitures plongées dans la mélasse de la nuit. Étranger dans cette terre nivelée, couverte de brume et de gaz d'échappement. Deux jeunes vomissaient dans un caniveau, et il n'était même pas dix heures et demie.

Regarder Emilia était douloureux. Elle marchait, impatiente, portant ses plus beaux vêtements : sa mini-jupe en jean avec en dessous un legging – parce que la Rosa ne vendait pas de collants –, un top aigue-marine qui lui laissait le nombril découvert, sa doudoune habituelle, ses Dr. Martens habituels.

« Qu'est-ce que j'aimerais avoir des chaussures à talons ! », s'était-elle lamentée d'un ton suppliant devant la glace avant de sortir. Mais la bonne fée n'était pas intervenue et elle était restée une Cendrillon en guenilles. Rouge à lèvres flamboyant, paupières pailletées. Elle me tirait par le bras vers l'entrée, moi son prince-ours coincé qui ignorais tout, avec ma chemise de flanelle à carreaux et mon pantalon de velours côtelé, les mêmes que je mettais pour aller aux champignons.

Nous nous glissâmes dans la queue de gamines scintillantes et de gamins aux yeux cachés par d'amples touffes de cheveux, débarqués par leurs parents au milieu de mille recommandations et avec l'ordre d'être au rendez-vous devant la porte à trois ou quatre heures du matin, ponctuels et sobres. Nous étions deux extraterrestres. Mais les adolescents ne nous voyaient même pas, nous étions transparents, comme le sont tous les adultes : une incarnation de ce qu'ils ne voudraient pas devenir. Je remarquai qu'Emilia avait perdu son euphorie, brusquement, comme d'habitude. Elle fixait les filles avec un regard noir de haine.

« Regarde, *elles* portent toutes des talons, susurra-t-elle, s'adressant à moi ou peut-être à elle-même, regarde tout ce maquillage qu'elles ont tartiné sur leurs visages, avec les produits de beauté de leur maman chérie. »

Je me sentis mal à l'aise face à cette version d'Emilia. Son ton de voix aigre. Son rire sombre. Sa jalousie insensée.

Nous étions vieux, pas adaptés à cet endroit. La seule idée d'entrer me pesait. Et puis il se passa quelque chose.

Tout d'un coup, Emilia en eut assez, elle me saisit la main et dépassa une bonne partie de la queue. Immédiatement un chœur de protestations s'éleva, auquel elle répondit d'un ton désinvolte : « Soyez gentils les enfants ! J'ai un invité spécial. On est dans la liste vip, mon ami et moi. » Même s'ils n'étaient pas contents, les gens se calmèrent. Mais on entendit distinctement dans la foule une voix féminine qui criait : « Pute ! »

Emilia se retourna, comme un faucon. Elle la repéra sur-le-champ. Et sourit, transfigurée. Son visage me fit peur, et il dut faire peur à la gamine de seize ans en question et à ses petites copines, parce qu'elles pâlirent et se turent en reculant d'un pas.

Emilia s'approcha d'elles, très calme. Le regard glacial, vert pourriture. Elle isola la blondinette, la prit par le col de la veste, lui cracha à la figure et lui dit à voix haute, de manière à ce que les autres puissent entendre : « Ne recommence pas. Parce que moi je te coupe tes talons hauts de merde. » Elle fit claquer la lame d'un petit couteau. Obscure éructation qui sortait d'où ? « Ou alors le cou, direct. »

Là, face à cette scène, tout était aussi clair que la plus limpide des journées de montagne. Là, j'aurais dû comprendre que cette façon bien rodée de menacer, cette violence calibrée, devait forcément être le résultat d'un apprentissage spécifique.

« Pute, prononcé par une autre femme, on doit pas entendre ça, siffla-t-elle à la gamine qui avait fondu en larmes. Tu t'es déjà demandé ce que c'est comme insulte ? Ou tu répètes tout comme un perroquet, comme les petites débiles ? Tu fais le jeu des mecs qui t'ont toujours enculée ? » Elle l'écarta. « T'en as à apprendre, petite conne. »

Elle referma le couteau, le remit dans sa poche. Elle revint vers moi et alluma une cigarette. Aspirant la fumée avec une expression béate, terrifiante. Sans doute pensait-elle que si Marta avait assisté à la scène, elle aurait bondi devant elle en applaudissant : C'est comme ça qu'on fait ! Leçons de style et de féminisme !

Le respect, les filles, le respect c'est la première chose.

J'étais bouleversé.

Anéanti.

On nous laissa passer tout de suite. La masse compacte des adolescents s'ouvrit pour nous permettre d'atteindre la porte métallique. Je payai deux entrées, les mains tremblantes, pendant qu'elle se dépêchait de finir sa Winston et l'éteignait en l'écrasant de son pied.

«Je sais, j'ai exagéré.»

Assis sur deux tabourets, les coudes appuyés sur le bar, en train de boire dans des verres en plastique deux Negroni allongés.

Elle regrettait vraiment, maintenant, et elle était inquiète. Comme je devais l'apprendre longtemps après, cet esclandre avait été une grave idiotie de sa part. *Imagine s'ils avaient appelé les gendarmes ! Imagine s'ils m'avaient demandé mes papiers et si la petite blonde avait porté plainte !*

Elle buvait, passait la main sur son visage pour essuyer la sueur.

Je ne la regardais pas.

«C'est qu'on peut pas dire pute à une autre femme. Je vois rouge quand ça arrive. Pourquoi ? Tu crois qu'une femme se prostituerait, si elle avait le choix ? Si elle avait grandi dans un milieu différent ? Je veux dire…» Elle parlait comme une mitraillette, hurlait pour que ses paroles traversent le boum boum, le mur du son vrombissant, assourdissant, de la boîte de nuit. «Peut-être qu'il y a des femmes qui se prostituent par choix. Mais c'est une minorité. Et de toute façon, il faudrait comprendre jusqu'à quel point c'est un choix vraiment libre. Parce que toi, tu permettrais à un inconnu vieux, moche, baveux, avec un gros bide, sale et puant peut-être, d'entrer dans ton corps, si tu pouvais éviter ça? Tu prendrais le risque de tomber enceinte parce qu'un connard a envie de t'utiliser comme il utiliserait les chiottes pour pisser? Non, putain, ça tu peux pas le dire à une autre femme.

– Tu faisais quoi, avec un canif dans la poche ? »

Je me forçai à me tourner pour vérifier son visage, son masque.

« Il est petit, pratiquement inoffensif. Mais on m'a appris que c'est bien de l'avoir avec soi.

– Qui t'a appris ça? Ton père ? »

Emilia se mordit les lèvres. Puis elle revint à son verre: « Je regrette, vraiment. Je me rends compte que j'ai exagéré... J'ai suivi aussi des cours de théâtre, disons plutôt que j'ai été dans un atelier de théâtre. Peut-être que c'est pour ça que j'ai été aussi convaincante, hein ? » Elle essaya de rire. « T'es chiant quand tu fais ton petit saint. »

Je me sentis seul, rigoureusement seul. Au bord d'une piste envahie, comme prévu, de mineurs boutonneux, excités et inexpérimentés. Inondés par les jets mécaniques des lumières bleues, vertes, orange. À la console, un DJ de province pas tout jeune du nom de Kevin chauffait la foule en criant « On lève les mains ! » « On lève les bras ! » « On lève les verres ! ». Les haut-parleurs débitaient à hauteur d'homme des morceaux que je n'avais jamais entendus, tous pareils. Et, à mon côté, cette parfaite inconnue avait un couteau dans la poche.

Cette loubarde de trente ans.

Même dans les nuits les plus lugubres de ma vie, même quand, à peine revenu de Turin, je conduisais ma Seat Ibiza comme un naufragé à travers cette plaine, au milieu de ces mêmes rizières, avec Gisella assise à ma droite, voilà, même dans ces nuits-là, je ne m'étais jamais senti aussi trahi.

« Excuse-moi encore.

– On va passer notre vie comme ça? Avec toi qui t'excuses, me rassures, et puis juste après il s'avère que t'es pas normale. Que t'es complètement barrée? Que t'es née une fois à Bologne, une autre à Pesaro, et une autre encore à Riccione? Et moi, à rien dire, parce qu'il faut que je t'attende? Parce qu'il faut que je te croie? Moi, le bouffon intégral? »

Je me levai du tabouret. Emilia essaya de m'arrêter.

« Je vais chercher ma parka. Je t'attends dehors.

– S'il te plaît.

– T'inquiète pas, je vais pas te laisser là. Amuse-toi bien. Si tu arrives à te trouver un mec pas mineur, vas-y, emmène-le aux chiottes comme tu faisais. »

J'étais écœuré. Tellement déterminé qu'Emilia lâcha prise et me laissa partir. J'en avais assez, de cette histoire, il fallait que j'y mette un terme tout de suite, avant que 2015 ne se transforme en 2016. Voilà à quoi je lui avais servi : l'amener en boîte, l'endormir sans télé, la distraire dans un village dépeuplé.

Je présentai mon ticket numéroté à la fille du vestiaire et repris la parka que je mettais pour aller aux champignons. En me retournant, je ne pus m'empêcher de la chercher à nouveau sur cette piste triste, sous ces lumières vulgaires, au milieu de la foule qui ondoyait comme sur les manèges des foires. Et je la vis. Lever les bras, comme DJ Kevin l'avait ordonné. Yeux fermés. Cheveux lâchés. Tête penchée en arrière. Seule adulte, avec ses Dr. Martens aux pieds, pleins de boue, et le nombril à l'air. En extase.

J'attendis dehors, en compagnie d'une demi-douzaine de parents. De deux voitures aux fenêtres embuées qui oscillaient avec régularité. D'un petit groupe de métalleux qui se repassaient un joint.

Assis sur le capot de la Seat Ibiza, je ne sentais pas le froid, je ne sentais rien. J'attendais seulement de la ramener à la maison comme un chauffeur. Et ensuite, pourquoi pas ? De remplir une valise et de m'en aller à Ostie.

Valeria n'aurait jamais permis aussi facilement qu'on se foute d'elle. À l'époque où elle était la Sorcière des Bois, elle se baladait avec, dans la poche, le même petit couteau qu'Emilia. Peut-être que j'avais exagéré ? Pute, oui, c'était un mot odieux, que prononçaient les lâches. Mais est-ce qu'Emilia pouvait se justifier ? Valeria, elle, n'avait jamais menacé personne.

On ne voyait même pas la lune, là en bas, pas une étoile, pas une montagne. Je me retrouvais orphelin, comme avant son arrivée et, en plus, j'étais accablé par ce sentiment auquel je n'osais pas donner de nom. Que je ne voulais pas éprouver, mais que j'éprouvais. En même temps que la colère, la rancune et la déception. Un sentiment qui me faisait perdre mon assurance. Qui devait être le but d'une vie, disait-on, sa meilleure part. Au contraire, c'était une maladie qui vous attaquait là, à la racine, dans votre identité, et l'anéantissait.

Soudain le compte à rebours du passage au nouvel an résonna dans ce lambeau désolé de la plaine. Et minuit explosa comme une détonation sortie du parallélépipède de béton. DJ Kevin bénit la nouvelle année : « 2016 ! 2016 ! Bonne Année ! » L'avenir venait juste de commencer et je me sentais rejeté au fond, dans le noir le plus noir du refuge des partisans.

Emilia sortit. En nage, sans sa doudoune. Elle courut à toute vitesse vers la Seat. S'arrêta devant moi, hors d'haleine. Le lendemain, ce serait la pneumonie assurée.

Elle appuya ses mains sur ses genoux. Là où son ventre était à l'air, elle avait la chair de poule, et ses cheveux étaient collés sur son front.

« Ma mère est morte le 31 décembre 1997 », me dit-elle en haletant. « Ma classe avait organisé une fête, et je suis la seule à pas y être allée. Ensuite on m'a plus invitée. J'ai raté le train pour toujours. Je suis née à Ravenne. Quand je me sens exclue, quand je me sens différente, ou la plus malchanceuse, y a quelque chose qui se déclenche en moi. Je sais, quelque chose d'effrayant. Ne crois pas que j'y aie pas travaillé. On m'a diagnostiqué un problème avec la colère. On m'a diagnostiqué un tas de troubles, de défauts, et je te jure que j'ai fait tout ce que je pouvais, j'ai travaillé dessus. Me condamne pas s'il m'arrive de retomber dedans, je t'en prie. J'ai jamais été dans une boîte de nuit, c'est la première fois aujourd'hui. Et maintenant je te demande de revenir dedans et de danser avec moi. Une seule chanson. Et après, on s'en va.

– Danse toute seule.

– Non.

– Je comprends plus quand tu dis des mensonges et quand tu dis la vérité.

– Maintenant je viens de te dire la vérité ! La vérité à laquelle tu tiens tant ! »

J'en avais plein le dos. Il était tard. Ravenne : elle venait me dire ça maintenant ? Et pourquoi ? C'était juste une ville.

Je m'écartai du capot et allai ouvrir la portière. L'avenir, tu parles ! Il n'y avait que le passé. Dans la vie, ce n'était que du passé, et on ne pouvait pas l'arranger, le modifier, le sauver.

« Tu veux une autre vérité, me cria-t-elle, tu la veux ? »

J'avais une main sur la portière, l'autre sur le toit de la petite Seat.

« Ça m'intéresse plus », dis-je, mais je mentais.

« Je te la dis quand même : je t'aime. »

Elle m'avait craché ça au visage, comme elle avait craché au visage de la fille avant. Elle me fixait et tremblait. Trop.

Personne ne me l'avait jamais dit.

Je la soulevai de tout son poids et la portai dedans en grognant : « Une seule et unique chanson. »

Qui n'allait pas être une, mais *la*.

La vieille chanson star de l'année 2000, ou peut-être que c'était 2001. Un de ces tubes de l'été qui vous bassinent de juin à septembre dans tous les bars et toutes les stations radio, et puis c'est fini. Ensuite, il n'y a plus que les fêtes de village et les boîtes de nuit des provinces les plus reculées, les plus attardées. Parce que ça vous donne de la nostalgie, ça fait jeunesse perdue.

Tellement connue, cette chanson, que même moi je la connaissais. Sur la piste, les gamins étaient désormais ivres et fatigués. Et quand DJ Kevin, qui devait avoir environ mon âge, fit partir ce disque, aucun d'eux ne connaissait le refrain, à part moi. Et Emilia qui, au comble de l'étonnement, me fixa droit dans les yeux. Me prit les mains et commença à rire et à sauter, en répétant, pleine d'enthousiasme : « J'y crois pas ! Je peux pas y croire ! C'est un signe, ça ! »

Elle voulait que je m'abandonne, moi aussi, comme elle, sans penser à rien, sans me souvenir, sans attendre qui sait quoi de nous, de notre existence cabossée.

Elle voulait que je ferme les yeux moi aussi, comme elle, et que je renverse la tête en arrière, que je laisse aller mon corps au rythme de cette musique sur laquelle je n'avais pas dansé quand c'était le moment pour moi.

Elle voulait resplendir avec moi dans le cœur de cette nuit-là, transpercés de temps à autre par un flash de lumière bleue ou verte, en chantant à perdre haleine :

Because I, I live to love you some day
You'll be my baby and we'll fly away.

Et je lui obéis, parce que ce sentiment était plus fort que tout.

Que la dignité, que la rancune, que n'importe quelle idée ou opinion.

Ça retentissait dans ma tête, fondait dans mes veines, chaud : je t'aime.

Je savais quelque chose, et pourtant je ne savais rien. Sauf que, même si c'était notre dernière danse, il me fallait danser. Si c'était notre dernier instant, je devais le vivre. De toute façon, tout finissait. Il était inévitable, l'avenir. Alors je l'embrassai de tout mon être.

19

Inévitable.

Comme le percepteur, comme l'employé communal qui vient vous signifier une infraction, comme le croque-mort.

Le jeudi 7 janvier 2016, à 10 h 30, dans la salle des profs, les yeux brillants de satisfaction, Patrizia me mit sous le nez une feuille imprimée de travers, tirée d'Internet.

Elle n'avait même pas pu attendre la fin de la matinée, tout en sachant pertinemment qu'ensuite je ne serais plus capable de faire cours, ni de respirer. Mais comment aurait-elle pu attendre encore ? Elle avait une telle envie de me voir crever. Il y avait tellement d'heures de recherches derrière cette découverte sensationnelle. Le désir d'atteindre l'orgasme était si violent : avoir raison, avoir gagné.

« Tu dois déjà le savoir, me siffla-t-elle sur un ton insinuant, elle te l'a dit, *forcément*. Mais quand même, regarde comme elle est bien sur cette photo, ta copine. »

Je pris la feuille d'un air ennuyé, la remis droite d'un air supérieur et méprisant, et là, je me sentis fléchir.

Je lisais, ou plutôt déchiffrais péniblement le titre d'un article d'archive du *Corriere della Sera* daté du 24 juin 2001, et ma vue se brouillait, ma tête tournait tellement que je ne comprenais plus ce que j'avais sous les yeux, ni quel jour on était, quelle année, ni qui j'étais, moi.

« Comment ça ? Ne me dis pas qu'elle ne t'a rien raconté ! »

Elle jubilait.

Elle triomphait.

Alors que mes forces cédaient, que le sol s'effondrait sous mes pieds, que mon cœur se glaçait, elle avançait vers moi en se rengorgeant : « Elle y est allée fort, hein ? "Poil roux…", tu connais le dicton… »

Quand il m'arrive de la croiser, aujourd'hui encore, elle me salue à peine et file tout droit, les yeux baissés, les joues en feu. Moi, parfois, je me retourne pour la regarder. Et j'ai envie de l'arrêter et de lui demander combien de temps son bonheur avait duré. Un après-midi ? Quelques jours ? Ça en valait la peine ?

Ce jeudi 7 janvier, par contre, nous étions côte à côte dans la salle des profs. Le temps était nuageux, c'était le lendemain de « l'Épiphanie qui toutes fêtes finit », comme on dit chez nous, sur les échelles les électriciens démontaient déjà les illuminations d'Alma. Moi j'étais assommé, frappé à coups de poings et de pieds par un mot du titre que mon cœur se refuse encore aujourd'hui à écrire. Et par cette photo.

Parce que l'image était évidente. Dévastatrice dans sa simplicité.

Je commençais à avoir les oreilles qui sifflaient. Le bruit sourd du néant se mit à résonner et à pulser dans mes oreilles et, plus à l'intérieur, dans mes artères, mes ventricules droit et gauche, mes alvéoles pulmonaires. Comme autrefois quand le câble s'était rompu et que la cabine s'était écrasée au sol en fragments si petits qu'il avait été, par la suite, pratiquement impossible de reconstituer la plupart des corps : alors, je n'avais rien entendu. Tout était noir.

J'avais l'impression d'être dans un de ces rêves où l'on n'arrête pas de tomber.

Patrizia essaya de me caresser de sa main griffue.

Je m'écartai, horrifié.

Avec le dernier lambeau de pensée rationnelle qui subsistait en moi, je réussis à formuler une prière: «Je t'en prie, ne raconte pas ça partout. Et remplace-moi pendant les deux heures qui viennent.»

Comme un dératé à travers bois. Mais même courant vite, dans la montée, les yeux fermés, il m'était impossible de le semer, de ne pas le voir. Le rectangle blanc et noir, mal imprimé.

Où apparaissait en premier plan une Emilia partiellement pixellisée et pourtant bien reconnaissable. Frêle et désemparée comme la blondinette qu'elle avait menacée au Nouvel An. Cheveux attachés, baskets aux pieds, tee-shirt blanc. Regard censuré selon les règles protégeant la vie privée, mais dont je savais à quel point il pouvait devenir vide.

Emilia, emmenée, menottes aux poings par les gendarmes.

DEUXIÈME PARTIE

5264 jours

20

Qui sait si les âmes vieillissent elles aussi. Si elles conservent toujours la même voix, les expressions des jeunes du genre «je m'en balec...» ou «cool». Si elles gardent le souvenir et éprouvent toujours de la rancune. Ou si elles laissent filer les choses.

Emilia appliquait le papier de riz sur le groin de Satan et soutenait son regard: torve, absent. Emmitouflée dans sa doudoune, exhalant de la buée, elle avait en tête un lointain après-midi de juillet où elle en était arrivée aux mains avec Marta. La cause: l'immortalité de l'âme.

À la lumière de la lampe, les mains dans des gants de laine coupés en mitaines, elle pressait le bout de ses doigts sur des compresses d'eau distillée pour essayer de récupérer le bleu des cornes, le vert-jaune des jambes du condamné qui se débattaient hors de la gueule, le noir des griffes qui déchiquetaient le prochain repas: nu, désespéré. Même si, en théorie, en Enfer, on devrait y arriver déjà mort et sans corps.

Pendant ce temps, le Basilio l'observait depuis le Paradis presque entièrement rénové, avec les saints déployés et le Christ assis, prêt à prononcer la sentence.

«Si on continue comme ça, dans une semaine, on aura fini.»

Emilia leva les yeux vers lui: «Ça va me manquer, tu sais?»

Le Basilio acquiesça : « À moi aussi, mais dans la petite église de Donato, il y a une danse macabre intéressante, et puis aussi une Pietà remarquable. Rien de comparable, bien sûr », dit-il en tournant le bras pour indiquer la façade intérieure.

C'était le seul mur éclairé, en ce gris midi de janvier. Une fois les fêtes finies, l'église se retrouvait plongée dans un abîme poussiéreux au fond duquel vacillaient très faiblement, comme un ressac, des veilleuses allumées près des troncs pour les offrandes. Ce travail-là, Emilia l'avait évité autant qu'elle avait pu et maintenant encore, sous le gros pull, son cœur battait à coups de cravache. C'était idiot, quand on y pensait : elles avaient regardé, dans leur cellule, tous les épisodes de *Un giorno in pretura*[1], et elles s'étaient même tapé *Le Silence des agneaux* en se foutant d'Hannibal Lecter. Cependant cette fresque ne concernait pas des acteurs ou d'autres personnes : elle la concernait, elle.

Elle venait d'avoir dix-sept ans quand *son* Jugement à elle avait commencé. On avait dû lui fournir un organigramme avec les fonctions, les rôles, le programme du déroulement du procès parce qu'elle n'y comprenait rien. Elle n'avait pas la moindre idée de ce qu'était un JI, un MP, un PR. Les juges étaient aussi adultes et omnipotents que le Christ et les saints. Ils avaient le pouvoir de décider, littéralement, qui elle était. Combien d'années seraient ôtées à sa vie.

Presque quinze ans plus tard, elle y travaillait, à ces corps pourris de faute, avec application, avec soin.

Est-ce qu'ils seraient pardonnés un jour ?

Est-ce qu'elle deviendrait une âme, elle aussi ?

---

1. Émission télévisée ressemblant à *Faites entrer l'accusé* en France.

Heure de promenade, qui l'été, à cause de la chaleur, se déroulait de 17 à 19 heures. C'était en 2005, 2006 au maximum. Les talkies-walkies annonçaient à l'unisson: « Les filles descendent ! »

Elles avaient étalé leurs serviettes de bain sur le ciment nu de la grande cour murée. Toutes les quatre portaient des bikinis très succincts, des tongs et des lunettes de soleil. Elles s'étaient armées de vieux vaporisateurs de produits d'entretien remplis d'eau pour se rafraîchir. « Dommage qu'y ait pas un mec pour admirer nos jolis petits culs. » Combien de squats, de fentes et de flexions comptaient-elles chaque jour pour rester fermes ? Inutilement ?

« Innocenti, voyons un peu ce que tu sais, putain. » Marta avait ouvert un des polycopiés de cours d'Emilia sur un ton agressif, parce que, quand il s'agissait d'interroger, elle devenait méchante.

Afifa et Myriam s'étaient allongées sur le ventre pour se bronzer les fesses et avaient déjà fermé les yeux. « Il est sur quoi, cet exam ? », avait demandé l'une d'elles.

Emilia, la bouche pleine de grands mots, avait répondu : « Visions de la mort et pouvoir du temps. »

« Waouh ! », avaient-elles commenté, sidérées. Y compris Marta, pour qui la mort – elles en avaient déjà discuté – n'était qu'une question de cellules qui passent l'arme à gauche et de sombres réactions chimiques, autrement appelées putréfaction.

Mais « pouvoir du temps », c'était classe comme expression, tellement classe qu'il était impossible de ne pas soupçonner qu'il y avait autre chose dans le destin, au-delà des viscères puants et des os détériorés.

« L'âme selon Platon, avait lu Marta. Allez, vas-y. »

Les plus jeunes jouaient au volley. L'Armée les surveillait en transpirant et bavardant. Une musique de rap en anglais dégoulinait de quelque fenêtre du premier étage. Afifa venait juste d'avoir son diplôme. Myriam était revenue après diverses vicissitudes et transferts, décidée à se tenir à carreau. Emilia et Marta étaient même inscrites à l'université. Allongées sur le ciment brûlant, avec leur livre et leur string, elles représentaient désormais, de manière indiscutable dans l'histoire de ce lieu, l'Exemple à Suivre.

« Alors, commença Emilia.

– On commence pas avec *alors*.

– Ah, tu fais chier, Vargas ! ALORS, dans le *Phédon*, un des dialogues de Platon consacrés à l'âme, Socrate désire la mort parce qu'elle libère l'âme du corps, qui est une cage, et est limité par les vices. Au contraire, après la mort, l'âme accède à sa condition idéale : la vérité de l'être. »

Jusqu'à quelques années auparavant, il aurait été impossible d'imaginer que l'on disserte de métaphysique à l'ombre des fils de fer barbelés. Une fois, Emilia avait écouté une conversation dans un bureau contigu de celui de Frau Direktorin : « Pour se retrouver ici, il faut vraiment pas avoir de bol. Toutes ces pauvres filles, ça donne envie de pleurer. » Voilà les deux options qu'il y avait pour elles : enfermées sans retour ou alors pauvres filles. Mais astrophysiciennes, chimistes, philosophes, sûrement pas.

Emilia avait quand même bourré son programme d'études en Arts visuels de modules prétentieux de philosophie antique, bioéthique et autres matières qui étaient jugées « limite » par Vilma, son éducatrice : « Mais il faut vraiment que t'ailles choisir des trucs sur la mort, l'âme et l'au-delà ? » Et maintenant elle filait sans hésitation en récitant la description de l'âme qui, selon Platon, « est cette part de nous qui ressemble à une idée. Raison pour laquelle elle n'est pas corruptible ».

« Alors, le corps peut fabriquer n'importe quoi, et tu restes bonne ? » Myriam avait été frappée par cette possibilité.

« C'est pas vraiment ça… Platon compare l'âme à un attelage, un bige.

– Un bige ?

– Un genre de char. Traîné par deux chevaux ailés. Y en a un qui est blanc, il représente l'intellect. L'autre est noir et représente les instincts. Et puis il y a l'aurige… » Myriam l'avait à nouveau regardée de travers, Afifa s'était déjà endormie. « C'est une sorte de cocher, il représente la raison qui doit gouverner la lumière et le soleil.

– Un tas non négligeable de conneries, avait commenté Marta en vérifiant sur les feuilles de cours. Mais je dirais que cette fois, tu auras plus de la moyenne.

– Oh, mais c'est Platon !

– On sera des vers, Emi, pas des idées resplendissant dans la vérité de l'être.

– Moi je préfère penser que l'âme existe, s'était entêtée Emilia. Et qu'on en a tous une. »

Marta avait changé d'expression. « Tous ? » Il n'était jamais recommandé de s'entêter face à elle quand elle avait *ce* ton-*là*, et qu'elle s'asseyait de *cette* façon-*là*, avec *cette* expression-*là*. « Vraiment, Innocenti ? Tu voudrais que *certaines personnes* soient devenues des âmes radieuses ? Et qu'elles soient peut-être même en train de nous regarder, de nous écouter ? »

Emilia avait soutenu son regard : « Oui, je voudrais. »

Marta s'était levée, s'était jetée sur elle et lui avait donné une gifle, forte. « Moi, l'âme de celui-là, je veux pas la rencontrer ! T'as compris ? Celui-là, d'âme, il en avait pas. »

Mais Emilia s'était défendue. « Qu'est-ce qu'on fait ici, si après on devient toutes des vers ? » Elle avait saisi les beaux cheveux noirs, presque bleus, et avait tiré, de toutes ses forces. Parcc que ça, ce n'était pas de la philosophie : c'était de la chair vivante.

« Après, y a que dalle, Emi.

– Alors on paie pour rien ?

– Mais dis-moi, tu veux croire en Dieu ? »

Elles avaient vingt ans et se tapaient dessus comme les gamines qui venaient d'arriver. Elles s'écrasaient les poignets, se tordaient les seins hors du maillot. Afifa et Myriam s'étaient déjà éloignées : on ne se mêle pas des affaires des autres. Par contre l'Armée était intervenue, elle : rapide et plutôt énervée, car calmer une bagarre avec cette chaleur, c'était un boulot affreux.

L'Armée les avait expédiées chez Frau Direktorin. Poing sur la table, patience épuisée. « Si vous continuez comme ça, je vous transfère l'une à Rome, l'autre à Pontremoli ! » Elle les avait mises en punition dans la punition, c'est-à-dire à l'isolement. Pendant cinq jours : le temps de méditer. Mais avant qu'on arrive à démêler par la force leurs corps, avant qu'on les confine dans la solitude, Emilia avait eu le temps de murmurer à Marta, le visage baigné de larmes : « Moi, j'ai *besoin* qu'elle existe, l'âme. T'as compris ? Parce qu'un jour il faut que je la revoie. »

Même si elle le savait bien, que ça n'arriverait pas. Même maintenant qu'elle était en train de le réparer, elle savait que l'Enfer ne pouvait pas être vide et le Paradis plein.

Pour la simple raison que victimes et bourreaux ne devaient jamais, jamais, jamais, même à la fin des temps, se retrouver.

Il me faut faire une chose, maintenant : reconstruire les événements de cette journée à travers les sentiments d'Emilia. Même si cela signifie me regarder de l'extérieur et éprouver de la haine pour moi-même. Ce ne sera pas un compte rendu indolore, mais je le lui dois : au moins, en écrivant, rétablir un peu de justice.

Il était trois heures de l'après-midi. Emilia se dépêcha de terminer l'application de papier de riz avant de poser ses outils.

Au cœur de l'hiver, avec la nuit qui tombait déjà à quatre heures, le Basilio avait décidé de finir plus tôt. Ils éteignirent les lampes, descendirent de l'échafaudage, se dirent au revoir en se donnant rendez-vous pour le lendemain matin, à neuf heures pile. Et comme tous les après-midi, Emilia sortit la première, impatiente.

Il n'avait pas été facile de me retenir, après le Tartana. Il avait fallu qu'elle crache quelques détails. La maison blanche à Ravenne. Sa mère qui enseignait l'italien et s'était retrouvée avec une fille qui était sa plus mauvaise élève. Ses différents problèmes, cognitifs et relationnels, transformés en longues séances chez l'orthophoniste, la psychologue, la musicothérapeute. Mais elle avait bien fait attention à s'arrêter au mois de juin 2001.

D'habitude, je l'attendais assis sur les marches, le plus souvent avec un livre à la main. Le feutre vissé sur mes cheveux bouclés, la pèlerine jetée sur les épaules, le cartable en cuir plein de devoirs à corriger. Sauf qu'aujourd'hui, je n'étais pas là.

Emilia frissonna. Le corps sait toujours tout avant, mais la tête non : elle ne veut pas. Un contretemps, pensa-t-elle : une panne de chaudière, un tuyau gelé, un tronc tombé sur le chemin. Même s'il n'était jamais arrivé que je sois en retard. Elle alluma une cigarette et aspira jusqu'à sentir la brûlure dans les poumons.

Le Basilio sortit: «Bruno n'est pas là? Comment ça se fait? Il a la grippe?

– Non, non, il va arriver.

– Tu veux monter avec moi?

– Je préfère l'attendre.

– Comme tu veux. À demain.

– À demain.»

Emilia observa le Basilio. Il marchait lentement dans les nuages bas qui glaçaient Alma, courbé, mal assuré sur ses vieilles jambes, faisant attention à ne pas trébucher sur les pavés irréguliers. Elle se demanda avec quelles forces il arrivait à parcourir, deux fois par jour, Stra'dal Forche. Et pourquoi.

Il était trois heures vingt. Emilia extirpa son téléphone portable de sa poche pour vérifier si je lui avais écrit: rien. Mais il était rare que j'aie l'idée de recourir au téléphone: il fallait vraiment que ce soit une question de vie ou de mort. Le fait qu'il n'y ait pas de message signifiait qu'elle n'avait pas à s'inquiéter.

Elle s'assit sur une marche en se recroquevillant dans sa doudoune. Elle laissa les clients du Samouraï la regarder, ils s'obstinaient à l'épier derrière les vitres éclairées comme si elle était encore une nouveauté. Elle alluma une autre Winston. Elle repensa à Marta, au jour où elle avait eu sa licence: c'était la toute première dans l'histoire de cet endroit-là. On avait préparé une petite fête en son honneur – alcool *verboten* – et elle, les yeux noirs brillant de satisfaction, avait serré les deux mains d'Emilia dans les siennes. Dans les toilettes, avant de sortir pour recevoir les applaudissements, elle lui avait dit: «J'ai gagné, Emilia, je suis heureuse. J'ai remis les compteurs à zéro. Il me manque encore une année, mais je suis libre. »

Ces phrases lui étaient restées en mémoire : « j'ai gagné », « je suis heureuse », « je suis libre ».

Quand cela avait été son tour d'être reçue à la licence, la deuxième dans l'histoire de ce lieu, elle n'avait éprouvé aucune joie. Au contraire, elle avait eu l'impression de se retrouver sur une voie de garage. Même si son père était ému jusqu'aux larmes, même si Frau Direktorin avait organisé pour elle également une petite fête avec Coca-Cola et Fanta, en lui répétant : « Je suis fière de toi, Innocenti. Tellement fière de toi. » Même si Venturi, et Rita et ses enseignantes du second degré avaient participé à la fête, même si elle s'était employée à sourire à tout le monde, en ce jour de gloire, en réalité, la seule chose qu'elle voyait nettement, c'était un vide précis.

Elle l'avait distinguée, découpée sur le mur du fond, au point de fuite de toutes les mains levées, dans le silence sourd au-dessous de tous les « Bravo ! » : la silhouette d'une personne qui n'était plus, et qui n'était pas sa mère. Elle avait dans la main un verre de mojito, en plastique avec une paille noire. Ses yeux bleus avaient brillé. Sa bouche s'était contractée en une grimace : « Elle te sert à quoi, cette licence ? »

Le clocher sonna quatre heures.

Je n'étais pas encore arrivé.

Elle comprit que la vérité était peut-être le prix de l'amour. Et elle les cherchait vraiment, les mots. Pour me dire : *qu'est-ce que j'ai foutu, putain.* Mais ce n'était pas aussi facile que je le croyais.

Ce n'est pas en additionnant la mort de ta mère, la dyslexie, le harcèlement scolaire que tu obtiens une explication.

Je sais.

Nous ne sommes pas un enchaînement de causes et d'effets. Nous ne fonctionnons pas comme la gravité, la pluie ou une addition.

Rita, je sais.

Si tu nous démontes, tu peux être sûre qu'il y aura toujours un engrenage qui manque.

Le ciel était noir maintenant. Les réverbères formaient des halos de condensation suspendus dans l'humidité. Au Samouraï, on en avait eu assez de la regarder.

Emilia leva les yeux vers le clocher : il était cinq heures moins le quart.

Il était évident que je ne viendrais pas ce jour-là.

Elle remonta toute seule, à la lampe torche.

Le cône de lumière matérialisait tantôt un tronc, tantôt une branche brisée par le poids de la neige, tantôt une saillie rocheuse, la chapelle votive qui contenait une Vierge Noire.

Le bois, la nuit, en janvier, était désert. La pire peine que l'on peut infliger à un être humain, ce ne sont pas les brûlures, pensa Emilia, les coupures, la douleur. C'est la solitude : aucun visage dans lequel te reconnaître, aucune voix pour te rappeler que oui, tu es une personne toi aussi. C'est ainsi qu'elle s'était retrouvée après l'arrestation : une pièce nue avec un lit d'une place.

Elle sentit le froid lui transpercer les os, et même plus profond encore, là peut-être où se nichait vraiment l'âme. Elle était inquiète, et calme pourtant. Comme elle avait une certaine habitude des catastrophes, elle marchait d'un bon pas. Elle priait, ça oui. Parce qu'en Dieu, elle y croyait un peu. Je t'en prie, fais que Bruno ne se soit pas cassé une jambe ou la tête en glissant sur la glace. Mais il est trop rodé pour ça. Combien d'hivers il a passé là-haut, tout seul. Mon Dieu, fais qu'il n'ait pas eu un infarctus ou une rupture d'anévrisme. Mais il est trop jeune : impossible. Qu'est-ce qui peut arriver d'autre, à Sassaia ?

Elle avançait avec ses grosses chaussures dans la neige dure, se calant dans nos anciennes empreintes, les siennes et les miennes, superposées, indistinctes. Elle retenait son angoisse et son souffle. Elle suait sous le rembourrage de la doudoune. Son corps percevait la tension, le mal qui est comme un trou dans la réalité, qui produit des tourbillons, des frictions, des remous. Je vais le trouver là-haut en train de réparer un tuyau, se dit-elle, ou de remettre en place une tuile qui a glissé. Mon Dieu, fais qu'il ne soit rien arrivé de grave.

Quand elle arriva à Sassaia, son cœur ne la soutenait plus.

Elle s'engagea dans la ruelle.

Et quand elle me vit, sain et sauf, assis sur les marches à l'entrée de ma maison, violemment éclairé par la lampe extérieure, elle fut tellement soulagée et heureuse qu'elle crut exploser.

Elle courut vers moi.

« Tu m'as fait une de ces peurs ! me cria-t-elle en riant. Je vais te taper dessus ! »

Elle voulait m'embrasser, me serrer dans ses bras.

Mais quand elle fut devant moi, je me dérobai. Un mouvement du corps qui signifiait : ne me touche pas.

Horrifié. Voilà le mot exact. Emilia le connaissait parce que, avant moi, nombreuses étaient les personnes qui l'avaient regardée de cette manière-là.

J'avais à la main la feuille que m'avait donnée Patrizia. Je l'avais froissée, et continuais à la froisser.

« Qu'est-ce qui s'est passé ? »

Maintenant, je me déteste, parce que je ne suis plus la personne sourde et aveugle que j'étais alors.

Je lui jetai la feuille à la figure.

Emilia se baissa pour la ramasser.

Elle vit, sans avoir besoin de lire.

« Pourquoi, Bruno ? »

Les jambes molles, la poitrine trouée, la vessie qui veut se vider.

« Pourquoi t'as cherché ? »

Je serrais les poings. Le corps raide, tendu par le mépris. Avec les larmes qui ne cessaient de couler sur mon visage, jusqu'au menton, muettes.

« Tu es un monstre. »

J'ai eu le courage de dire ça, de lui cracher moi aussi ce que tout le monde crache, à chaud, face à certaines informations. Plein de honte, et criant pourtant. Car que peut-on faire d'autre quand on n'arrive pas à penser, qu'on est totalement bouleversé, sinon avoir une peur bleue et essayer de se défendre ?

Emilia ferma les yeux.

« Tu m'as laissé tomber amoureux de toi sans rien me dire. »

Elle avait la feuille à la main. Elle ne la jetait pas. Elle ne la piétinait pas, n'y mettait pas le feu avec son briquet. Parce que cette feuille restait, malgré tout, un morceau de son histoire.

Elle tenta de me le dire : « Je ne suis pas seulement ça. »

Mais je ne voulais pas l'écouter.

Je ne pouvais pas.

Comme toutes ces personnes bonnes, ou même simplement normales, assises à la place des saints et des bienheureux dans son Jugement particulier au tribunal des mineurs de Bologne, via del Pratello 36 : quand elle avait été obligée de parler, ils ne l'avaient pas entendue.

Mais maintenant, quinze ans avaient passé.

Quatorze et demi, pour être précis.

Elle rouvrit les yeux et essaya à nouveau de me le dire : « Si tu veux m'écouter… »

Je me retournai pour entrer dans la maison.

Si je pouvais revenir en arrière, je ne me comporterais pas comme je l'ai fait ce jour-là, je le jure.

Elle était dévastée.

Sans défense.

Et moi, je ne voulais pas éprouver de pitié, regarder dans les yeux la femme que j'aimais. Je voulais trépigner comme un gamin incapable de gérer sa colère, son impuissance, je voulais juste me débarrasser de l'obstacle qui était devant moi.

Avant de lui claquer la porte au nez, avec toute la haine que j'avais dans le corps, je lui criai : « Va-t'en de Sassaia. »

Elle restait là, dans la vieille neige.

« Va-t'en, putain, va-t'en ! » Comme si j'en avais le droit. « Je ne veux plus jamais te voir ! »

Elle restait là, dans la ruelle. Comme une chose.

Elle baissa les yeux vers la feuille qu'elle avait encore dans la main. C'était la première fois qu'elle lisait du début à la fin un article qui parlait d'elle. Il avait fallu qu'elle arrive ici en haut, par moins dix degrés, le bout des doigts engourdi par le froid, dans le halo de l'unique lumière allumée à des kilomètres à la ronde. Pas pour se sauver, mais pour se retrouver toujours, inexorablement, au même point.

Elle lut, et pensa qu'elle aurait aimé avoir une âme. Et mourir. De manière à se libérer, enfin, et atteindre un lieu qui n'était ni un enfer ni un paradis. Juste un lieu, simple, anonyme peut-être, mais où la vue était ample. Une terrasse ou un belvédère depuis lequel la Terre était à peine discernable, petite, estompée.

Elle aurait tout de suite reconnu sa mère, là-haut. Et celle-ci l'aurait prise dans ses bras qui n'étaient pas des bras, embrassée avec ses lèvres qui n'étaient pas des lèvres. Alors elle lui aurait dit tout bas, doucement : « Elle est là-bas, va lui parler. »

Elle la lui aurait désignée. Et personne n'aurait plus eu de corps ni de déformations. Rien que le bon à garder.

21

Emilia m'obéit.

Elle rentra chez elle en courant, alluma toutes les lumières, ne se déshabilla même pas. Elle sortit de l'armoire son grand sac et y fourra l'indispensable : petites culottes, collants, pulls, feuilles A4, crayons. Elle avait cinq minutes, pas plus. Elle changea les piles de la lampe torche, saisit le sac de voyage, le sac à dos, éteignit toutes les lumières. Ferma la porte et laissa la clef sous le paillasson.

Adieu, Sassaia.

Elle se mit à courir. Vers le bas, dans le noir. À se rompre le cou comme la fois où elle avait raté le bus, mais ce soir ça n'arriverait pas. Elle tomba. Cogna un rocher avec un genou, une autre chose pointue avec une tempe. Elle sentit un élancement, le sang. Mais elle n'avait pas le temps. Elle se releva et recommença à courir. La torche tremblait dans sa main et trouait le bois par endroits. Elle trébucha à nouveau. Tu sais ce que c'est, le désespoir ? Oh oui, c'est là où je dois être. Elle se releva, le pantalon plein de terre, les cheveux de brindilles. Dis merci pour avoir eu ces deux mois : tu ne les méritais pas.

Elle déboucha par le petit escalier entre le bar et l'épicerie. Il était dix-sept heures quarante-sept. L'autobus venait d'arriver. Elle monta dedans en haletant. Elle n'avait pas de billet. Elle sortit de son portefeuille tout l'argent qu'elle avait. Le chauffeur lui dit : « Deux euros me suffisent. » Mais elle n'était plus capable de compter.

Le bus était vide. Elle alla s'enfoncer au dernier rang. Elle ne voulait pas les voir. Les quatre réverbères d'Alma, les vitrines éclairées du Samouraï et de chez Rosa, le clocher et l'école. Disparaître. Elle ferma les yeux en pensant : Ils doivent déjà tous savoir.

Deux virages plus loin, elle sentit que le téléphone vibrait et sursauta sur le siège. Elle y crut : que c'était moi, que je voulais au moins entendre sa version. Elle se jeta sur le sac à dos et l'ouvrit, les mains tremblantes. Elle n'arrivait pas à trouver le téléphone, alors elle renversa tout le contenu sur le siège à côté. Au milieu du portefeuille, de la trousse, des serviettes hygiéniques, du canif, elle vit que c'était son père.

Elle se renfonça dans le fauteuil, laissant le téléphone sonner. Quand il se tut, elle saisit le canif. Voilà pourquoi elle l'avait tout le temps avec elle : elle remonta la manche de la doudoune, celle de la polaire, et se fit une profonde coupure sur toute la longueur de l'avant-bras. La douleur la calma comme le Rohypnol fondant sous la langue. Ensuite elle rassembla ses affaires éparses et les remit dans le sac à dos. Elle tira la capuche sur sa tête.

Après trois ou quatre arrêts, les gens commencèrent à monter. Ils la regardaient et détournaient tout de suite le regard. Ils s'asseyaient ailleurs, se tenaient au large : personne ne veut le mal à côté de soi, par peur d'être contaminé. Et elle, elle avait un jean plein de sang à la hauteur du genou, une manche tachée de la même manière. Ils allaient appeler les gendarmes, elle en était sûre. C'était une question de minutes, de secondes. Qu'avait-elle à perdre ?

5 264 jours à se faire chier pour un avenir qui n'existait pas. Mieux encore : qui existait mais ne la voulait pas. Il venait de la chasser.

Va-t'en de Sassaia.

Oublierait-elle jamais mon visage congestionné par la haine, le dégoût, pendant que je lui criais ça ?

Et elle m'aimait.

Elle arriva à la gare à sept heures vingt. Elle se dirigea vers le tableau des horaires, vêtements sales, gros sac en bandoulière, regard bouleversé mais vigilant. Deux trains : un pour Turin, l'autre pour Milan. Celui de Milan partait un quart d'heure plus tard sur le quai numéro deux. Elle alla acheter son billet au distributeur. Puis entra dans le bar et demanda le dernier sandwich rance et une canette de bière. Acheta aussi une cartouche de Winston. Après quoi, il ne lui restait plus d'argent.

Elle se traîna vers le quai en mangeant son sandwich. Attendit en fumant avec une poignée de Nord-Africains et de femmes en minijupe, les derniers de la Terre, échoués comme des os de seiche sur ce quai : elle avait retrouvé sa famille.

Le train freina en face d'elle. Long serpent recouvert de graffitis, ferraillant dans la neige. Une file de fenêtres éclairées qui promettaient non des illusions mais des fuites. Un train régional fatigué, avec des toilettes sales et une couche de gras sur les vitres. Emilia monta, traversa quelques wagons et se jeta sur un siège.

À ce moment-là, elle téléphona.

On garde ce qu'il y a de bon et on recommence à partir de là : mon cul.

Elle entendit le flux chaud de sa voix dans son oreille et lui dit: «Si on me demandait maintenant, en ce moment précis: "Tu veux revenir en arrière?" À l'IPM. Avec l'Armée, la Frau de mauvais poil, le réveil à sept heures, les petits-déjeuners à distribuer, les clefs en cuivre qui tournent dans les serrures et font ce bordel. Le réfectoire, les chiottes où on allait étudier à trois heures du matin pour ne pas réveiller les autres, tu te souviens? Les barreaux. Et Venturi qui nous faisait chier, mais à la fin nous a quand même servi. Et Rita deux fois par semaine avec ses cheveux crêpés. Pandolfi qui nous a amenées jusqu'au diplôme. Les deux heures de promenade à jouer au volley, les bagarres, et pour finir Myriam qui s'est suicidée. Moi je dirais tout de suite oui, oui, oui!

– Il s'est passé quoi, putain?»

Emilia cogna sa tête contre la vitre, fort.

Aucune des vies en fuite dans ce wagon de deuxième classe ne fut troublée. Aucun des Africains vendeurs à la sauvette, aucune des prostituées. Ils savaient déjà tout parfaitement.

«La liberté est une merde.

– Il s'est passé quoi, putain, Emilia?

– La liberté de me faire du mal. De faire du mal? Merci, non, j'en veux pas.

– Mais tu vas me le dire, oui ou non, ce qui s'est passé?

– Ce salaud est allé me chercher sur Internet.»

Silence à l'autre bout.

«Je sais pas comment il a fait. Je lui avais même pas dit mon nom de famille. Il aurait pu attendre.

– T'es où, maintenant?

– Dans le train, je viens chez toi.

– À quelle heure t'arrives?

– Je sais pas, j'ai pas regardé.

– Dis-moi d'où t'es partie et à quelle heure, je vais regarder, moi. »

Emilia se dévisagea dans le reflet de la vitre. À cette heure, les familles normales se réunissaient dans les maisons chaudes et dînaient ensemble, les couples faisaient l'amour, les copines s'attardaient dans une dernière confidence à la table d'un bar. Mais c'étaient les belles vies des autres, qui se déroulaient sur une autre planète. Sur celle-ci, par contre, là où le train passait, tout était noir et vide. On ne voyait plus au-dehors. Seulement dedans. Et le dedans, c'était elle, échevelée, crasseuse. Un rebut. *Gardons ce qu'il y a de bon*: même Rita lui avait menti.

« Tu arrives à Milano Centrale à vingt et une heures trois. Je serai sur le quai, mais toi, fais-toi belle. Si je t'amène dîner dehors, j'ai pas envie qu'on s'aperçoive que t'es du gibier de potence. »

Elles éclatèrent de rire toutes les deux, désespérément.

Je l'avais regardée partir caché derrière le rideau, dans l'ombre de la chambre, puis j'étais descendu dans la cuisine. J'avais rempli une casserole d'eau chaude et, en attendant que ça bouille, j'avais mis le couvert.

Je n'étais pas fier de moi, mon comportement n'était pas juste, je le sentais, mais les mots me manquaient et il n'y avait plus en moi qu'une rage muette. Durant les heures où j'avais attendu son retour de l'église, je n'avais fait que pleurer, chiffonner l'article, sortir, faire cent fois le tour du hameau sans pouvoir m'arrêter, penser, respirer. C'était comme me heurter, tout le temps, aux mêmes souvenirs.

Quand, en 1991, j'étais entré dans le tribunal pour témoigner, je les avais tout de suite cherchés du regard, mais eux ne m'avaient pas regardé. Ils mettaient leurs lunettes, tripotaient les poignets de leur chemise, lisaient des documents : ils avaient l'air tellement occupés. Ils n'avaient pas idée de ce que signifiait prendre une vie, creuser un gouffre à l'intérieur, la désertifier, l'appauvrir jusqu'à la rendre complètement stérile. Pourtant, c'est ce qu'ils avaient fait.

L'enfant présent dans la cabine était mort dans les bras de ses grands-parents. C'était la disposition de quelques fragments d'os qui le prouvait. Ses parents, qui lui avaient survécu, étaient assis non loin de Valeria et moi, ils serraient dans leurs mains un lapin en peluche.

On le comprenait à nos visages, à nos tenues négligées, à nos tics nerveux, nos yeux gonflés, la façon dont nous nous traînions dans la survie : nous étions tous morts, dans cette salle. Tous, sauf eux : les responsables. Qui écoutaient nos récits en dissimulant difficilement leur ennui, pensant à autre chose, ajustant une mèche de cheveux. Ils y tenaient, eux, à la vie, la leur. La peine, ils la voulaient minime. Et tant pis si neuf personnes avaient crevé, et bien plus encore étaient en vie en apparence seulement. Eux, ils avaient rogné sur les coûts. Ça revenait cher, la maintenance. Mes parents étaient morts à quarante ans pour une ligne en moins dans le budget dépenses. Valeria allait devenir une fidèle des services d'addictologie juste pour un peu d'économie. Et moi, j'allais finir comme un ermite sur son rocher pour un petit chiffre banal. Et aucun de nous, et encore moins cet enfant blond qui se prénommait Thomas, n'avait rien fait de mal.

J'avais regardé Emilia cacher la clef sous le paillasson, s'enfuir avec son grand sac et la lampe torche dans sa main mal assurée. Et j'avais éprouvé de la haine.

Maintenant, au moment où j'étalais la nappe, posais dessus une seule assiette, un seul verre, une seule serviette, une seule paire de couverts, je sentais la haine qui enflait dans mon corps en même temps que la rancune.

Dans les histoires de faits divers, les familles des victimes n'existent presque jamais. Ou si peu. Leur douleur, personne ne veut la voir. Nous ne sommes pas aussi intéressants que les bourreaux, mais nous sommes trop vivants pour être canonisés. Condamnés à vivre avec un gouffre à côté, exactement dans le même monde que celui où eux, les assassins, continuent à respirer, à penser, à regarder la télévision, à manger, et peut-être même à rire, plaisanter, faire l'amour.

Nous avions accepté l'argent parce que notre oncle nous avait obligés. Parce que nous étions un gamin et une fille à peine majeure, avec la vie entière devant nous. « Ça vous servira pour l'université, pour les factures, pour la nourriture. Vos parents auraient voulu ça, c'est tout. » Alors nous avions pris l'argent. Sans jamais en parler, sans le nommer, nous avions décidé de l'utiliser seulement pour ce qui était strictement nécessaire. Rien de beau ne pouvait être acheté avec cet argent. Aucun voyage, aucun sweat de couleur, aucun disque, aucune fleur. Seulement l'école de conduite, son loyer à Milan au début et le mien à Turin quand j'étais à l'université, l'essence pour la Seat Ibiza et les provisions pour l'hiver.

Cinq ans plus tard, les assassins étaient dehors, et nous, nous étions encore dedans. Incapables d'une vie normale, de relations normales. Valeria qui n'a jamais réussi à garder un homme ni un travail, qui n'a jamais pu rester sobre. Moi qui suis retourné à Sassaia pour me cacher, pour mieux purger ma peine.

Si c'était Dieu qui avait mis Emilia devant chez moi, alors il n'existait pas, ou il était cruel.

Les imposantes voûtes d'acier, les incessantes annonces des haut-parleurs, tous ces trains à l'arrêt sur les voies à perte de vue : Emilia se sentait écrasée par le vaste monde.

Elle suivit le flux. Les personnes marchaient toutes dans la même direction. Le train régional était parti avec peu de passagers, mais durant le trajet, un arrêt après l'autre, il s'était rempli de laissés-pour-compte de la société qui, arrivés à destination, semblaient retrouver leur bonne humeur.

Elle, non. Elle avait transpiré et elle puait. Elle sentait qu'elle avait les cheveux gras et les mains sales. Le froid était bien moins intense, mais elle était encore habillée comme à Sassaia. Elle ouvrit sa doudoune, dénoua son écharpe. Elle portait en dessous son vieux sweat loqueteux et taché de sang, son jean de travail dans le même état. Au Cocoricò, à l'Imperiale, au Billionaire, s'étaient-elles promis. Mais ce fut au bout du quai.

Elles s'immobilisèrent toutes les deux à un mètre de distance.

La dernière fois qu'elles s'étaient vues, c'était le jour du vingt-cinquième anniversaire de Marta. Il était neuf heures du matin. Elles avaient fini de petit-déjeuner, étaient remontées dans leur cellule et Emilia avait aidé Marta à préparer ses affaires pour son transfert aux Adultes.

Se dire au revoir, elles n'y étaient pas arrivées. Leurs lèvres pressées rapidement, et Marta était partie. Elle avait traversé le couloir du deuxième étage avec les autres qui criaient et protestaient et promettaient d'incendier les lits. Avec l'Armée qui avait les yeux brillants parce que « les filles, on s'y attache, à la fin, comment on peut ne pas s'y attacher ? ». La Frau était restée enfermée dans son bureau, inaccessible pendant toute la journée : elle avait pleuré, c'est sûr. Emilia avait coincé son visage entre les barreaux pour voir le fourgon pénitentiaire l'emporter et, le cœur brisé, avait murmuré : « Bonne chance ! »

Il y avait plus de huit ans.

Maintenant elles étaient là, l'une en face de l'autre. *Présentes et vivantes*[1], comme dit Leopardi dans mon poème préféré, « l'Infini ». La foule s'était éclaircie, sur le quai 3 zone Ouest il n'était plus resté qu'elles pour se reconnaître lentement, recoudre le temps.

Sous la lumière crue des réverbères, avec les jupes des gitanes qui froufroutaient autour et les rails pleins de déchets, une pizza découpée là au fond encore ouverte.

Marta était encore plus grande parce qu'elle avait des talons hauts. Aiguilles. À demi couverts par un souple pantalon marron foncé. Elle portait un manteau crème noué à la taille, un chapeau à larges bords de la même couleur, et jamais au grand jamais vous n'auriez deviné qui elle était ni d'où elle venait.

Emilia n'osait pas bouger, craignant de salir le manteau clair. Elle était devenue une femme. Vêtements de prix, visage bien maquillé qui ne trahissait pas d'émotions. Mais les yeux noirs, de forme orientale, eux si.

« Emi magique. »

Emilia sourit.

« Dans quel état l'amour t'a mise.

– Toi, au contraire, t'es toujours une reine. »

---

1. L'expression est au singulier (« Presente e viva ») dans le célèbre poème de Giacomo Leopardi (1798-1837).

Marta supprima d'un seul pas le mètre qui les séparait. Elle la saisit et la serra aussi fort qu'elle pouvait. Comme si Emilia était sa moitié retrouvée. Comme si elle pouvait remettre ensemble les deux bureaux transportés dans les sanitaires pendant que les autres dormaient, avec elles deux liées l'une à l'autre la nuit avant les examens. Les bouts de doigts unis pour mêler leur sang.

Emilia plongea le visage dans ses cheveux de Sailor Mars et se remplit le nez de shampoing au coco : le même qui embaumait la cellule après la douche.

22

Jusqu'à 1999, à l'Institut pénal féminin pour mineurs de Bologne, il n'y avait jamais eu une seule fille diplômée. Et ce pour la bonne raison qu'il n'y avait pas d'école. Seulement des cours d'alphabétisation pour les étrangères, des cours de formation professionnelle pour celles qui avaient trimé jusqu'à la troisième. On se fichait pas mal qu'elles aient toutes l'âge de l'enseignement obligatoire : il n'était pas prévu que l'on réussisse à émerger de certains enfers. Une langue écrite avec peu de fautes d'orthographe et un subjonctif de temps à autre, c'était déjà bien. Le coin frites dans un fast-food, ou bien une coopérative de nettoyage, tel était l'objectif. Et l'ambition la plus grande : que les filles ne recommencent pas à voler, à dealer, à cogner et, dans les cas les plus graves, à tuer quelqu'un.

Puis, au printemps 1999, à peu de distance l'un de l'autre, étaient intervenus deux événements qui allaient tout changer. La nomination au poste de direction de l'extravagante, éclairée, fan de poésie italienne, Frau Direktorin. Et le transfert, depuis l'Institut pénal pour mineurs de Nisida, d'une jeune détenue problématique, ingérable, cause d'innombrables mesures disciplinaires : Marta Vargas.

La légende veut que Frau et Vargas se soient affrontées la première fois comme ceci dans le bureau de direction :

Frau : Ne me pose pas de problèmes, Vargas, parce que je pique une crise.

Vargas : Pas de souci, Frau.

Frau : Je te le redis : je ne veux pas un seul drap brûlé ici dedans.

Vargas : Zéro souci, Frau.

Le lendemain, l'Armée avait dû accourir dans sa cellule avec l'extincteur. Au bout de quelques jours, de l'isolement où elle avait été expédiée, Vargas avait été appelée dans le bureau de Frau.

« Vargas, je sais que tu es en colère. Mais moi, maintenant, je le suis encore plus.

– Je regrette, Frau, rien de personnel là-dedans.

– Alors, qu'est-ce qu'on fait ? De longues années ensemble nous attendent.

– Dites-le-moi, vous, Frau. Moi à Bologne, je voulais pas y venir. Ma mère, putain, comment elle peut venir me voir au parloir, maintenant ? Qui c'est qui va lui payer le voyage ?

– Et qui c'est qui a fait la fofolle à Nisida ? Qui c'est qui se l'est cherché, ce transfert ? »

Vargas avait haussé les épaules en considérant avec le plus grand sérieux ses ongles couverts d'un vieux vernis noir ébréché. Elle était tellement pauvre qu'elle était arrivée avec un seul survêtement de rechange et pas une seule veste. Ce vernis, c'était une fille de Nisida qui le lui avait prêté, et elle ne pourrait plus jamais le refaire.

Frau s'était laissée aller contre le dossier de son fauteuil, les doigts tambourinant sur l'imposant bureau, le président de la République suspendu derrière elle, bien en vue. « Tu as déjà pensé à faire des études ? »

Vargas avait levé des yeux infiniment insolents : « Des études ? Pour étudier quoi ?

– Manzoni ! Platon ! Pétrarque !

– Jamais entendu parler.

– Tu as dix-sept ans, le brevet, tu l'as. Tu dois préparer le bac, Vargas.

– Le lycée ? » Vargas avait éclaté d'un rire si fort qu'on l'avait entendue dans tous les bureaux du rez-de-chaussée. « Je les voyais passer, derrière la fenêtre, les filles du lycée. Avec leur sac à dos de marque, les Converse aux pieds, du brillant à lèvres, un balai dans le cul. Mais moi, le cul défoncé, je l'avais pour de bon.

– Vargas, ce langage-là, il faut qu'on le change.

– Frau, on change pas le passé.

– Vargas, je t'amène le lycée ici en septembre, et toi tu t'inscris et tu as l'examen. Si tu ne travailles pas, je te remets à l'isolement pendant un mois et je te montre les autorisations de sorties comme Galilée : avec une longue-vue. » Elle avait souri, diabolique. « Et puis, pourquoi pas, tant que j'y suis, je t'amène aussi l'université. Ne nous posons pas de limites. De toute façon, tu as encore combien d'années à purger ? Neuf ? Dix ? Ne les gâche pas, utilise-les. Tu passes ta licence, et moi je te sors de l'isolement. »

C'est comme ça qu'elle avait commencé, la révolution.

Frau Direktorin était une incurable romantique : elle y croyait, à la justice réparatrice, au rachat par la culture. Et elle ne s'était pas trompée quant à Vargas : c'était la candidate idéale pour réaliser son projet. Pas une utopie, précisait-elle : juste le droit de faire des études. Vargas avait l'esprit vif, aucun déficit d'attention, hyperactivité ou autre. Elle avait faim, elle avait la rage. Le rapport arrivé de Nisida parlait d'une « assidue fréquentation de la bibliothèque du centre », même si c'était entre le brasier d'un drap et une tentative d'évasion.

La légende veut que ce matin-là d'avril, Vargas se soit levée de sa chaise en défiant la Frau : « Si vous y arrivez, à m'amener le lycée ici, en taule… »

Et que le lendemain même, la directrice se soit présentée à l'Inspection comme un bélier, ait cassé les pieds au ministère, se soit collée au téléphone pendant des semaines, obstinée, hurlant, tempêtant, inexorable. Jusqu'au moment où, non pas un lycée général (n'exagérons rien), mais le lycée hôtelier Artusi ouvre une succursale dans le centre de détention pour mineures, changeant ainsi pour toujours le destin, peut-être pas de toutes, du moins de quelques-unes.

Et comment on les rachète, celles-là, autrement ?
Sans l'Histoire, sans Pascoli, Manzoni, Dante ?
« Vous ne fûtes pas faites pour vivre comme des bêtes[1]*. »*
Allez, aux études !

Emilia et Marta sortirent du grand hall de Milano Centrale et débouchèrent dans la nuit. Sur la place Duca D'Aosta, l'espace d'un instant, elles s'immobilisèrent, aveuglées par l'Hôtel Gallia, la Tour Pirelli, la profusion de lumières. Elles pensèrent toutes les deux la même chose : jamais elles n'avaient été ensemble dans le monde après neuf heures du soir.

« T'as l'air d'une clocharde. Je peux pas t'amener dîner dehors.

– J'ai pas faim, de toute façon.

– Écoute-moi un peu – Marta la transperça d'un de ces regards aigus dont elle avait le secret. Moi, je t'héberge, je t'aide. Mais toi, il faut que tu te remettes sur les rails. »

Emilia se mit à rire. « Tu parles comme la Frau.

---

1. Transposition au féminin du vers de *La Divine Comédie* de Dante (Enfer, chant XXVI, 118) : « *Fatti non foste a viver come bruti.* »

– Normal ! On se parle toutes les deux semaines. » Marta se remit à marcher rapidement vers la station de taxis. « Elle me demande toujours de tes nouvelles. »

Emilia en resta sidérée. Elle croyait que Marta avait, elle aussi, en dehors des souvenirs, coupé les ponts avec l'IPM. Un bon moment avait passé. Toutes deux, comme par l'effet d'un de ces sorts qu'on jette dans les contes, avaient été obligées de partir à la date de leur vingt-cinquième anniversaire. Toutes les deux avaient fini de payer leur dette en section Adultes, puis dans un centre de réinsertion et probation où elles avaient été progressivement accompagnées vers une apparence de vie normale. Mais l'Institut pour mineures restait le lieu de leur jeunesse.

« Ça veut dire quoi, que *vous vous parlez* ? C'est toi qui l'appelles, ou elle ? Pourquoi tu m'as jamais dit ça ? »

Marta avait proposé de lui prendre son gros sac et il avait beau être sale et moche, elle le portait avec grâce.

« Je voulais voir la tête que tu ferais, répondit-elle sans ralentir le pas. Et c'est vrai, t'es devenue toute blanche.

– Oh, on est dehors. Mais c'est comme si on était jamais sorties. »

Marta s'arrêta à nouveau et dit en souriant : « Ça t'étonne ? »

Elles étaient sur le point de traverser pour atteindre la file de taxis blancs qui attendaient, lorsqu'un petit groupe leur coupa la route. Ils étaient trois, le plus âgé n'avait pas plus de vingt-trois ans. Casquette de base-ball de marque, montre prétentieuse bien en évidence, il posa son regard sur Marta et siffla longuement dans sa direction.

« Wesh beauté. »

Marta et Emilia ne s'écartèrent pas plus l'une que l'autre, ne reculèrent pas, ne filèrent pas.

Elles les regardèrent au contraire avec la plus grande attention.

Les deux autres, plus petits, se donnaient des coups de coude en rigolant.

« Salut », répondit Marta, sérieuse.

Un fantasme, rien de plus. Juste un vieux fantasme à propos duquel elles avaient plaisanté à l'ombre de la Grande Cour.

« Vous allez où, si vite ? »

Errants et beaux, tous les trois. Mais lui particulièrement : bomber et jean déchiré, sac ceinture Gucci exhibé de manière provocante. Yeux luisants aux longs cils. Peau café au lait, grandes mains. Une divinité maltraitée, imprévisible, capricieuse. Il les portait sur son visage, ses antécédents.

« On boit un verre ? » insista-t-il, s'adressant toujours à Marta. Emilia n'était pas en état d'attirer qui que ce soit.

Il tendit la main vers la joue de Marta, mais elle laissa tomber son sac et lui bloqua le bras d'un geste net.

« Je te conseille pas.

– Oh ! » La divinité siffla à nouveau et arrêta d'un geste de son bras libre ses copains prêts à intervenir. « Comment tu t'appelles ? je suis déjà amoureux. »

Toutes les deux reconnurent l'accent : c'était celui d'Afifa.

« Moi c'est Marta, elle, Emilia. Je te préviens : on s'est tapé plus de dix ans. Chacune. »

Emilia chercha les yeux de Marta. Comment avait-elle pu ? Déballer leur condamnation, là, comme si de rien n'était, au premier venu ? Elle, elle n'y serait jamais arrivée, même sous la torture, même avec les gens qu'elle aimait.

Marta semblait infiniment tranquille, à l'aise. Elle continuait à tenir ferme le gars, s'attardant sur son poignet, celui sans montre, tout près, comme si elle voulait savoir le goût qu'avait sa peau.

« Et toi, Tunis, comment tu t'appelles ? »

Il sourit, lui et Marta se tenaient presque par la main.

« Habib. Eux c'est Rami et Luca.

– Vous vivez de quoi ? demanda Marta à brûle-pourpoint.

– Pourquoi tu demandes ça ? » Habib s'assombrit. Plein de fougue, sur la défensive. « On est mécaniciens, nous, on est nés en Italie. »

Marta laissa tomber la main d'Habib. « Les mécanos, ça se balade pas avec une banane Gucci et une Rolex bien imitée. »

« C'est une keuf », commenta un des deux petits mecs.

Marta soupira. « Nisida, Centre de détention de Bologne, et ensuite Dozza. Et toi, Habib ? T'as logé dans quel hôtel de luxe ? »

C'était comme si elle faisait ça depuis toujours : séduire des gamins devant la gare.

« Ouais, j'ai fait un tour au Beccaria.

– Oh, je les reconnais tout de suite. » Marta fit un clin d'œil à Emilia qui était figée sur place. Elle était passée d'un coup de la masse des non-dits et mensonges qu'elle fournissait à Sassaia, avec l'envie permanente de tout dissimuler, à cette nuit milanaise où on discutait du passé avec de parfaits inconnus, sans gêne et sans honte.

« Tes amis aussi, ils se sont payé un tour là-bas ? » C'était une question rhétorique : les grandes amitiés des détenus naissent toujours en prison. Habib acquiesça et revint à la charge : « On boit quelque chose ?

– Pas ce soir. Ma copine a eu une sale journée et de toute façon, dans les bars qui me plaisent, on vous laisserait pas entrer. »

Ils protestèrent tous les trois, pas contents.

« Faut d'abord faire des études. » Marta dit cela sur un ton nouveau, presque maternel, qu'Emilia ne lui avait jamais entendu auparavant. « Débrouillez-vous pour avoir une licence en Économie ou en Droit, à ce moment-là vous pourrez vous marier avec des filles comme moi.

– Toi, t'as pas été au mitard.

– Si, j'y ai été, mais j'ai bien profité de mon temps.

– Tu me fais chier, panthère.

– Mais toi, tu me plais bien. Laisse-moi ton numéro, peut-être que je t'appellerai. »

Stupéfait, Tunis recula.

Marta sortit un stylo de son sac, lui passa, lui tendit le dos de sa main : « Écris-le ici. »

« Pourquoi t'as fait ça ? demanda Emilia quand elles furent dans le taxi.

– Qu'est-ce que tu m'avais dit avant, au téléphone ? Que la taule te manquait. Eh bien, à moi aussi. » Marta regarda à travers la vitre. « Tu te souviens, quand on se mettait à imaginer qu'ils mélangent les taules pour femmes et pour hommes ? Que tous ces putains de beaux mecs débarquent au Couvent ?

– J'ai le cœur en miettes. Pas envie de rigoler.

– Même si je te laisse Tunis ?

– Il a des boucles brunes, ça me ferait penser à lui.

– Mais t'as vu comment il est beau, putain ? Jeune, en plus. T'as rien à lui expliquer, rien à lui cacher, tu baises avec, et basta. Avec un peu de bol, tu sens sur lui l'odeur de la cellule. »

Emilia se tut quelques instants. Le taxi glissait au milieu des immeubles somptueux, des commerces chinois, des fast-foods avec les inscriptions lumineuses « open » encore à cette heure-là.

« Tu peux pas.

– Quoi ?

– Réaliser à trente ans un fantasme de quand t'en avais dix-sept.

– Mais si, je les amène à l'hôtel, ma chérie. À la maison jamais, c'est sûr.

– Et c'est toi qui paies ?

– Toujours. Je les fouille même, mais ça leur plaît. »

Le taxi écoutait tout en feignant d'être concentré sur la conduite, il lorgnait Marta dans le rétroviseur.

« Il doit avoir dix ans de moins que nous.

– Justement. Ceux qui sont plus âgés, j'en veux pas, ils me rappelleraient trop mon père. »

Emilia ne put se retenir : « Dis, pourquoi il a cherché à savoir ?

– Parce qu'ils cherchent toujours, Emily. Ils flairent les silences, les contradictions, les réticences. Ils n'arrivent pas à respecter les limites. Il faut qu'ils les dépassent, parce qu'ils croient en avoir le droit. Et puis ils se brûlent, eux en premier. Ils découvrent quelque chose dans les journaux, et les journaux, je te les conseille ! Alors ça les panique. » Marta lui pinça une cuisse et sourit : « C'est pour ça que je vais draguer à la gare. »

La nuit était éclairée comme en plein jour, traversée sans cesse, dévorée. Emilia ne pouvait s'empêcher de sentir combien les bois lui manquaient déjà.

« Les collègues avec lesquels je suis sortie se présentaient tous avec la bite dure, les muscles bidon de la salle de gym, la violence vue seulement sur Netflix. Ils ont tout eu facile : l'école, la carrière, la petite famille. Ils y vont jamais, au cimetière. Ils y pensent jamais, au fait que dans ce monde, on crève. Tunis a dormi dans la gare, ça se voit. » Elle déposa un baiser sur le numéro de téléphone écrit au stylo sur le dos de sa main. « Il a nagé pour pas se noyer, il a failli tuer et être tué. Il a faim, c'est pour ça qu'il baise avec moi. » Elle se pencha pour indiquer un raccourci. « Par là, je préfère, merci. » Puis elle s'étala à nouveau sur le siège, ouvrit son sac en cuir de marque. « Mes collègues me font jamais jouir. »

Le chauffeur du taxi n'avait pas dit un mot pendant tout ce temps. Marta lui tendit sa carte de crédit, il l'inséra dans la machine. Elles remarquèrent toutes les deux le gonflement à son entrejambe. Marta signa le reçu. Il continua à la fixer longuement, obstinément, pendant qu'elles descendaient de la voiture pour gagner une belle porte d'entrée en bois ouvragé. Avant d'entrer, Marta lui adressa un sourire méchant en le fixant droit dans les yeux. C'était sa malédiction, la beauté. Mais elle le savait maintenant, elle s'y était habituée, et elle continua à le dévisager avec la haine qui, comme la beauté, ne la quitterait jamais.

Pour finir, comme il ne comprenait pas, elle porta la main à son cou et d'un geste sec mima une lame posée sur la jugulaire.

Le type du taxi remonta dans son véhicule et disparut.

Quand Emilia était arrivée au Couvent, l'enseignement était déjà mis en place et fonctionnait à plein régime. Bien sûr, avec la moitié des heures par rapport aux écoles ordinaires. Sans enseignants de soutien malgré les besoins. Avec toutes les salles de classe gardées par l'Armée, les portes blindées fermées à clef, et tout ça avec des filles qui n'arrêtaient pas de fumer, de faire tomber les cendres par terre. Les professeurs pouvaient prétendre à la sainteté tellement ils faisaient preuve de patience. Ils expliquaient, réexpliquaient jusqu'à dix fois la même proposition subordonnée complétive, la même guerre punique, la même équivalence. Cependant, il n'y avait pas à dire, l'école existait.

Emilia s'était assise à un bureau, en octobre 2001, avec Vargas, Myriam, une fille roumaine et une Slave très blonde. Pandolfi (prof d'italien et d'histoire) l'avait accueillie chaleureusement en expliquant avec enthousiasme aux autres : « Votre nouvelle camarade vient d'un lycée général. »

La fille très blonde avait tordu le nez. L'autre avait souri, dégoûtée. Myriam, qui avait toujours été une connasse, avait fait semblant de dégueuler. Le milieu aisé d'Emilia ne plaisait à personne, clairement. Mais son chef d'accusation était connu. Le téléphone sans fil fonctionnait, là-dedans. Vous entriez, et deux minutes plus tard, toutes les filles savaient déjà le pourquoi et le comment, et jouaient à deviner la sentence. Dans le cas d'Emilia, en plus, les journaux télévisés avaient retenti dans toutes les cellules : « Oh, la fille, là, demain elle est dans votre équipe au volley ! » C'est vrai qu'elle avait des vêtements trop stylés et une famille qui avait du fric mais le délit, c'était du lourd. Il inspirait crainte et respect. Et en fait, ce jour-là, Vargas avait donné une tape sur la nuque de Myriam pour lui rappeler comment on devait se tenir en prison. Et les deux autres aussi avaient compris.

Emilia ne soufflait mot, elle se contentait de triturer un coin de son cahier ligné. Puis Pandolfi avait fait claquer le manuel de lecture italienne avec violence sur le bureau pour ramener la loi de l'école là où régnait la loi de la taule. « Giuseppe Ungaretti, avait-elle annoncé d'un ton véhément, *Matin.* » Vargas et la Roumaine avaient déjà la cigarette à la bouche. Elles étaient affalées sur leur siège d'une façon qui, dans l'ancien lycée d'Emilia, aurait amplement suffi pour un avertissement sur le carnet de liaison. Myriam dessinait une grosse licorne sur son cahier. Emilia avait trouvé le courage de lever les yeux, d'observer la scène et n'arrivait pas à y croire.

Elle avait été catapultée d'un seul coup d'une classe où elle était la dernière, la plus mauvaise élève, toujours à la limite de l'exclusion, dans une où elle pouvait être excellente. Vargas avait deviné ses pensées et lui avait souri en soufflant la fumée au visage de Pandolfi qui lisait à haute voix, imperturbable et inspirée : *Je m'éblouis d'infini*[1]. « Putain ça s'arrête là ? » « C'est tout ? » Et, malgré les commentaires, elle recommençait : « Écoutez bien : *Je m'éblouis* pause *d'infini.* » Et elle continuait avec tout un attirail : *On est là comme / sur les arbres / les feuilles d'automne* et puis encore *De cette poésie / il ne me reste qu'un rien d'inépuisable secret.* Myriam se grattait les fesses. Les deux autres laissaient cette langue poétique du vingtième siècle aller se poser quelque part dans leur cerveau et dans leurs destins. De l'autre côté des barreaux, Bologne vociférait en une splendide journée de soleil. Quatre mois avaient passé depuis son arrestation et pour la première fois, Emilia avait pensé que peut-être, *peut-être*, ça, ce n'était pas l'enfer.

Quinze ans plus tard, Marta et elle montaient dans un ascenseur de bois muni d'une porte en fer forgé. Le miroir renvoyait l'image d'elles deux, en opposition, la belle et la minable, l'élégante et la clocharde. Mais ce n'était qu'une apparence. En réalité, elles avaient le même cœur.

---

1. Poème très célèbre et très bref de Giuseppe Ungaretti (1888-1970), publié dans le recueil « L'allégresse ». Traduction de Philippe Jaccottet, *Nrf*, Poésie/Éditions de Minuit-Gallimard, p. 8. Les deux citations suivantes, du même auteur, sont extraites de « Soldats » et « Le port enseveli », traductions de Jean Lescure, p. 102 et 35.

La cabine s'arrêta au niveau du troisième étage et Marta précéda Emilia le long d'un couloir. L'immeuble datait du début du vingtième, avec des ornements Art nouveau qu'elle reconnut et admira mentalement. Sur la plaque, au-dessus de la sonnette de la dernière porte, était écrit : VARGAS. Normal, pensa Emilia.

L'histoire de Marta avait fait du bruit, des unes de journaux, des émissions du soir à la radio et à la télévision, des débats vifs entre commentateurs qui ne savaient absolument pas comment on vit dans certaines marges mais avaient toujours quelque chose à dire sur le sujet. Scandale et tumulte, c'est sûr, mais jamais autant que l'histoire d'Innocenti. Parce que Vargas avait des circonstances atténuantes, et Innocenti non. Vargas avait un solide mobile, Innocenti non.

Vargas ouvrit grand la porte, appuya sur l'interrupteur et face à Innocenti apparut un salon bourré de livres du sol au plafond, avec une télé à écran plat qui ressemblait à un cinéma et, au milieu, un canapé en cuir blanc sur lequel auraient pu s'asseoir au moins cinq personnes.

« Putain ! commenta Emilia.

– Prends-toi une douche, allez. » Marta l'aida à enlever sa doudoune, son écharpe, son sweat et alla tout de suite les fourrer dans le lave-linge. « La salle de bains est là, tu trouveras les serviettes propres dans le petit meuble à côté du lavabo. »

Dans la salle de bains carrelée de blanc, il régnait une bonne tiédeur, rien à voir avec la glacière de la Iole. Emilia se déshabilla et s'assit sur la cuvette des toilettes. Elle écarta le rideau pour regarder dehors, mais il n'y avait ni montagnes, ni lune, ni étoiles.

Marta entra à ce moment-là. Emilia était nue, en train de s'essuyer avec le papier. Elles échangèrent leur place avec une gêne qu'elles n'auraient pas ressentie à Bologne. Elles étaient trop âgées maintenant pour faire pipi ensemble.

Marta remarqua les coupures, les anciennes et les récentes, sur la peau d'Emilia. Elle ne dit rien, mais sortit d'un petit meuble un flacon de désinfectant et le posa bien en évidence sur le lavabo. Emilia commença à se rendre compte que, malgré la force de certains souvenirs, le temps existait, il vous travaillait au corps et gâchait tout.

Elle se glissa dans la douche, rapidement. Marta resta en petite culotte assise par terre à côté d'elle. Elles passèrent une minute comme cela, séparées par une vitre et les années passées. Puis, tout en se savonnant avec l'éponge, Emilia dit : « Tu dois gagner pas mal pour te permettre un appart comme ça.

– C'était ça, non, la liberté ?

– Tu devrais en être fière. »

Emilia l'entendit soupirer. Elle avait froid, mais elle ne fit pas couler l'eau, pour écouter le silence de son amie.

« Quelquefois, je pense que je voudrais avoir une fille rien que pour lui payer des cours de piano », lui dit Marta avec cette voix nouvelle, celle qu'elle avait eue en parlant avec Tunis devant la gare. « Pour lui payer la natation synchronisée, la gymnastique artistique, des cours de théâtre. Le volley, non, jamais. Si j'avais une fille, alors oui, cet argent il aurait du sens. Pour l'admirer, elle, mais un garçon ferait aussi bien l'affaire, sur la scène, pendant le spectacle de fin d'année. Être assise au premier rang et regarder avec orgueil la gamine que je n'ai pas pu être. Moi à dix ans, je savais tout des branlettes, des pipes, du sexe anal. Elle, elle aurait juste à s'occuper de chanter, de jouer d'un instrument. De briller. Et moi à travers elle. »

Emilia tourna le robinet. Elle le régla sur la température la plus brûlante. Passa la tête dessous, ferma les yeux. Elle n'avait pas encore pleuré depuis que je lui avais jeté cette feuille à la tête. Maintenant, dans le secret de l'eau, elle avait envie.

« C'est un sujet merdique, ça », dit-elle en sortant de la douche.

Marta lui tendit un drap de bain.

« Je crois pas que j'aurai des enfants, t'inquiète. J'ai pas l'intention d'infliger un père à qui que ce soit. »

Emilia aurait voulu lui dire que les pères n'étaient pas tous pareils, qu'il y en avait aussi de merveilleux. Mais de quel droit ? Celui du privilège ?

Elle aurait voulu lui dire aussi qu'elle, à la danse, elle y était allée, et à la musique, et à la natation, mais qu'elle n'avait jamais émis la moindre étincelle capable de susciter la fierté chez ses parents.

Il ne lui importait plus, ce passé-là. Elles étaient de nouveau dans une salle de bains, seules, la nuit. Elle s'assit par terre à son tour, sur le tapis de bain, face à son amie, les cheveux dégoulinant le long du visage.

« Quand j'ai compris que j'étais tombée amoureuse de Bruno, je me suis posé la question : et si je tombe enceinte ? Et si on continue à être ensemble et que lui veut un enfant ? Comment je lui dis ça ? Qu'aucun enfant ne mériterait ma peine ? »

Une larme brillait entre deux cils, retenue comme la rosée entre deux brins d'herbe.

« Mon père a déjà payé, et il y était pour rien. »

Marta lui prit les mains, les serra, et secoua énergiquement la tête. Mais Emilia insista : « Mon histoire finit avec moi. »

23

Le silence était de retour à Sassaia. Dense comme une chape de nuages. J'avais repris mon habitude des promenades en solitaire dans les bois glacés, et j'étais en train de rentrer. Il faisait noir, il devait être cinq heures. Combien de jours avaient passé ? Trois ou quatre, mais j'avais l'impression que c'était des années. À l'intérieur du boyau des ruelles, entre les maisons vides, je m'arrêtai instinctivement à la hauteur du lavoir et pointai ma torche.

Je la revis. Distinctement. En train de vomir.

Elle relevait la tête au-dessus de l'eau après s'être lavée et me regardait.

Je l'entendis me demander à nouveau : Tu viens m'endormir ce soir ?

Alors je courus chez moi le plus vite que je pus et m'enfermai à clef.

Après dîner, on frappa à la porte. Il ne pouvait s'agir que d'une seule personne, pourtant je tressaillis. Posant l'assiette que je lavais, j'allai ouvrir.

Le Basilio n'ôta même pas son anorak : « Qu'est-ce qui s'est passé ? »

Je lui tournai le dos et me remis à savonner l'assiette.

Je l'entendis déplacer la chaise et s'asseoir.

« Tu veux un café ? Quelque chose ?

– Je veux savoir où est Emilia. »

Je refermai le robinet. « Je ne sais pas. » Je reposai l'assiette, toujours la même, que je lavais et relavais. J'allai m'asseoir en face de lui. « Mais je l'ai vue partir.

– Pourquoi ?

– Parce que je sais qui elle est. Et je ne veux plus rien avoir à faire avec elle.

– C'est elle qui te l'a dit ?

– C'est Patrizia Rocellati. »

Le Basilio frappa du poing sur la table, ça ne lui ressemblait pas.

« Cette espèce de sorcière jalouse. »

La table était vide et nos mains appuyées dessus.

« Tu le savais. » Ma voix était pleine de rancune. « Et moi, j'étais le couillon de service. »

Le Basilio enleva ses lunettes, les glissa dans la poche de sa veste, se frotta les yeux.

« La Iole, je crois qu'elle est morte à cause de ça : ça lui a fait un coup. Elle aimait cette petite, elle n'y croyait pas. Elle n'en avait parlé qu'avec moi, la nouvelle n'était pas arrivée jusqu'ici en haut. Trop éloignée comme parente, et ça faisait déjà quelques années qu'ils ne venaient plus : depuis que la maman était tombée malade. Personne, ni à Sassaia ni à Alma, n'a fait le rapprochement. En plus, on n'a même pas la télévision.

– Elle a toujours dit que Iole, elle ne la connaissait même pas.

– Elle voulait te protéger.

– Je t'en prie.

– Je la voyais, comment elle sortait de l'église pour te retrouver. Comment elle parlait de toi. Je ne sais pas si je suis tombé amoureux un jour, je ne m'en souviens plus. Mais je sais reconnaître quand ça arrive chez les autres.

– J'étais pas la bonne personne.

– Tu étais ou tu es ? »

Je le regardai. « Laisse-moi tranquille.

– Cette femme, elle porte l'enfer en elle. Et personne ne pourra jamais le lui enlever. Et pourtant, malgré tout, elle est tombée amoureuse. » Il se leva. « Malgré tout, vous avez rendu cet endroit vivant, de nouveau. Qui es-tu, toi, pour la condamner une autre fois ? Elle a déjà été jugée, Bruno, condamnée, elle a purgé sa peine. » Il remit ses lunettes. « Aucun de nous ne contient une seule personne. »

Je restai assis : « J'y arrive pas.

– Je ne dis pas que c'est facile. Je dis que vous avez été heureux.

– Mais comment on fait pour se marier, avoir des enfants, projeter une vie avec une personne dans ce genre ?

– *Emilia*, pas “une personne dans ce genre”.

– D'accord. Mais comment faire ? »

Le Basilio se dirigea vers la porte.

« Depuis quand tu es devenu comme ça, qu'il n'y a qu'une façon de vivre : le mariage, les enfants ? Depuis quand tu tiens tellement à être comme tout le monde ? » Il resta pensif un instant. Puis dit : « Dommage, le Jugement d'Alma va rester inachevé : sans Emilia je ne continue pas. »

Quand il referma la porte, je me pris la tête dans les mains, sentant ma barbe qui avait repoussé. Elle ne mettait pas longtemps, la solitude, à revenir. Comme les mauvaises herbes, les insectes nuisibles. Je m'étais forcé à faire mes cours à l'école. À me préparer à manger. À tenir la maison en ordre. Avec Patrizia, non, je ne pouvais pas la regarder, lui parler. J'avais juste réussi, en un sacrifice extrême, à la supplier encore une fois de ne rien raconter à personne, s'il te plaît. D'autant plus qu'Emilia était partie maintenant : ça n'aurait eu aucun sens de s'acharner ; mais elle ne m'avait pas paru tellement frappée par la nouvelle. Elle avait acquiescé à grand-peine, ni satisfaite, ni soulagée. Elle avait tout détruit, la suite ne l'intéressait pas.

Moi, en revanche, j'avais cessé de dormir. Je restais éveillé jusque tard dans la nuit, à me torturer et à boire. L'idée d'appeler Gisella m'avait même traversé l'esprit, pour m'étourdir en fumant avec elle et baiser.

Ce soir-là je vidai une bouteille entière de génépi puis, complètement ivre, je sortis : il était deux ou trois heures du matin. Traversant la ruelle, je me penchai sur le paillasson d'Emilia, et pris la clef dessous. Elle l'avait laissée pour moi, j'en étais sûr : elle savait que je la regardais au moment où elle la cachait. Elle voulait que je fasse ce que j'étais sur le point de faire.

Je tournai la clef dans la serrure et entrai. La cuisine était glaciale, j'allumai la lumière. Il y avait du désordre. Partie trop vite, elle avait laissé un tas de traces. La brosse sur l'évier avec deux cheveux roux accrochés dedans. Le verre sur la table à moitié plein d'eau avec l'empreinte du beurre de cacao sur le bord. Ses grosses chaussures de montagne.

Je montai à l'étage et entrai dans la chambre qu'éclairait seulement une traînée de lune. M'approchant de la table de nuit, je pris une allumette et allumai les cinq bougies. Ensuite je déplaçai la poupée et m'enfonçai dans le petit fauteuil. Je sortis Mandelstam de la poche intérieure de ma veste et je lus au hasard à voix haute, calibrant les pauses et regardant obstinément le lit vide :

J'ai du mal à dormir chez des inconnus
Et cette mienne vie loin de moi se perd[1].

1. Ossip Mandelstam, *ibid.*, p. 413.

Je laissai le silence ensevelir ces vers. Puis je me levai. Dégrafai mon pantalon. Me jetai sur le lit. Pris mon sexe dans la main. Et, sanglotant, pour la première fois, je lui dis que je l'aimais. Et qu'elle ne devait pas revenir. Que je la voulais. Mais que je n'avais pas la force.

Après, je m'endormis tout habillé sous la double couverture de laine et par trois ou quatre degrés maximum dans la pièce, le visage plongé dans ce qui demeurait de son odeur.

« Alors, vous, vous êtes quoi ? »

Elles avaient répondu en chœur, compactes, archisûres : « Des détenues. »

« Eh non, mes chères enfants », Pandolfi avait secoué la tête en souriant, avec l'air d'en savoir long : « Vous êtes des étudiantes.

– Qu'est-ce que vous racontez, putain, avaient-elles protesté comme blessées dans leur fierté.

– Ceci est une école, et vous fréquentez les cours.

– Y a des barreaux, vous les voyez pas ? Même dehors, on sera toujours des ex-détenues.

– Je suis payée par le ministère de l'Éducation nationale, pas par celui de la Justice. »

Tout ce bazar pour Dante, pour le chant XXVI de l'Enfer, celui où il y a *Vous ne fûtes pas faits pour vivre comme des bêtes mais pour suivre vertu et connaissance* que Frau voulait faire peindre en grand dans les couloirs.

« De toute façon, prof, même si maintenant on s'appelle des étudiantes… C'est pas parce qu'on appelle une chose par un autre nom que cette chose change.

– C'est là que vous vous trompez ! »

Pandolfi était gonflée à bloc, ce matin-là. « Elle est sortie avec un mec », « ou alors elle s'est fumé un joint ». Elles, par contre, fumaient inexorablement une cigarette derrière l'autre, avec nonchalance, parce que qu'est-ce qu'on peut faire d'autre, en taule. Elles se répandaient en petits sourires et commentaires idiots sur cette femme de bonne volonté qui s'était mis en tête de leur faire faire des études en prison, là où tout le monde n'avait fait que les dissuader. Toutes, sans exception, elles s'étaient entendu dire la même chose : « Tu n'y arriveras pas. »

Pendant ce temps, dans les couloirs, les talkies-walkies ne cessaient de cracher : « Une telle est en train de monter. » « Telle autre arrive. » « Machine, au parloir. » « Elles descendent toutes pour la promenade. » Et pendant que les clefs tournaient et les portes claquaient. Pendant que Britney Spears ou Christina Aguilera ou quelqu'une à sa place miaulait depuis une cellule, et que d'une autre sortait le volume trop fort de la télé avec un épisode de *Uomini e donne*[1]. Pendant que tout ce souk – les engueulades, les clefs, les portes, appelle la matonne pour qu'elle vienne t'ouvrir, reste devant la porte jusqu'à ce qu'on t'ouvre, attends la clef, le talkie-walkie, tout le temps –, pendant que tout ça se déployait sous toutes les voûtes du Couvent, Pandolfi était plus remontée que jamais.

« Vous voulez vous définir comme des détenues ? D'accord. Mais alors vous devez également vous définir comme des étudiantes, puisque vous êtes cela aussi. Ensuite vous êtes des filles, ou non ? Amies ou ennemies ? Fiancées, certaines. Mères, d'autres. Vous rêvez de devenir mannequins, cuisinières, chanteuses, volleyeuses.

1. Émission télévisée italienne dont le but est de former un couple pouvant commencer une relation sentimentale. Celui qui est assis sur le trône doit choisir parmi des prétendants.

Vous êtes sportives ou artistes, une de vous est même une lectrice. Vous êtes cent, mille mots ! Mais le plus important reste – elle le scanda nettement, très fort – *étudiantes.* »

Elle s'était levée au milieu des filles et s'était mise à marcher. Dans cette petite classe où il y avait un tableau noir, une mappemonde, des bureaux jaunes, verts et bleus comme à l'école primaire. Mais ça, c'était la taule, et elles en étaient convaincues. Elles étaient « des jeunes détenues », parce que c'était écrit comme ça dans toutes les feuilles affichées dans les couloirs : *Avis aux jeunes détenues.* Elles étaient condamnées. Marquées. Estampillées. Bannies. Depuis toujours et pour toujours.

« *Étudiantes,* c'est un mot qui contient un mouvement, une transition. *Étudiantes,* c'est ce mot qui vous emmène en dehors de la cage. Pas seulement celle-ci, mais aussi celle que vous avez dans la tête. Dans la façon dont vous vous pensez. Dont on vous a éduquées. Dont les autres vous ont regardées et jugées. Comme si les gens pouvaient seulement être justes ou faux pendant toute leur vie ! Changer, c'est notre nature. Le langage – ses yeux avaient lancé des éclairs – est la première possibilité de changement. Parce que oui, si vous les appelez autrement, les choses changent. »

Marta avait ouvert la bouche pour la contredire, mais elle s'était ravisée. Elle avait allumé une énième cigarette, et c'est peut-être à ce moment-là qu'elle avait décidé. De devenir ce cas sur un million qu'un jour Frau amènerait en grande pompe au ministère.

Pendant ce temps, elles s'étaient toutes tues. Pandolfi s'était penchée à nouveau sur Dante. Sur ce fou inconscient d'Ulysse qui ne voulait pas juste se débrouiller pour vivre, s'occuper de ses oignons, gagner du fric, jouer perso, draguer, mettre le feu à son île de merde. Il voulait connaître. Avancer. Être autrement que ce qu'on lui avait dit d'être.

Vers après vers, paraphrase après paraphrase, Pandolfi avait pris sa jolie classe d'éclopées qui changeait en permanence selon qui sortait qui entrait, composée dans leur écrasante majorité de BEP, TSLA, 102, de filles de seize ans juste sorties d'un cours d'alphabétisation et d'autres qui avaient vingt ans et le brevet des collèges. Elle l'avait prise, cette classe, sans laisser personne à la traîne, et patiemment, elle l'avait menée au-delà des colonnes d'Hercule : au diplôme.

Le lundi, le réveil sonna à six heures et demie. Enlacées dans le grand lit, elles se réveillèrent et se levèrent tout de suite, comme elles y étaient habituées depuis des années.

Emilia prépara le petit déjeuner : elle savait déjà où se trouvaient les tasses, les couverts, le presse-agrumes. Elles burent le café ensemble, sans rien dire. C'était bizarre, maintenant que le week-end était fini et que Marta devait retourner au travail, reprendre son train-train dans lequel Emilia était une étrangère. Toutes les deux, elles ne savaient pas bien comment se comporter.

Pendant que Marta se maquillait, Emilia refit le lit et passa l'aspirateur dans la chambre. Voyant une auréole sur le miroir, elle alla chercher du produit pour vitres et un chiffon.

« Laisse ça..., lui dit Marta en enfilant une paire d'escarpins rouges.

– J'ai pas envie d'habiter ici à l'œil, laisse-moi au moins faire un peu de ménage. »

Marta s'empara de son sac, et sur le pas de la porte, la regarda d'un air sérieux :

« Mange, dans le frigo, y a tout ce qu'il faut et le diplôme hôtelier, tu l'as eu. Là, y a l'ordinateur, tu peux l'allumer et te faire une idée de ce qu'y a à voir à Milan. Sors, va faire un tour. Je te laisse les clefs et cent euros, d'accord ? Achète-toi un truc cool. » Emilia l'écoutait, mal à l'aise, l'aspirateur à la main. Elle n'en finissait pas, avec ses recommandations. « Je reviens à sept heures. Tu peux m'appeler, pour n'importe quoi. Ah… », elle allait fermer la porte mais réapparut, avec un petit sourire coquin, « et puis, il va falloir décider de ce qu'on fait avec Tunis… ».

Elle ferma la porte et disparut pour de bon. Dehors, dans cette ville inconnue et trop grande. Emilia resta seule dans l'appartement vide, l'aspirateur à la main. Elle le posa. Encore en pyjama, elle finit le reste de café refroidi, enfila sa doudoune propre et parfumée et sortit fumer sur le balcon.

Elle regarda Milan. La ville ne lui disait absolument rien. Les gratte-ciel, les panneaux publicitaires de Sky et Intimissimi hissés sur les toits. Un peuplier solitaire au milieu d'un rond-point. Des voitures, des voitures, des voitures. Et maintenant, qu'est-ce que je fais ? se demanda-t-elle.

Elle vit devant elle l'échafaudage, le Basilio qui se tournait vers la porte du côté, à gauche, pour voir si elle était arrivée, finalement. Et elle n'arrivait pas. Ne pouvait pas. Cette vie-là, celle du projet discuté longuement, osé, hasardeux, était déjà finie. Il ne lui en restait pas d'autres.

Le week-end, avec Marta, elles étaient sorties seulement pour faire des courses. Le reste du temps, elles étaient restées dans l'appartement, enfermées comme dans leur ancienne cellule, sur le canapé à manger n'importe quoi en regardant la télé. À se saouler et parler. À boire tout l'alcool qu'elles n'avaient pas pu boire autrefois. À se raconter tout ce qu'il y avait à raconter sur les années qu'elles avaient passées séparées, au début sans même avoir l'autorisation de se téléphoner, en s'écrivant seulement. Comme au dix-neuvième siècle, comme pendant les deux guerres mondiales, depuis deux tranchées différentes.

« C'était romantique, quand même… – Eh, t'écrivais tout de travers, t'avais une écriture indéchiffrable. – Oui, mais on se disait quoi, dans ces lettres ? Tout. – Tu les as gardées ? – Bien sûr, j'ai gardé même les petits mots du Mec-d'En-Face. »

Quand Emilia était encore aux Mineurs et Marta aux Adultes, et ensuite quand Emilia était passée à son tour aux Adultes et que Marta était sortie, elles s'étaient écrit au moins une fois par semaine, parfois de pleines feuilles doubles, parfois juste deux lignes, l'important était surtout de faire parvenir à l'une la présence de l'autre, même si c'était à travers ces mots qu'Emilia écrivait encore tout attachés, ou pleins de fautes, ou de travers, et qu'elle détestait.

Ensuite quand Emilia était arrivée dans le centre de réinsertion, elles avaient pu se téléphoner. Souffle coupé, silences assourdissants, voix de l'une brisant le cœur de l'autre. Marta avait un téléphone portable, désormais, même si c'était avec dix ans de retard sur les gens normaux. En revanche Emilia était encore suspendue au téléphone fixe du centre, qui fonctionnait avec des cartes. Huit ans séparées, et ces trois jours, elles les avaient vécus enlacées, cramponnées, indivisibles. En survêtement, comme autrefois. Le monde, là au-dehors, redevenu possible, n'intéressait plus aucune des deux.

Emilia fumait maintenant, les coudes appuyés sur la balustrade. De temps à autre, elle m'imaginait : à la maison, en train de faire du ménage, en train de monter avec ma pèlerine par Stra'dal Forche, d'acheter du pain au comptoir de Rosa, de surveiller mes petits élèves dans la cour de l'école. Puis tout d'un coup elle refoulait ces images, fermait les yeux pour les effacer.

Le téléphone se remit à sonner dans le salon pour la énième fois. Elle jeta sa cigarette dans la circulation en dessous, rentra et se résigna à répondre : « Allô, pa'.

– Emilia, voilà trois jours que je ne t'ai pas entendue. On ne se comporte pas comme ça. »

Il était en colère.

« Je suis à Milan, t'en fais pas, chez Marta.

– À Milan ? »

Il était inquiet.

Emilia inventa un prétexte : « C'était son anniversaire hier.

– Et ton travail ?

– On a presque fini, le Basilio m'a laissé une semaine libre.

– Ah, dit-il, peu convaincu. Et Marta, comment elle va ?

– Super bien.

– Et toi.

– Parfait.

– Je te trouve une drôle de voix.

– Pa', je t'assure. Je suis en superforme. Milan, c'est trop cool.

– Et quand est-ce que tu reviens ? »

Elle fut incapable de répondre.

« Emi, tu es là ? Je voulais aussi te dire qu'Aldo a trouvé un électricien. Il peut monter là-haut et t'installer la parabole quand tu veux la semaine prochaine. »

Emilia fixa au hasard un point dans le ciel, qui était opaque, lourd, écrasait les toits de son brouillard mêlé de smog. Une cheminée, une antenne, une bouche d'aération émergeaient çà et là. Aucun horizon.

Ça veut dire quoi *mourir*, se demanda-t-elle.

Le cœur s'arrête, d'accord. Les neurones cessent de transmettre des messages, le cerveau s'éteint. Mais *toi*, tu ressens quoi ? De la douleur ? Tu penses à quoi, toi, quand tu meurs ? Tu te rappelles quoi, tu vois quoi ? Y a quelque chose qui te réconforte ? À quoi tu peux t'accrocher ? Parce que *toi* tu pouvais pas être *seulement un corps*.

« La télé, j'en veux plus.

– Tu plaisantes ?

– Non, répondit-elle sèchement, j'en ai plus besoin. »

24

Gisella, c'est un copain qui me l'avait présentée, un gars qui n'était pas de Sassaia mais d'un hameau proche tout aussi dépeuplé, et qui avait monté une serre de marijuana derrière chez lui, dissimulée par les bois.

Dans l'abandon, on est plus libre de transgresser, de renaître ou bien de finir de se perdre. Moi, en 2004, c'était avec ce dernier objectif que j'étais revenu, m'enfuyant de Turin en pleine nuit. J'avais bourré le coffre de la Seat de livres et des quelques vêtements suspendus dans mon armoire d'étudiant, sans dire au revoir aux autres locataires, sans donner mon congé, sans terminer mon doctorat. Avec cette floppée de « sans », je m'étais m'éloigné des lumières de la ville, de l'avenir, conduisant comme un fou jusqu'au bout de l'obscurité, vers mes montagnes noires.

J'avais rouvert la maison de Sassaia ensevelie sous la poussière et regardé la photo encadrée à l'entrée : ma mère, mon père, Valeria et moi sur le Monte Casto, au cours d'une excursion dominicale. Nous étions souriants, tous les quatre, avec nos sacs sur le dos et nos bâtons de marche. Valeria avait même une fleur à la bouche. Je pouvais bien aller n'importe où, il fallait toujours que je revienne me cogner ici.

J'avais décroché la photo et l'avais portée au grenier. J'avais attendu, sans parvenir à dormir, que le soleil soit haut dans le ciel et j'avais appelé Sebastiano, le seul de mon ancien groupe d'amis qui n'avait pas d'enfants, de femme ou de copine. Le seul qui n'était pas parti s'installer à Turin ou à Milan pour faire carrière ou trouver un travail plus décent que celui de dealer, et également producteur direct – « Bio & Mafia free » comme il tenait à le préciser. On s'était retrouvés le soir même chez lui, une ruine restaurée façon de parler, et on s'était défoncés. J'étais tombé dans un état d'inconscience qui était tout ce que je désirais. J'en avais émergé tout endolori, des heures ou des jours plus tard, étalé par terre avec un chien qui me léchait le visage. Et j'avais éprouvé avec netteté l'angoisse d'être vivant.

Vingt-cinq ans, et je ne savais pas quoi faire de moi. Je ne voulais pas d'horizon, pas de projets, je voulais juste claquer tout l'argent que j'avais. Après quoi je mourrais à Sassaia de faim et de froid, ou alors je survivrais en mangeant des châtaignes, enseveli sous de vieilles couvertures, sale à faire peur.

Les cartons de Turin étaient restés dans le coffre de la voiture une année entière, pendant laquelle Sebastiano et moi n'avions rien fait si ce n'est nous défoncer chez moi ou chez lui, chancelant dans des ruelles tellement désertes que personne n'aurait pu nous juger ni nous porter secours. Aux joints s'étaient vite ajoutés de la kétamine, des buvards de LSD arrosés de génépi. On vomissait dans la neige. On écoutait du black métal à un volume capable de faire fuir les animaux de la forêt qui nous entourait comme un océan. On parlait de conneries en mâchouillant les mots. On cuisinait des marmites de polenta qu'on ingurgitait à n'importe quelle heure du jour et de la nuit, en proie à la faim chimique. Au mieux, on sortait boire dans quelque bar perdu dans la Vallée, au milieu des vieux qui jouaient aux cartes et nous saluaient nonchalamment d'un « Tiens, voilà les deux couillons ! ». Deux nihilistes parfaits, à une différence près : Sebastiano, de temps à autre, il lui venait l'envie de tirer un coup. À moi jamais.

Plutôt que de rester seul, je l'accompagnais en bas dans la plaine avec ma Seat Ibiza, à l'hôtel Les Plaines. C'est là que j'avais fait la connaissance de Gisella, elle était en train de rire, renversée sur un canapé, accrochée à un type qui lui versait du prosecco tantôt dans le verre tantôt dans le décolleté. On était en plein hiver, mais elle portait des bas résille et une minijupe en cuir noir au ras des fesses. Ses dents de travers, son visage maigre de petite fille, même si elle devait avoir dans les quarante ans, m'avaient frappé. Belle, non, on ne pouvait pas dire. Mais rossée par la vie, oui, jusqu'au sang. Pourtant son rire était tellement authentique qu'il avait réchauffé le résidu de cœur qui me restait.

Sebastiano et moi, on avait attendu qu'elle s'éclipse avec le type, puis qu'elle revienne, et finalement on lui avait offert à boire au bar des Plaines, qui clignotait au milieu des rizières glacées et d'un brouillard si épais qu'on ne voyait pas à trois mètres : on aurait dit l'Hadès. Dans cet outre-tombe on s'était trouvés à l'aise avec elle et on avait plaisanté comme de vieux camarades d'école, sans penser à l'argent.

Sebastiano était son client depuis des années, il la fournissait en marijuana. Moi, à l'époque, je piochais dans le compte de l'indemnisation et dépensais tout en drogue et en essence. L'idée de travailler dans une école avec des enfants, de leur apprendre l'alphabet et de placer correctement une petite main autour d'un crayon n'effleurait pas même l'antichambre de mon cerveau. Je savais juste que l'argent du téléphérique, je n'allais pas le dépenser avec une prostituée : c'était la dernière limite que je m'étais imposée.

J'étais resté en bas dans le hall, cette fois-là. Assis sur un fauteuil usé, implosé dans mon propre vide. J'avais tendu la main vers la petite table en contreplaqué qui était devant moi et j'avais attrapé, l'un après l'autre, *La Gazzetta dello Sport, TV Sorrisi et Canzoni, Confidenze.* Je les avais lus pendant que Gisella et Sebastiano faisaient leurs affaires, en haut dans une chambre. Et j'avais pensé que ce voisinage du sexe des autres, leur compagnie déglinguée, pouvait me suffire.

Elles se promenaient sur les Navigli, collées l'une contre l'autre à cause du froid. Marta à l'aise sur ses talons hauts, Emilia obligée de s'accrocher au bras de son amie pour ne pas trébucher, elle qui les avait tant désirées, ces chaussures.

« C'est beau, ici, tu trouves pas ? »

Emilia acquiesça, mais elle n'en était pas très sûre. Pas seulement à cause des escarpins vernis et de l'élégant fourreau noir que lui avait prêtés Marta, mais aussi de tous ces gens qui remplissaient les bars, restaient dehors en attendant qu'une table se libère, et riaient, insouciants. Elle les observait, ces couples, ces groupes qui avaient l'air de profiter de la vie, avec l'impression qu'encore, à trente et un ans, elle et eux n'appartenaient pas au même monde.

Marta lui demanda : « Tu t'en souviens, de Vilma ?

– Forcément. »

C'était leur éducatrice à toutes les deux.

« De temps en temps, il me revient des épisodes... Des conneries, mais, comment dire, *significatives.*

– Genre ? »

Elles s'arrêtèrent sur un pont en se serrant dans leurs manteaux trop légers. Le vent fouettait leurs visages si bien maquillés qu'on aurait dit deux masques.

« Genre qu'une fois je m'étais arrêtée devant un étal de livres d'occase à Montagnola. Je revenais de mes heures de bénévolat au centre pour personnes âgées. Qu'est-ce que je les aimais, ces petites vieilles, dit-elle avec un sourire, elles savaient d'où je venais, et pourtant j'étais leur "petite-fille préférée". Peut-être parce qu'elles n'avaient pas Internet, ajouta-t-elle en clignant de l'œil. Bon, revenons aux bouquins. »

Elle fouilla dans son sac à la recherche des Camel Light. Elle en glissa une entre les lèvres d'Emilia, une autre entre les siennes et les alluma toutes les deux.

« J'ai vu ce livre de poche. Célèbre, tellement que même toi qui lis que dalle tu connais le titre : *Crime et châtiment.* Logique qu'il m'intrigue. Je sentais qu'il m'appelait, et je pouvais vraiment pas rester là à réfléchir et risquer de rentrer en retard. Qu'est-ce qu'on te répète ? » Marta souffla la fumée et imita la voix de baryton de l'Autorité ; « Vous devez faire preuve de repentir. Vous devez montrer que vous avez du remords. Le magistrat, l'avocat, tous à pontifier sur le repentir. Alors moi, qui avais juste cinq euros, logique, je me suis acheté Dostoïevski. »

Elles se remirent en route, parce qu'à rester sans bouger, on se gelait. Les canaux étaient immobiles et noirs, tandis que tout autour les gens se défoulaient allègrement, par vagues, dans l'océan de la nuit.

Marta ne pouvait pas se repentir, Emilia le savait, pas complètement en tout cas. Elles s'étaient fait des confidences, une fois qu'elles étaient restées seules à débarrasser la table dans le réfectoire. Emilia avait alors dix-sept ans, Marta vingt. Deux récits vite expédiés, très lacunaires. En particulier celui d'Emilia : trois mots. Mais l'amitié réclamait cette confession spécifique : impossible de ne pas dire à l'autre pourquoi t'es en taule. D'autant que ce n'est un secret pour personne.

Cependant, ce que tout le monde savait représentait justement *l'indicible*. Parce que dire « je » à côté de certains verbes, ça a l'air irréel. Elles étaient allées, tout de suite après, se piquer le bout des doigts avec la petite lame dissimulée dans le matelas. C'est à ce moment-là que Marta lui avait confié : « Je me déteste. Pourtant je suis contente d'avoir sauvé ma mère. » Ensuite, elles n'étaient plus revenues sur le sujet. Pas même quand la mère de Marta était morte d'un cancer, comme la sienne, et qu'elle n'avait pas eu la permission d'aller à son enterrement : raisons de *circonstances*, possibles tensions. Pas même quand il était clair désormais que dans ce monde rien ne sauve rien.

« J'ai commencé à lire *Crime et châtiment* et ça m'embarquait, putain. À mort, ça m'embarquait. Je lâchais plus le bouquin, j'en dormais plus.

– Tu passais tes nuits avec n'importe quel bouquin, toi.

– Non, Emi, celui-là, il était différent. Il m'arrivait un truc qui pourra jamais m'arriver dans la vraie vie : je tombais amoureuse. Je veux dire : j'étais pas excitée, j'étais amoureuse de Raskolnikov. Il me comprenait, je le comprenais. S'il avait été réel, je l'aurais attendu hors de la taule toute ma vie. Et, puis, au moment le plus beau, Vilma a débarqué dans la cellule : "Qu'est-ce que tu lis ?" Elle m'a pris le livre, elle a vu le titre, elle est devenue toute rouge : "Ah mais, celui-là, c'est vraiment pas ce qu'il te faut !" Et elle me l'a confisqué ! Tu te rends compte ? »

Emilia s'appuya contre un mur pour se déchausser : elle n'en pouvait plus. Elle se mit à rire, parce que Vilma était comme ça : hyper-protectrice.

« Donc – Marta secoua la tête – moi je suis en taule pour homicide, et toi tu m'enlèves Dostoïevski ?

– Elle voulait nous protéger.

– Oui, mais de nous-mêmes ? De nos propres délits ? »

Emilia se retourna, jeta son mégot et regarda les lumières des réverbères qui tremblaient sur l'eau dense, semblable à du goudron. Le mot « homicide » était tombé au milieu d'elles comme un mot quelconque. Mais bien sûr, il ne l'était pas.

Marta l'avait prononcé comme une donnée factuelle, parce que c'était *aussi* une donnée factuelle. Sauf qu'elle ne se plaçait pas sur la ligne temporelle normale, ce n'était pas un événement parmi d'autres. C'était une espèce de fosse dans laquelle l'avenir s'éboulait.

« Elles nous connaissaient pour tout le reste, dit Emilia, elles nous voyaient en pyjama, en train de lire, de cuisiner, alors elles nous aimaient bien. Pour tout le reste, je veux dire, au-delà du mal. »

Rita, Venturi, mais aussi la Frau, Pandolfi et certaines surveillantes auxquelles elles s'étaient attachées, qui venaient leur remonter le moral quand elles ne voulaient même plus sortir du lit, c'était émouvant de repenser à elles maintenant, sous le ciel de Milan. Même Vilma : avec son style de vieille tante célibataire, elle s'était pourtant donné beaucoup de mal. Elle avait une idée fixe, le potager, elle adorait les y amener, leur apprendre à enterrer un bulbe, arroser, comme si tout ce jardinage pouvait les laver et leur redonner leur innocence. Et peut-être que ça pouvait marcher, avec celles qui étaient là-dedans pour vol ou trafic de drogue. Mais elles ?

Marta fixait aussi la surface de l'eau ridée par les lumières et le vent. Il y avait tout ce noir dessous : inamovible. Elle finit sa cigarette, vérifia l'heure : elles étaient en retard, mais se faire attendre faisait partie du programme.

« Je suis entrée dans une librairie, genre mon deuxième jour de liberté – elle se pencha pour aider Emilia à remettre ses chaussures –, et je me suis racheté *Crime et châtiment*. L'édition la plus belle, la plus chère, avec une couverture rigide et les coins si pointus qu'en taule on aurait pu se trancher la gorge avec. Trois fois de suite je me le suis lu, mon Raskolnikov. » Elle la prit par le bras et l'entraîna avec elle vers la nuit. « Qui sait si Tunis sera à la hauteur… »

À la Porta Ticinese, la vue de l'arsenal, la Darsena, lui rappela celui du port de Ravenne et son estomac se bloqua. Habib et son nouveau copain, qui avait l'air majeur, les attendaient à l'entrée du bar, très élégants. Emilia n'avait aucune, mais vraiment aucune envie de flirter. Sauf que Marta marchait à grandes enjambées en dénouant la ceinture de son manteau et se frayait un chemin vers une table réservée, exhibant son décolleté, son pantalon moulant, ce corps magnifique qui avait été obscènement outragé quand elle était enfant.

Certaines personnes l'ont, cette force-là, et Marta en faisait partie. Une sorte d'attachement forcené à la vie, quoi qu'il arrive, même la chose la plus horrible, la plus irréparable : tant que tu es vivant, tu dois.

Vivre, avancer. Comme Ulysse.

Je conduisais, à nouveau dans le brouillard. Sur une départementale tracée tout droit au milieu des champs, dont je savais qu'elle menait non seulement à l'hôtel Les

Plaines mais aussi, en faisant quelques kilomètres de plus, au Tartana.

Emilia était assise à côté de moi, sur le siège vide. Son absence ne me quittait jamais. Elle me demandait encore, en colère : « Pourquoi ? Tu crois qu'une femme se prostituerait, si elle avait le choix ? »

Je trouvai une place libre sur le parking et m'y glissai : c'était vendredi soir, le bar était plein et le hall de l'hôtel avait l'air plutôt animé. Après avoir montré ma carte d'identité à la réception, je montai l'escalier jusqu'au troisième étage, chambre cinquante-deux.

Au moment de frapper à la porte, je me sentis envahi par une profonde sensation de fatigue. Comme si conduire jusqu'ici, à reculons dans le passé, avait été traverser un océan à la nage. Puis Gisella ouvrit, me sourit avec ses dents qui se chevauchaient, et tout à coup, voilà que je me reflétais à nouveau dans ce visage marqué et accueillant.

« Comme tu es triste », me dit-elle.

J'enlevai ma parka et me laissai tomber sur le lit. Cette chambre, ça avait toujours été la nôtre. Volets roulants baissés, moustiquaire tirée aussi bien par les lourdes nuits d'été pleines d'insectes que lors des hivers glacés et désolés comme celui-ci. Une petite table sur laquelle étaient posés deux verres et une bouteille. Une salle de bains aveugle avec ventilation, un couvre-lit matelassé qui avait l'air mité. Voilà ce que c'était, ma relation avant Emilia.

Je m'imaginais lui disant : Tu as vu ? Moi aussi j'avais des secrets pour toi.

Et les yeux perdus au plafond, j'y projetai son visage, ses lèvres plissées en une moue de dégoût, son éternelle cigarette qu'elle allumait en me disant : Encore pire que mon histoire avec Emanuele. Marta n'approuverait pas.

Je lui répliquai mentalement: Mais imagine un peu comment je serais avec toi, complètement coincé, si Gisella n'avait pas existé. Nous ne serions pas allés plus loin que Mandelstam.

J'entendis la voix de Gisella qui me rappelait là, dans le présent, et me demandait ce qui m'était arrivé. Je me secouai, douloureusement. « Parle-moi d'abord de toi, Gisella. Ton fils ?

– Il est au lycée, maintenant, souffla-t-elle toute fière en nous versant à boire. Avec cette nouvelle famille d'accueil, on s'entend beaucoup mieux, et peut-être même qu'il apprend à me pardonner. » Elle s'assit à côté de moi, me tendit un verre. « Ça fait combien de temps qu'on s'est pas vus ?

– Plus d'un an, je crois. » Je me redressai, bus une bonne gorgée de rouge épais qui me réchauffa.

« Dans quelles emmerdes tu t'es fourré ?

– Énormes.

– Énormes, j'y crois pas. Par rapport à quand je t'ai connu, t'as l'air en pleine forme. Pas d'yeux rouges, pas d'odeur d'herbe…

– Je suis tombé amoureux de la mauvaise personne.

– Aïe aïe… » Elle versa de nouveau du vin dans les verres déjà vides. « Mariée ? »

Je ris. « Bien pire que ça.

– Toxico ? Mauvaise mère ? Pute ? »

Je lui donnai une petite tape sur l'épaule.

« Arrête.

– Tu sais que je suis esthéticienne, maintenant, en CDI, et que j'y ai pas touché depuis trois ans.

– Je sais.

– Alors, qu'est-ce qu'elle a, cette fille, qui va pas ? »

On se reconnaît, entre âmes perdues, et on n'a pas peur des jugements. Gisella, je lui avais toujours tout raconté, mais ce mot-là, non, impossible de m'imaginer en train de le prononcer.

Je me levai et me mis à marcher dans la pièce. Est-ce que je pouvais remplacer un corps par un autre et espérer résoudre quelque chose de cette manière-là ? Plongé dans mes pensées, je pris la télécommande et allumai la petite télé, un geste que je n'avais jamais fait.

« Elle a eu des ennuis avec la justice. »

Première chaîne, deuxième chaîne, une autre… J'arrêtai de zapper sur une chaîne de vente, j'avais besoin de ce bruit de fond.

« Qui c'est qui fait pas d'erreurs ? me demanda Gisella, pas du tout étonnée.

– Y a erreur et erreur. »

Sebastiano lui aussi, finalement, il s'était tapé un séjour en prison. Il avait eu beau la camoufler comme il faut, sa serre, il y a toujours une Patrizia Rocellati dans les parages prête à repérer les failles d'autrui.

Mais l'histoire d'Emilia était différente. L'histoire d'Emilia *Innocenti*. Qui, par une tragique ironie, portait ce nom de famille, comme dans les œuvres d'Eschyle ou de Sophocle où le Destin tient toujours à se moquer de vous et à vous rappeler : tu n'es qu'un être humain, un souffle.

J'avais cherché, bien sûr. Tout ce qui était cherchable. J'avais fouillé Internet de fond en comble et puis j'étais descendu à la bibliothèque du chef-lieu pour feuilleter les journaux de juin, juillet, août 2001 en les sortant l'un après l'autre d'archives tellement pleines de poussière qu'elles avaient l'odeur de ça : de l'oubli. J'avais reconstruit le temps très court de l'enquête et de l'arrestation, le temps long et épuisant du procès, et puis j'avais dû m'arrêter : sur l'après, il n'y avait rien.

Lire ces articles avait été comme avoir devant soi quelqu'un muni d'un bistouri qui vous ouvre la poitrine avec une lenteur exaspérante et vous opère à cœur ouvert sans anesthésie. Parce que ce qui ressortait de ces courts textes de sept à huit mille signes imprimés, toujours accompagnés de la même photo floutée avec les menottes, c'était une gamine gravement perturbée, le genre de malheureuse dont instinctivement, pour se protéger, on s'éloigne en criant *monstre !*, une folle qui ne pourrait jamais être pardonnée, pas même par Dieu. Pourtant, tandis que je m'attardais sur les détails étalés par les journalistes avec une complaisance morbide, je la retrouvais là, tout près, dans mes bras. Je la revoyais en train de rire, de s'attendrir comme cette fois-là au lavoir sous la neige, en train de me dire « je t'aime » devant la boîte de nuit, ou de se relever avec des yeux de chevreuil effarouché après s'être évanouie, ce premier jour au belvédère. Je sentais la chaleur de son corps vivant, sa consistance d'être humain, et cette consistance était bonne. Et tandis que le chirurgien sadique me découpait en deux, je ne pouvais pas croire, cela m'était impossible, que l'Emilia Innocenti des articles et celle que j'avais connue, moi, étaient *la même personne.*

« Alors ? Je dois te distraire un peu d'elle ? Oui ? Non ? »

Une femme qui ressemblait vaguement à Wanna Marchi, la reine du téléachat, pontifiait sur un bijou, un tour de cou, pendant qu'un numéro de téléphone de Milan défilait sur l'écran. Gisella prit mes mains dans les siennes et nous restâmes debout au milieu de la pièce, suspendus, incertains, comme la première fois, quand j'étais allé la voir tout seul, sans Sebastiano, et que j'avais mis cinquante euros sur la table de nuit pour qu'elle me débarrasse de ce fardeau-là, parmi tant d'autres: être vierge et incapable de m'abandonner à la vie.

Lorsque je m'étais enfui de Turin à cent cinquante à l'heure sur l'autoroute, le maximum auquel je pouvais pousser la voiture, lorsque, à l'entrée d'Alma, j'avais rouvert le garage de mon père en sanglotant parce que sa voix me manquait, pouvoir l'étreindre me manquait, lorsque j'avais monté Stra' dal Forche à l'aube déjà, au moment où la lumière rose me restituait mon île de pierre indemne au milieu des châtaigniers en même temps que ma faillite et mon enkystement définitif dans la blessure, dans tous ces moments-là, j'étais persuadé que personne au monde ne pourrait jamais me réparer.

Je me trompais.

« Gise, lui dis-je, parlons. »

Du 2 novembre 2015 au 7 janvier 2016, j'étais redevenu entier.

«Je te paie de toute façon pour le dérangement.»

Gisella secoua la tête. « L'amitié, ça se paie pas. Et puis – ses lèvres fleurirent en un sourire nouveau –, maintenant j'ai une alternative. »

25

Juin 2000, après la fin des cours. Gigi D'Ag et Ricky Martin qui sortaient de toutes les radios, de tous les bars, baraques et établissements balnéaires. Elles prenaient leurs scooters à deux heures de l'après-midi, quand le soleil tombait à pic, et elles roulaient jusqu'à la mer, avec juste un vêtement léger voletant sur le maillot.

Aller à la plage sans l'autorisation des parents, cela les unissait jusque dans la lymphe et la moelle. Dans ces fugues où elles n'arrêtaient pas de se doubler et de se klaxonner, elles devenaient *indiscernables.*

Ça ne durait qu'un instant : le temps de faire la nationale et d'arriver à la pinède, le temps du vent dans les cheveux libérés du casque. Ensuite c'était la Loi de la Nature qui recommençait à régner.

Elles posaient leurs sacs à dos sur le sable, se déshabillaient, et les différences de leurs corps en maillot de bain les séparaient nettement. Elles étaient la provocante et la sèche, la développée et la plate ; en d'autres termes : la star de la plage et *poil de carotte.* Celle qui avait beaucoup d'amis et de prétendants, sans parler d'une famille de rêve, et celle qui au contraire, non, n'avait rien de tout ça. Elle avait seulement un père souvent absent pour son travail, une villa vide, et le cœur sombre d'une solitude sans fond.

Difficile de comprendre pourquoi l'autre l'emmenait avec elle. Par pitié ? Parce que c'était la voisine ? Leur relation avait toujours été marquée par une ambiguïté fondamentale, depuis le jour où la princesse blonde avait emménagé avec toute sa famille de rêve dans la villa d'à côté et avait, dans sa grande générosité, invité l'orpheline qui se balançait dans son jardin à jouer ensemble à la PlayStation.

Voilà où était l'ambiguïté : elles n'étaient pas amies à proprement parler mais se voyaient tous les après-midi. Dans leurs chambres, elles étaient assises sur le lit collées l'une à l'autre, penchées sur un journal cochon du frère, débordant de complicité, mais devant les autres, Emilia devait se tenir à l'écart, dans le petit coin qui lui était concédé. Et donc, chaque fois qu'elles arrivaient à la plage, il y avait tout ce bazar de serviettes de leurs camarades de classe, de corps allongés et enlacés, et puis, un peu plus loin, la serviette d'Emilia, le corps d'Emilia. Isolé, exclu. Qui, selon les jours, était parfois objet de moquerie, parfois toléré, parfois faussement considéré. Son corps, soyons clairs. Parce que l'âme d'Emilia n'était même pas prise en considération.

Poil de carotte, L'imbaisable, Planche à repasser, La pauvre orpheline, La sous-développée. Quelques établissements balnéaires plus loin, il y avait le Bagno Amore, où sa mère n'occupait plus la première chaise longue de la deuxième rangée et ne pouvait plus se retourner pour vérifier si elle ne se faisait pas mal, si on ne lui faisait pas du mal.

Il y avait eu une fois, cet été-là, le premier et le dernier *libre,* où elles étaient arrivées alors que le groupe n'était pas là. Elles s'étaient trompées de jour. La bande de plage à accès libre comprise entre les établissements de bain était remplie de familles, de parasols et de glacières. Mais pas de gens de leur âge.

Elles avaient quand même étalé leurs serviettes, puisqu'elles étaient là. L'autre profondément déçue,

Emilia très contente de cette occasion inespérée de se retrouver seules, elle et elle, au grand air, sans le poids du plafond au-dessus de leur tête, sans la bande. Elle avait toujours aimé la sensation de l'espace, du ciel, de l'horizon. Elles étaient entrées dans l'eau et avaient nagé ensemble. Mais l'idylle n'avait pas duré longtemps. Elles avaient vite été abordées par deux adultes.

Deux touristes. Deux hommes. Qui, bien sûr, visaient l'autre. Et l'autre avait toujours envie d'être flattée et courtisée.

Ils étaient allés ensemble au bar, elles avec leurs maillots mouillés sur les chaises en plastique. Les deux adultes leur avaient offert un cornet Algida et proposé un truc spécial, artistique. « Parce qu'on est des artistes, nous, vous savez ? On expose dans toute l'Europe. » Emilia s'était tout de suite sentie sur le point de mourir, l'autre léchait sa glace en se donnant à quinze ans des airs de femme du monde et disant Oui oui oui au truc spécial et *artistique*.

Ils avaient donc marché ensemble dans le bois, ils y avaient pénétré jusqu'à un endroit caché, le cœur de la pinède. « Une surprise », avaient dit les Loups, « un cadeau ». Emilia voulait faire demi-tour et s'enfuir, mais l'autre, énervée, la traînait : « T'es qu'une trouillarde. Qu'est-ce que tu veux qu'il arrive ? On est deux. » Eh oui, deux roses avec une épine chacune pour se défendre. Et les touristes de quarante ans, deux fois plus grands qu'elles, deux fois plus gros, qui leur disaient en souriant : « Vous n'avez pas peur, tout de même ? »

Ils les avaient persuadées d'enlever le haut du maillot. Ils les avaient installées, posant, plaçant leurs corps dans une composition très suggestive sur une table de pique-nique en bois à moitié pourri. Avec les mains de l'une posées sur le bas du maillot mouillé de l'autre. Ensuite l'un des deux, le barbu, avait sorti une feuille et un crayon de son sac à dos ; et il les avait dessinées. Enlacées, seins nus. Pendant que l'autre leur recommandait de rester immobiles dans cette position, et pour les positionner encore les effleurait. Les tétons, l'aine, le nombril, les pieds. Et ces effleurements étaient dégoûtants, excitants et horribles à la fois.

Il n'était rien arrivé d'autre. Le temps avait passé et tout s'était produit dans l'immobilité et dans l'imagination. L'artiste, comme il se désignait lui-même, leur avait montré le dessin. Une esquisse au crayon, très détaillée. Médiocre ou non, l'Emilia de l'époque n'aurait su le dire, mais celle d'aujourd'hui, malgré le flou des souvenirs, la jugeait remarquable de façon féroce – même si ces deux types ne pouvaient être guère autre chose que deux Loups.

« Alors, tu nous l'offres ? » avait demandé l'autre, effrontée. Le type avait souri à nouveau, laissant voir ses dents noircies par la fumée. « Oh non ! Ça c'est un cadeau que vous nous faites à nous. Ouvrez vos mains. » Il leur avait planté dans la paume un billet de dix mille lires chacune, qui correspondait plus ou moins à leur argent de poche de la semaine. Emilia avait pensé que tout allait bien, pourvu qu'ils débarrassent le plancher. Ce qu'ils avaient décidé de faire ensuite avec ce dessin, ce n'était pas important. L'important c'était juste qu'ils ne leur aient pas enlevé le bas du maillot, qu'ils ne les aient pas obligées à se pencher, à les embrasser ou qui sait quoi d'autre.

Pourtant elle s'était quand même sentie sale, salie. Comme si, avec ce dessin seins nus payé vingt mille lires, ces deux types leur avaient volé quelque chose. Quelque chose d'intime, d'important. Ça avait été un après-midi dégoûtant, écœurant. Qu'Emilia avait refoulé pendant des années.

« Emilia, t'es avec nous ? Tu rêves ?

– C'est un beau rêve ? On est dedans, nous aussi ? »

Et puis, ce soir, tout d'un coup, peut-être du fait d'être deux femmes et deux hommes, inconnus et pourtant déjà intimes, le souvenir avait surgi. Comme un geyser. Elle s'était figée.

Il était une heure du matin. Ils n'étaient pas vraiment saouls, mais désinhibés, si, sans aucun doute. Marta et Habib surtout. Emilia et Mohamed se tenaient à l'écart, dans un rôle d'« accompagnateurs ». Le bar était encore plein et il fallait parler fort pour se faire entendre. De temps en temps quelqu'un lorgnait dans leur direction, curieux, parce que peut-être que *là-dehors* deux Maghrébins (jeunes) et deux Italiennes (moins jeunes), ça se remarquait encore ?

Les yeux noirs d'Habib brillaient de défi : « Pourtant moi j'y crois pas », dit-il à Marta, « que t'es passée de la taule à… comment t'as dit ? Aux médicaments anticancéreux ? »

Marta avança tout le buste au-dessus de la table dans une pose agressive.

«Je dis pas que tu mens. Mais quand même, où t'as été ? Dans un établissement de luxe pour mineurs ?

– Non, c'était une merde. »

Habib regarda son copain, remua la tête. « Moi aussi j'ai essayé d'étudier, vraiment. Je m'étais inscrit en section Technique Mécanique. Mais après, ils te collaient dans la cellule le connard qui nettoyait jamais rien, et on se foutait sur la gueule. Au réfectoire, la tension montait tout de suite entre les Chinois et nous. Y a eu un moment où on était quarante-deux alors que c'était prévu pour trente. On s'engueulait tout le temps, on se prenait un avertissement par jour. T'entrais avec une peine de deux ans, et à la fin t'en faisais trois. Tous bourrés de médocs, balafrés, tous complètement crevés. Et puis t'entendais ta mère au téléphone, elle avait du diabète, provoqué par le stress. Par ta faute. Alors tu voulais juste dormir, fumer, pas penser. » Son visage était sombre maintenant, on aurait dit qu'il avait vieilli de cent ans pendant qu'il racontait tout ça. « Tu parles d'une école : à moi, la prison elle m'a seulement appris à augmenter le seuil de la douleur. »

Marta leva les yeux vers lui, étonnée : on s'attendrait pas à des phrases comme ça de la part de certains frimeurs. Mais quand t'as souffert comme un chien, ton cœur se complique comme s'il était creusé en profondeur. Emilia elle aussi le regarda sans rien dire en pensant qu'il n'avait pas tort. En taule, les problèmes restés à l'extérieur prenaient des proportions gigantesques et on oscillait, impuissant, comme un roseau. Il y avait les coups de vent favorable, en particulier au printemps quand il commençait à faire plus chaud, que les jours s'allongeaient : là, tu te disais que tu allais y arriver, que tu pouvais un peu améliorer la situation. Alors tu ne manquais pas les cours, au réfectoire tu ne balançais pas d'insultes ou de fourchettes, car tu pouvais revenir dans la cour et, aux parloirs, tu voyais ton père souriant, sans t'attarder sur ses cernes et ses nouvelles rides.

Mais ensuite la dépression s'abattait sur toi comme une hache. Surtout en décembre, autour des fêtes, quand la moindre publicité de panettone était capable de te foutre en l'air. Ou alors quand une matonne arrivait en te disant que ton frère était à l'hôpital, que ta mère ou ta grand-mère était morte. Quand tu voyais au parloir ton père complètement éreinté, cherchant à le cacher, et que tu étais responsable de ça. Alors c'était comme si l'obscurité t'aspirait, comme si la cellule n'avait plus ni porte ni fenêtre et se resserrait sur toi, placenta pourri et empoisonné. La queue pour les médocs s'allongeait à l'infirmerie. Tu te scarifiais les bras, tu te présentais en cours une fois dans la semaine avec quarante minutes de retard – qui avait envie de se lever quand dehors il faisait nuit et froid, et que dedans il y avait la gale. Et il n'y avait pas que des copines, dedans, loin de là, il y avait aussi les salopes, celles qui t'emmerdaient, à qui t'aurais voulu casser la gueule. Et tu ne pouvais pas dire : Je vais aller faire un petit tour, histoire de me calmer. Non, tu devais rester là de force, chaque heure, chaque jour, et tes nerfs prenaient feu. Tout prenait feu.

Qu'est-ce qu'ils en savaient, les autres, pensa Emilia, et elle les regarda, ceux qui étaient assis aux autres tables ? Pourtant, elles étaient dehors, elles aussi.

« C'était une merde, reprit Marta après avoir commandé la quatrième ou cinquième bouteille de vin, mais il y avait des avantages. Le lycée, l'université : qui aurait pu y aller, dehors ? Pas moi, putain.

– Pourquoi ? dit Habib en riant, tes parents, ils t'envoyaient pas à l'école à coups de pied au cul ?

– Non.

– Moi, je m'en souviens encore, intervint Habib, des coups de ceinturon de mon père. Heureusement, ensuite il a été en taule à San Vittore.

– Lui à San Vittore, toi au Beccaria, commenta Marta, ça s'appelle le "Cycle des vaincus" et ça finit jamais. »

Mohamed pas plus qu'Habib n'avaient l'air d'avoir lu les romans de Giovanni Verga. Mais ils avaient l'esprit vif et saisirent l'idée. Pendant ce temps, en cachette sous la table, Emilia consultait une fois de plus son téléphone. Rien : pas d'appel, pas de message. Sassaia commençait à s'estomper, elle s'en rendit compte. Comme une minuscule étoile d'une galaxie lointaine. Une lueur à peine perceptible, peut-être déjà éteinte, ou qui, peut-être, n'avait jamais existé.

Pourquoi est-ce que je ne suis pas comme toi, moi aussi, pensa-t-elle pour la énième fois en regardant Marta. Qui déplaçait ses cheveux sur un côté de son visage, les lissait, se préparait : « Vous voulez que je vous raconte une histoire ? »

Parce que chacun avait la sienne. Et pouvait même aller jusqu'au bout, écrire de nouveaux chapitres, chambouler la trame, augmenter les coups de théâtre. Mais les chapitres anciens, on ne pouvait pas les réécrire. Ni les effacer.

« Il était une fois Sonia, appelons-la comme ça. »

Le bar commençait à se vider, le bruit de fond diminuait.

« Elle était née dans un bourg de douze mille habitants, dans une petite plaine jaunasse, à cent vingt kilomètres de la mer où personne ne l'avait jamais emmenée. La mer, elle ne la verrait qu'à l'âge de dix-sept ans, depuis le fourgon de l'administration pénitentiaire. Et plus tard, pendant peu de temps, depuis Nisida, ajouta-t-elle en souriant comme si elle l'avait encore sous les yeux. Quel spectacle de se réveiller avec Procida enveloppée de brume, les vagues, les mouettes… » Emilia sentit qu'on lui serrait la main sous la table.

« Mais revenons au commencement. Elle vivait dans cet endroit de merde, Sonia, tellement enculé dans le cul de la province que c'était en soi une prison. Dans son enfance, y avait eu qu'une belle chose : une bibliothèque, à côté de l'école. Presque déserte, fréquentée par des vieux, mais ça lui plaisait. Parce que là, au moins, elle n'avait pas autour d'elle ses camarades de classe insouciantes et sans problèmes. Et personne ne la coinçait par derrière dans les chiottes, comme chez elle. C'était comme s'évader. » Elle sourit à nouveau et ses yeux se voilèrent. « S'évader de sa vie. »

« Elle y passait des heures, sans s'en rendre compte. Jusqu'à ce que la nuit tombe, jusqu'à ce que sa mère sorte de son boulot de femme de ménage à l'hôpital, alors elle pouvait rentrer sans risquer de se retrouver seule. Elle aimait les polars, les livres de science. Dans la bibliothèque, le silence régnait, personne ne criait, personne ne jurait, personne ne voulait lui baisser la culotte et l'obliger à sucer ses amis. La petite Sonia, à l'école, elle travaillait bien. Les enseignantes s'étaient aperçues qu'elle avait des bleus, elles avaient averti les services sociaux, et Sonia les attendait. Parce qu'elle pensait qu'ils les sauveraient, elle et sa mère. Mais comme cet endroit-là était le trou du cul du pays, avec une seule et unique usine fermée, des gens au chômage et hargneux, les Services n'arrivaient jamais. Il ne restait que l'Ogre. »

Emilia observa les visages de Habib et de Mohamed, sérieux, un peu plus pâles. Elle la connaissait, cette histoire. Mais eux qui l'entendaient pour la première fois, ils n'arrivaient plus à boire. Ils prenaient leurs verres, les gardaient à la main et puis les reposaient sans y avoir touché.

Il y avait de moins en moins de gens dans la salle, de plus en plus de silence et d'attention tout autour. Comme au tribunal, pendant le procès : la première fois où Marta s'était sentie enfin écoutée. Importante.

« Sonia a fréquenté l'école *tout le temps*, elle a jamais manqué un seul jour, parce qu'elle savait que, à peine elle y mettait les pieds, elle était sauvée. Elle détestait déjà de tout son être l'été et les vacances de Noël, mais septembre finissait par arriver et c'était une libération.

« Jusqu'à ce que *quelqu'un* décide que, avec la classe de troisième, la vie de Sonia pouvait s'arrêter là. Qu'elle avait étudié assez pour une fille et que personne ne viendrait faire de problèmes si on la gardait à la maison à quatorze ans. Alors Sonia qui, par ironie du sort, habitait dans un infect appartement délabré juste en face du Lycée scientifique, allait voir depuis sa fenêtre ses ex-camarades de classe qui, le matin, marchaient là en bas avec leur sac à dos, en riant. Et elle éprouverait un sentiment gigantesque d'injustice. Parce que qu'est-ce qui est vraiment injuste ? La cause ou la conséquence ?

« Si tu me demandes, Habib, comment j'ai fait pour faire des études en cabane », Marta leva les yeux vers un des nombreux serveurs libres maintenant et commanda la dernière bouteille de vin de la soirée, « je te réponds que dès que j'ai eu la chance de pouvoir le faire, la première vraie chance de ma vie, j'ai sauté dessus. »

Le bar fermait. Quand arriva le moment de payer, Habib sortit un rouleau de billets retenus par un élastique et Marta fut catégorique : « Fais-moi plaisir, range ça. »

Ils sortirent en titubant un peu, ébranlés, sans un mot. Il tombait une neige légère qui ne tenait pas et fondait au contact de l'asphalte, de leurs manteaux, de leurs cheveux. Ils arrivèrent à la Darsena. Aucun d'eux n'avait envie de rentrer. Dans les parages, on entendait encore du chahut, des motos.

Alors Habib, le plus jeune et le plus courageux, prit Marta par les épaules et l'embrassa, longuement, très longuement.

Mohamed sortit une boulette de shit et commença à la chauffer. Il roula un joint qu'ils se passèrent en se remettant à rire et à plaisanter. Ce baiser, d'une certaine façon, avait été comme un point final, ils étaient revenus au début.

« Qu'est-ce qu'on fait ? demanda Habib en prenant la main de Marta. Vous avez quand même pas envie d'aller dormir ? »

Marta, jetant un coup d'œil circulaire, repéra sur une petite place un taxi à l'arrêt, lumière verte allumée. Elle se mit à courir rapidement sur ses talons hauts, en leur faisant signe de la suivre. Emilia enleva ses chaussures et courut dans la même direction en mouillant ses collants.

Ils montèrent tous les quatre. Marta indiqua l'adresse et personne ne fut surpris. Maintenant qu'ils étaient dehors, ils ne devaient rien rater, plus jamais.

Une fois à l'hôtel, ils déposèrent leurs papiers d'identité et montèrent au troisième étage. Puis se séparèrent en deux couples : Marta disparut à gauche du couloir, enlacée à Habib, Emilia et Mohamed à droite. Mais avant d'entrer elle se retourna pour regarder Marta : circonstances aggravantes car préméditation et degré de parenté, même si on lui avait reconnu les circonstances atténuantes en raison des abus subis dans son enfance. Et maintenant avec ce garçon qu'elle venait de rencontrer, ils s'embrassaient si fougueusement qu'ils avaient l'air d'être amoureux. On aurait dit que lui était amoureux, aussi et malgré tout.

Elle se posa la question : Pourquoi pas toi, Bruno ? Pourquoi tu n'arrives pas à me regarder *pour tout le reste* ? À m'aimer *aussi et malgré tout* ?

Mohamed et elle n'avaient rien dit de toute la soirée et maintenant ils se retrouvaient dans la même chambre avec un lit au milieu.

Emilia alla à la fenêtre, tira le rideau et lui dit tout de suite, en allumant une cigarette : « Je regrette, mais je ne peux rien faire. »

Mohamed s'assit sur le bord du lit, alluma aussi une cigarette : « Pourquoi ?

– Parce que je suis déjà amoureuse. Malheureusement. »

Il hocha la tête. La rejoignit à la fenêtre, s'appuya de l'autre côté de l'encadrement : « Moi j'ai une femme en Tunisie, mais je ne la connais pas. On m'a juste obligé à l'épouser. »

Ils se mirent à regarder la nuit ensemble. La lune qui émergeait d'une muraille de nuages. Les rues vides, les persiennes fermées, aucune lumière à part celle des réverbères. Tout d'un coup, au milieu des flaques de neige fondue, Emilia vit deux scooters qui filaient. Un Phantom bleu et un SR jaune, et, dessus, deux filles en bain de soleil, avec des casques pleins d'inscriptions et d'autocollants. Elle sentit sur sa peau la fraîcheur de la pinède, le tapis d'aiguilles de pin souple sous le caoutchouc des tongs.

Ce dessin existait peut-être encore, se dit-elle, quelque part sur la Terre. Elles existaient, elle et elle emmêlées, langoureuses, seins nus. Peut-être que quelqu'un possédait cette preuve, l'avait conservée. Mais preuve de quoi ?

Elle se tourna brusquement vers Mohamed. Inquiète elle lui prit une main, la serra.

« Vous, les musulmans, vous y croyez, à l'âme ? »

26

Les semaines passèrent, immobiles. Janvier devint février : des noms différents pour le même froid. L'hiver à Sassaia est un temps qui s'amenuise jusqu'à devenir presque imperceptible, une membrane. Le cœur bat lentement, comme en léthargie. Les heures de jour suffisent à peine à expédier les tâches essentielles : aller au travail et en revenir, se procurer de la nourriture et du bois. Ensuite l'obscurité descend, lourde comme une couverture de briques. Porté par le moindre courant d'air, le froid glacial vous fend la carcasse. La neige est dure, telle une vieille écorce qui vous emprisonne. Le monde se contracte dans la source de chaleur du poêle.

J'étais seul à nouveau, mais pas comme les autres hivers. Et c'était là le problème : quand vous avez été heureux, c'est très difficile de ne plus l'être.

Je me traînais dans une somnolence inquiète et irritée, accumulant les bouteilles de vin vides devant la porte. Je ne lisais pas, je ne faisais pas de ménage. Je ne communiquais avec personne au-dessus de douze ans.

Valeria ne m'avait plus répondu, et encore moins rappelé. Le Basilio me saluait en faisant un effort, sans s'attarder à parler, il me considérait responsable de ce que l'église ne serait pas entièrement restaurée. Chaque fois que je descendais à Alma, tout le monde me lançait des regards pénétrants, insistants, qui signifiaient : Elle est où, la Rousse ? Ils crevaient d'envie de savoir, mais ils n'osaient pas demander. Quoi, elle vous manque, maintenant ?, leur aurais-je volontiers crié.

Patrizia fréquentait quelqu'un d'un village voisin, *marié*, précisait tout le monde. Elle avait autre chose à penser, ou peut-être, voyant dans quel état j'étais, cela lui suffisait-il. À l'école, on ne se regardait pas en face, on correspondait par mail pour le strict nécessaire.

Un événement allait bientôt me secouer, mais durant les semaines dont je parle, je ne m'en doutais pas. Je me contentais de m'abrutir. Si ça n'avait pas été pour mes élèves, mes treize enfants restés dans la Vallée abandonnée, j'aurais même cessé de descendre au village. Enseigner les mots capricieux, c'était la seule bouée qui m'empêchait de sombrer : « Dans écho, chœur et chorale, le son "k" s'écrit avec ch.

– Pourquoi ?

– C'est comme ça.

– Et les règles ?

– La langue est vivante, elle désobéit. Ce qui était incorrect il y a cinquante ans est juste aujourd'hui. On ne pouvait pas dire d'une femme qu'elle était cheffe. Le smartphone que vous aimez tant est entré dans le dictionnaire. Certains mots meurent, d'autres naissent. Ça dépend de l'usage, du moment. »

Ils me regardèrent d'un air perplexe cette fois-là. « Alors, comment on fait ? Si de toute façon il y a des exceptions.

– Comment on fait ? » Il me vint malgré moi un sourire : « On se trompe. »

Cent fois, je prenais le téléphone dans la main : l'appeler, non, c'était hors de question. Mais savoir où elle se trouvait, comment elle allait, j'en avais tellement besoin qu'il me semblait sombrer. « Salut Emilia. » J'esquissais un message et l'effaçais immédiatement. « Je regrette. Tu vas bien ? » Mais c'est elle qui avait raison : quand on en a besoin, les mots ne fonctionnent jamais.

S'il en était ainsi à la mi-janvier, dès la fin du mois, je m'étais déjà fait une raison et le téléphone, je ne le regardais plus. Écouter son silence entêté, comme si cela ne suffisait pas avec ceux de Sassaia, des bois, des montagnes, de moi-même, c'était trop. Je redevins le vieil ours enkysté dans sa caverne que j'avais été. Mais si les jours de travail roulaient sans pourtant être légers, le samedi et le dimanche étaient des rochers trop lourds à pousser.

C'est ainsi qu'une fin de semaine, à l'aube, en pyjama, je traversai la ruelle, me penchai sur le paillasson, pris la clef et, désespéré, l'estomac vide, me mis à balayer le sol chez Emilia. Non content de cela, je nettoyai les vitres et fis la poussière sur les étagères. Je mis les couvertures et le matelas sur le balcon pour leur faire prendre l'air, bouchai avec de l'enduit quelques fissures dans la cuisine, réparai une petite fuite au lavabo. Huit heures sans interruption, et la vieille maison de la Iole n'avait jamais été aussi nette.

Le samedi suivant, ce fut le tour du grenier : je jetai dans de grands sacs noirs les restes de meubles impossibles à réparer, les lampes de chevet cassées, les journaux moisis. J'arrachai les lourdes toiles d'araignée accrochées sous le toit. Méthodique, concentré. J'éprouvais un besoin viscéral et urgent de propreté, de pureté. Et quand il ne resta plus un seul gramme de poussière, je m'attaquai au jardin, une vraie forêt vierge, où les ronces brûlées par le froid dépassaient le grillage rouillé. J'avais l'impression, en regardant dans la direction du Monte

Cresto et du Monte del Camino, que la vue depuis ici en bas devait être exceptionnelle, mais l'état d'abandon du jardin bouchait l'horizon.

Je me rappelais les rosiers de la Iole, le poirier au milieu, un prunier peut-être. Mais il était impossible de distinguer la moindre forme dans ce fouillis de végétation enragée.

Équipé de gants, bottes, cisailles, je m'élançai au milieu des ronciers, les piétinai, les éliminai. Cela me procurait une joie malsaine de me jeter à travers cette broussaille sans loi. Et de l'y ramener, la loi, par la violence. Je négligeais ma maison pour ressusciter la sienne. Et tandis que je retrouvais les rosiers, le tronc du poirier centenaire, le prunier, tandis que je libérais le grillage et rouvrais le jardin aux Alpes, j'avais envie de pleurer : Emilia, quand tu verras ça…

Enfin, un samedi, je pris la Seat et descendis en ville. Chez Euronics. J'achetai une télévision de bonne taille, quarante pouces, et au retour la montai sur mes épaules le long de Stra' dal Forche en suant comme une mule. Pour finir, je l'installai sur le buffet dans la cuisine. Il manquait encore l'antenne, d'accord, mais en attendant je contemplais, heureux, l'écran noir.

Emilia, quand tu reviendras…

En sachant que ça n'arriverait pas. Parce que c'était moi qui l'avais chassée. Et maintenant que mon monde se réduisait au même minuscule point de la Terre, celui d'Emilia s'élargissait démesurément.

Elle visita quatre fois la Pinacothèque de Brera, avec une station d'une bonne demi-heure face au *Christ mort* de Mantegna. *Le Baiser* de Hayez, elle passait devant sans daigner lui jeter un regard : pour elle l'amour représentait désormais un vieux et décevant sujet.

Pas comme la mort qui demeurait un de ses préférés. Comme au temps de l'université, quand les professeurs venaient à la prison pour lui permettre de passer les examens, gênés face à certains thèmes car ils savaient très bien qui elle était. Pourtant Emilia se répandait comme un fleuve en crue lorsqu'il s'agissait de corps, d'âmes, de l'existence du mal. Elle n'était pas en mesure d'assimiler le langage technique de la philosophie, des termes tels qu'*ontologie* ou *métaphysique* lui étaient aussi étrangers que la vie des filles de son âge qui allaient danser à Riccione. Mais le mal, elle savait très bien ce que c'était. Il était *banal*, Hannah Arendt avait raison. C'était une chose minable, et pourtant. Infinie, floue, sans réponse. Alors la seule façon qu'elle avait d'y mettre un peu d'ordre, c'était de scruter, étudier et tenter de reproduire sur une petite feuille l'expression de ce Christ sans vie.

Elle alla voir une exposition sur Bosch aux Gallerie d'Italia et une autre sur Le Caravage – son peintre préféré – au Palazzo Reale. Elle lui avait consacré des recherches, des devoirs, son mémoire. Aucun autre artiste n'avait suscité chez elle une étincelle aussi forte, viscérale. Lui aussi, il savait ce qu'était le mal. Il en avait fait l'expérience dans sa vie, dans sa chair, à la première personne et sans échappatoire : comment aurait-il pu, sinon, le transfigurer dans cette obscurité si dense et effroyable. Traversée par cette lumière aveuglante, divine. Comment aurait-il pu représenter un fruit aussi pourri, qui meurt condamné de l'intérieur, et ne cesse de mourir.

Elle ne dédaignait pas les églises, elle pouvait passer des heures en contemplation, assise sur un banc à Sant'Ambrogio ou au Duomo. Le monde qu'elle avait vu seulement dans les livres pendant plus de quatorze ans la frappait de beauté, la laissant assommée et sans souffle. Les fins de semaine, Marta et elle allaient s'acheter, s'attardant à faire mille essais dans les cabines, tous les vêtements qui, lorsqu'elles étaient en prison, leur étaient parvenus au compte-goutte, pliés dans des paquets envoyés par les parents. Après quoi, elles retrouvaient pour dîner Habib et Mohamed. Que Marta, d'ailleurs, avait commencé à inviter chez elle.

Pour ne pas peser économiquement sur son amie, Emilia s'était trouvé un travail dans un fast-food. Ses collègues étaient tous plus jeunes, immigrés de deuxième génération, elle retournait des hamburgers grésillant dans l'huile de six heures de l'après-midi à deux heures du matin. Elle rentrait en pleine nuit, empestant la friture, et l'odeur persistait après la douche. Au bout d'une semaine, Marta n'y tint plus et la prit entre quatre yeux : « Moi je respecte tous les métiers, tu le sais. Même ceux qui sont illégaux, si on peut pas faire autrement. Mais t'as pas obtenu ta licence aux Beaux-Arts pour jeter des sacs de patates surgelées dans de l'huile de colza.

– J'ai pas de grandes ambitions. Et Milan fourmille pas d'opportunités pour quelqu'un qui a un diplôme en art.

– Les ambitions, tu dois les avoir. T'as porté ton CV aux bons endroits ? Dans tous ces musées où tu vas, dans une école privée, je sais pas...

– Justement, tu sais pas. Le monde est plein d'artistes qui font des frites.

– Je sais que je veux plus dormir avec cette odeur. Et donc maintenant, je m'occupe de ça », dit-elle en prenant le téléphone.

Pour Marta, on pouvait tout résoudre dans la vie, parce que, elle, sur le plan de l'insoluble, elle avait déjà

« largement donné ». En l'espace de quelques jours, elle lui trouva un petit boulot en CDD à mi-temps, légèrement mieux payé que le fast-food, qu'Emilia n'apprécia pourtant pas du tout. Bien au contraire.

« Putain, comment t'as pu avoir cette idée ?

– Remercie-moi et roule.

– J'avais des mecs canons comme collègues, y avait de la vie, là-dedans. Et toi tu m'envoies dans un cercueil !

– C'est à moi que tu dis ça ? répondit Marta en éclatant de rire. Fais plutôt attention à ne pas me ridiculiser auprès de cette dame, Emma. »

Elles ne s'adressèrent pas la parole pendant plusieurs jours. Mais la volonté de Marta ne se discutait pas. Elle était l'aigle royal, le lion, la panthère noire tandis qu'Emilia était une antilope, une gazelle, un raton-laveur.

Alors elle donna sa démission au fast-food et, début février, sa nouvelle vie commença : quatre heures par jour, de huit heures et demie à midi et demi, dans une minuscule librairie de quartier, la chose la plus triste et poussiéreuse qu'elle ait vue dans sa vie. La propriétaire était en fauteuil roulant et c'est seulement pour cela qu'elle avait besoin d'aide dans ces cinq mètres carrés d'ennui remplis jusqu'au plafond. Au milieu de sa clientèle largement au-dessus des soixante-dix ans, il avait fallu, malheureusement, que vienne s'introduire l'éternelle exception de Marta qui finançait pratiquement la baraque à force de polars, de classiques russes du dix-neuvième siècle et d'essais de philosophie et de politique. Cela faisait des mois que la propriétaire avait affiché sur sa vitrine une feuille écrite de travers d'une main tremblotante : RECHERCHE PERSONNEL. Et si personne ne s'était présenté, il devait y avoir une bonne raison.

Emilia, c'était bien connu, avait un rapport exécrable avec les livres, mais elle serra les dents. La taule, pour ce qui était de serrer les dents, était une excellente école : elle avait nettoyé des chiottes remplies de vomi et des carrelages couverts de mégots, traversé des bagarres, des drames, des procès, des lynchages médiatiques. Sortir des bouquins des cartons et les ranger sur les étagères, ce n'était pas vraiment la fin du monde.

Surtout, il fallait qu'elle calme son père. Qui l'avait appelée chaque jour, de plus en plus furieux. En lui demandant avec cruauté quel genre de programme elle avait, parce que « un fast-food, c'est pas un programme ». Et aussi : « Cette histoire de Milan, ça sort d'où ? » « Sassaia, tout d'un coup, après des années à répéter la même chose, ça ne t'intéresse plus ? » « Emilia, on n'agit pas comme ça. » « Dans la vie, il faut de la cohérence. Il faut se donner à fond. Il faut un projet solide. » Ce à quoi elle avait répondu en hurlant sur un ton hystérique, comme d'habitude : « Mais pourquoi il faut toujours un projet ? Est-ce que ça peut pas être au jour le jour, putain, et puis on voit comment ça va ? Parce que de toute façon, on le sait déjà comment ça va, non ? À chier, ça va ! »

Mais son père était un bulldozer avec missiles incorporés : « Je viens te chercher à Milan, Emilia, parce que tu ne sais pas t'occuper de toi ! Tu commences, et ensuite tu ne sais pas aller jusqu'au bout ! » Un soir Marta intervint : elle lui prit le téléphone des mains et le porta à son oreille : « Tout est sous contrôle, Mister. Ici Vargas Marta. J'ai trouvé à votre fille un respectable emploi dans une petite librairie indépendante très bien achalandée. Et les librairies indépendantes, on le sait, sont des réalités fondamentales, des avant-postes culturels indispensables, un bien commun. Si Emilia ne marche pas droit, je vous l'expédie à Ravenne avec un aller simple. »

Riccardo se calma. Il exigea des photos pour preuve et Marta les lui fournit avec un plaisir sadique. Des images où Emilia, au milieu des étagères croulant sous les livres, avait toujours la même expression farouche : celle des photos de classe de l'école primaire.

Pourtant, il y avait un avantage à cela : quand elle avait fini, il lui restait tout l'après-midi pour elle. Elle pouvait déjeuner d'une portion de pizza assise sur un banc ou, en descendant les escaliers du métro, plonger dans le monde vaste, excitant, et se laisser porter. Tout était devenu possible : voler un rouge à lèvres à Coop, manger une glace artisanale, se mêler aux gens chics dans les galeries d'art et se taper des joints avec Mohamed au parc Sempione.

Elle avait installé Facebook sur son portable et maintenant, elle était elle aussi sur les réseaux. Sous un pseudo : « Emi magique ». Et sans jamais poster une photo. Pourtant elle avait retrouvé la trace d'Afifa, Giada et Yasmina. Elle ajoutait des cœurs sous les photos de Yasmina avec son fils, de Giada en boîte de nuit ou sur les plages de l'île d'Elbe. Dans des bars de banlieue, elle se branchait avec des jeunes mecs habillés de fausses marques et des dames à l'accent étranger qui posaient leurs sacs de provisions sur le trottoir pour se reposer.

Mohamed commençait à lui plaire. Ils se racontaient des choses maintenant : sur la prison, les activités auxquelles ils avaient participé, un personnage important qui était venu voir les détenus, comment était le réfectoire. Des choses inoffensives au début, des ballons lancés comme ça, avec une certaine gêne. Mais ensuite, vu qu'ils se comprenaient parfaitement, avec de plus en plus d'élan, en riant ensemble et en plaisantant sur ces trucs-là. C'était quelque chose de libératoire pour Emilia de pouvoir dire à haute voix l'IPM sans se sentir terrorisée à l'idée d'être démasquée, jugée à nouveau. Pour Mohamed aussi, ça avait été la même école, la même adolescence, ou presque. Parce que lui, en taule, il y était allé pour cambriolage. Au Sempione, sur ce banc qui était maintenant le leur, il n'avait omis aucun détail quand il lui avait raconté le passe-montagne, le pistolet, la fuite en scooter. À ce moment-là, Emilia avait dégluti, avait enfoncé ses ongles dans les paumes de ses mains. Non, elle ne pouvait pas rendre la pareille pour cette confidence en racontant à son tour; sa faute elle devait la taire. Parce que même chez les ex-détenus, il existe le délit juste et celui qui ne l'est pas.

« On a beau faire, dit-elle un soir à Marta en levant la tête de son portable, on fréquente toujours et seulement des taulards. »

Marta leva les yeux elle aussi, mais de *Guerre et Paix*.

« Parce que les cercles, il faut les fermer, expliqua-t-elle d'un ton grave, et nous on l'a pas encore fait. »

Emilia ne saisissait pas.

« Il faut qu'on y revienne.

– Où ? »

Marta la regarda à travers ses lunettes de lecture à monture métallique. « Tu le sais très bien, *où*. »

Emilia secoua violemment la tête, se leva du fauteuil, resta debout, déconcertée, prête à partir. Elle éclata de rire : « T'es dehors ! »

C'est à la même période que je pris l'Événement en pleine figure.

Le matin du 25 février, pendant la récréation, je sentis une odeur de brûlé. Il pleuvait et on n'était pas sortis. Les enfants couraient comme des fous d'un bout à l'autre du long couloir, entre les classes fermées par manque d'inscrits, dans l'école vide où leurs voix résonnaient comme dans le ventre d'une montagne.

J'essayai de comprendre d'où venait l'odeur. Carlo, le concierge, était sorti lui aussi, le visage inquiet. Tous les deux, au-dessous des cris des enfants, nous perçûmes un léger crépitement de papier. Nous ouvrîmes la porte de la salle des professeurs : les registres partaient en fumée.

L'alarme se mit à sonner, Carlo attrapa l'extincteur pendant que je battais le rappel. On avait fait les exercices anti-incendie. D'habitude ça les faisait mourir de rire, mais cette fois non, les enfants saisirent leurs anoraks accrochés aux portemanteaux et se mirent tout de suite en file indienne. Diletta ouvrait la marche, moi je la fermais. En l'espace d'une minute, nous étions dehors, à l'abri sous le préau. Je les comptai : il manquait Martino.

Après leur avoir ordonné de ne bouger sous aucun prétexte, je rentrai. Le couloir était maintenant rempli de fumée, mais l'incendie avait été maîtrisé. Carlo avait appelé les gendarmes. La salle des professeurs était un lit de braises. Je criais comme un fou : « Martino ! »

Je revins dans la classe, regardai sous les bureaux des élèves, sous le mien. Il était venu à l'école, le matin, j'en étais sûr car j'avais fait l'appel. J'écartais au hasard les sacs à dos des autres en cherchant le sien. Il avait disparu. « Martino ! » J'ouvrais les portes des salles inutilisées depuis des années, celles des sanitaires des garçons et des filles. « Martino ! » Cela faisait des semaines qu'il se présentait à l'école un jour sur trois. Il ne retenait pas un seul mot de ce que je lui disais, regardait dehors, se battait avec les autres, n'écrivait rien sur ses cahiers qui restaient blancs. Je ressortis et, sur le ton le plus sévère possible, demandai : « Il est où, Martino ? »

Yeux baissés, mains croisées, silence.

« Dites-moi où est Martino, criai-je, sinon vous serez tous tenus pour responsables et vous redoublerez votre année ! »

Diletta leva les yeux, fit un pas en avant et admit : « Il s'est échappé.

– De l'école ? Tu en es sûre ?

– Oui, je l'ai vu par la fenêtre, il courait, dit-elle en éclatant en sanglots.

– Les enfants, vous ne dénoncez personne, vous êtes seulement en train d'aider un de vos camarades. C'est très important que je le trouve tout de suite. Où est-il ? »

La pluie tombait à verse et grossissait le torrent. Ils baissèrent tous la tête, les plus grands excités, les plus petits en pleurs.

« D'accord, alors où pensez-vous qu'il soit ? Puisque vous le connaissez, quels sont les endroits où il pourrait s'être caché après avoir fait une grosse bêtise ? »

Toujours le même mur d'omertà.

« Il pourrait avoir eu peur et se faire mal, il pourrait se retrouver avec des ennuis encore plus gros. Les enfants, il faut que vous m'aidiez. »

Luigi se décida : « Il y a un fenil dans le bois, au-dessus de chez lui. Il s'est construit une cachette secrète, là-bas.

– Merci. » Instinctivement, je tendis la main pour lui caresser la joue. « C'est bien, les enfants. Devoir pour aujourd'hui puisque l'école a brûlé : lire un livre.

– Nooon !!!

– Moi, j'en ai pas, de livre !!!

– Alors un journal, un répertoire du téléphone, une vieille carte postale ! Ah ! Et puis racontez-moi sur le cahier la peur ou la joie ou n'importe lequel des sentiments que vous avez éprouvés aujourd'hui. »

Je ne pouvais pas attendre l'arrivée des parents, des gendarmes, je laissai donc tous les enfants à la garde de Carlo qui avait entre-temps prévenu Patrizia. Je n'avais pas de parapluie. Je rabattis la capuche de ma parka et me mis à courir comme un dératé vers le pont de pierre. Le torrent était furieux. Je le traversai pour gagner l'autre versant de la Vallée, celui qui était toujours dans l'ombre. Sans ralentir, une fois passé le cimetière, je remontai la route étroite et pleine d'ornières qui serpentait au milieu des bois. J'étais tellement angoissé que je ne sentais pas la fatigue. Je montais à toute vitesse, mon cœur pompait comme un piston. Je comprenais ce que pouvait ressentir un parent inquiet : l'enfer.

Pourquoi as-tu fait ça, lui demandai-je. Tu avais besoin de ça pour attirer l'attention ? Mais en fait, c'est surtout après moi que j'en avais. Pourquoi est-ce que je n'ai pas été plus vigilant ? Pourquoi est-ce que je ne suis pas intervenu ? Pourquoi est-ce que je n'arrive jamais à temps ?

Cette fois-ci, bordel, je ne pouvais pas foirer.

Après le dernier tournant, je vis le hameau de San Michele, une poignée de maisons abandonnées comme la mienne. Une cheminée fumait, dans l'étable à côté, des vaches meuglaient. Je ne m'arrêtai pas. Je me fiais seulement à ce que m'avaient dit les enfants. Dépassant les maisons, je m'engageai sur le sentier forestier. Bien que complètement trempé, je ne sentais pas le froid. La pluie n'arrêtait pas de me transpercer jusqu'à la moelle, violente, entêtée, mais le sous-bois me protégeait. Je m'enfonçais dans la boue, dans la neige qui restait. J'avais vécu pratiquement en léthargie, les sens amortis par le froid, les pensées qui s'émoussaient, la solitude, l'alcool. Maintenant, j'étais éveillé comme si on m'avait injecté de l'adrénaline pure. Vivant et fou, à la recherche de cet enfant que je n'avais pas su voir, à qui je n'avais pas su parler. Et la forêt semblait nc jamais finir, sombre comme le ciel, rageur et humide.

Je t'en prie, Emilia, aide-moi à le trouver.

Dis-moi qu'il est là, qu'il n'est pas monté dans l'autobus comme toi. Dis-moi qu'il n'est pas parti. Dis-moi qu'il ne s'est pas jeté dans un ravin.

Le bois de hêtres s'éclaircit, laissant place à un grand pré, et la pluie commença à diminuer. De l'autre côté de l'endroit où j'avais débouché, on apercevait une ruine de pierre en tout et pour tout identique au refuge des partisans. Sauf qu'il y avait de la fumée sortant d'une cheminée.

Je me remis à courir et à prier. Le souffle court, les jambes flageolantes, je poussai ce qu'il restait d'une porte en bois : Martino était là, assis sur un vieux matelas à côté du feu, avec son chien enroulé tout près de lui et une cigarette à la bouche.

Il leva les yeux, surpris. Puis s'assombrit. « Qui c'est qui a cafté ? »

Je refermai la porte, enlevai ma parka trempée et m'assis à mon tour sur le matelas devant le feu en m'enveloppant dans une couverture sale.

Maintenant que je l'avais trouvé, que je m'étais assuré qu'il était vivant, je pouvais aussi fermer les yeux et me laisser aller.

« Vous allez me coller, hein ? De toute façon, je m'en fiche. »

Il me fallait encore reprendre mon souffle.

Martino aspira avidement sa cigarette jusqu'au filtre avant de l'éteindre dans un cendrier.

Je jetai un coup d'œil autour de moi : en plus du grabat sur lequel nous étions assis, il y avait une belle provision d'eau, de biscuits pour le goûter et de cigarettes. Il y avait même une stéréo portable à piles et un bon nombre de *Tex Willer*.

« Qu'est-ce qui se passe ? Tu as l'intention de déménager ?

– Ça te regarde pas, maître, dit-il en recommençant à contempler le feu.

– Au contraire, ça me regarde énormément.

– Je vais aller à la maison de redressement ? »

J'eus envie de rire. « Tu es trop jeune.

– Faites-moi redoubler, collez-moi, de toute façon, moi, à l'école j'y reviens pas.

– Martino, t'as pas le choix. T'es obligé. La loi dit jusqu'à seize ans et toi tu en as encore quatre devant toi.

– La loi, elle est valable juste pour les enfants, me demanda-t-il d'un ton méprisant, jamais pour les adultes ? »

Le chien, dont je savais par les rédactions qu'il s'appelait Nebbia, plongea son museau sur ses genoux, cherchant la main pour se faire caresser. Martino l'embrassa sur la truffe.

« Écoute-moi – je le regardai et l'obligeai à faire de même –, en ce qui me concerne, l'incendie a été un accident. Paix aux vieux registres du dix-neuvième siècle, le passé n'a qu'à aller se faire voir. Mais toi, tu dois m'expliquer, ici et maintenant, avec tes mots et sans mentir, pourquoi tu as fait ça. »

Il baissa les yeux. S'accorda un long silence. « Je savais plus où mettre ma colère. »

Martino Fiume avait de longs cheveux lisses et noirs qui lui tombaient presque jusqu'aux épaules parce que personne ne les lui coupait. Il avait des poux, souvent. Les ongles noirs, des vêtements sales. Fils unique de deux parents qui ne s'étaient jamais présentés aux rencontres avec les enseignants et qui n'avaient jamais ouvert la porte aux assistantes sociales. C'était quelqu'un de tombé sur terre sans le désir ni les soins de personne. Mais il était intelligent, sympathique quand il voulait, et ce qui comptait vraiment, c'est que j'avais de l'affection pour lui.

Je rompis son silence: « Martino, je ne suis pas ton instituteur maintenant, on n'est pas à l'école. Je ne suis pas en train de t'interroger, je suis Bruno et je veux comprendre, t'aider. S'il te plaît, tu peux me faire confiance », lui dis-je en lui prenant la main.

Il la retira, effrayé par ce contact. Il se serra contre son chien. Il y avait dans les yeux de Nebbia et dans les siens le même abandon gravé au fond des pupilles, la même douceur triste.

« Ma mère est en bas, à l'hôpital. »

Je me mis à regarder le feu, moi aussi et lui laissai prendre tout son temps.

« J'ai essayé de lui sauter dessus pour l'étrangler, mais il est bien trop gros pour moi. » Il se leva, releva son sweat et son tee-shirt et me montra sur son ventre un bleu de la taille d'une pizza. « Voilà ce que j'ai pris. Mais pour ma mère, ça a été pire. Elle respirait plus, à un moment j'ai cru qu'elle était morte. Il était complètement bourré, comme d'habitude. Il l'a presque tuée, après il l'a soulevée de terre, l'a jetée sur le siège arrière de la voiture, et puis il a conduit, que je croyais qu'on allait avoir un accident à chaque virage. Une fois arrivé à l'hôpital, il a dit: Ma femme est tombée. »

Il se leva pour aller chercher d'autres bûches. Je ne bougeai pas.

« Mon père est fort. Il a des mains grosses comme ça. Tu devrais voir comment il tire les veaux du con des vaches qui arrivent pas à mettre bas. Il plonge la main dedans et il les tire au-dehors comme un rien. En serrant fort, il est capable de casser un verre. Il l'a fait des millions de fois. Il est toujours en rogne contre moi et contre elle. Mais pourquoi ? Qu'est-ce qu'on lui a fait ? Il lui a cassé je sais pas combien de côtes, et elle, quand elle s'est réveillée à l'hôpital, elle a dit "Je suis tombée dans une ravine". J'ai les boules, à mort.

– Il faut porter plainte. Je vous accompagne.

– Oui, ricana-t-il, et cette fois, il nous tuera pour de bon.

– Il n'y a pas d'autre solution, Martino. Les personnes violentes vont en prison. » En prononçant ces mots, je sentais mon cœur trembler. « Les personnes comme ton père doivent être arrêtées. Vous ne pouvez pas payer à sa place, ce n'est pas votre faute à vous, c'est la sienne. »

Nebbia flaira un mouvement dehors et commença à aboyer. Martino, inquiet, s'élança vers la petite fenêtre grise de poussière. Mais ce n'était rien, peut-être un renard. Alors il s'alluma une autre cigarette et tendit la main vers une boîte que je n'avais pas encore remarquée : des bières.

« T'en veux une ?

– Non, et ne crois pas que je vais te permettre de fumer et de boire à douze ans.

– Hé, maître, cette maison elle est à moi et je fais ce que je veux.

– Ça, c'est pas une maison, dis-je en me levant, résolu à agir mais sans savoir comment. C'est une ruine et tu ne peux pas rester ici. Aucun enfant ne peut vivre seul.

– Chez mon père, moi, j'y retourne pas.

– En fait, tu n'as pas besoin d'y retourner. Il faut juste que tu y passes dix minutes, je resterai avec toi. Prends tes livres d'école, tes vêtements, ce dont tu as besoin : ce soir tu viens dormir chez moi. »

Martino écarquilla encore une fois les yeux. De toute évidence, je n'arrêtais pas de l'étonner.

« Allez, on y va. Tu as besoin d'une douche et de manger autre chose que des biscuits et de la bière. »

Il continuait à me regarder.

« Tu peux emmener ton chien. » Puis, comme il n'avait pas l'air convaincu, je le rassurai : « C'est moi qui vais parler à ton père. Je vais lui expliquer que tu resteras chez moi tant que la situation ne sera pas résolue. Ensuite on ira voir ta mère et on verra comment résoudre ça. Promis. »

Il se leva. Lentement, maladroitement, il glissa des choses dans son sac à dos. Éteignit le feu. Appela le chien.

Quand nous sortîmes du fenil, le pré scintillait. Une brèche s'était ouverte dans le mur de nuages qui recouvrait le ciel. Le soleil passait à travers. L'eau étincelait entre les branches, les brins d'herbe, comme un alphabet primordial, limpide et heureux.

Martino et moi, nous descendîmes de la montagne à grandes enjambées tandis que Nebbia trottinait autour de nous. Je me dis que si je ne pouvais plus réparer quelque chose en moi, ça ne signifiait pas que je ne pouvais pas le réparer chez les autres.

27

Elles étaient assises en première classe, l'une en face de l'autre côté fenêtre. Alors que la gare de Milano Centrale s'éloignait, deux employés poussant le chariot de boissons leur demandèrent ce qu'elles désiraient. Même s'il n'était que neuf heures du matin, Marta prit deux petites bouteilles de prosecco et deux sachets de chips.

Pendant un moment, elles regardèrent dehors, sans parler. La monotonie de la plaine qui filait au-dehors : une plaque couverte de gelée blanche, interrompue de temps à autre par une ferme, un silo, une rangée de bouleaux.

Ce n'était pas un voyage facile. Pour aucune des deux. Chacune percevait la tension de l'autre.

« La première chose que tu veux faire ? demanda Marta pour atténuer le stress.

– Un joint piazza Verdi.

– T'es vraiment banale. T'as plus dix-huit ans, Emi magique. »

Elles burent une gorgée de prosecco dans le verre à pied en plastique et partirent à rebours dans le même souvenir.

Très sévèrement verboten : se rencontrer dehors entre détenues pendant les sorties ; fumer de la drogue, inutile de l'ajouter. Mais elles deux s'étaient donné rendez-vous en secret chaque fois qu'elles avaient pu, à la barbe du magistrat, de la Frau, de l'État qui faisait comme si elles n'avaient pas dix-huit ans. Elles les avaient, et comment, et à cet âge-là transgresser est un besoin physique. Et ce n'est pas parce que vous êtes une détenue que vous êtes une petite sainte. Disons même que c'est plutôt le contraire.

Après des années de détention stricte où les rares sorties étaient accompagnées, la première fois qu'Emilia avait eu l'autorisation de sortir seule, elle avait traversé la rue, atteint le centre de la piazza San Francesco et là, elle avait perdu connaissance sous le grand ciel illimité.

En réalité les limites restaient rigides et inflexibles en matière d'horaires, de trajets, et gare à ne pas dévier du droit chemin. Pour la bonne raison aussi qu'au retour, il n'y avait pas les parents, mais les matonnes qui vous fouillaient, et si elles trouvaient quelque chose, la Frau envoyait un rapport au magistrat et celui-ci vous supprimait tous vos avantages.

Marta devait se rendre au centre pour personnes âgées et Emilia au pavillon de cardiologie pédiatrique de l'hôpital Sant'Orsola. Le bénévolat était censé favoriser chez elles la prise de conscience. Et conscientes, ça, elles l'étaient : de la vieillesse qui vous désoriente, de la vie atroce qui frappe les enfants innocents en les clouant dans un lit d'hôpital. Mais elles restaient des Détenues. Et des Filles de dix-huit ans – de vingt ans, pour Marta, si on veut être précis.

Donc elles filaient à l'anglaise. Une heure avant. En alléguant des excuses merveilleusement élaborées. Elles couraient à perdre haleine vers le Quadrilatère où, à l'angle entre la via Petroni et la piazza Verdi se tenait, assis par terre, barbe longue et ongles noirs, leur dealer de confiance.

La béatitude : s'avachir à l'entrée du Teatro Comunale avec le pétard au bord des lèvres, car si on les prenait sur le fait, elles étaient transférées d'urgence aux Adultes. Elles se mêlaient aux étudiants en faisant comme si elles étaient pareilles, normales, tandis que l'herbe répandait en elles étonnement et gratitude pour cette vie conne qui était la leur – par leur faute –, que leurs paupières s'alourdissaient, leur gorge s'asséchait avec la faim chimique.

Faussement *libres.* Vingt, vingt-cinq minutes au maximum. Ensuite le clocher de San Giacomo sonnait cinq heures et elles se secouaient l'une l'autre. Bondissaient sur leurs pieds, et à nouveau à perdre haleine en direction du Couvent, en se bourrant la bouche de Frisk menthe forte, se vaporisant du déodorant sur les doigts et les cheveux. Elles se donnaient une contenance avant d'entrer dans la loge, même si c'était difficile. Très difficile. Parce qu'elles avaient beau penser à des trucs moches – elles n'avaient pas besoin de chercher beaucoup pour ça – l'envie de rire était là, dans la gorge, ça les chatouillait, ça pétillait, ça crépitait. Surtout au cours de la perquisition, quand la matonne contrôlait leurs poches, le sac, le slip, en répétant entre ses dents : « Faut pas me prendre pour une conne ! », alors cette herbe, putain, qu'elle était bonne.

« Tu fumes pas beaucoup, toi, avec Tunis. » Emilia eut un petit sourire. « Moi je tombe pas amoureuse, je tombe pas amoureuse, jamais, *citation.*

– Ça s'appelle baiser.

– Vous êtes tout le temps au téléphone.

– Il s'est inscrit aux cours du soir. Il faut pas que je le lâche.

– Tu t'es mis en tête de le racheter ? »

Marta se vexa.

« Le chevrier t'a aigrie ?

– Instituteur. Et je te dirai qu'il t'aurait même plu.

– Vu dans quel état il t'a mise, je crois pas.

– De toute façon, ne prononce plus son nom, s'il te plaît, dit Emilia en haussant le ton. Occupe-toi de ton toy-boy avec sa fausse Rolex. »

Les parents de deux bambins bien peignés et bien habillés se retournèrent pour les regarder d'un air interrogateur, quelques sièges plus loin. De même que deux touristes allemands en manches courtes. Seuls les businessmen penchés sur leurs ordis étaient trop occupés pour remarquer leur présence.

Marta susurra à Emilia : « Ne nous faisons pas repérer, s'il te plaît. »

Emilia finit son sachet de chips. « C'est ta faute. Moi je voulais même pas le faire, ce voyage. »

Elles se tournèrent toutes les deux vers la campagne que surplombait ce ciel immense, indifférent, distant. C'était comme s'arracher une dent. Nécessaire, mais douloureux.

Et puis le train commença à ralentir. Et Bologne émergea.

Identique. Intacte. Avec ses maisons rouges, jaunes et orange toutes attachées. Ses collines arrondies comme le dos de grands animaux endormis. Ses arcades, sous lesquelles il avait été si beau de s'abriter de la pluie. Et les deux tours au centre.

C'était le même endroit où elles avaient été amenées dans un fourgon pénitentiaire, tant d'années auparavant.

La ville du châtiment.

De la jeunesse.

De l'amitié.

Quand les portes s'étaient ouvertes devant elle, l'une après l'autre – parce qu'elles sont nombreuses, les portes blindées de la prison –, Emilia, avec ses sneakers blanches et son petit visage tout propre, avait eu l'impression de débarquer sur une autre planète.

Elle n'oublierait jamais le greffe, le dépôt du bracelet en or que sa mère lui avait offert pour sa communion et qu'elle avait toujours gardé sur elle. Mais elle devait s'en séparer, maintenant, comme elle devait se dépouiller de toute sa vie, de toutes les Emilia qu'elle avait été, pour rester quoi ? Une photo d'identité et une empreinte digitale, comme dans les films. Sauf que ça, ce n'était pas un film, et une surveillante l'avait accompagnée réellement le long d'un couloir et d'un escalier, au milieu des bruits, des cris, des talkies-walkies, et des coups d'œil curieux des autres qui l'avaient déjà vue au journal télévisé.

Terrorisée, elle était entrée dans une des cellules d'isolement. Elle sortait d'une arrestation, d'un interrogatoire au commissariat qui avait duré combien ? Elle n'en avait pas la moindre idée. Et puis quatre-vingt-seize heures dans un Centre de premier accueil en touchant à grand-peine la nourriture, l'eau, sans aucun repos si ce n'est parfois une somnolence embrumée, au terme desquelles lui avait été confirmée sa détention provisoire.

Elle s'était assise sur le bord du lit en se répétant une litanie sans fin : C'est pas vrai, c'est pas vrai, c'est pas vrai du tout. Genoux serrés, talons joints, mains ballantes sur les cuisses, attendant que quelqu'un vienne lui dire : C'était juste un cauchemar, tu peux rentrer chez toi. Dans la villa blanche de Ravenne qui avait été perquisitionnée de fond en comble.

Avant, elle était sur une voie, et maintenant, elle avait brusquement fait un écart et se retrouvait dans un autre monde. Et au milieu, il y avait quoi ? Quoi ? Dans cet écart entre les deux, toutes ses pensées se bloquaient.

Elle respirait, les nerfs tendus. Absente et pourtant circonspecte, aux aguets comme une bête au fond d'un piège, traquée de toutes parts. Elle n'avait pas faim, soif, sommeil. Elle était un noyau d'adrénaline. La réalité était tellement dense et irréelle qu'elle aurait voulu s'étendre et dormir.

Peut-être s'était-elle endormie. Peut-être avait-elle imaginé qu'elle y était arrivée. Après des heures ou des jours – le temps s'était retiré comme un ours dans une grotte – elle avait levé les yeux et regardé devant elle. Alors elle l'avait vue : la gamine dans la cellule d'en face, qui la dévisageait.

Qu'est-ce qu'une personne arrachée à l'école, aux vacances, à sa famille, à sa maison ? Emilia devait encore l'apprendre, mais la gamine d'en face non, elle avait l'air plutôt tranquille. Elle portait des vêtements de quatrième main, peut-être récupérés dans un conteneur. Ses traits durs, son expression détachée étaient semblables à ceux de la Rom qui faisait la manche à côté de la porte de la Coop, devant laquelle elle était toujours passée rapidement, en pressant le pas, gênée. Maintenant pourtant elles étaient ensemble, dans la même galère. À la différence que l'autre, comme elle l'apprendrait par la suite, avait commis un délit ridicule en comparaison du sien, et serait très vite sortie.

« Comment tu t'appelles », lui avait-elle demandé.

Emilia était incapable de parler.

« T'es la fille de Ravenne ? »

Même elle, elle était au courant.

« Ici, j'y ai déjà été, c'est pas trop nul. La directrice est pas méchante, le commandant non plus t'emmerde pas trop. »

Comme Emilia continuait à la fixer comme une poupée de chiffon ramollie, la fille avait ajouté : « Tu peux aussi faire du sport, et même du théâtre. Ah ! En plus la bouffe est pas dégueulasse. »

La détention était comme la mort : on devenait toutes pareilles. Belles et laides, cultivées ou ignorantes, pauvres et aisées. Même si, comme elle devait le découvrir rapidement, de fille aisée dans cet endroit, il n'y avait qu'elle.

Quand elle avait émergé du brouillard et des anxiolytiques – à un moment donné, la doctoresse de l'Établissement avait refusé de continuer – Emilia avait progressivement pris conscience que les treize, dix, douze filles du Couvent n'avaient rien en commun avec celles qu'elle avait toujours rencontrées, fréquentées, connues *dehors*.

De la maternelle au lycée, dans les classes d'Emilia, il n'était jamais passé une Marocaine, une Tunisienne, une Rom, une Slave. Sans parler des cours de danse ou de piano.

Elles avaient toutes entendu au journal télévisé pourquoi elle était là. Et donc, même avec ses Adidas blanches immaculées, elle était sur la plus haute marche du podium des pauvres filles. Et tandis que dehors, à son insu, les journalistes la décrivaient comme une sorcière, dedans on l'enviait à moitié pour ses vêtements de marque et on la plaignait à moitié.

Comme la grande majorité des filles de son âge, Emilia ne s'était jamais intéressée à la politique. Elle avait joué pendant des heures à *Resident Evil*, regardé les vidéos de Christina Aguilera sur MTV, fumé des joints dans les toilettes du lycée. Mais le monde s'arrêtait là, dans sa petite villa, dans son quartier. Pour elle, un pauvre, c'était un extraterrestre. Un immigré quelconque qui essayait de vous vendre des briquets. Les Roms étaient assis sur des strates de couvertures devant les supermarchés : pour elle, ce n'étaient même pas vraiment des personnes à part entière mais des silhouettes sans visage, sans histoire, sans nom. Maintenant elle était tombée au milieu. Même réfectoire, mêmes toilettes, même école.

Son éducation politique s'était faite d'un seul coup, intégralement.

Emilia y repensait maintenant, tandis qu'avec Marta elle remontait à pied la via Marconi. Au fait que les Italiennes n'y vont jamais, en taule. Parce qu'elles ont toujours une famille, une maison, une possibilité.

En taule, celles qui y vont, ce sont les gamines tellement abandonnées qu'elles n'ont même pas un parent qui puisse s'occuper d'elles et un gourbi où purger le châtiment. Des fillettes qui n'ont jamais vu un film de Disney au cinéma, qui n'ont jamais joué à « Dessinons la mode ». Alors, à qui la faute si, à quatorze ans, il vous manque des chaussures et que vous fauchez dans un magasin ?

Emilia se rappela Yasmina. Quand elle avait été affectée à leur cellule et s'était présentée, avec ses quatorze ans et demi. Marta avait levé les yeux d'un vieux livre de poche, un Pavese ou un Moravia venu d'un quelconque don à la bibliothèque, et elle lui avait jeté à la figure : « Et toi, tu fais quoi ici, putain ? C'est pas la maison de Barbie. »

Mais Yasmina, de Barbie, elle n'en avait jamais vu, même si elle lui ressemblait beaucoup : grands yeux noirs, longs cheveux frisés, lèvres charnues, peau ambrée. Elle avait soigneusement rangé ses affaires sur son lit, et celles-ci étaient encore plus rares que ses paroles : une chemise de nuit, trois petites culottes, deux chaussettes. Elle ne possédait même pas une brosse à dents.

« *Where are your parents ?* lui avait demandé Marta.

– *Under the sea.*

– Et ton boyfriend ? *Have you a boyfriend ?* »

Yasmina avait secoué la tête, avec force. À son regard soudain devenu dur, on avait vite compris son expérience antérieure avec les *boyfriends.* Elle avait écopé d'un an et deux mois pour cinq ou six petites chaînes arrachées au cou parfumé de filles de son âge plus riches qu'elle. Mais les chaînes étaient un prétexte : le fait est que cette fille-là n'avait pas d'endroit où vivre, pas de papiers, pas d'adulte disposé à la nourrir, l'habiller et l'accompagner à l'école.

Emilia n'oublierait jamais son visage au petit déjeuner devant les biscuits Pan di Stelle. Pendant des semaines, elle n'avait pas cru possible de prendre aussi souvent une douche chaude « *with shampoo* ». Elle était mieux élevée et plus gentille que toutes les filles bien élevées et gentilles qu'Emilia avait connues dehors et quand elle avait commencé à suivre le cours d'alphabétisation, elle s'était définitivement épanouie.

Maintenant elle avait un travail, un mari, un fils. En y repensant, Emilia sentit ses yeux s'embuer.

« Qu'est-ce qui t'arrive, lui dit Marta, tu pleures déjà ? »

Elles arrivèrent piazza San Francesco et ce fut un coup de poing dans l'estomac. Elles regardèrent les grandes rosaces de l'église d'où le ciel jaillissait, les enfants qui filaient sur des trottinettes, le marchand de glaces. Emilia alla s'asseoir sur un banc, ses jambes ne la portaient plus.

Les Italiennes n'y vont jamais, en taule.

Les Italiennes mineures : impossible.

À moins que.

Comme Giada et Myriam, elles n'aient des problèmes de drogue ou qu'elles fuguent tout le temps des centres de réinsertion.

Ou bien.

Comme dans le cas d'Emilia et Marta.

Qu'elles aient fait un truc énorme.

Tellement énorme qu'il n'y avait pas de communauté, de mise à l'épreuve, de travail d'utilité publique qui tienne.

Pendant huit ans, Emilia et Marta avaient vu la population carcérale de l'Institut pour mineures changer. Elles étaient devenues comme les murs du Couvent, une certitude pour les filles qui sortaient et puis se faisaient arrêter à nouveau : à l'Institut pour mineures de Bologne, elles trouveraient toujours un réfectoire où on mangeait bien, le lycée hôtelier, une belle cour de promenade, et toujours Vargas et Innocenti.

Les vétéranes, les grandes sœurs. Et puis, il y avait cet autre qualificatif, qu'on ne pouvait pas prononcer.

« Point à la ligne », dit Marta en obligeant Emilia à se lever. Elles se prirent par la main, traversèrent la rue. Soignées, adultes, bien coiffées car elles étaient même allées chez le coiffeur la veille. Elles portaient leurs meilleurs manteaux, leurs meilleurs pantalons et chemisiers, pour marquer la distance avec les gamines qu'elles avaient été.

Elles entrèrent dans la petite rue.

La parcoururent à pas lents.

Enfin elles levèrent les yeux vers le grand Portail de fer, les Murs infranchissables. Elles reconnurent un à un les bâtiments, les balcons, les fenêtres de leur ancien horizon, y compris celui du Mec-d'En-Face.

Deux drapeaux se déployaient à côté de l'entrée : celui de l'Italie et celui de l'Europe, légèrement effilochés et fanés par le soleil.

Marta s'arrêta sur ces deux morceaux d'étoffe.

« Tu sais ce que je pense ? » demanda-t-elle à Emilia.

Celle-ci tourna la tête pour la regarder et, pour la première fois, elle vit son amie pleurer.

« Que cet endroit ne devrait pas exister. »

Marta tira un mouchoir de son sac et tamponna le maquillage qui avait coulé.

« Si on compte pas l'école, les amitiés et les bons moments qu'il y a eu aussi, une prison pour mineurs, c'est un contresens. »

La colère la reprit.

« La grande majorité des gens qui se retrouvent là ne devrait même pas être punie. Pourquoi ? Pour la malchance de naître dans certains quartiers oubliés du bon Dieu ou dans certaines familles où pleuvent les coups et rien d'autre ? Si la société te permet d'arriver à voler, à faucher, à cogner, à dealer à quinze ans, qui c'est qui est responsable de cette horreur ? » Elle haussa le ton. « Ils étaient où l'école, les services sociaux, l'Italie et l'Europe *avant* l'arrestation ? *Après*, c'est trop facile. »

Elle se tourna vers Emilia avec son fond de teint humide et un incendie dans les yeux. « Les barreaux, putain ? Les clefs, les matons ? Mais comment tu grandis ? Mais comment tu te sauves ? Yasmina, Afifa, toutes : ils auraient dû les amener au théâtre, au cinéma, les confier aux meilleures familles, les intégrer dans ce monde privilégié dont elles avaient toujours été exclues. Au contraire, on les a enfermées dans la merde, encore plus, en leur disant : "Vous êtes des déchets." Dans une société *civilisée*, elles auraient dû être non pas arrêtées, mais dédommagées. »

Emilia baissa les yeux, les planta dans l'asphalte.

« Je suis d'accord avec toi, dit-elle à mi-voix, on aurait dû toutes vous dédommager, vous. Mais moi ? » Elle secoua la tête. « Moi, pas. »

Elle pensa que même en démontant toute la structure sociale et en la débarrassant des injustices et des inégalités, même en la guérissant à la racine, et ça, ça doit être fait, c'est sûr, le mal pourtant demeure. Obstiné. Résiduel. Réduit à une aiguille, à un unique cas. Elle en était la preuve.

Marta ne lui répondit pas. Parce qu'elle était fatiguée maintenant. Et parce qu'il y avait des mystères que même elle était incapable de résoudre.

Ensemble, elles se dirigèrent vers l'entrée, sonnèrent à l'interphone. La porte s'ouvrit comme elle s'était ouverte tant de fois. Sauf que dans la loge était assise une nouvelle surveillante qui les dévisagea avec curiosité. Comme si elles étaient deux éducatrices, deux enseignantes, deux avocates, deux trentenaires libres et belles.

Le bien l'est aussi, obstiné.

28

Nous arrivâmes à Sassaia à la nuit noire, épuisés. Revenant du chef-lieu, de l'hôpital, nous avions derrière nous une rude journée. Martino, il lui avait fallu s'empêcher de pleurer, assis sur une chaise inconfortable à côté du lit où sa mère, le corps à moitié plâtré, était déposée comme un meuble déglingué. Une tête de mule, cette femme, que j'avais de toutes mes forces cherché à persuader de porter plainte contre son mari. Au bout de trois quarts d'heure, j'avais obtenu un « Ce ne sont pas vos affaires, monsieur.

– Mais ce sont les affaires de votre fils.

– Martino est grand, il comprend.

– Que la violence est normale ?

– Que son père est fatigué, et que la famille passe avant. »

Je m'étais levé, sans savoir où mettre mes mains, ma frustration, ma nervosité. Dans la grande pièce éclairée au néon, les autres malades nous observaient avec un mélange de curiosité et de commisération.

« Avant quoi, excusez-moi ? Avant les commérages de la Vallée qui parlent de toute façon, que vous portiez plainte ou non ? Avant le risque d'être tuée ? »

Adelaïde, c'était son prénom, me regardait et semblait dire : Et toi, qu'est-ce que t'en sais ? Les lèvres pincées, les poings serrés.

« C'est quoi une famille ? » lui avais-je demandé.

Elle m'avait souri : « C'est vous, celui qui a de l'instruction. »

Martino était sur le point d'éclater. Certaines conneries du genre *les hommes ne pleurent pas* avaient déjà pris racine dans son cerveau. Et moi, pourquoi est-ce que je m'étais mis en tête de les lui ôter ? De prendre en main son existence et de la remettre d'aplomb ? J'avais quoi à voir là-dedans ?

Sa mère était là, toute bandée, avec une perfusion. Sa vie était détruite mais elle la défendait, comme un lion qui s'est péniblement emparé d'une carcasse.

«Je ne sais pas vous dire ce qu'est une famille, avais-je répliqué en prenant une inspiration. Mais je suis convaincu que c'est un endroit où on ne reçoit pas de coups. Où il n'y en a pas un plus fort qui se venge sur les plus faibles. Parce que ça, c'est la forêt, où on doit être toujours sur ses gardes pour ne pas se faire dévorer. Mais une famille, ça devrait être le contraire, non ? Bien sûr, cet homme, c'est vous qui l'avez épousé, pas moi. Et moi qu'est-ce que j'en sais ? De toute l'histoire compliquée qu'il y a derrière ? Les gens devraient s'occuper de leurs affaires : ne rien voir, ne rien entendre. Mais moi je vous vois maintenant, à moitié écharpée, encore vivante par chance. Et je vois Martino là, rempli de colère. Alors, dans ce petit cadre familial, je ne vois rien qui me semble normal, et encore moins juste. »

Nous étions épuisés, découragés aussi. Il était tard, huit heures. Nos pas résonnaient entre les maisons glacées de Sassaia. Une avalanche de paroles, et pour finir Adelaïde nous avait dit au revoir à grand-peine : un signe dans ma direction, un baiser sec sur la joue pour Martino. Je n'avais rien résolu.

Quand j'ouvris la porte, Nebbia nous sauta dessus. Il nous fit la fête et réussit à nous remonter un peu le moral.

« Allez, ordonnai-je, à la douche ! »

Martino monta sans protester. Il était devenu obéissant dans cette maison qui n'était pas la sienne. Je me lavai les mains avec le produit pour la vaisselle, après quoi il me fallait trouver de quoi faire un repas.

C'était le samedi soir, le 27 février. Depuis qu'avait commencé cette étrange vie en commun, quatre jours plus tôt, je n'avais pas bu une goutte de vin. Je débouchai une bouteille et en avalai tout de suite la moitié d'un verre. J'ouvris le buffet : la polenta, comme d'habitude, le maccagno, comme d'habitude, et des blettes. Tandis que je m'affairais devant le fourneau et mettais le couvert, j'entendais Martino marcher, déplacer des choses, le bruit de la douche, celui de l'eau dans les tuyaux, et je ne pouvais m'empêcher de penser que la maison était de nouveau vivante.

Dans un élan de légèreté, je pris le téléphone et le rallumai, après l'avoir laissé éteint pendant plusieurs semaines. Nebbia passait et repassait entre mes jambes, m'implorant des yeux pour que je lui fasse goûter. « Qu'est-ce que tu veux, toi ? Des blettes ? Débrouille-toi. » Le téléphone n'émit pas le moindre son. Je ne m'attendais pourtant pas à un message, un appel. Je ne l'aurais pas accepté.

Martino, après la douche, marcha pieds nus dans le couloir en mouillant le tapis et mettant du désordre, mais ça ne m'embêtait pas. Au contraire. Je l'entendis ouvrir la porte de sa nouvelle chambre, celle de mes parents. Brancher le sèche-cheveux et sécher cette chevelure qui avait besoin d'un coiffeur.

Cela m'avait remué de lui préparer *ce* lit-*là*, de lui faire de la place dans l'armoire où se trouvaient encore, plongés dans la naphtaline, les manteaux de ma mère. Cela m'avait remué d'aller dénicher dans le grenier la malle où il y avait tous les jeux et les livres de notre enfance. Le Monopoly, Qui est-ce ? Le Scarabée, et aussi les jumelles de Valeria. Et toute la collection des classiques de Salgari, que bien sûr Martino n'avait même pas voulu regarder.

Il nous avait fallu établir des horaires, des règles : On ne s'échappe pas de la maison, on éteint la radio quand on se couche, on se lave les dents après chaque repas et les mains avant. Il nous avait fallu aussi tromper la curiosité maladive de ses camarades de classe qui nous voyaient arriver à l'école et en sortir ensemble. Tout cela était précaire, brouillon, pas vraiment légal. Et pourtant.

Martino descendit parfumé, cheveux séchés, et s'assit à table juste au moment où les blettes finissaient de cuire. Il tordit le nez en les voyant mais il n'était pas en situation de faire le difficile. Je remplis un seul plat pour avoir moins à laver. Il se jeta sur le maccagno et nous mangeâmes en silence, les yeux baissés, avec cette légère gêne qui n'avait pas l'air de vouloir diminuer. À voir ma barbe et ses cheveux, on aurait dit le père et le fils. Deux tordus, deux sauvages. Je lui autorisai un doigt de vin, il s'en étonna et je précisai : « Juste parce que c'est samedi soir. »

La vérité, c'est que charger sur mes épaules les manteaux de ma mère enveloppés dans la cellophane et les apporter en bas, à l'oratoire d'Alma, pour la collecte du Secours Catholique ne m'avait pas attristé. La vérité, c'est que, débarrassé et plus libre, j'avais remonté Stra'dal Forche en souriant par moments.

Le repas fini, Martino débarrassa la table et je fis la vaisselle. Cela aussi, c'était un partage des tâches établi dès le début pour nous permettre de fonctionner. Vu que le lendemain matin il n'y avait pas école, même s'il était neuf heures passées, je lui dis : « Allez, va chercher le Monopoly, on va jouer. »

Son visage s'éclaira. Je me versai encore un verre de vin. Quand il revint, nous disposâmes ensemble l'argent, les pions. Pour finir, je lui tendis les dés et juste à ce moment-là, tout à coup, traîtreusement, le téléphone coupa la maison en deux.

Je tressaillis. Je restai un instant figé sur ma chaise, incapable de réagir, de penser, pendant que Martino m'observait, intrigué et que Nebbia léchait le fond de sa jatte. Je me levai, le cœur prêt à exploser et m'approchai du buffet. L'écran émettait une lueur entêtée.

Ce n'était pas Emilia.

« Allô. »

D'un rectangle de nuit, à travers le rideau de la fenêtre, la lune émergea. Blanche, pleine, éclairant la neige sur la cime du Monte Cresto.

Martino était en train d'étudier une façon de tricher.

Nebbia, le ventre plein, s'endormait sous la table.

« Allô, Bruno, me dit-elle avec ce ton sonore, moqueur, que je croyais perdu, alors… bon anniversaire ! »

Je me rassis, brusquement.

« Ne me dis pas que tu avais oublié. »

Je retrouvai ma voix : « Si.

– Tu as trente-sept ans, tu commences à être vieux, au-dedans mais aussi au-dehors. Il faut que tu fêtes ça. »

Je sentis mes yeux se mouiller malgré moi. Pendant que Valeria se mettait à me raconter quel temps il faisait à Ostie, la mer démontée, des cabines emportées, mon menton se mit à trembler. Je reconnaissais la Sorcière des Bois, son bâton, sa sarbacane, sa force : elle n'était pas morte. Elle s'était souvenue.

« Je voulais aussi te dire que j'étais avec un connard mais que je l'ai plaqué. Valeria Peraldo, les mecs jaloux, c'est fini, garanti. Je me suis pris un appartement à moi. C'est pas un palais, juste quarante mètres carrés. Mais si pour une de ces prochaines vacances tu sais pas quoi faire, à Pâques, ou en juin quand l'école se termine... Si tu veux manger une glace à la plage, voir un endroit différent, ben, j'ai aussi un canapé-lit. »

C'est quoi une famille ? Je ne sais pas te le dire, Adelaïde. J'en sais foutre rien. Pourtant. J'entrouvris la bouche, toute pleine de larmes.

Une famille, c'est une corde, Adelaïde.

Un câble d'acier qui vous tient, quoi qu'il arrive. Il vous empêche de vous perdre et de vous dissoudre parce que, vous, dans cet amarrage, vous avez été aimé.

« Merci, Vale, articulai-je avec un filet de voix, je crois vraiment que je viendrai. »

Je raccrochai. Je gardai le téléphone dans la main, incapable de le reposer, encore chaud qu'il était de notre conversation. Pendant ce temps Martino trépignait pour jouer, construire, gagner.

Je lançai les dés après lui, fis avancer mon pion sur le tableau de jeu. Martino commençait déjà à édifier des maisons et des hôtels, à investir de l'argent ; moi, déconcentré, je ne tenais pas le rythme. Je restais à la traîne, je revenais en arrière.

À Turin. Au soir où j'avais balancé les sacs et les cartons n'importe comment dans le coffre de la Seat pour revenir ici, appeler Sebastiano et, en somme, tenter tout ce qui était possible pour mourir.

Je n'avais plus repensé à ce qui s'était passé. Et maintenant, entre deux lancers de dés, cela me revenait à l'esprit. Tout à la fois.

Les années d'université, l'appartement via Po. Mes colocataires amenaient leurs copines chez nous et moi je me mettais des boules Quies pour ne pas les entendre, penché sur mon bureau en train de souligner mes cours.

Je ne sortais jamais. Le monde était le triangle isocèle formé par la chambre que je louais, la faculté et la bibliothèque. Je ne m'aventurais jamais au-delà de ce périmètre, je ne fréquentais personne. Pour tout dire, je n'avais jamais vu Turin.

Je n'avais pas eu de difficultés à obtenir une double licence avec les meilleures notes et à continuer vers le doctorat. Dès le début on m'avait promis un poste d'enseignant et laissé entrevoir une carrière brillante. J'étais bien le petit génie de la Vallée, non ? Mon destin était tracé : des voyages en Europe, des conférences, des publications. Sauf que j'étais déjà mort à la racine et n'avais aucune intention de me sauver. Au contraire.

Un matin, une camarade de doctorat qui venait juste d'arriver de Florence m'avait demandé mes notes de cours avec un sourire, sur le ton de quelqu'un qui aimerait se lier d'amitié. Et j'étais resté là, comme foudroyé.

Après les notes de cours, elle m'avait demandé si on pouvait travailler ensemble à la bibliothèque. J'étais passé inaperçu pendant six ans, pourtant, malgré moi, j'existais. Et toujours malgré moi, j'avais recommencé à me laver et me raser. Nous étions passés des cafés pris debout devant la machine à la fac aux cafés assis dans un bar des environs. Une nuit j'avais cherché sur Internet des films pornos pour comprendre comment on faisait.

Je m'étais laissé convaincre pour un premier rendez-vous, le soir, dans un bar. Les trois ou quatre Spritz enfilés l'estomac vide m'avaient aidé. Après, on avait commencé à se balader au parc Valentino, sur le bord du fleuve. Je marchais à côté d'elle : un tronc de hêtre et une palpitante fille de vingt ans à l'accent toscan.

Qui, soudain, s'était arrêtée et l'avait embrassé, le tronc. Alors, j'avais perçu avec étonnement, pour la première fois depuis le 26 août 1990, que j'avais un corps : animé, acceptable.

Finalement, elle m'avait invité à une fête, et j'avais dit oui. Vivre, je voulais au moins essayer. Je m'étais acheté un jean et une chemise pour l'occasion. J'avais sonné à l'interphone, on entendait la musique depuis l'entrée de l'immeuble. J'étais monté avec les meilleures intentions et je l'avais trouvée là, sur le seuil, éméchée et en sueur. À l'intérieur, l'air était une chape de fumée, il y avait partout des bouteilles vides de vin et de bière.

Je le savais, que j'étais une corde effilochée. Et que si on ne finit pas de mourir d'abord, on ne peut pas prétendre renaître. Mais j'avais hâte maintenant. J'étais persuadé qu'il n'y aurait pas d'autre fille. Elle m'avait pris la main et conduit dans une des chambres. Elle avait fermé la porte à clef. La lampe de chevet était allumée, le lit défait comme si d'autres venaient juste de terminer. Et moi, j'étais là pour ça, non ? Pour ne plus être seulement un fils, un frère, l'orphelin. Pour devenir *je*.

Elle s'était appuyée contre le lit, s'était déshabillée devant moi. Je la voulais de tout mon être : la tension, l'érection, la perte de contrôle. Mais j'éprouvais une sensation métallique. Sous la langue, sous le sternum.

La corrosion se produit en trois phases, avait expliqué l'expert. La nucléation, pratiquement imperceptible. La propagation, dont on peut et doit s'apercevoir à temps. Puis, irréparable, la rupture finale.

J'avais traversé la nucléation au lycée, la propagation à l'université. J'avais fluctué, vague, pendant toutes ces années. Dans une colère noire. Contre moi-même, contre Valeria : Qu'est-ce qu'il y avait de si important dans ce sac à dos ? Une lettre, une bague ? De qui ? De son petit ami ? Tu as troqué un amour de merde contre notre famille ? Contre la possibilité de mourir ensemble ?

La vie exigeait un oui. Amour. Ouverture. Sexe. Ma camarade de doctorat enlevait son jean, sa culotte, ouvrait les jambes. Et moi, plutôt que de le dire, ce oui, je sentais les fils d'acier tordus s'amenuiser jusqu'à atteindre le point de non-retour et je tombais en morceaux. Plutôt que d'entrouvrir la cuirasse. Plutôt que de m'accorder le droit de jouir. Le 2 novembre au cimetière tous les ans, c'était ça que je devais faire.

« Je t'ai eu ! Je t'ai eu ! » me criait Martino, tout content.

Moi je le regardais, maintenant, comme un abruti.

Comme quelqu'un qui, enfin, commence à comprendre.

« Tu dois me payer le passage, mon pote. »

Qu'il a foutu en l'air un paquet de temps.

« Il te reste qu'un billet, je sais pas si tu te rends compte. »

Je me rendais compte. Que je n'étais pas si différent d'Adelaïde : moi aussi j'étais persuadé que, si tu prends des coups, au fond, tu les as mérités. Que si le mal te frappe, c'est ta faute.

En revanche avec Emilia, c'était arrivé après deux poèmes.

Parce que la vie est vivante, c'est tout. Elle veut aller de l'avant, et elle se fiche du reste.

« T'as trop bu ?

– Non, dis-je en secouant la tête, je suis parfaitement lucide. »

Je récapitulai : Martino m'avait vidé le portefeuille, quasiment pulvérisé. Je saisis les dés.

« Allez, le nul, tu vas voir que cette fois, c'est la bonne ! » se moquait-il.

Je lançai et finis sur la case « Prison ».

Il se tordait : « J'ai gagné, j'ai gagné ! L'argent pour la caution, tu l'as même pas ! »

Je fixai ce mot : « prison ». Qui, dans ma tête, se transformait tout de suite en « Emilia ». Et moi, vraiment, j'avais renoncé à l'avenir avec elle à cause de son passé ? De mon passé ?

Je détachai mon regard du pion perdu et le posai sur Martino : il était rayonnant. Et aucun spectacle n'égale celui d'un enfant rayonnant.

« Je veux te raconter quelque chose, lui dis-je en souriant.

– Oui, mais c'est moi qui ai gagné.

– Tu as gagné, Martino. T'es un champion. Personne ne met ça en doute. Mais, justement à cause de ça, je veux te raconter cette chose qui peut-être, un jour, te sera utile.

– Alors seulement si tu me laisses fumer. »

Je soupirai : c'était tout le temps du troc, du compromis, de la fatigue.

« D'accord. Seulement parce que c'est la nuit des exceptions. » Puis je tendis la main : « Donne-m'en une. »

« Toi, maintenant, tu me vois comme ça, comme l'instituteur. Et tu penses que je ne pouvais pas devenir autre chose. Mais moi je n'avais jamais pensé enseigner, en tout cas pas à vous, à l'école primaire. C'était vraiment la dernière option que j'aurais imaginée. » J'aspirai et rejetai la fumée. « J'ai perdu mes deux parents quand j'avais ton âge. »

Martino se redressa sur la chaise, plus intéressé qu'ému.

« L'accident au Monte Stella ? J'en avais entendu parler, mais j'y croyais pas. »

Je fis tomber la cendre dans une petite tasse. « Pas un *accident*. Appelons les choses par leur nom : un *massacre*. Mais ce que je voulais te dire, c'est que moi, à ton âge, je me considérais comme le pion de tout à l'heure : foutu. Ma situation me dégoûtait tellement que, pour le dire vite, même si j'ai étudié de tout mon cœur, ai été reçu à tous mes examens et ai pratiquement obtenu un doctorat, je suis quand même revenu ici et je me suis abruti de joints, d'alcool et toutes sortes de drogues. »

Martino affûta son regard : je devenais de plus en plus intéressant.

« J'ai passé une année entière, Martino, *une année*, à me péter la tête. La première chose que je faisais en ouvrant les yeux, c'était me rouler un joint et boire un amaro par-dessus. Cinq minutes de lucidité, c'était trop pour moi. »

Je l'observais : il était envoûté. Les enfants sont attirés par le mal parce qu'ils l'ont pas en eux. Ils veulent le connaître parce qu'ils n'en sont pas touchés. Et ensuite ? Comment est-il possible que nous nous gâtions tous avec l'adolescence ?

« Un matin, c'était en mai, je me suis retrouvé non pas dans mon lit mais au bord du torrent. Sans savoir comment j'y étais arrivé. Une carcasse de vélo abandonnée, voilà ce que j'étais, point. J'avais un mal de crâne affreux, la lumière me déchirait les yeux, l'humidité avait imprégné mes vêtements. J'étais dégoûtant. Tellement dégoûtant que je m'étais dit : Maintenant je meurs. Je me balance dans les veines quelque chose de tellement puissant que ça m'enverra dans l'autre monde. Cette idée merdique, je l'avais alors que l'air avait un parfum de fleurs, que j'entendais le tintement des clochettes au loin, que les montagnes, la prairie et le ciel étaient pleins de sons, de couleurs, tellement qu'on ne pouvait pas y trouver le moindre vide. »

Nous éteignîmes nos cigarettes ensemble, au même instant. Quand nous relevâmes les yeux, ils se croisèrent.

« J'étais décidé à mourir. Totalement décidé. Sauf que la cloche a sonné et que vous, vous êtes sortis en récréation. » Mon cœur s'ouvrait dans ma poitrine à ce souvenir. « Je veux dire, pas vous, mais ceux qui étaient là avant. Accompagnés par une vieille institutrice que tu n'as jamais connue. Alors je me suis rendu compte que j'étais en face de mon ancienne école Collodi. Je me suis relevé, parce que j'avais honte. Avec mes os qui craquaient et me faisaient mal. Je me suis caché derrière un bouleau et je vous ai regardés. J'ai regardé ces enfants comme, tout à l'heure, je t'ai regardé quand tu venais de gagner. Ils jouaient à cache-cache, au ballon, à se courir après, à se rouler dans l'herbe. Et il m'est venu une nouvelle pensée : j'ai pensé que la vie ne m'avait pas seulement privé, en fait. Elle m'avait aussi donné. Donné un tas de choses. De belles journées. D'étés dans les bois. De bains dans ce torrent. De livres qui m'avaient fait tomber amoureux. Elle m'avait donné de l'amour, un tas de fois. Maintenant, c'était à moi de *rendre ça.* »

C'était l'heure d'aller au lit. Martino me regardait, perplexe, et Nebbia s'était fourré entre ses mollets.

« Tout ça pour t'expliquer que, indépendamment des coups que tu as reçus, des trucs moches que tu as vus ou entendus, des problèmes qui te rongent de l'intérieur – et cette sensation de vide, je la connais parfaitement, tu peux me croire –, la vérité c'est que ni toi, ni moi, ni personne n'est jamais vraiment foutu tant qu'il vit. Surtout si tu as douze ans et toute la vie devant toi. » Je le regardai avec une détermination qui finit par l'effrayer. « Promets-moi que tu ne feras pas comme moi, que tu feras tout ton possible pour profiter de ces années et de toutes celles à venir. »

Et pendant que je disais cela, pendant que je le voyais acquiescer d'un air un peu fuyant mais pensif, pendant que je l'entendais en haut se laver les dents avant d'aller dormir, je sentais aussi une chose, clairement :

Cette corde qui était en moi commençait à se renouer.

29

Dans le train du retour, en face de Marta qui feuilletait le *Corriere della Sera* en buvant tranquillement du prosecco, Emilia se sentit comme peu de fois dans sa vie : en droit d'habiter ce monde.

Rouvrir la porte du bureau de la Frau avait été une sorte de coup de canon en pleine poitrine.

Elle les attendait, elles avaient rendez-vous, elle aurait dû être prête, préparée. Pourtant, quand elle les avait vues se matérialiser là, en face d'elle après tout ce temps, elle avait dû faire un effort surhumain pour ne pas pleurer. Elle avait la voix qui tremblait en demandant : « C'est vous ? Vargas et Innocenti ? » Elle justement, la directrice, qui pour un peu se serait effondrée sur son bureau avec toute son émotion, cette émotion qu'il était absolument interdit aux détenues de manifester.

Mais désormais, Emilia et Marta, détenues, elles ne l'étaient plus. Coup de canon, aussi, le fait de s'en rendre compte. Elles étaient adultes, citoyennes libres, élégantes : finis les survêts amples, les sweats puant la fumée, l'acné. La Frau avait beaucoup vieilli, en revanche. Elle avait pris du ventre, des hanches. Elle n'était plus redoutable comme elle l'avait été. Le mobilier, le sol, les barreaux aux fenêtres de cette pièce étaient bien ceux dont elles se souvenaient, mais eux aussi avaient l'air différents. Et même le président de la République suspendu au mur avait un autre visage.

Rita avait raison : tout, mais vraiment tout, *change.*

« Je n'arrive pas à y croire, vous êtes devenues si grandes, si belles. » Elle s'était levée, quittant sa position de direction, de pouvoir, d'autorité, pour aller gauchement les prendre dans ses bras. Elles s'étaient retrouvées contre le corps souple et chaud de cette femme qui les suffoquait d'une affection qui auparavant aurait été *verboten.* Ce n'était plus la Frau mais Gilda Pavulli, une personne qui, entre autres choses, était aussi la directrice d'une prison pour mineures.

À peine s'était-elle reprise que Gilda était redevenue la *condottiera* qu'elle était, pugnace, débordante d'énergie, et elle les avait amenées triomphante d'un bureau à l'autre. Ce matin-là, Rita n'était pas là. À coup sûr, elle n'avait pas été prévenue et peut-être, pensa Emilia, était-ce mieux ainsi : ça aurait été trop. Elle aurait même dû s'excuser de ne lui avoir jamais téléphoné.

Vilma était partie à la retraite depuis peu. Le commandant, lui, était bien toujours le même et s'était ému à son tour, malgré ses efforts pour le cacher. La plupart des surveillantes et des éducatrices étaient nouvelles, mais Gilda s'était répandue en présentations, anecdotes, célébrations : « Ces deux-là ! Ah, elles me rendaient folle ! Et maintenant, regardez-les ! Elles ont un diplôme universitaire, elles ont un métier, elles renaissent ! Quelle fierté ! »

Il entrait par les grandes fenêtres munies de barreaux une lumière qu'Emilia et Marta se rappelaient très bien. Leur regard fuyait toujours par là : vers la cour, où leur adolescence s'était consumée sans se réaliser. Elles entrevoyaient le filet du terrain de volley, les fantômes de leurs volées et de leurs smashs, de leurs corps tendus dans cette enceinte d'air. Est-ce qu'on peut payer un délit par sa jeunesse ? Est-ce que le temps remettait les compteurs à zéro ? Elles reconnaissaient le potager desséché par l'hiver, les murets où d'autres, mais plus elles, iraient s'asseoir de quatorze à seize heures en balançant les jambes, la tête renversée en arrière pour bien sentir le ciel sur le visage.

Tandis que Gilda n'arrêtait pas de parler, elles étaient de plus en plus silencieuses, incertaines. Était-il vraiment nécessaire de marcher de nouveau au milieu de ces bureaux, de s'arrêter devant la machine où, de temps à autre, une matonne avait pris un café pour elles aussi ? Devant la photocopieuse des annonces *Avis aux jeunes détenues, La douche et la crème pour éliminer la gale, Les nouveaux horaires de l'infirmerie*? Est-ce qu'elles devaient vraiment repasser au milieu de tout ça ?

Oui.

Parce que c'est toujours l'adolescence qui décide qui vous êtes. Et ce lieu-là, c'était le plus important de leur vie.

Elles s'étaient arrêtées devant le grand panneau affiché au mur de la salle des professeurs : *L'alphabet de la taule. A comme Avocat, B comme Bibliothèque ! C comme Cellule, D comme Détention, E comme Écrou...* Elles avaient eu un sourire mitigé parce qu'elles aussi avaient participé à cette entreprise, une idée de Pandolfi. Même les mots de base de leur lexique étaient différents de ceux des autres.

Pour finir, Frau les avait rappelées : le moment était venu.

Crucial, fatidique, légèrement illégal même car les ex-détenus ne peuvent pas revenir en prison. À moins, bien sûr, d'avoir commis de nouveaux délits. Mais en règle générale, un magistrat n'aurait jamais donné à deux filles comme Vargas et Innocenti l'autorisation de faire un tour à l'intérieur même de l'IPM. Ce n'était pas Disneyland, tout de même !

Cependant, Gilda avait promis à Marta « un petit tour ». « Seulement parce que c'est vous. » Et elles s'étaient retrouvées face à la Porte.

La Porte Blindée.

La frontière entre la vie normale et la vie mauvaise.

Entre les filles justes et celles qui ne le sont pas.

Gilda avait sonné. La surveillante, depuis l'intérieur, avait entrebâillé l'œilleton. Brusquement ces bruits-là avaient fait irruption. Connus, urticants comme du papier de verre sur une chair à vif. Un mélange de rap, de talkies-walkies, de clefs de cuivre, de rage. Elles avaient pu entrevoir quelques gamines négligées, le regard perdu sous les faux cils, les cheveux sales ou avec la racine noire, qui traînaient dans le couloir cigarette à la bouche. L'éternelle puanteur de fumée, de cendre et de nourriture. Les insultes et les bagarres pour un flacon de vernis à ongles.

La surveillante encadrée par l'œilleton avait mis la main sur les clefs pour ouvrir. Tout était arrangé et évident comme le déclic mécanique d'un barillet de porte. Sauf que, instinctivement, Emilia avait fait un pas en arrière. Et Marta l'avait dit à voix haute : « Non. »

Gilda avait rougi. Elle avait levé les mains, s'excusant presque : « Les filles, c'est vous qui me l'avez demandé, moi je ne vous l'aurais jamais proposé.

– Nous le savons, dit Marta pour la rassurer. Nous étions convaincues, n'est-ce pas Emi ? Mais je viens de comprendre que ce seuil, je ne peux plus le franchir.

– Moi aussi, avait dit Emilia. Ça suffit. »

La surveillante, sur un signe de tête de la directrice, avait refermé le judas et la porte.

Emilia et Marta avaient regardé le passé se refermer.

C'était vrai, on ne pouvait ni l'arranger, ni le réparer. Pourtant, elles s'en rendaient compte maintenant seulement, le passé était aussi une chose *finie*.

Alors, elles avaient voulu sortir, tout de suite. Après avoir salué tout le monde avec de grands sourires hâtifs : « Oui, ça a été formidable, non en fait, ça a été terrible. » « Allons déjeuner à l'extérieur », avait proposé Marta. « Ne ratons pas Bologne, on l'a déjà assez raté comme ça », avait dit Emilia. Alors Gilda les avait amenées dans un restaurant typique, où elles avaient commandé des lasagnes, et puis côtelettes à la bolognaise, panna cotta et un litre de vin tout en bavardant, oui, toujours des mêmes sujets – les nouveaux faits divers, les « baby gangs », une urgence nationale, les magistrats qui changeaient, le code pénal qui était toujours le même – mais tout cela avec légèreté, avec joie presque : cela ne les concernait plus.

Ensuite elles avaient embrassé Gilda avec la promesse de garder le contact et s'étaient rendues piazza Maggiore pour se faire quelques selfies. Un avec le palazzo D'Accursio en fond et un autre, le must, avec les couilles de Neptune bien en vue. Des photos idiotes qu'elles ne publieraient nulle part, parce que, qu'est-ce que vous voulez publier, quand vous êtes une ex-détenue ? La seule chose qui compte, c'est la vie.

Dans le train, maintenant, la nuit enveloppait dans sa lourde couverture le paysage qui filait de l'autre côté de la fenêtre. Elles étaient défaites, épuisées, avaient mal aux pieds et le maquillage semblable à un vieil enduit fendillé. Mais elles se sentaient en paix, comme quelqu'un qui a fait son devoir et le sait. Elles ne se parlaient pas parce qu'elles n'avaient plus rien à dire, à déplorer.

Elles arrivèrent à onze heures passées. Juste au moment où le train ralentissait pour entrer dans la gare de Milan, Emilia sentit le portable vibrer dans son sac. Elle pensait que c'était Mohamed, ou son père. Mais non.

« Je te demande de m'excuser. Je n'étais pas préparé au déclic de bonheur que tu es. J'ai même acheté une télé qui, comme tu peux imaginer, ne fonctionne pas. J'espère que tu vas bien, là où tu te trouves. Même si tu me manques. Même si je suis prêt maintenant à vivre avec toi quelque chose qui soit vraiment : une vie. »

Emilia referma immédiatement le message, comme s'il brûlait.

Elle s'obligea à l'enfouir sous d'autres pensées pendant tout le trajet en taxi jusqu'à l'appartement, puis pendant la douche, et puis dans le lit, même après que Marta eut éteint la lampe de chevet. Mais impossible de dormir.

Vers trois heures du matin, elle se glissa hors des draps, s'enferma dans les toilettes, à l'abri. Elle le rouvrit et le relut.

Encore et encore.

30

Le paradoxe était celui-ci : l'événement principal de sa vie, elle ne pouvait pas le penser. Ni se le rappeler, ni le raconter, ni rien. Elle devait faire comme s'il n'avait pas eu lieu. Mais elle le sentait : inamovible, compact à la hauteur de son cœur. Comme un caillot d'obscurité, un bout de graphite aiguisé. Et dangereux aussi. Mortel comme une tumeur quiescente, un projectile qui n'a pas explosé. Elle devait le garder en elle, en faisant attention à ne pas trop le remuer, le titiller. Parce que s'il s'ouvrait, s'il explosait, le noir l'envahirait entièrement, jusqu'à la paralysie.

Les fois où elle avait été obligée d'en parler, trois, elle avait balbutié le nombre minimal de mots avec un filet de voix, dissociée d'elle-même. Pendant le procès, son état de transe était tel que, à peine sortie de la salle, elle avait tout refoulé. Avec Rita, des années plus tard, elle avait expédié la chose avec le même détachement que lorsqu'elle préparait des bouillons et des soupes pendant les heures de cuisine ou qu'elle balayait les salles communes. Avec Marta, enfin, la synthèse avait été liquidée péniblement, et seulement parce que celle-ci s'était confiée la première et l'avait menacée : Sinon on n'est plus amies.

Mais maintenant, à trente et un ans, son cœur ne pourrait pas supporter une quatrième confession. Cette obscurité qu'il y avait en elle devait rester encapsulée à l'intérieur, comme le réacteur de Tchernobyl dans son sarcophage.

C'est pour cela qu'elle n'avait pas répondu à Bruno, ne l'avait pas appelé. Et pourtant elle en avait éprouvé une forte, irrésistible envie.

Il *savait* maintenant. La version des journaux, des autres, des justes. Pourtant il y avait aussi la sienne. Et l'amour exigeait que cette version soit exprimée, que l'indicible soit dit, que le refoulé soit rappelé. Mais se rappeler, pour Emilia, était pire que quatorze ans et demi de prison.

Elle avait décidé de rester à Milan, une ville qui, tout en étant stimulante, pleine de choses à faire, à voir, de gens, ne signifiait rien pour elle. Et aussi de continuer ce travail à mi-temps dont elle n'avait absolument rien à foutre. Et de baiser avec ce mec cool dont elle n'arrivait pas à tomber amoureuse. En bivouaquant dans le confortable appartement de Marta qui n'était pas sa maison et dont aucune fenêtre ne donnait sur les Alpes, aucun interstice ne laissait entrer l'odeur des bois.

Elle avait beau être réticente, elle se faisait pourtant avoir par cette ville. L'ampleur des places, des quartiers, des parcours, toute cette liberté d'aller où elle avait envie sans limites d'horaires lui rendaient le monde, c'est vrai, mais donnaient aussi des coups d'épingle dans cette boule noire en elle. Tout cela lui ouvrait grand l'avenir et, en même temps, entrebâillait la trappe du passé. Comme si l'un et l'autre, en fin de compte, ne formaient qu'un seul et même nœud maudit.

Alors les souvenirs l'envahissaient. Ils glissaient hors des caves de son être dans les moments les moins opportuns. Des segments très rapides, comme des vidéos mal filmées. Mais nets, aveuglants, qui la laissaient dévastée.

Il y avait toujours Marina di Ravenna, dans ces flashs, toujours la pinède, la mer houleuse, le complexe pétrochimique noyé dans la brume. En été et en hiver. Avec les établissements balnéaires pris d'assaut ou les plages désertées et les cabines fermées.

Une brise salée venait traîtreusement la heurter et tout d'un coup, ce n'était plus mars 2016 mais janvier 2001 : la fin des vacances de Noël. *Elle* avait forcé une serrure et s'était enfermée dans une cabine, mais pas seule. *Elle* en était tout à fait capable : enfreindre les lois, violer une propriété privée, sortir de sa poche un préservatif. Parce qu'*elle*, elle était dégourdie, elle n'avait pas froid aux yeux, elle brillait.

Facile, pensait Emilia, quand tu as toutes les chances. Quand ta mère n'est pas morte, que tu fais ton année de seconde sans la moindre difficulté, que tu lis à voix haute sans écorcher un mot et que tu as quinze de moyenne en passant juste dix minutes à travailler et le reste du temps sur la PlayStation. Si elle s'était contentée de les penser, ces choses-là, peut-être que des années de prison, il y en aurait eu neuf ou dix. Mais elle les avait écrites noir sur blanc. Et pourtant elle détestait écrire. Et pourtant son journal intime de gamine paumée était maigre et bourré de fautes. Mais elles en avaient toutes, les filles, alors il lui fallait en tenir un, elle aussi.

Emilia revit la cabine de l'extérieur, la peinture blanche et bleue écaillée par les vents et le sel. Elle était la sentinelle. La servante. La figurante du splendide film dont *l'autre* était la vedette. Et la personne qui était à l'intérieur avec elle, ce n'était pas un jeune de leur âge, mais un homme mûr, un adulte. Elle allait quand même pas s'éclater avec des gamins, *elle*, avec les boutonneux, les bouffons, les nuls. Elle exigeait le maximum : la vie dans les grandes largeurs.

Emilia était le chien de garde, la dépositaire du secret. Cet homme mûr, cet adulte, était marié. Malheureusement, comme il apparaîtrait plus tard, non seulement c'était un pédophile, mais ce qui s'était passé dans la cabine n'était pas un épisode isolé. En ce début de mois de janvier désert à Marina di Ravenna, on ne savait pas encore quelle tournure prendraient les événements, il n'était pas encore question d'amour pour cet homme. L'amitié bancale et trouble qui les liait, elle et *elle*, restait privilégiée.

Si Emilia ne lui avait pas servi de couverture, comment aurait-elle fait, *l'autre*, pour perdre sa virginité ? Pour vivre sa vie intense et radieuse ?

À Milan, dans la librairie, Emilia rangeait les éditions de poche de l'Arioste, de Pellico, de Manzoni. Mais c'était comme si elle avait dans la main son vieux journal intime : le cadenas déjà oxydé, la clef tellement fine qu'il était facile de la tordre, les pages lignées que salissait son écriture malhabile. Ce n'était pas un souvenir : elle sentait vraiment au bout de ses doigts la surface rugueuse du papier. Le passé était redevenu gigantesque, il se dilatait et l'engloutissait.

Elle l'avait sorti de son sac à dos, ce journal intime. Elle s'était assise sur la carcasse d'un pédalo enfoncé dans le sable. Le vent était fort, il faisait froid. En attendant que les deux autres aient fini, elle avait esquissé nerveusement le paysage : le petit drapeau rouge tendu dans le mistral, les crêtes blanches des vagues enragées, les nuages bas et noirs. Puis elle s'était défoulée :

Je te déteste.
Tu es une salope.

Sept pauvres mots. Crachés là par colère, jalousie, envie. Qui étaient ensuite devenus les « circonstances aggravantes », une des preuves de la préméditation, « + 5 ans ».

Et vous y croyez ? Aurait-elle répliqué aujourd'hui si elle l'avait pu. Au journal intime d'une adolescente ? Vous ne savez pas que l'adolescence est tout et le contraire de tout ? Que si j'écris je te déteste, je t'aime aussi ? Que si embrasser avec la langue me plaît, ça me dégoûte aussi ? Que si je suis heureuse d'être son amie, je suis triste aussi ? Que je suis moi, et en même temps une inconnue que je ne connaîtrai jamais ?

« Emilia, qu'est-ce que tu as ? Tu trembles. »

La voix inquiète de Mme Emma déchira le temps. Emilia revint brusquement dans le présent, le passé disparut sous la trappe dans une fulgurance, les livres de poche lui tombèrent des mains.

Elle sentait son cœur lui obstruer la gorge, comme un gros coquillage échoué sur la plage. Elle se retourna lentement, transpirant d'une sueur froide.

« Tu es bien pâle. » Mme Emma lui posa une main sur le front : « Et brûlante. Rentre chez toi. »

Emilia se traîna jusqu'à l'arrière-boutique, prit ses affaires et son sac. Levant à peine la main pour dire au revoir, elle sortit rapidement. L'air lui manquait. Elle sentait qu'elle avait de la fièvre, mais ne voulait ni rentrer ni se mettre au lit. Cet appartement était celui de Marta, pas le sien. Elle n'avait plus d'endroit à elle. Elle ne pouvait pas revenir à Ravenne, elle ne pouvait pas revenir à Sassaia. Elle était prise dans un étau si dur qu'elle se mit à regretter une nouvelle fois l'IPM, la Peine qui absorbait toute pensée et faisait qu'il n'y avait pas moyen de s'interroger, de se retrouver face à face avec la boule noire parce que vous payiez déjà, vous étiez déjà bourrée d'anxiolytiques, de scarifications, qu'est-ce que vous pouviez faire d'autre ?

Elle marchait sur le trottoir maintenant, se débattant comme un naufragé à la dérive. On te dit : « Vas-y, je te libère », mais ce n'est qu'un mot. Comme *salope* et *je te déteste* dans le journal intime de tes seize ans. La vérité c'est que tu ne peux pas te libérer de toi-même, qu'il n'y a pas moyen de revenir en arrière, de pousser un soupir de soulagement et, enfin, d'avancer.

Si seulement elle avait pu la rencontrer une dernière fois quelque part – un bar, un passage souterrain, ce trottoir, n'importe où – et s'expliquer. Elle ne pouvait pas attendre, dans le refuge d'une étoile, de devenir une âme ; et si elle se transformait en vermine, et voilà tout ? Cette question, Emilia devait la résoudre. Quand on n'aime personne, on peut s'en foutre et se tuer. Mais l'amour exigeait qu'elle répare l'irréparable.

Ses tempes battaient. Elle ouvrit sa doudoune car elle était en nage. Elle se mit à scruter intensément la foule qui s'agitait dans les rues de Milan – gamins sortis de l'école, mannequins en pause déjeuner, vieux avec leur chien – essayant obstinément de repérer deux yeux couleur d'ardoise. Quand elle se rendit compte qu'elle était vraiment en train de les chercher, ces yeux, ici, dans la réalité, elle se dit à haute voix : « Emilia, tu déraílles. » Alors Milan s'éboula tout d'un coup, la terre s'effondra sous ses pieds, elle perdit l'équilibre. Elle s'accrocha au poteau d'un panneau du métro, suffoquant dans l'indifférence générale.

Pas moyen de sortir du passé, de regarder de nouveau ces yeux bleus, de cesser de dégringoler dans le vide. Pourtant, un moyen, elle en voulait un, elle l'exigeait.

Elle se jeta sur son sac, chercha son téléphone portable, appuya sur l'écran avec ses dernières forces. Elle appela la seule personne au monde capable de saisir sa main et de la tirer du noir.

Un matin où j'avais fini mon cours à dix heures et demie et savais Martino en sécurité à l'école, même si c'était avec cette garce de Patrizia, je pris la Seat Ibiza, et, sans l'avoir décidé, je remontai la Vallée vers une direction précise.

Les journées s'allongeaient maintenant presque jusqu'à l'heure du dîner qui, dans notre coin, a lieu vers six heures, six heures et demie. La lumière la plus intense éclairait le fond des bois, faisait fondre les dernières plaques de neige et réchauffait les bourgeons sur les branches. Ça m'avait peiné ? Qu'Emilia ne m'ait pas répondu ? Oui. Mais l'amour ne servait pas à obtenir, ni à résoudre. Je l'avais compris désormais.

Il servait à accepter.

Je roulais donc lentement sur la route abandonnée, ralentissant quand j'arrivais dans les virages en tête d'épingle au milieu des montagnes. L'asphalte rongé par les neiges tombées au cours de toutes les années, les glissières de sécurité cabossées, les panneaux décolorés, sans que personne ne soit jamais venu faire un peu de maintenance.

Arrivé au carrefour, je tournai à droite. Je sentis un courant glacé me parcourir l'épine dorsale. À partir de cet endroit-là, c'était la fin des tout petits hameaux, des fermes isolées, la montagne nue commençait. Je plongeais dedans, me rappelant chaque pas, chaque bord de ruisseau, non avec ma mémoire, mais avec mes muscles et mes nerfs.

Oui, je l'acceptais. Qu'Emilia ne m'ait pas servi à me marier, à fonder une famille, à ressembler à mes parents. Mais à refaire ce parcours.

En arrivant, j'arrêtai la Seat au centre du parking désert.

J'avais mis quarante minutes. Je calculai que j'avais un quart d'heure à ma disposition, pas plus, parce qu'ensuite je tenais à aller chercher Martino à l'école et à lui préparer son repas de midi.

J'ouvris la portière, posai les deux pieds au sol. Je regardai le vide, bien en face.

Les hôtels, les restaurants, les chalets à deux étages, d'un blanc écaillé maintenant, avec leurs gracieux balcons de bois rongés par la moisissure, construits à foison dans les années soixante, et dont la valeur avait dégringolé après la catastrophe. Puis, plus haut, les installations de remontée mécanique, les chaînes de montagnes inaccessibles, les forêts de sapins. Enfin, dominant le petit village oublié, le téléphérique pour le Monte Stella.

Il était là, tout entier.

Poussiéreux, condamné, fermé.

Et même rapetissé, pensai-je.

Laissant la voiture ouverte, les clefs sur le contact, le portable sur le siège, je m'avançai seul, en bras de chemise, vers les champs parsemés de crocus. Levant les yeux, je vis les cabines qui restaient encore, suspendues dans le ciel, les vitres opaques ou brisées, les nids d'oiseaux sur les sièges, la rouille, et elles ne suscitèrent en moi ni horreur ni effroi. Seulement une pointe de peine, et de tendresse.

Le Monte Stella était désormais inaccessible autrement qu'à pied, pour les rares personnes qui en auraient eu la force. Son lac glacé perché sur la cime était redevenu un secret, comme au commencement des temps.

Je m'arrêtai sous les piliers du téléphérique désaffecté, immobilisé pour toujours par les scellés. Je respirai à pleins poumons l'air mêlé de lumière, le parfum des primevères, la vie qui se préparait à ressortir de terre, à recommencer là où s'étaient brisés les os de mes parents. Parce que tout le mal du monde ne pouvait rien contre un petit bourgeon têtu, contre sa minuscule mais tenace volonté.

Entrouvrant les lèvres, je murmurai : « Allez vous faire foutre. »

Puis plus fort : « *Allez vous faire foutre.* Je suis encore vivant. »

Reconnaissant de l'être, pour la première fois. Reconnaissant que ma sœur soit revenue en arrière pour récupérer la bague de son petit ami, que cet amour de rien nous ait sauvés.

Je me mis à courir dans la pente douce, me laissant planer, bras écartés, comme le garçon de onze ans que j'avais été. L'herbe était humide et tendre : nouvelle. Parfumée de crocus jaune pastel et de primevères roses et bleues. C'était le paradis, me surpris-je à penser. Et je riais de trouver la vie si paradoxale. Trébuchant sur un rocher, je roulai vers le bas avec les tiges et les pollens des fleurs qui me rentraient dans le nez, dans les cheveux, et finis ma course contre le tronc d'un hêtre.

Je me relevai, trempé, stupéfait. Comme à peine né.

Je me nettoyai du mieux que je pus et remontai en hâte à travers prés en direction du parking : j'avais quelqu'un de qui m'occuper, maintenant, et qui n'était plus mon passé.

« Papa. » Emilia s'affaissa au sol, en sanglots.

Des pleurs désespérés, comme elle n'en avait jamais versé. Comme si elle devait expulser l'Adriatique entier, les établissements balnéaires, le complexe pétrochimique, le port, le sable, les aiguilles de pin. Même en hallucination, même en rêve, à bout de forces et plus de quatorze ans de prison derrière elle, non, revoir ces yeux-là, ça n'était pas possible.

« Papa, j'y arrive pas.

– Où es-tu ? » Riccardo perçut instantanément l'étendue de sa peine. « J'arrive. Je pars tout de suite.

– Non, reste où tu es. Mais parle-moi.

– Que s'est-il passé ? »

Emilia leva les yeux sur le va-et-vient des personnes souriantes, distraites, absorbées au téléphone, qui descendaient en hâte vers le métro. Mais elle ne voyait personne. Elle ne voyait rien.

« À Ravenne, ils les organisent toujours, les marches nocturnes contre moi ? Ils protestent toujours parce que je suis sortie de taule ? Parce que j'ai eu le maximum de la peine mais que c'était pas assez ? Parce que ça sera jamais assez ? » Elle secoua la tête, se donna un coup de poing sur le front, fort, pour se faire mal. « Toi, comment t'as fait ? » Elle la lui cria, cette question. Ça faisait tellement de temps qu'elle l'avait en travers de la gorge, qu'elle explosa soudain. « Comment t'as fait, pendant toutes ces années ? Parce que moi, j'ai beau aller n'importe où, faire n'importe quoi, ça change jamais, putain. Et maintenant, je sais plus où me cacher. »

Riccardo resta silencieux. Puis, d'une voix calme, il lui dit : « Je ne me suis jamais caché, Emilia. »

C'était vrai. Emilia serra encore plus fort son portable, le pressa contre son oreille comme si c'était la main, la joue de son père, et elle songea qu'il était toujours resté. Dans la même ville, dans la même maison, dans le même bureau. Solide comme un roc. Résistant à toute forme d'intempéries, de commentaires, de déballage dans les journaux. Obéissant aux mêmes horaires, aux devoirs de la vie, factures, voyages, projets rendus dans les délais. Un tsunami l'avait renversé, l'avait abattu à terre : veuf d'abord, puis ce jour de juin qui avait brisé leur vie. Car si la vie d'Emilia s'était brisée, celle de Riccardo aussi. Mais lui ? Il était allé au travail. Il avait fait les courses. Il s'était occupé de la maison, des comptes, de sa fille en prison. Il s'était laissé montrer du doigt, regarder, juger. Car il y avait eu, sans aucun doute, beaucoup de gens pour dire : Pauvre homme, quel malheur lui est tombé dessus. Mais beaucoup aussi pour dire : Quel genre de père est-il pour avoir élevé une fille pareille.

« Je ne me suis pas caché, Emilia, parce qu'on ne peut pas se cacher de soi-même. Tu peux te le faire croire, au mieux, mais ça ne résout rien. Toi aussi, il faut que tu cesses de te cacher.

– Mais comment je fais ? » Emilia hurlait. De toute façon, personne ne pouvait l'entendre : ils étaient gênés, les autres, ils passaient devant elle en pressant le pas. Mais lui non, même au téléphone, il arrivait à respirer à côté d'elle. « Tout le monde découvre qui je suis. » Et elle le lui dit : « Même Bruno, il a découvert qui j'étais. Je l'ai dégoûté, je lui ai fait horreur. Il m'a chassée de Sassaia. »

Riccardo soupira longuement : il commençait à comprendre. « Personne n'a le droit de te chasser, Emilia. Et peut-être que ça va t'étonner de me l'entendre dire, mais maintenant je pense vraiment que tu devrais retourner à Sassaia.

– Impossible.

– Tu crois que ça n'a pas été dur pour moi aussi ? Que je ne me suis pas senti sur le point de lâcher prise ? »

Emilia, effondrée au pied de ce panneau, sentit son cœur se fendre là où il s'était déjà fendu mille fois. Car elle avait payé son dû. Mais son père avait payé pour rien.

« Des réflexions, on m'en a fait ? Oui. Des personnes ont changé de trottoir quand je passais ? Oui. Tu sais combien les gens peuvent être méchants, surtout quand ils sont effrayés par quelque chose d'affreux, qu'ils ne comprennent pas, qui nous dépasse tous. Je n'ai pas tenu le compte de mes connaissances ni de certaines personnes de la famille qui ont disparu du jour au lendemain. Surtout au début, quand je sortais du garage et que j'étais obligé d'attendre que les journalistes de toutes les télévisions me laissent passer, parce qu'ils étaient tous là, à l'époque. Et j'avais envie de les écraser sous mon pied, ces fouineurs, de faire tomber de leurs mains leurs caméras bornées. Mais, Emilia – Riccardo soupira à nouveau –, allons de l'avant. »

Emilia ferma les yeux, essaya d'absorber ces mots-là, de les faire entrer dans la circulation de son sang, dans ses tissus : *allons de l'avant.*

« Tu sais ce qui m'a sauvé ? La pensée que, même dans ce désastre, nous étions toi et moi, ensemble. Et que tant que nous resterions ensemble, toute cette souffrance aurait un sens. Nous pouvions travailler dessus. Nous pouvions la traverser, avec le temps. Car, malgré tout, toi et moi nous étions, nous sommes une famille. »

Il n'y avait plus Milan, il n'y avait plus Ravenne. Il y avait seulement père et fille désormais, au téléphone, comme peu avant l'arrestation. Sans défense, comme quand Emilia était née et qu'il avait coupé le cordon dans la salle d'accouchement.

« J'ai toujours senti ta mère à mon côté quand je travaillais toute la semaine et qu'ensuite le week-end j'allais acheter des choses pour toi, parce que je savais que la semaine d'après, il y aurait la rencontre au parloir. Elles m'ont rempli de joie, ces rencontres au parloir, dit-il en éclatant en pleurs à son tour. Je ne les souhaite pas à mon pire ennemi, mais je te voyais, Emilia : tu étais ma fille, tu étais toi, même dans les plus mauvais moments. Et nous allions nous en sortir parce que nous nous aimions. Aucune foule de journalistes ne m'a empêché de poursuivre ma carrière, aucun habitant de Ravenne ne m'a obligé à partir. Les vrais amis, eux, sont restés. Et à la fin, j'ai aussi trouvé une compagne. Emilia, je t'en prie, ne t'échappe plus. »

Puis il la prononça, la phrase.

Celle qui allait, non pas extraire – c'était impossible – mais modifier la position du projectile qui n'avait pas explosé, de la boule noire.

« Ce que tu peux faire de mieux, non seulement pour toi, mais aussi pour *elle*, c'est de ne pas jeter cet après. De le reconstruire. »

Emilia la chercha instinctivement une dernière fois dans les vitrines et les terrasses de Milan. Puis elle sécha ses larmes et se remit debout. Elle regarda autour d'elle, étourdie, mais forte aussi d'une certitude nouvelle.

« Tu as raison. »

C'était depuis l'époque où elle apprenait à marcher, puis à faire de la bicyclette, que son père lui permettait de tomber et l'aidait ensuite à se relever. La rue était devenue tranquille. Les gens étaient rentrés dans les bureaux. Elle passa une main sur son front : en sueur, mais frais.

« Je ne t'ai jamais remercié. »

Riccardo se mit à rire : « On ne remercie pas ses parents. »

31

Le pic des inscriptions à l'école avait coïncidé avec Monsieur Mangiagalli, le professeur de « Service et cuisine ». Barbichette soignée, yeux bleus, cul de bronze dans un jean moulant. Tellement moulant qu'il avait été rebaptisé « Gros-Paquet ».

Trente ans, pectoraux saillants sous l'étoffe de la chemise, alliance au doigt – mais aucune d'elles ne se formalisait pour si peu. Tirer un coup avec lui derrière les fourneaux était le rêve éveillé de toutes les filles.

Mais lui, c'était le Super-honnête. Super-sévère, super-sérieux, complètement absorbé par son rôle d'enseignant de lasagnettes aux champignons, plateaux de flûtes en équilibre, et service en salle. Et dire qu'elles se déhanchaient avec zèle, se décolletaient et produisaient une quantité de petits rires, clignements d'yeux, hormones. Pour rien.

Seulement de temps à autre, quand elles se distinguaient dans l'accompagnement d'un carpaccio après des heures d'améliorations, il se laissait un peu aller et s'aventurait à leur dire, sur un ton à mi-chemin entre motivation et rédemption, « Compétentes, vous êtes en train de devenir compétentes, les grands hôtels, les restaurants étoilés se battront pour vous engager *un jour* ».

Oui, disaient-elles en ricanant, *ben voyons* ! Comme si elles ne savaient pas que les seules embauches qu'elles pouvaient espérer à l'extérieur, à la gargote à menu fixe onze euros, étaient celles fournies par l'État qui payait les patrons pour cela.

Il ne les regardait jamais autrement qu'avec l'attention propre à un enseignant. Elles, en revanche, le déshabillaient des yeux comme une troupe d'adolescentes contraintes à une chasteté qu'elles n'avaient pas choisie. Elles étaient restées sans rien après le Mec-d'en-Face, et voilà qu'il y avait maintenant Cul-de-Bronze. Elles s'attardaient sur certains cadrages obscènes, certains zooms sur les lèvres, certains gros plans sur la braguette. Sans intérêt aucun pour tout le reste, dont elles n'avaient rien à foutre. Marta voulait faire des études scientifiques, Emilia des études artistiques, les autres auraient préféré cent fois une formation d'esthéticienne plutôt que cet ennui mortel de « Service et cuisine ». Même si ensuite, les lasagnettes aux champignons étaient bonnes, et aussi les crêpes à la ricotta, et plus encore les risottos et les escalopes qui incluaient l'introduction extraordinaire de vin. Du tavernello, à peine dix degrés d'alcool, qui faisait quand même l'affaire : après en avoir versé dans la poêle un filet nécessaire à la cuisson, elles l'éclusaient en se le repassant derrière le dos.

Elles avaient elles-mêmes cuisiné le repas de Noël et de Pâques pour tout l'Institut et les actes d'automutilation avaient légèrement diminué. On parlait même d'ouvrir un restaurant annexe, projet ambitieux qui leur avait donné l'impression d'être un poil au-dessus de la nullité.

Sauf que Gros-Paquet, Cul-de-Bronze, ou tout autre surnom qu'on lui donnait, était bien plus alléchant que n'importe quel projet de formation. Il était beau gosse et blond comme Brad Pitt. Les soirées à imaginer comment et dans quelles positions il sautait sa bienheureuse femme avaient pris la même tournure enflammée que les petits mots porno écrits en commun pour le Mec-d'En-Face.

Elles mouraient toutes d'envie de tendre la main et de le lui toucher, son paquet. Elles avaient seize, dix-sept ans, vingt-deux ans: c'était dur de continuer à sublimer. Les fantasmes grandissaient, prenaient des proportions énormes: «Je vais le faire. Juré, demain, je le fais», «Non, c'est moi qui lui fais une bonne pipe», «On lui fait ensemble». Des films collectifs toujours nourris par de nouveaux détails, chaque nuit, dans des chuchotements entre les lits. Jusqu'au matin où, en pleine heure de cours, Myriam avait rompu la digue entre possible et impossible.

En remuant la soupe, elle avait roulé les hanches en douce jusqu'à ce qu'elles aillent frotter contre celles du prof. Puis rapide, précise, elle lui avait palpé l'entrejambe. Sans se presser, devant les autres qui n'en revenaient pas, et l'encourageaient. Le gaz grésillait, le four grillait les crostini, elles étaient toutes en proie à des palpitations merveilleuses. Jusqu'au moment où un air glacé s'était abattu sur le visage de Gros-Paquet.

Il avait dénoué son tablier, fixant Myriam et les autres avec un mépris infini. Il avait aussi enlevé sa toque et l'avait violemment jetée à terre puis s'était dirigé d'un pas ferme vers le sas de sécurité. Il avait appelé les matonnes en criant, leur ordonnant de ramener cette chiourme dans les caves fétides de la société où elles méritaient de pourrir, au pain sec et à l'eau. Pour finir, non content, il avait tambouriné à la porte du bureau de Frau.

Un énième délit – «Harcèlement sexuel» – avait été verbalisé et envoyé au juge d'application des peines. Trois jours plus tard, Myriam était expédiée à Rome, à cinq cents kilomètres de sa famille, avec une énième et définitive interruption de son parcours scolaire. Car, si vous changez de ville et d'établissement pénitentiaire, vous ne pouvez pas reprendre votre scolarité au point où vous l'avez arrêtée. Tous les établissements sont loin d'avoir les mêmes programmes de formation. Le droit à l'instruction est loin d'être garanti si vous avez fauté et continuez à fauter.

Elles étaient responsables, interdiction de se plaindre. Disons même que si elles s'y étaient risquées, elles auraient écopé du même sort que Myriam. Dont le transfert avait fait monter la tension à un niveau proche de l'alerte. Les briquets avaient été confisqués et les surveillantes ne bavardaient plus, ne plaisantaient plus avec elles : elles se contentaient d'observer. Et dans les cellules, on tirait la gueule.

« L'école, c'est un privilège que vous devez mériter, avait hurlé Frau furibarde en marchant entre les cellules. L'école, ici dedans, est un luxe, et vous devez en prendre conscience. »

Silence au vitriol. Ongles plantés dans les avant-bras jusqu'à se faire saigner.

Alors Marta avait crié : « Non, l'école est un droit. »

Torche allumée, feu inextinguible.

Et Frau l'avait incendiée : « Dans mon bureau, tout de suite ! »

« Nous sommes punies, et vous nous punissez encore plus pour la moindre bêtise, avait insisté Vargas lorsqu'elles s'étaient retrouvées seules. Et vous croyez qu'on va s'améliorer ?

– Toucher le sexe d'un enseignant, ce n'est pas une bêtise. S'il t'avait touché les fesses, je l'aurais dénoncé séance tenante.

– Nous lui ferons des excuses, nous lui écrirons une lettre… Mais envoyez-nous de temps à autre un des mecs qui sont en taule au Beccaria, pour qu'on se défoule.

– Ne plaisante pas, parce que tu ne peux pas savoir à quel point j'ai envie de t'expédier à Pontremoli… »

Marta avait regardé au-dessus de la Frau le visage encadré du président de la République. Un homme à cheveux blancs, portant la cravate, digne, à des années-lumière des petites et putrides misères de la vie.

« Je veux écrire à Carlo Azeglio Ciampi, avait-elle affirmé d'un ton solennel. Une lettre pour lui dire que dans les prisons pour mineures, le droit à l'enseignement n'est pas garanti. »

La Frau avait écarquillé les yeux.

« Je veux demander au président, qui est aussi mon président, n'est-ce pas ? Et pas seulement celui des filles de bonne famille. Je veux lui demander que l'école devienne l'épine dorsale de la peine. Qu'aucun parcours scolaire puisse être interrompu ou refusé, parce que sinon, rester ici, ça sert à rien. »

Marta était le genre de fille pour qui, quand elle disait certaines choses, avec cette véhémence particulière qu'elle avait, vous auriez tout de suite voté. Dommage, jamais, durant toute sa vie, elle ne pourrait se porter candidate.

« Vous ne pouvez pas prétendre que nous comprenions nos erreurs, pardon, nos délits, si nous n'avons même pas les chiffons pour effacer. Vous ne pouvez pas prétendre que nous arrêtions d'être dans l'erreur si nous connaissons seulement des mots erronés, des exemples erronés et des barreaux. La peine ne sert pas, ce qui sert, c'est la culture. Et je sais que vous êtes d'accord. »

La Frau avait soupiré. Elle avait fermé les yeux. Elle avait pesté.

Et puis elle lui avait tendu une feuille et un stylo.

Maintenant la paladine du droit à l'instruction était en train de s'asseoir face à Emilia, dans la cuisine, avec deux assiettes fumantes de fusilli à la tomate. Elle venait juste de finir d'évoquer l'histoire de Gros-Paquet et, en ajoutant un filet d'huile crue sur les pâtes, conclut: « Tu sais ce qui me fait vraiment chier, Emi ? C'est que l'école est l'épine dorsale de que dalle, ne parlons pas des prisons pour mineurs. Des bandes de mineurs non accompagnés sont déversés dans les cellules parce qu'il n'y a pas d'autre endroit où les mettre. Depuis les mêmes quartiers, ils se retrouvent dans les mêmes cellules. Et à la fin, toi et moi, Yasmina et deux autres filles diplômées, on n'a été que des exceptions dans un océan perdu. »

Emilia s'arrêta sur ce mot: *exceptions.*

Marta enfournait trois fusilli à la fois et les dévorait. Elle avait toujours faim et elle était toujours maigre: elle n'arrêtait jamais de brûler.

« Tu peux pas savoir combien je donnerais pour pouvoir aller le week-end au Beccaria donner un coup de main à ces gamins. Tu peux pas imaginer ce que je fabriquerais si j'étais la ministre de la Justice ou de l'Enseignement…

– Oh, si, j'imagine tout à fait ! »

Elles rirent. La lumière qui tombait sur la table créait une intimité particulière. On était bien, dans cette cuisine. *Sauf que.*

« Marta. » Emilia tenta d'interrompre le flot des paroles animées de son amie qui était en train de lui faire la liste des initiatives qu'elle aurait prises si elle avait été ministre.

Sauf que. Elles n'étaient plus les compagnes de cellules placées là par la vie.

« Marta. » Emilia trouva le courage, la voix assurée. « Je repars à Sassaia. »

Marta cessa de parler, de mâcher, de sourire.

« Salope. Et ingrate en plus.

– Au contraire, je suis pleine de gratitude. Tu m'as sortie du trou dans les moments les plus difficiles, tu m'as supportée… »

Marta serrait sa fourchette dans son poing. Elle essaya de la replonger dans les pâtes, mais la déception était trop forte. Elle secoua la tête : « C'est toujours pour un homme.

– Il a rien à voir là-dedans, dit Emilia en la regardant dans les yeux, en tout cas il n'est pas la raison.

– Il t'a pas écrit, pas appelée ? » Ça s'était passé trois semaines plus tôt, mais elle s'était bien gardée de le lui dire. « Et alors, pourquoi tu dois faire une connerie pareille ? »

Pour Emilia, ça n'avait jamais été facile d'affronter Marta, de la contredire, de la décevoir. Mais la conversation téléphonique avec son père l'avait rendue, en partie du moins, *neuve*.

Elle laissa les pâtes refroidir. « Tu l'as dit toi-même : nous sommes des exceptions. Combien y a de gens qui sortent de prison avec une licence ? On y est arrivées, on est des espèces de miraculées. Mais à quoi il me sert, ce diplôme, si je peux pas choisir ma place ?

– Un bled paumé au milieu des montagnes ?

– Le seul endroit où ma vie a été heureuse. Avant que ma mère tombe malade. Avant que je me transforme en ratage. Et j'ai pas envie d'y renoncer, comme tu dis, *pour un homme*. Je m'en fous de ce qu'il veut, lui. Moi à Sassaia, j'y reste. Je reprends mon travail. Ma vue sur les Alpes.

– C'est ton problème, t'es adulte. »

Cette fois, Marta se remit à manger. Avec voracité, comme quelqu'un qui en a franchement plein le cul de s'emmerder pour les autres.

« Mais tu dois savoir que la prochaine fois, je te ramasserai pas. La prochaine fois que le chevrier te met dans un sale état, m'appelle pas, viens pas sonner en bas de l'immeuble. Je t'ouvrirai pas.

– Marta, répondit Emilia en essayant de sourire, après six ans d'Institut ensemble, plus huit autres à nous échanger des petits mots, on est inséparables, que tu le veuilles ou non. »

Marta ne le voulait pas, en effet. Elle voulait seulement s'acharner, car c'était sa plaie la plus profonde qui se rouvrait maintenant.

« Il te chasse, il t'insulte, il t'humilie, et toi tu reviens. Cette scène, je l'ai vue des milliers de fois. Mon père qui donne des coups de pied au cul à ma mère, qui la fout dehors en plein hiver parce que la sauce était pas assez salée, parce que les spaghettis étaient trop cuits. Lui qui la balance sur le paillasson comme un sac poubelle, et elle qu'est-ce qu'elle fait ? Elle pleure, elle s'excuse.

– Marta. » Emilia essaya de lui prendre la main, mais elle la retira.

« Qu'est-ce que tu crois ? Qu'il te regardera sans penser chaque jour, chaque minute, à ce que tu as fait ? »

Alors Emilia se leva de table brusquement. Elle s'appuya dessus des deux mains : elle n'avait pas l'intention de fuir, jamais plus. « Je veux faire ce que tu fais, toi : marcher dans la rue sans avoir tout le temps les yeux baissés, et puis aussi dire au premier venu d'où je viens, comme toi avec Habib à la gare. Sans me cacher, sans inventer des histoires. Je veux ma place. Et si Bruno a l'intention d'y rester, très bien. Sinon, Sassaia est pas à lui. Personne peut me donner le permis d'exister. »

Elle alla dans la chambre faire sa valise.

Marta frappa à la porte une demi-heure plus tard, l'entrouvrit doucement, et se montra, le visage marqué d'une immense fatigue. « Excuse-moi, j'ai exagéré. »

Emilia se retourna vers elle. Sur le lit, il y avait, grande ouverte et archipleine, la valise rigide à roulettes qu'elle avait achetée chez les Chinois après la conversation téléphonique avec son père.

« Tu te souviens, quand le président de la République t'avait répondu ? lui demanda-t-elle. T'y croyais pas, la Frau y croyait pas, personne y croyait ? Et pourtant c'est arrivé. »

Marta acquiesça.

« Tu te souviens, quand t'as eu ta licence, de ce que tu m'as dit ? »

Marta restait sur le seuil, appuyée à l'encadrement de la porte, en équilibre.

« Tu m'as dit que tu avais gagné, que tu te sentais *libre, heureuse.* »

Elles sentirent toutes les deux un frisson le long de leur dos. Les mots « liberté » et « bonheur » avaient toujours quelque chose d'obscène dans leur bouche.

« Je veux essayer moi aussi », dit Emilia.

Elle recommença à mettre dans la valise les habits milanais que son amie lui avait offerts, qu'elle s'était achetés avec ce qu'il lui restait de son mi-temps en librairie.

« Je t'attends là-haut, sur la montagne. »

Marta ferma les yeux. Emilia lui embrassa les paupières, appuyant ses lèvres sur l'une puis l'autre. Elle saisit sa valise, enfila son manteau et sortit.

Et Marta la laissa s'en aller, parce que c'est ce que font les vraies amies.

32

J'entrai le premier, par précaution. Je m'assurai qu'il n'était pas posté quelque part, ivre, prêt à nous frapper avec un bâton, ou pire. J'ouvris les portes, inspectai chaque pièce. Je contemplai l'état dans lequel il avait tout laissé : de la saleté, du désordre, mais rien ne manquait apparemment. Il avait seulement emmené les vaches, sans doute les avait-il déjà vendues car un grand silence émanait de l'étable voisine. Lui, il n'était pas là, et c'était cela l'important. Je revins sur le seuil de la maison et dis à Martino et Adelaïde qu'ils pouvaient rentrer chez eux.

La plainte déposée avait pris Fiume Senior au dépourvu. Il était descendu au Samouraï pour boire et jurer tout ce qu'il pouvait, mais cette fois il n'avait trouvé ni soutien ni crédit pour ses verres de génépi. Piero s'était penché au-dessus du zinc et lui avait dit tout net qu'ici, dans cette Vallée, il n'y avait pas de place pour ceux qui frappaient leurs femmes et leurs enfants, et qu'il ferait mieux de s'en aller s'il ne voulait pas être emmené dans les bois et finir comme Fra Dolcino. Les autres, vieux et jeunes, avaient approuvé depuis leurs tables, laissant en suspens les cartes de leur *tressette* pour le regarder bien en face avec des yeux sombres. Si on ne porte pas plainte, les gens peuvent savoir, ou pas. Mais si la vérité est écrite noir sur blanc, alors il n'y a pas d'issue. Il avait reculé, compris. Il était sorti sans protester et était allé s'asseoir sous l'auvent de l'arrêt de bus, de l'autre côté de la place, les mains vides, pour attendre le dernier autobus.

Dans les petits villages fermés, isolés, où règne une mentalité séculaire, il arrive parfois que les gens médisants et malveillants soient aussi capables à l'occasion de donner un vrai coup de main. C'est d'ailleurs une des raisons pour lesquelles je suis revenu et resté.

Adelaïde, encore mal en point, changea de visage quand elle se retrouva dans sa maison. Elle alla tout droit à la cuisine, s'affaira autour de la table en reprenant possession du buffet, de l'évier, des casseroles. Elle en remplit une d'eau et me demanda si je voulais rester déjeuner.

« Non, merci, répondis-je, il faut que j'y aille. »

Ce n'était pas vrai, je ne devais aller nulle part, mais il n'était pas facile de rester là et de prolonger ce moment de séparation.

Martino était encore planté au milieu de la pièce. Avec son sac à dos sur les épaules, sa veste et son bonnet, comme s'il devait repartir d'un moment à l'autre. Je revins vers lui et essayai de lui sourire. Il avait sa tête d'enterrement. Mais qu'est-ce qu'on pouvait y faire ? Si je n'étais pas sa famille et lui n'était pas la mienne ?

« Allez, choisissons un jour : le vendredi ? Le samedi ? Et toutes les semaines, ce jour-là, tu viens manger chez moi le midi. »

Il tordit le nez : il ne pouvait pas se contenter de si peu.

« Tu viens manger chez moi et l'après-midi on descend faire un tour en ville. » Je doublai la mise. « Glace et baby-foot. »

Martino n'était pas facile à acheter, mais ses lèvres serrées, contractées, furieuses, commençaient à se détendre.

Il saisit les bretelles de son sac à dos, l'enleva et le laissa tomber bruyamment à terre.

« Le baby-foot, d'accord. Mais pas la glace, je suis plus un enfant. »

Alors, il s'autorisa à jeter un coup d'œil de reconnaissance autour de lui : les tristes cadres de quatre sous, le canapé plein de poils de Nebbia, le tapis poussiéreux, la télé sur son petit meuble. Et à la vue de la télé, ses yeux furent pris d'un frémissement. Tout d'un coup, il m'ignora, se jeta sur le canapé, rafla la télécommande et la pointa tout de suite sur les dessins animés. C'est ce qui lui avait le plus manqué chez moi, à Sassaia. Je le regardai et pensai : Tu m'as guéri, petit *valët*.

Je revins dans la cuisine pour dire au revoir à Adelaïde ; elle avait déjà mis le couvert. Il y avait une bonne odeur de sauce, maintenant. La vie avait repris son cours.

« J'y vais. Si tu as besoin de quoi que ce soit, je garde le téléphone allumé.

– Monsieur le maître. » Elle me rappela alors que j'avais déjà fait quelques pas. Il n'y avait pas moyen de lui enlever cette manie de m'appeler comme ça. « Merci », me dit-elle en baissant les yeux, comme si elle avait honte d'avoir eu besoin de mon aide.

« C'est vous qui m'avez aidé, tous les deux », lui répondis-je en baissant les yeux à mon tour. Puis je me retournai pour ébouriffer les cheveux de Martino vautré sur le canapé devant les *Power Rangers* avant de sortir en fermant bien la porte.

En redescendant vers Alma, j'essayai de ne pas penser à la maison vide qui m'attendait. Au moment où je passais devant le Samouraï, je vis qu'ils s'étaient tous penchés pour me regarder avec une bizarre excitation, de drôles de sourires. Mais je n'y prêtai pas attention car on était tous un peu fous, dans le coin.

Je rentrai à Sassaia. En traversant les petites rues je ne remarquai rien et rien ne me sembla changé. Je me fis un sandwich, sans avoir faim. Je montai dans mon bureau pour corriger les devoirs et garder mon esprit concentré sur quelque chose. J'arrosai les cyclamens. Puis, comme il était seulement cinq heures, je décidai d'avancer le moment de la lessive hebdomadaire. Je mis la hotte sur mon dos et allai au lavoir. Faire la lessive à la main dans l'eau glacée, ça vous fatigue, et j'avais besoin de ça. Je voulais arriver au soir épuisé et m'endormir d'un seul coup.

Vers sept heures, je me préparai à dîner et mis le couvert, pour une personne. La nuit tomba, le froid, j'allumai le poêle. Je m'assis à la table qui fait face à la ruelle.

Alors je les aperçus.

Toutes les fenêtres de la maison d'en face étaient éclairées.

Un matin du début de l'été, Rita était venue chercher Emilia de très bonne heure. Elle prenait sur elle la responsabilité de cette sortie extraordinaire, elle répondait personnellement de tout imprévu.

« On ne peut quand même pas l'amener là-bas avec des menottes et une escorte de la sécurité pénitentiaire. » Frau en avait convenu. « Et puis, elle l'a bien méritée, cette occasion. » Frau en avait convenu à nouveau, ajoutant un signe de croix.

C'était en 2004. Ces derniers mois, Emilia avait perdu les pédales. Elle avait peu et mal travaillé ses cours, elle avait bâclé sa dissertation. Les meilleures parties, c'était

Pandolfi qui les lui avait pratiquement dictées, quant au reste, on ne pouvait pas dire qu'il était écrit dans une langue normale. Elle n'y croyait plus, voilà tout. Elle y avait cru avant, les années précédentes, quand elle avait repris sa scolarité. Au milieu de ce va-et-vient de pauvres filles, avec ces programmes allégés et simplifiés, avec ces heures en moins, dans ces classes de trois ou quatre élèves détenues, elle avait eu l'impression de pouvoir y arriver.

Mais maintenant, l'examen du bac était identique à celui des autres, les élèves *non* détenus. Des jeunes qui avaient étudié le programme en entier, qui avaient fait leurs devoirs à la maison en toute tranquillité, dans leur chambre ou à la bibliothèque, sans la musique des autres à fond dans les couloirs, sans les urgences, les rébellions, les bagarres, les parloirs avec l'avocat, la pensée toujours là : à la Peine.

Elle allait avoir, comme les autres, la présidente de commission externe, le jury de profs inconnus. Sauf qu'elle, *comme les autres*, elle était loin de l'être, putain. Alors la vieille Emilia avait fait son retour : scarifications et horizon bouché. À quoi ça lui servait d'étudier, d'avoir un diplôme, si de toute façon, là-dehors, elle devait rester pour toujours *celle de Ravenne* ?

Elle était montée dans la Punto cabossée de Rita et s'était laissé conduire au-delà du grand portail de la prison. Piazza San Francesco s'était tout de suite ouverte devant elles, débordante de lumière. Son cœur avait beau être lourd comme du plomb, Emilia s'était tout de même étonnée : Bologne était tellement belle ! Du gris, il n'y en avait jamais, nulle part. Il y avait des bicyclettes, des affiches de concert, des jongleurs ensommeillés aux feux. Les peupliers neigeaient sur les avenues.

Rita ne parlait pas, elle avait allumé la radio. Emilia était trop envoûtée par le monde entier, vivant, non sectionné par des barreaux, pour absorber toutes les informations. On craignait toujours que les filles s'échappent pendant les sorties, et l'occasion aurait été idéale en effet : il lui suffisait d'ouvrir la portière au prochain feu rouge, de sauter et courir à toutes jambes tant qu'elle aurait de l'air dans les poumons. Alors elle serait entrée dans un bar et aurait commandé un gigantesque Spritz.

« Rita, c'est parce que c'est toi que je me barre pas, tu sais.

– Il manquerait plus que ça. »

Elle conduisait avec désinvolture, mais Emilia sentait sa tension à fleur de peau.

« Si c'était Venturi qui m'avait emmenée, je serais déjà piazza Maggiore. Ensuite on m'aurait retrouvée le soir, mais entre-temps je me serais saoulé la gueule à mort.

– Si toute ton ambition est là, je t'y emmène, au bar. *Après.* »

Emilia avait ri : « Pour de bon ?

– Seulement si tout marche bien. Un petit prosecco, et après tu manges un bonbon. Et tu le dis jamais à personne, même sous la torture. »

Emilia avait dégluti. Il fallait qu'elle crache le morceau, et avec Rita elle pouvait : « J'aurais préféré le passer en taule, l'exam. »

Son assistante sociale avait pilé net au milieu de la rue, au risque de causer un carambolage à cette heure de pointe. Elle s'était tournée vers elle, toute rouge et lui avait crié : « Mais tu sais qu'on a été obligées de supplier le juge d'application des peines ! En nous agenouillant et en prêtant serment sur la tête de nos enfants ! »

Emilia était dominée par cette inquiétude plus forte que tout, cette angoisse : « Tu crois qu'ils vont s'en rendre compte, *les autres* ?

– Non, Emilia, tu es complètement à côté de la plaque. » Harcelée par les klaxons, les injures et les insultes, Rita était montée sur le trottoir en mettant les warning. « Écoute-moi bien. Là, tu y vas. Comme n'importe quelle autre élève qui veut passer l'examen du baccalauréat. Personne ne sait qui tu es, d'où tu viens. Tu t'assois, tu écris ton devoir. Et c'est tout.

– Je me chie dessus.

– Vargas me dit qu'elle te hait parce que tu as eu cette possibilité et elle, l'année dernière, non.

– Je sais.

– Alors profite bien de cette matinée dehors ! Fais-le pour elle, pour les autres. Et surtout, pour toi. »

« Profite », ça sonnait comme un foutage de gueule.

La vérité, c'est qu'elle n'avait pas le choix. On le lui avait enlevé des années auparavant.

Un quart d'heure plus tard, les jambes en chiffon, Emilia était entrée dans le lycée hôtelier Artusi, pas l'annexe, le vrai.

Elle avait reconnu la configuration et les couleurs caractéristiques des couloirs, des salles de cours, des fenêtres d'une école publique italienne. Cette odeur qui ne sentait pas le mitard mais la craie, les jeunes, la crise d'adolescence, l'insouciance : l'odeur de sa vie d'avant. Elle s'était mêlée aux filles et aux garçons qui avaient un an de moins qu'elle et entraient l'un après l'autre dans les salles. Elle avait cherché la salle 5B, où on lui avait dit de se rendre, et avait franchi le seuil en retenant son souffle.

Ses mains tremblaient. Son cœur tremblait. Beaucoup de candidats étaient déjà assis, nerveux, en train de jouer avec leur stylo, de cacher dans leur trousse les antisèches. Personne n'avait levé les yeux à son passage. Personne ne l'avait montrée du doigt, démasquée : *le monstre, le monstre de Ravenne !* Elle était allée s'asseoir à un bureau au fond. Elle avait regardé longuement les fenêtres sans barreaux, le ciel limpide là-dehors, tous ces pollens suspendus dans l'air qui flottaient, se laissaient porter. Puis une enseignante était arrivée avec les enveloppes. Elle avait attendu le moment fatidique et les avait ouvertes. Emilia avait reçu sa copie double estampillée par le ministère. Elle avait lu et relu les sujets sans parvenir à les décoder. Son esprit était comme ces pollens de peuplier, volant sans poids, sans adhérence. Elle avait choisi un sujet, d'instinct, une dissertation courte sur une question artistique. Pas tellement parce qu'elle avait des connaissances à mettre en œuvre mais parce que le sujet résonnait en elle : « La lumière chez le Caravage. »

Elle avait retiré le capuchon du stylo et posé la pointe sur la ligne vide. Elle était restée là, dans cette position, dans ce début possible, pendant un temps indéfini. Puis elle avait levé les yeux, regardé les têtes penchées de ses camarades d'examen inconnus, qui portaient les mêmes jeans, les mêmes tee-shirts qu'elle. Les visages concentrés, les stylos qui couraient, peut-être une pensée pour les vacances-récompense après les résultats. Et elle était là, avec eux. Pas de talkie-walkie, pas de clef, pas de porte blindée qui claque. La lumière baignait la salle comme un lac docile. Et son cœur s'était gonflé, arrêté en une apnée de gratitude.

Elle allait écrire une petite page, pas plus, pleine de fautes d'orthographe, de raisonnements tortueux, qu'elle remettrait pourtant la dernière, pour ne pas perdre ne serait-ce qu'un instant de ce silence.

Elle ferait pitié, aurait la note minimum pour passer. Mais, dans cette salle, à l'intérieur de ce silence merveilleux, bruissant de feuilles, d'encre, de concentration, pendant qu'elle écrivait sa dissertation en même temps que les autres, Emilia s'était sentie une personne normale.

Le lundi 21 mars 2016, à trois heures de l'après-midi, quand elle était descendue de l'autobus et s'était retrouvée sur la petite place d'Alma, devant l'épicerie de Rosa, l'école, l'église, la vitrine du Samouraï derrière laquelle tout le monde, pris au dépourvu, la lorgnait les yeux écarquillés, elle s'était sentie de nouveau comme ça : normale. Personne ne le sait, combien il est beau, ce mot, combien il est rare.

Ainsi elle avait salué d'un geste du bras les clients du bar, parmi lesquels se trouvait le Basilio qui était sorti sur le seuil pour lui sourire de toutes les dents qu'il avait et n'avait pas, les larmes aux yeux. Elle s'était allumé une Winston et s'était dirigée d'un bon pas vers les marches cachées par les hortensias qui n'étaient plus brûlés par le froid mais en train de dérouler leurs feuilles nouvelles.

Quand elle avait recommencé à monter Stra'dal Forche, traînant derrière elle sa valise à roulettes, les poumons imprégnés de fumée, les jambes déjà déshabituées, elle n'avait pu s'empêcher de rire.

De la neige, il n'y en avait plus. Les branches des hêtres, des bouleaux, des châtaigniers sortaient leurs bourgeons. Quelques oiseaux étaient revenus remplir l'air de gazouillis et de frémissements d'ailes. Les fourmis remontaient, lentement, sur les troncs.

Arrivée à la chapelle de la petite Madone, elle s'arrêta et s'aperçut qu'il y avait, sur le côté, une inscription décolorée qu'elle n'avait jamais remarquée :

Tu trouveras plus dans les bois que dans les livres.
Les arbres et les rochers t'enseigneront des choses qu'aucun maître d'école ne te dira.

Le silence, avait-elle pensé. C'est ça l'enseignement.

Le silence et la lumière, et l'hiver qui s'achève.

Elle s'était remise à marcher, les narines remplies de l'odeur des feuilles, des tiges, des pollens, de ce tout qui recommençait, plein de bonne volonté et de détermination, parce que l'important était de vivre, à n'importe quel prix. D'en trouver le courage.

Dans le dernier tronçon de la montée, Emilia haletait, épuisée : la valise à roulettes avait été une très mauvaise idée. Mais après le dernier tournant, le panneau blanc et noir était apparu entre les arbres et Sassaia s'était matérialisé devant elle, intact. Préservé par le temps, immergé dans la lumière du Caravage.

Je me levai de table et me précipitai dehors.

Avec ma barbe longue, ma chemise sale, le sang pulsant à une vitesse folle, je traversai la ruelle, regardai la porte et pensai : Maintenant, je frappe et c'est quelqu'un d'autre qui m'ouvre. Riccardo, Aldo, un locataire inconnu.

Je frappai quand même. Trois coups nets qui résonnèrent entre les parois des montagnes. Les secondes dégringolèrent comme de gros rochers. J'étais abruti par l'adrénaline, la peur, les contradictions. Mais mon corps savait.

La porte s'ouvrit, provoquant un déplacement d'air égal ou supérieur à celui qui m'avait soufflé en 1990. Sauf que cette fois, il me recentra.

Emilia était là, avec son jean froissé à taille basse et l'élastique de la culotte visible. Là, avec une grande chemise à carreaux rouges et blancs à moitié boutonnée, sans soutien-gorge. Là, vibrante et furieuse même si elle avait l'air calme. Avec son vrai nom de famille.

Elle n'était pas maquillée, pas peignée. Elle me défiait de son air insolent : T'as vu ? Je suis revenue.

Pourquoi ? Quelles sont tes intentions, lui demandai-je du regard, sans un mot.

Elle me répondit par un petit sourire : Tu peux pas imaginer.

Pendant tout ce temps, elle était dedans, et moi dehors. Elle avait toujours eu raison : ils ne servaient à rien, les mots. Pas à vivre, en tout cas.

Elle me tira vers elle en m'attrapant par la chemise. Elle referma le froid à l'extérieur. Nous ne parvînmes pas à l'étage. Pas besoin de fermer les volets ou de faire doucement.

À l'instant où nous tombions sur le canapé, corps incandescents n'en pouvant plus, j'eus cette pensée. L'espace d'un instant, elle explosa dans ma tête : J'allais faire l'amour avec une *meu*... le mot s'éteignit en moi, se défit.

Tandis qu'elle me déshabillait, que je la déshabillais, non seulement des vêtements mais de tout, le passé et l'avenir, les noms et les apparences, les lois et les conventions, le juste et l'injuste, ma bouche se détacha de la sienne pour lui dire la seule chose que je ne lui avais pas encore dite, la seule qui cette nuit, pour moi, comptait : « Je t'aime. »

33

Mais le passé, il était là.

Il était bien là.

Et l'avenir aussi.

Ils étaient là, aux aguets sous les meubles, ombres dans la ruelle derrière la fenêtre, derrière les portes.

Emilia s'alluma une Winston. «Je veux pas m'en tirer aussi facilement», dit-elle en rejetant ses cheveux en arrière. Nue, renversée sur le canapé, ses jambes mêlées aux miennes.

Je la regardais, ensorcelé, la tête posée sur l'accoudoir d'en face, nu moi aussi. J'aurais voulu qu'elle ne parle pas, ne se lève pas; ne jamais être obligé de sortir du cocon chaud et précaire de cet instant.

Mais Emilia se leva. La cigarette à la bouche, elle enfila sa culotte, son jean, sa grande chemise et se dirigea vers la table où étaient déjà disposés, prêts à être utilisés, un bloc de feuilles et un crayon.

Elle s'assit, aspira une bouffée, perdue dans ses pensées. Puis elle posa sa cigarette au bord du cendrier, saisit le bloc de papier, l'ouvrit, prit le crayon, et se mit à dessiner avec une rage méthodique.

Le poêle marchait à plein régime mais soudain j'eus froid. Je me rhabillai, ouvris le buffet, pris deux verres et une bouteille de liqueur de noix, sentant que nous allions en avoir besoin. Puis j'allai m'asseoir en face d'elle.

Son visage était sombre. Elle était penchée, absorbée sur cette feuille que j'essayais de ne pas regarder. La sueur perlait sur ses tempes, son souffle était court. Assise de travers, les jambes croisées, les cheveux en bataille qui lui retombaient tout le temps sur le visage. Elle les remettait en place derrière ses oreilles sans s'interrompre, trop concentrée pour chercher un élastique.

Je me versai un demi-verre et posai le regard sur la télé inutile, sur les casseroles en cuivre que j'avais fait briller. Qui sait si elle avait remarqué le jardin, pensai-je, le grenier, le robinet qui ne fuyait plus. Mais ce n'était pas le moment de lui poser la question. La pendule marquait huit heures et demie. Sassaia était comme une étoile tombée sur la Terre, perdue, cachée dans une zone trop inaccessible. Emilia fumait d'une main, l'autre ne lâchait pas le crayon une seconde. J'écoutai, dans le silence, la mine s'user.

Elle ne releva la tête que lorsqu'elle eut terminé. Elle jugea d'abord le résultat d'un air sévère, puis me regarda, moi. Avec deux yeux pressants, brillants, que je ne lui avais jamais vus. Elle tourna la feuille et la poussa devant moi.

C'était le portrait d'une fille. Très jeune, avec quelques mèches échappées de la queue de cheval qui lui passaient devant le visage, comme s'il y avait du vent.

Des yeux clairs et malins. Lèvres fines, tendues en un sourire allusif. Je ne la reconnus pas. Emilia lui avait également dessiné les épaules, les clavicules saillantes, les lanières d'un haut de bikini en triangle.

« C'est Angela », dit-elle.

Elle scanda bien les mots : « Angela Massaia. »

Mon sang se glaça.

Elle avait dit *est,* et non *était.*

J'aurais voulu l'arrêter, lui dire: Non, ce n'est pas nécessaire. Mais ma bouche était comme remplie de sciure et je savais moi aussi que nécessaire, ça l'était. Que l'on ne peut pas aimer quelqu'un sans en connaître toute l'histoire, en particulier son versant noir.

« Quinze ans ont passé, presque. Mais je me souviens de tous les grains de beauté dans son dos, des taches de rousseur sur ses épaules. Je me souviens de la fossette qu'elle avait au menton et des fossettes de Vénus en bas du dos qui excitaient tous les garçons. Qu'est-ce que j'ai pu les lui envier… Elles sont là – elle se tapota une paupière avec l'index –, qui dépassent du bas de son maillot pendant qu'elle se déhanche sur la plage. Ils sont là, ses yeux, qui étaient ce qu'elle avait de mieux, avec les seins. Tout est gravé ici, au fer rouge, comme si je n'avais rien vu d'autre de toute ma vie.

Au début, je rêvais d'elle, c'est pour ça que je demandais qu'on m'augmente les doses. Je me cognais la tête contre les barreaux pour la faire sortir de ma tête. La façon dont elle me souriait, dont elle se foutait de ma gueule, je la voyais, tu comprends ? Comme si elle était réelle, et encore devant moi. Après, ils m'ont tellement gavée de trucs que j'ai plus rien rêvé. Pendant très longtemps. Et quand j'ai recommencé, j'ai rêvé de Sassaia. C'est pour ça que j'ai débarqué ici, dans ta vie. » Elle s'alluma une autre cigarette, se laissa aller contre le dossier de la chaise en cherchant quelque chose au-delà des vitres, dans la nuit. « J'ai été la dernière personne à la regarder. Je suis la dernière personne qu'elle a regardée. » Elle ferma les yeux. « Une chose comme ça, on n'en réchappe pas.

– Commence depuis le début, lui demandai-je. S'il te plaît. »

Elle se rassit comme il faut, le dos droit, la tête haute. Se versa deux doigts de liqueur de noix.

« On habitait juste à côté. Elle avait emménagé dans la maison voisine de la mienne juste après la mort de ma mère, peut-être que j'ai pris cette coïncidence comme un signe. On allait en classe ensemble.

On avait pas tellement de sympathie l'une pour l'autre, on était trop différentes. Mais peut-être que c'est justement pour ça qu'on s'attirait. Elle avait tout. J'étais incapable de voir autre chose que toutes les chances qu'elle avait : la famille complète, la beauté, l'assurance, ou du moins il semblait. Je l'enviais, mais je l'admirais aussi. Parce qu'au bout du compte, quand tu es belle et intelligente, tu mérites ça, non ?

De toute façon, c'était aussi une salope, dit-elle en souriant. Je sais, on peut pas dire ça des victimes, il faut parler d'elles en bien. Pourtant elle l'était, qu'est-ce que je peux y faire ? Pas seulement, bien sûr. Elle était bien, vraiment bien autre chose. Je la connaissais comme moi-même, enfin c'est ce que je croyais.

À l'école, elle me snobait devant les autres, parce qu'elle disait que je "gâchais sa réputation". Quand j'allais à la plage avec elle, il fallait que j'étale ma serviette un peu à l'écart, plus loin, même si on s'était maquillées ensemble, on avait pissé ensemble juste avant de sortir de la maison.

C'est sûr, maintenant je vois la chose d'ici, de l'âge que j'ai : elle était méchante comme peut l'être la rose du *Petit Prince*, avec son unique épine. Parmi les lectures qui circulaient en taule, *Le Petit Prince* était celle qui marchait le mieux », ajouta-t-elle en réponse à l'expression d'étonnement que j'avais eue sans m'en rendre compte. « Tu te rappelles : *l'essentiel est invisible pour les yeux* ? Ces conneries-là ? Pourtant, quand devant les yeux tu n'as que de la merde, elles te font du bien. »

Devant mes yeux, je l'avais, elle, mon amour, qui se donnait une peine terrible. Et moi aussi, une peine terrible, pour rester où j'étais.

« Quoi qu'il en soit, c'était un rapport compliqué. T'imagine, le premier baiser avec la langue, c'était avec elle, pas avec un garçon. "Je vais t'apprendre, moi", elle m'avait dit, "t'es trop coincée", après quoi elle avait fait tout un tas de manières, comme si elle était en train de se sacrifier. Mais je sentais quand même que ça lui plaisait, et ça me plaisait à moi aussi. Et en mon for intérieur, je pensais : Tu parles d'un ange ! T'es le diable, Angela ! Sans savoir que le diable, au contraire, c'était moi.

Peut-être que c'est vrai que j'étais obsédée par elle, comme il a été écrit dans une expertise. Dans une autre, ils ont écrit que, dans ma tête, elle avait pris la place de ma mère. C'est sûr que je n'avais pas grand-chose d'autre. Des amies dignes de ce nom, zéro. Des petits copains, tu parles. Il n'y a que toi, dans tout le genre humain, qui m'aies trouvée belle. L'école, je m'en foutais complètement, pareil pour la danse, le piano, tous ces trucs que ma mère m'imposait et que je faisais mal pendant qu'elle me répétait "tu sais, l'important ce n'est pas de réussir, c'est d'apprendre ! Pas d'exceller, mais de découvrir !" Oui, t'as vu dans quel putain de monde on vit ? Si t'excelles pas, tu crèves. Sous cet aspect, je préfère être en taule toute la vie. »

Elle me regarda dans les yeux, peut-être pour voir quel effet me faisait une sortie de ce genre. Mais j'étais inerte, sans doute pâle, effrayé. Déterminé, quoi qu'il en soit, à écouter jusqu'au bout.

«Je sais que de la taule, t'en sais rien. Personne en sait rien avant d'y entrer», précisa-t-elle en souriant à moitié. Puis, redevenant soudain sérieuse: «Mais maintenant, c'est d'Angela que je dois te parler. Pour résumer, c'était une bombe, carrément, avec une mère au brushing toujours parfait, un frère athlétique dont j'étais tombée amoureuse par… comment on dit? Osmose? Contagion?

Être avec Angela, c'était comme avoir toujours devant moi la personne que j'aurais voulu être et ne deviendrais pas. C'est pour ça que je la détestais et l'adorais, l'idolâtrais et l'enviais à mort.

Ce qui m'a le plus troublée, c'est de découvrir, *après*, au procès, combien elle était en réalité peu sûre d'elle. Elle allait chez une psychologue et me l'avait jamais dit. Dans son journal intime, elle écrivait qu'elle se sentait pas à la hauteur, que sa mère lui mettait la pression. L'école, le monde: elle avait le sentiment qu'ils étaient là, sur son dos à exiger, exiger. Au contraire, pour moi, sa mère était la meilleure de la planète: une vie consacrée à ses enfants, à travailler aujourd'hui pour les faire devenir quelqu'un demain. Parmi tous ceux qui me haïssent, elle est celle qui me hait le plus. Et je la comprends.

Y a pas un seul anniversaire de la mort d'Angela où elle organise pas une marche nocturne. Où elle achète pas une page entière du journal, *Il Resto del carlino,* pour qu'on se souvienne de sa fille – et que je dois payer. J'ai pris seize ans, le maximum pour une mineure plaidant coupable, qui sont devenus quatorze ans quatre mois et neuf jours pour bonne conduite. Tu peux pas imaginer le foin qu'elle a fait: elle est allée au JT, à la radio, elle a écrit des lettres au ministère. Moi je voudrais pouvoir lui expliquer un jour que cette année et huit mois m'ont pas soulagée d'un gramme, ont rien changé, changeront jamais rien. Ni pour moi, ni pour elle.

Mais elle, elle l'avait mise au monde, c'était sa fille. Elle l'avait fait naître, allaitée, bercée, élevée, elle avait rêvé pour elle un avenir magnifique. Chirurgienne, entrepreneuse, Miss Italie, mariée à un homme faisant comme elle une belle carrière, avec quatre ou cinq enfants. Et puis il a fallu qu'arrive cette tarée de merde, c'est-à-dire moi, ce ver rampant qui méritait même pas de naître et qui lui a tout détruit. » Emilia secoua la tête, fort, écartant les bras en un geste de compréhension. « Comment je fais pour la blâmer ? On dit ça, non ? *Blâmer.* Comment je fais pour lui expliquer, un jour, que je suis pas une mère, que je le serai jamais, mais que je crois savoir ce qu'elle ressent ? Sa dévastation, son désespoir. Elle me croirait pas. »

Elle alluma sa troisième cigarette, je me levai pour chasser la fumée qui flottait dans la pièce. En fait c'était pour ouvrir les fenêtres, et respirer.

« En décembre 2000, en seconde, elle a commencé à voir quelqu'un. Un mec de trente-sept ans, qui avait une femme, un jeune enfant. Un cochon, en réalité, un dépravé. Mais elle en était folle.

Elle arrivait pas à y croire, tu comprends ? Lui il travaillait dans un magasin de voitures d'occasion, il était accro à la salle de gym, toujours bronzé aux UV, épilé. Tu vois celui qui est assis sur le trône dans l'émission *Uomini e donne* ? Exactement pareil. Il paraît qu'il avait même fait des castings pour y participer, mais il avait pas été retenu.

Alors il était resté en province, avait fondé une famille, et avait remplacé ses rêves de télé par la petite nana sexy. Du coup, pour Angela, j'existais plus.

Les après-midi où elle pouvait le voir, c'était lui qu'elle voyait. La nouveauté, c'était qu'elle baisait avec lui, elle était plus vierge, et donc elle était montée en grade, parvenue à un niveau supérieur, tandis que moi… tu te rends compte – elle me sourit avec une tristesse infinie – j'allais devoir t'attendre, toi. »

Je crois que j'ai écarquillé les yeux, incrédule. Emilia hocha la tête pour confirmer que oui, j'avais bien été le premier.

« Et cet Emanuele ? »

Elle eut un petit rire : « Le Mec-d'En-Face ? Oh, comme menteuse, je suis balèze, quand je veux. »

Je continuais à la regarder sans comprendre. Alors Emilia dut me dévoiler la véritable histoire d'Emanuele, des petits mots lancés à travers les barreaux. Une parenthèse qui m'arracha un éclat de rire et me déchira le cœur.

Mais nous étions assis à une table avec, entre nous, le portrait d'Angela Massia pour une raison précise, nous ne pouvions ni rire ni divaguer.

« Moi, je lui servais. » Emilia regarda la feuille et la redressa parce qu'elle était de travers. Elle l'aplatit délicatement avec une main, une caresse peut-être. « "Maman, je sors avec Emi", "Maman, je vais travailler chez Emi" et tout devenait possible. J'étais l'excuse, la couverture, l'alibi pour aller se planquer avec lui dans les parkings ou les bois de pins de la moitié de la région. Et quand il était au boulot, ou avec sa famille, avec ses amis, je devenais le pis-aller, le confessionnal genre *Le Loft*. Il fallait que je reste là à l'écouter pendant qu'elle me racontait à quel point elle l'aimait, à quel point il était canon, et que quand elle aurait dix-huit ans, il quitterait sa femme et ils se marieraient.

Pas une fois elle m'aurait demandé : Et toi ? Tu existes ?

Et moi j'étais jalouse, je me sentais trahie.

Ce sont des raisons futiles ? Bien sûr : est-ce qu'il peut exister des raisons sérieuses, acceptables, pour ce que j'ai fait ? »

Elle passa une main sur son visage, comme si elle voulait l'effacer. Elle avait les cheveux moites sur les tempes. Elle se versa encore deux doigts de liqueur de noix et alla chercher un paquet de chips parce qu'elle ne voulait pas se saouler, elle voulait rester lucide. Je la regardais et il me semblait qu'au fur et à mesure qu'elle extirpait ces paroles de son corps, elle perdait des kilos et des années.

Je regardai ma montre : dix heures. Nous avions tous les deux l'estomac vide.

« C'est pas obligé que tu me dises tout cette nuit.

– Si, au contraire, répondit-elle en se fourrant une poignée de chips dans la bouche. Sinon, on peut pas aller de l'avant, et moi je peux pas rester ici. Sinon, j'aurai jamais d'endroit.

– D'accord, approuvai-je en repensant à l'histoire du Mec-d'En-Face, à elle, aux autres filles qu'elle avait nommées, Yasmina, Myriam, Afifa. Pourquoi tu ne me parles pas de la prison, d'abord ? Ça aussi c'est une partie de l'histoire, non ? Une partie importante. Et je voudrais la connaître. »

34

Entre dix heures et demie et trois heures du matin, Emilia me raconta ses années de prison, que j'ai ensuite rapportées dans ces pages. Et ce furent de bons moments. La douleur était là, mais ses yeux étaient vifs, son visage prenait mille expressions, ses paroles m'inondaient comme un torrent chaud.

« Je ne sais pas, ou plutôt je ne sais plus, quelle idée les gens peuvent, de l'extérieur, se faire d'une prison pour mineures. En tout cas, je peux te dire que là où j'étais, y avait pas de boss mafieuses, de dangereuses camorristes, et même les pires, au fond, c'étaient des pauvres filles. On était toutes des petites connes paumées. »

Je voyais son corps trembler d'émotion, son âme transparaître à travers les mouvements qu'elle faisait, les modulations de sa voix, habitée par toutes ces personnes : Vilma, Rita, la Frau, la Venturi même…

Elle me raconta aussi un épisode, peut-être secondaire : les élections, quand les bénévoles arrivaient avec les urnes, les bulletins et que celles qui avaient le droit de vote descendaient au parloir. Je veux le mentionner parce que, à l'extérieur, on ne s'en rend pas compte, ou plutôt on ne s'en souvient pas, que ces personnes exilées, condamnées, recluses, restent des citoyens.

Emilia me raconta que Marta était toujours exaltée quand il fallait voter, et que toutes les filles se sentaient importantes ce jour-là. Toutes, sauf celles qui étaient nées en Italie sans avoir la nationalité : elles étaient furieuses, à juste titre.

J'eus l'impression de les voir, de les entendre, ces filles. Il me semblait que je les aimais, même si je ne les connaissais qu'à travers la voix d'Emilia, la façon dont elle en parlait, la façon dont elle les avait aimées, elle. Et ce qu'il y avait d'absurde dans cette longue nuit, c'était peut-être ça justement : elle débordait d'amour.

« Ça s'est cassé entre nous quand les résultats de l'année scolaire ont été affichés. Le 19 juin 2001. Nous sommes allées les voir ensemble, après avoir garé nos scooters devant le lycée. Tout le monde était là, à regarder les bulletins exposés. Mon humiliation publique, comme d'habitude. »

Nous étions à bout de forces, épuisés de fatigue. Mais nos yeux restaient bien ouverts, vigilants à l'extrême.

« Je passais dans la classe supérieure, avec un coup de pouce comme d'hab, et trois matières à rattraper sans faute, mais je passais. J'étais contente de pas redoubler, surtout *de pas la perdre, elle.* Qui, par contre, avait partout des super notes.

Elle m'avait promis qu'on fêterait ça *ensemble* si ça marchait pour toutes les deux. Elle me l'avait *juré* : on irait à Marina, on rejoindrait les autres et on resterait tard à la plage avec le feu de bois, les guitares, les joints et les maxibouteilles de vin. Moi, sans elle, je pouvais pas y aller. J'étais ni invitée ni acceptée à aucune fête. Elle me l'avait même écrit sur mon agenda scolaire, à la page du 19 juin, elle avait entouré le chiffre avec une flèche : *Notre jour de folie !*

Mais il était arrivé, avec son Opel Tigra jaune merdique, la caisse la plus bling bling de Ravenne. Biceps gonflé accoudé à la fenêtre, gel dans les cheveux, lunettes noires façon agent secret bien de chez nous. Elle, tu parles, elle s'était tout de suite retournée vers moi, le cœur battant la chamade, et elle m'avait pris les mains. Comme Judas. "Excuse-moi, Emi, je peux plus. Tu me comprends, hein ?" »

Emilia s'interrompit. Quelque chose de très ancien remonta à la surface de ses yeux. Quelque chose que je reconnus comme de la rage. Une rage qui n'était maintenant qu'un faible écho du passé, mais qui à l'époque avait dû être un incendie impossible à maîtriser.

« Je suis rentrée seule à la maison et je me suis enfermée dans ma chambre. J'ai passé toute la journée sur le lit avec le casque sur les oreilles à écouter Marilyn Manson.

Ils étaient tous heureux. Cette évidence résonnait dans ma tête. Ils étaient tous, tous heureux, sauf moi. Ils fêtaient tous l'été en compagnie de quelqu'un, ils étaient tous aimés, appréciés, joyeux, et j'étais la seule à être exclue, la seule pas à la hauteur, la seule victime de cette injustice. J'ai même pensé sérieusement à me tuer pour leur faire payer. Mais j'étais assez lucide pour comprendre que ça embêterait personne. » Elle me regarda de nouveau, fébrile. « Tu as traversé des choses encore pires, je sais, et tu es resté bon, tu es resté juste. Mais moi, Bruno, j'ai pas tenu le coup. Je me suis demandé ça des milliers de fois : C'est quoi le mal ? C'est pour ça que j'ai voulu suivre des cours de philo à l'université. Pour comprendre.

C'est une erreur que tu fais ? Un choix ? Ou alors une faille dans ton système, une faute qu'il y a en chaque être humain ? Et la folie ? C'est un plus, une cellule démente avec laquelle tu nais ? Ou quelque chose en moins ?

Moi je pense que c'est un moins. Que c'est un vide qui se forme à partir d'une fissure intérieure, et qui te creuse, te creuse, te réduit à néant.

La douleur améliore personne. Ou plutôt, elle améliore celui qui est déjà fort, qui a un support. Moi j'ai toujours eu un père exceptionnel, mais j'ai pas accepté son aide : je croyais que je la méritais pas, ou j'étais trop faible pour la lui demander. Je préférais la putréfaction, je me complaisais dans la haine. Ce qui est au fond le plus facile : s'en prendre à tout le monde parce qu'on est soi-même raté. »

Dans sa fougue, elle s'était levée sans s'en rendre compte. Brusquement elle s'immobilisa, jeta un coup d'œil autour d'elle comme si elle venait juste d'atterrir quelque part sans savoir où. Elle posa deux yeux fatigués sur moi.

« J'ai pas su pardonner, Bruno. La mort de ma mère. Mes camarades de classe. Angela. Moi-même, d'être ce que j'étais. J'ai pas su laisser filer les choses. »

Elle se rassit, aplatit le portrait d'Angela en s'attardant du bout des doigts sur le contour du visage.

« Quand mon père est rentré ce soir-là, ce passage dans la classe supérieure, il fallait forcément le fêter. Et moi j'étais là, assise dans la cuisine devant la table pas mise, comme quand ma mère était morte. Je croyais que ce jour-là avait été le pire de ma vie, mais non, il venait d'y en avoir un autre. Et je savais pas qu'il en arriverait un autre infiniment pire. Parce que le mal qu'on subit, je le sais maintenant, est bien mieux que celui qu'on fait. Du mal qu'on fait, on n'en sort pas. »

Elle avait les mains qui tremblaient en essayant, vainement, d'allumer une énième cigarette. Je la voyais lutter contre elle-même et j'en éprouvais une douleur infinie.

Je pris le briquet et l'aidai. Encore une fois, j'aurais voulu lui dire : ça suffit, allons dormir.

Après avoir tiré quelques bouffées, elle retrouva sa concentration.

Il était quatre heures du matin.

« Le 22 juin 2001, je lui ai écrit pour lui donner *le rendez-vous.*

Un SMS avec mon Alcatel blanc.

"On se voit demain à deux heures au Stradello della Pesca. Il faut que je te parle, c'est important."

Elle aurait très bien pu me répondre, comme des millions d'autres fois : "Non, je suis avec Fabio."

C'était probable, tout à fait probable qu'elle me dise ça.

Mais elle m'a répondu : "Ok, de toute façon Fabio travaille." »

O

« Le 23 juin, à une heure et demie, j'ai glissé un couteau dans mon sac à dos et je suis sortie.

Un couteau long, le plus long que j'ai trouvé dans la cuisine. Il fallait à peine vingt minutes, depuis chez moi, pour arriver au Stradello della Pesca. Je me rappelle que ma chambre était glacée. J'avais laissé l'air conditionné toute la matinée parce que je suais comme une mule. Du coup, quand je suis sortie, il faisait quarante. L'asphalte brûlait, je le voyais s'évaporer au bout de l'allée. Le soleil cognait sur ma tête. Tellement fort que tout semblait brûler.

Avant de monter sur mon scooter, je me suis dit : Mais qu'est-ce que tu fais, putain ? Rentre à la maison et pose ce couteau.

J'ai toujours été capable de comprendre et de vouloir. Depuis le choix du lieu et de l'heure du rendez-vous. Sauf que, comment t'expliquer ? La compréhension était détachée de la volonté. Oui. J'étais lucide, je comprenais très bien que c'était quelque chose de fou. Mais cette chose était aussi un film. Un film que j'avais tourné dans ma tête, pendant longtemps. Et maintenant, ce film, je voulais le voir.

J'ai mis mon casque et je suis partie. C'était samedi, dans le centre il y avait de la circulation, mais avec mon scooter je doublais tout le monde, je passais devant les étals du marché pleins de maillots de bain et de serviettes, devant les marchands de journaux qui avaient sorti les jouets de plage, les petits seaux, les moules à sable. Un souvenir m'a traversé l'esprit, quand on s'arrêtait avec ma mère, pour en acheter chaque année des nouveaux.

Cette pensée aurait pu m'arrêter. Mais non.

Il y avait tellement de couleurs, tellement de lumière, et un air de fête, presque. Mais moi j'étais comme un bloc d'obscurité qui circulait en plein soleil. Gavée de rancœur, je poussais mon Phantom au maximum et pendant ce temps, j'arrêtais pas de me passer ce film. Le film d'Emilia, une personne importante que personne avait jamais remarquée. Une fois passé le cimetière, je me suis aussi posé cette question-là : Et lui, tu le mets où ?

Papa, qui vient t'embrasser sur le front tous les soirs avant de dormir, qui vient frapper à ta porte dès qu'il rentre pour te demander comment ça va ? Qui veut toujours te parler, t'écouter ?

Papa, qui mérite pas une chose pareille.

Non, à lui, j'y pensais pas. Je le chassais de mes pensées.

Trop gênant.

Je pensais qu'à moi. »

« Il faut que je t'explique comment c'est, le Stradello della Pesca.

Avant Marina, avant les plages, le port de plaisance, les hôtels, les marchands de *piadine*, les restaurants de poisson, il y a ce chemin en terre battue qui va vers le canal.

C'est un endroit sinistre. De là, on voit le complexe pétrochimique. Des dizaines de grues, des tonnes de hangars, des tours de conteneurs, des cheminées en perpétuelle activité et des citernes larges comme des cratères : tout ça occupe l'horizon. C'est un endroit coupé du monde, comme je me sentais, moi. Le chemin plein de trous est longé par une série de cabanes en bois, avec les filets qui trempent dans le canal et les pontons pour les bateaux. Les familles viennent là le week-end pour faire griller du poisson au barbecue. De l'autre côté de la route, il y a un bois de pins. Le plus épais, le plus sauvage de Ravenne.

Combien de fois je me suis répété, en ralentissant sur le Stradello avec les quarante degrés qui me tapaient sur le casque : "Le couteau, pas de risque que je m'en serve, je suis pas folle, quand même"...

Je jouais, j'avais cette impression. Que j'allais pousser le truc à la limite pour voir l'effet que ça faisait, mais que j'irais pas jusqu'au bout.

Même si j'arrêtais pas de revoir Angela tortiller des fesses vers l'Opel Tigra et me planter là comme une merde. Je sais pas pourquoi, mais cette image se confondait avec celle de ma mère quand elle pesait trente-sept kilos et exhalait déjà une odeur de décomposition. C'était seulement un prétexte, cette rancune, je m'en rends compte. La vérité c'est qu'en moi il y avait un trou, un abîme plus fort que tout, tapi sous la vie, avec ses griffes et ses dents.

La volonté disait : Je vais te montrer, moi, qui est la plus forte, espèce de garce. La raison riait, elle pouvait pas me prendre au sérieux.

Je suis arrivée au bout du Stradello, j'ai garé mon scooter à l'endroit où on se retrouvait d'habitude, Angela et moi, quand on voulait faire un truc pas trop recommandable, genre fumer un joint, nous enfiler un quart de vin, ou parler de choses sérieuses. J'ai vu tout de suite que son scooter était pas là.

La raison a dit : C'est mieux comme ça, tu l'as échappé belle.

La volonté a répliqué : T'as vu, la salope ? Son Fabio chéri a dû l'appeler parce qu'il s'est libéré au dernier moment, et elle se donne même pas la peine de t'envoyer un SMS.

Cinq minutes plus tard, j'ai entendu un scooter, je me suis retournée : c'était elle, qui soulevait la poussière avec son SR.

Elle est venue se garer à côté de moi, a coupé le moteur. Le truc que je me suis rappelé le plus souvent, *après*, c'est le moment où elle a retiré son casque. Le naturel du geste, qui montrait combien elle me sous-évaluait, combien elle avait confiance. Elle m'a pas regardée, même pas dit bonjour, elle a regardé son téléphone parce qu'elle pensait à autre chose.

D'ailleurs, tu peux t'attendre à quoi, de la part de la plus ringarde de la classe ? Qu'elle ait un couteau dans son sac ?

J'avais la bouche sèche, la gorge nouée, le cœur froid.

J'ai attendu qu'elle finisse d'échanger ses messages avec Fabio, comme allait le montrer l'enquête, mais j'avais pas besoin de l'enquête pour le savoir. Fabio qui, entre parenthèses, a ensuite tout perdu, son travail, sa famille, après que les journaux ont parlé et brodé sur leur histoire. Je crois même qu'il a quitté Ravenne.

Quoi qu'il en soit, je regardais les énormes grues du port qui bouchaient la vue sur la mer. L'eau vaseuse du canal. Les barges qui passaient au loin. Je disais rien. Pas même quand Angela est descendue du scooter et a finalement daigné me lancer : "Alors ? Qu'est-ce que tu voulais me dire ?" À ce moment-là non plus, j'ai pas parlé. Parce que j'y arrivais pas. La volonté me disait qu'il fallait aller dans un lieu encore plus à l'écart. Que je devais être glaciale et efficace comme Jill Valentine dans *Resident Evil*:

comme si c'était un jeu vidéo. À quelques kilomètres de là, pendant ce temps, les bars arrêtaient pas de cracher de la musique, les établissements balnéaires se remplissaient de familles, d'enfants, et un vacarme joyeux montait des plages, résonnant dans tout Marina di Ravenna.

J'ai réussi à lui dire "Marchons, allons jusqu'au bateau renversé". Dehors, c'était une flaque de lumière, mais dans la pinède l'ombre était épaisse et glacée. Nous nous sommes enfoncées dans le bois. Comme l'été précédent, quand elle m'avait traînée derrière ces deux inconnus qui nous avaient ensuite dessinées les seins nus.

La manie du dessin m'avait pas encore prise. C'est arrivé seulement *après*, en taule. Mais parmi toutes les choses – tellement, trop – que je lui pardonnais pas, il y avait aussi cet après-midi-là, dans le bois de pins où on avait posé topless pour ces deux types d'une quarantaine d'années. Un truc obscène qu'elle voulait, et moi pas. Parce qu'elle était une exhibitionniste, pleine de beauté, vivante, et moi pas.

Elle m'a dit: "Je te trouve bizarre".» Emilia montra du doigt un napperon d'un blanc sale: «Mon visage devait avoir cette couleur-là. La raison a refait surface et a crié: Va-t'en tout de suite, trouve une excuse. La volonté sentait le poids du couteau au fond du sac à dos, sous la serviette de bain.

Pendant qu'on marchait, les mollets griffés par les ronces et les pieds nus piqués dans les tongs sur les aiguilles de pin, Angela a commencé à me dire quelque chose au sujet de sa mère qui voulait l'emmener en vacances en Grèce à la mi-août, qu'elle lui cassait les pieds, qu'elle, elle voulait pas y aller, elle voulait pas se séparer pendant au moins deux semaines de son Fabio. Je l'entendais comme à travers une couche de ouate. Mes oreilles bourdonnaient, les sons m'arrivaient brouillés, faibles, même celui des cigales qui stridulaient comme des folles sur les branches tellement entremêlées qu'elles cachaient le ciel.

Quand nous sommes sorties de là, le soleil a recommencé à nous incendier. Instinctivement j'ai fermé les yeux, à moitié aveugle, j'ai senti mes jambes fléchir. Ma respiration résonnait à l'intérieur, partout. Et mon cœur était lent, si lent, comme s'il allait s'arrêter.

Ce que nous appelions "le bateau renversé" était juste une coque en bois abandonnée dans une crique, un endroit où la pinède s'ouvrait sur l'eau marécageuse. Un endroit où, si on criait, personne pouvait entendre.

J'ai été obligée de m'appuyer contre le bateau. Je me suis frotté les yeux, essayant de faire la mise au point sur l'endroit malgré la lumière. J'ai mobilisé toute mon attention pour percevoir le moindre mouvement furtif d'animaux ou de personnes, la moindre silhouette tapie dans l'obscurité. Une pomme de pin qui tombait m'a fait tressaillir. Pendant ce temps, Angela, paisible, offrait son visage au soleil pour bronzer.

Tranquille, je me suis dit, impossible qu'il y ait quelqu'un par ici. Pas le jour en tout cas. Il y avait des préservatifs qui avaient servi la nuit, des mégots, peut-être des seringues contre lesquelles ma mère me mettait en garde. Le fond du bois était un endroit dangereux, comme le fond de l'obscurité. L'eau stagnait et dégageait des relents de pétrole, de pourriture, de fin.

Pourtant, de là, si je voulais, je pouvais voir la mer.

À demi cachée, mais scintillante de lumière. Belle, ouverte, propre.

Mais je voulais pas. »

« Elle parlait, seule, moi je disais rien.

Quand elle s'est interrompue pour me demander "Mais toi, qu'est-ce que tu voulais me dire de si important ?", j'ai senti que je devais m'inventer une bonne excuse, et je me suis mise à balbutier, comme dans mes pires interrogations au tableau, en classe, "c'est au sujet d'un mec…".

"Pourquoi ? T'as un mec ?" Elle a ri. Et ce rire m'a mis les nerfs à vif, immédiatement, m'a rendue enragée, a fait monter en moi une tension mortelle, comme quand on passe quatre heures d'affilée à tirer dans *Resident Evil.*

"Mais non ! J'y crois pas !" Sûr qu'elle y croyait pas. Comment j'aurais pu avoir un petit copain, *moi*? En fait c'était un mensonge, le rendez-vous était un mensonge, notre amitié était un mensonge.

Elle s'est remise à parler de Fabio, de toute façon. Moi, pour une fois, j'ai remercié qu'elle le fasse parce que mon estomac débordait de nausée. J'avais tellement de choses à lui dire, mais les mots sortaient pas. Ils étaient comme l'air, évanescents. J'en avais besoin et ils étaient pas là.

Je me suis rendu compte, ou peut-être que je m'en rends compte maintenant, que si j'avais réussi à lui dire ma haine, ma rancœur, mon amour, même s'il était pourri, et tout ce nœud de sentiments désespérés qui me bouchaient la gorge, je l'aurais sauvée, je me serais sauvée.

Mais non. Nous nous sommes assises sur cette coque dont la peinture rouge s'écaillait comme une peau gercée. *Espérance,* il s'appelait, ce bateau, même si le P et le C étaient plus lisibles.

Angela s'est appuyée sur ses coudes pour mieux prendre le soleil, elle a fermé les yeux et rejeté ses cheveux en arrière. Une pose qui la rendait totalement vulnérable.

Il faisait quarante degrés et moi j'avais tellement froid que je claquais des dents.

Mes mots s'étaient volatilisés, et elle continuait à raconter. Quoi ? Fabio ? Je sais pas, je l'entendais plus.

J'avais posé mon sac à dos à côté de moi, de l'autre côté par rapport à elle, pour qu'il reste caché. Je me suis penchée, j'ai tiré la fermeture éclair, j'ai glissé la main pour sentir le manche du couteau sous la serviette de bain, la crème solaire, les serviettes hygiéniques parce qu'on sait jamais. Ça faisait si peu de temps que j'étais adolescente. Ou peut-être que je l'étais jamais devenue.

J'étais assise sur la limite : c'était une question de centimètres, de millimètres. Une autre pomme de pin pouvait tomber, un ragondin pouvait surgir, quelqu'un sur un bateau de pêche assez proche pour voir. Mais c'était deux heures de l'après-midi et le monde était vide. J'ai empoigné le couteau et, de toute la force que j'avais dans le corps, je lui ai planté dans le ventre.

Et puis, comme elle s'est mise à hurler, je lui ai planté dans la gorge. »

Le regard d'Emilia, maintenant, était totalement éteint. Son ton de voix monocorde. Immobile sur la chaise, les mains sur la table, elle était livide.

« Tu fais ça. Mais t'y crois pas, que t'es en train de le faire pour de bon. Une partie de toi sent qu'elle le fait, mais l'autre partie est persuadée qu'à la fin quelque chose va retourner la situation. Que la fée va apparaître, le lutin des dessins animés, que quelqu'un va se mettre à rire en disant : Bon, la plaisanterie a assez duré.

C'est comme une pensée magique, comme recommencer à croire au Père Noël. T'es en train de planter le couteau dans une personne, ta meilleure amie, elle se débat, elle te griffe et tu penses : L'ambulance va arriver, va l'amener à l'hôpital, et dans trois jours elle est sur pied. »

Emilia a serré les poings, a fermé les yeux. J'ai vu tout son corps se contracter dans l'effort de poursuivre.

« Elle voulait vivre, qu'est-ce qu'elle le voulait.

Normal : elle avait seize ans.

Quand je lui ai frappé la gorge, je voulais pas. Mais mon cœur était devenu complètement sombre, noir. Et j'en avais tellement, de la rage, que je savais plus comment contenir. Ma vie entière m'est passée devant les yeux.

Ma mère qui m'emmenait au Bagno Amore quand j'étais petite, avec le filet plein de petits moules pour jouer avec le sable, les châtaignes qu'on cueillait ici, à Sassaia avec tante Iole, le dimanche sous l'édredon dans le lit de mes parents, entre eux. On dit que c'est comme ça quand tu meurs. Parce que j'étais en train de mourir. En même temps qu'elle.

Je voyais ses yeux s'éteindre et je m'éteignais. Dans cette espèce de rêve ou de jeu vidéo ou de film, qui pourtant était la réalité. Son bain de soleil jaune qui devenait rouge, son deux-pièces imprimé de citrons de la côte amalfitaine, et elle qui peinait maintenant à respirer. Alors j'ai vu ses yeux si beaux se fissurer, son âme s'échapper. Et je pouvais plus la retenir.

C'est pas possible, non ? Tuer une personne.

Quand elle est morte, avant de m'enfuir, je l'ai prise dans mes bras. »

Les yeux d'Emilia étaient deux trous noirs, son visage exsangue à faire peur. Elle était absente, incapable de me regarder.

La lumière dorée de l'aube se répandait dans la pièce, je me mis à pleurer.

Pour Angela Massia qui n'était plus là, morte de cette manière à seize ans.

Pour Emilia qui, au même âge, avait tué une personne.

Pour moi qui ne savais plus quoi faire. Me lever ? Pas bouger ? Me taper la tête contre le mur ?

Je décidai de me lever. Je la pris par les aisselles et l'aidai à monter l'escalier, péniblement. Je la mis au lit. Ensuite je me couchai à côté d'elle.

À bout de forces, je restai là, à côté d'elle. Quelle différence y avait-il entre elle et moi ? Aucune.

Nous étions deux êtres humains. Ce qu'elle avait fait, j'aurais pu le faire moi, c'était une possibilité que nous avions tous dans le corps et dans ce qu'il y avait dedans : l'âme ? L'abîme ?

Incapable de dormir, j'écoutai pendant longtemps la rumeur du bois, des oiseaux, du monde qui s'éveillait, émouvant, magnifique, et qui recommençait après l'hiver. Tout d'un coup je m'aperçus à quel point tout, tout le bien contenu en nous et dans la matière, était précaire et merveilleux, digne de soin à tout prix.

Alors, c'était quoi, le mal ?

Ne pas savoir pardonner.

TROISIÈME PARTIE

La mer

35

Le grand pré qui entoure la petite église de Donato était couvert d'une brume d'aigrettes de pissenlit qui s'éparpillaient dans le vent en lui confiant leurs graines.

Je me rappelle que, le dos contre le tronc du seul chêne qui donnait de l'ombre, je les ai observées longtemps, ces graines, suspendues dans la lumière de l'après-midi, et j'avais le cœur lourd de peur mais aussi, plus tenace que la peur, d'espoir.

Ce jour-là était le 22 juin 2016. Le soir même, Emilia et moi allions partir en voyage. Sans date fixée pour le retour, décidés à nous accorder le temps qu'il faudrait.

Mais avant de parler du voyage, il me faut relater les événements les plus significatifs de ce printemps qui se terminait. Pour ne laisser personne de côté, car nous sommes une communauté âpre, difficile, mais une communauté tout de même.

Avant toute chose, le Jugement dernier d'Alma a été achevé.

Emilia et le Basilio l'ont terminé à temps pour les célébrations de Pâques, ce qui a eu un effet presque miraculeux sur mes concitoyens. Les grands applaudissements qui ont accueilli Emilia et Basilio quand le curé les a appelés près de l'autel ne les ont ébranlés ni l'un ni l'autre. Ils ont fait un signe de tête en se forçant à sourire et sont tout de suite retournés à leur place.

Le lendemain, ils se sont remis au travail dans le hameau voisin, Novella, à vingt minutes de marche d'Alma. Leur objectif à tous les deux était Donato, à trente-quatre kilomètres d'Alma, la dernière vallée de la région. Là se dresse une petite église vieille de cinq cents ans dont le Basilio était tombé amoureux quand il était jeune. Quant à Emilia, il ne lui a même pas fallu une minute pour éprouver le même sentiment : la Pietà en bois, surtout, l'a tellement émue que, pour pouvoir y travailler, elle s'est mis en tête de passer le permis en deux mois.

C'est moi qui l'ai accompagnée au chef-lieu pour les leçons de code et de conduite. Nous avons passé des samedis et des dimanches entiers à réviser le moindre panneau de signalisation. Comme il n'y avait pas dans la Vallée de parkings assez vastes pour cabosser la Seat, nous sommes descendus plusieurs fois en ville, sur des esplanades désolées entre les hangars industriels, pour lui permettre de s'entraîner à passer les vitesses, et moi à faire preuve de patience.

Mais elle y est arrivée, têtue comme elle l'est. Et depuis la fin mai, elle a pu aller à Donato avec le Basilio pour s'occuper de cette Pietà qu'ils décrivaient tous les deux comme extraordinaire, ainsi que d'une danse macabre très rare dans la région.

Durant cette période, j'ai un peu souffert de solitude, mais tous les vendredis il y avait Martino qui venait déjeuner chez moi, puis nous allions jouer au baby-foot, sur la terrasse couverte du Samouraï inaugurée par Piero à l'arrivée de la belle saison.

Ensuite, les cours ont pris fin et il y a eu la grande fête sur le bord du torrent. Je suis bien conscient que *grande*, pour une classe unique de treize enfants, cela peut sembler exagéré, mais pour moi, en 2016, grande, elle l'a vraiment été.

Les parents, les frères et sœurs, les cousins, les anciens instituteurs, tout le monde était là avec des gâteaux faits maison, des biscuits de chez Rosa, des pizzas, des jus de fruits. Mais surtout, Emilia était là.

Habillée comme il faut, pour une fois, avec une robe rose à fleurs, en coton, qui mettait en valeur sa féminité plutôt que ses années de taule, on aimait plaisanter là-dessus. Elle a rencontré mes élèves – Martino, elle le connaissait déjà –, leurs parents, et je peux dire qu'en cette occasion, Alma l'a accueillie. Bien sûr, en ignorant son passé, et en la voyant pour la personne qu'elle était maintenant: cheveux propres, yeux plus clairs, désireuse d'apporter sa contribution. Il est juste, je crois, que l'obscurité soit livrée seulement à ceux qui nous aiment.

Il n'y a que Patrizia qui ait rougi, et baissé les yeux chaque fois qu'elle la croisait. Même si Emilia s'est proposée, le moment venu, de l'aider à distribuer les parts de gâteau. Le balbutiement de Patrizia, la disponibilité d'Emilia en version « nouvelle citoyenne d'Alma »: la scène m'a vraiment amusé. Je n'ai jamais révélé à Emilia qui m'avait donné l'article. Pour quoi faire? Il y a des choses qu'il faut laisser filer.

Finalement, le mois de juin est arrivé, qui n'est plus tout à fait une période de travail mais pas encore les vacances. Les jours entre les relevés de notes et l'envoi des bulletins étaient tellement creux que j'ai décidé de me joindre à Emilia et au Basilio en me glissant sur le siège arrière de la Seat avec un ou deux livres, ma gourde et un sandwich.

Au départ, ils ont protesté, prenant ça comme une intrusion. Ils m'ont prévenu : « On ne veut pas être dérangés quand on travaille. » Mais moi, je n'avais pas la moindre envie de rentrer dans l'église, je voulais rester dehors, lire à l'ombre du grand chêne.

La colline sur laquelle se dresse la petite église de Donato est loin des voitures et du village, le seul moyen d'y accéder est un sentier caillouteux. Les montagnes autour, à la différence de celles de Sassaia, ne se ferment pas comme si elles allaient se toucher, elles se dilatent au contraire et s'adoucissent en passant dans le Val d'Aoste. C'est là que se terminent la province, la région, que finit notre petit monde, à Emilia et moi, et que commence l'ailleurs qui s'estompe dans une brume bleue comme la mer.

Ce jour-là, le 22 juin 2016, j'ai accompagné Emilia et le Basilic comme d'habitude. Pourtant nous devions partir vers minuit et j'aurais mieux fait de m'avancer dans les préparatifs du voyage en m'occupant des sacs, des fleurs, de ranger la maison. Mais la journée était trop belle, avec ce ciel limpide, ce vent doux, et la petite église avait le pouvoir de rasséréner n'importe qui, même moi, à la veille de ce voyage.

Tandis qu'ils s'occupaient de la Pietà, de la danse macabre et de l'énième Vierge Noire, j'ai sorti de mon sac la dernière rédaction de Martino Fiume.

Je l'avais photocopiée pour la garder, même si ce n'était pas tout à fait réglementaire. Quand je l'avais lue la première fois, j'avais foncé sur Patrizia dans la salle des professeurs en la lui agitant devant le nez. « On le fait passer. » Je ne lui avais pas parlé depuis cinq mois. « Je me fiche pas mal de ce qu'il a fait en maths, de sa moyenne, de ses notes. Fiume est admis, avec un Très bien en italien. »

L'avenir – tel était le sujet. Imagine ce que tu voudrais faire, où tu voudrais être, et qui tu voudrais devenir *quand tu seras grand.*

Martino s'était appliqué, je l'avais surveillé de près. Là au fond, où il avait toujours été, au dernier bureau près de la fenêtre. Mais cette fois, il tenait à bien faire, il ne levait les yeux de la feuille que pour reprendre son souffle. Il y avait une seule faute, *aujourdhui,* et j'ai fait semblant de voir l'apostrophe.

Cet après-midi-là, j'ai relu le devoir en m'attardant surtout sur la fin :

Avec Nebbia qui trottine à côté de moi, je veux monter jusqu'à la cime du Monte Cresto, en une journée où on voit tout, et de là-haut je veux dire adieu, ou peut-être au revoir, à ma vallée.

Qui je suis, qui je veux être, je ne sais pas.

Je le déciderai pas à pas, en écoutant ce que me dit la vie.

Le soir, à onze heures et quelques, nous avons fermé les maisons et nous sommes descendus par Stra' dal Forche avec nos torches, nos sacs à dos, nos énormes bagages et les fleurs.

Nous savions qu'en voyageant la nuit, nous trouverions moins de circulation sur la route et l'important était d'arriver à l'aube, quand tout le monde est endormi. J'avais calculé l'itinéraire plusieurs fois pour être sûr de ne pas me tromper, je l'avais appris par cœur, mais j'ai quand même dû me répéter : Du calme, nous ne sommes pas en retard.

Nous avons mis les sacs dans le coffre de la voiture, installé délicatement les fleurs sur le siège arrière, comme des enfants en train de dormir. À cette heure-là, Alma ressemblait à une petite crèche sous-verre, tremblotante dans la lumière de ses quatre pauvres réverbères. J'ai fermé le garage, mis le contact, et nous avons laissé derrière nous le monde connu.

Nous avons parcouru à nouveau la route qui mène au Tartana, et quand nous sommes passés devant, Emilia a esquissé un sourire. Puis nous avons franchi le péage. Alors elle a incliné son siège et a fermé les yeux. Je maintenais une vitesse de croisière. L'A4 était vide, à part quelques camions immatriculés en Pologne, Hongrie, Slovénie. La plaine s'enfonçait dans une masse noire, uniforme. Je me suis laissé glisser dans la nuit, avec le ronronnement du moteur et la respiration d'Emilia pour compagnie.

À Milan seulement, au moment où nous roulions sur le périphérique, elle a soudain entrouvert les yeux, comme si elle savait où nous étions. Elle s'est redressée pour s'asseoir, a bien regardé les lumières, les grands ensembles, les publicités et a murmuré tendrement: « Salut, Marta. » Puis elle s'est rendormie.

Il fallait qu'elle se présente pleine d'énergie au rendez-vous. Moi je devais seulement conduire. Je ne tenais pas le premier rôle, je n'étais que le complice de ce plan que nous avions étudié pendant des semaines, ensemble, dans les moindres détails. Mais mon cœur ne ralentissait pas.

À la hauteur de Bologne, je l'ai regardée à nouveau: repliée sur un côté, la bouche entrouverte, le front détendu de quelqu'un qui est serein parce qu'il a désormais pris sa décision. Et j'ai préféré ne pas la prévenir, rouler au-delà des souvenirs et aller de l'avant: dans les lieux de sa vie que je n'avais jamais vus.

À cinq heures et quart pile, ponctuel comme prévu, pendant qu'à l'est se levait une tempête de lumière encore pâle, je me suis garé à quelques mètres de l'entrée secondaire, sous une rangée de pins maritimes.

Je l'ai réveillée : « Emilia, on y est. »

Le cimetière monumental est un lieu intact, empreint de paix, et en cela il ressemble à Donato, à Sassaia, à toutes nos vallées. Séparé de la ville, c'est une île de silence délimitée par un canal, le complexe pétrochimique et la campagne.

Naturellement, il était fermé à cette heure-là. Mais c'était justement ce que nous voulions.

Emilia a tiré la capuche de son sweat sur sa tête et ouvert la portière.

« Je t'aide à passer par-dessus, lui ai-je proposé.

– Non, donne-moi les fleurs et rentre dans la voiture, comme on avait dit. »

Les fleurs, malgré le voyage, avaient tenu bon. C'étaient des glaïeuls, des marguerites, des bégonias, des dahlias, les plus beaux que moi et le Basilio avions plantés, en deux bouquets.

Nous sommes descendus de la Seat et nous avons marché sur le parking de terre battue. L'église et le fleuriste étaient fermés, aucune autre voiture dans les parages. Je n'ai pas pu m'empêcher, une fois arrivés au portail latéral que nous avions repéré sur la carte, de jeter un coup d'œil aux caméras de surveillance : elles étaient bien là, probablement en fonction. Mais ça aussi, on y avait réfléchi.

« Même si on devait me reconnaître, avait répliqué Emilia à mes objections, je vais pas vandaliser les tombes. Je veux juste déposer des fleurs sans rencontrer personne. » Le cimetière ouvrait à six heures et demie. Nous avions étudié le programme de la journée sur le site de la mairie : une messe commémorative devait avoir lieu à dix heures et demie, le soir la marche aux flambeaux commencerait à neuf heures. « Qu'est-ce qu'ils peuvent me faire ? Écrire un énième article ? avait-elle commenté en souriant. Ce serait sans doute le meilleur de ceux qui ont été écrits jusqu'à aujourd'hui. » Je l'ai regardée grimper par-dessus le mur, atterrir d'un bond de l'autre côté. Je lui ai passé les fleurs à travers les barreaux du portail. L'air était pétillant, la lumière caressait délicatement les tombes et le silence. J'avais le cœur qui battait à tout rompre pour elle.

« Fais attention. »

Emilia a pris les deux bouquets en acquiesçant.

Avant de revenir dans la voiture pour monter la garde, je l'ai regardée s'éloigner dans le grand cimetière, entre les caveaux de famille, les murs de niches blanches, et plus loin, le portique de l'entrée monumentale qui gardait les sarcophages des personnes illustres. Elle connaissait la direction. Ses chaussures de sport crissaient sur le gravier. Ses pas étaient le seul bruit, le seul dans tout Ravenne.

Elle est allée voir sa mère, d'abord.

Elle a empoigné les montants d'une des échelles en fer et l'a appuyée sous une rangée de niches. Sa mère reposait tout en haut car elle avait expressément demandé à être près du ciel. Emilia est montée sur l'échelle avec l'arrosoir qu'elle avait rempli à un des robinets, elle a changé l'eau dans le vase et remplacé les fleurs fanées par celles, fraîches, de Sassaia.

Elle a observé l'ovale avec la photo en couleur de Cecilia : une femme jeune, souriante ; tout autour, des personnes âgées, qui avaient eu plus de chance. Mais laisse tomber, maintenant, s'est répété Emilia, tu es ici pour ça, aussi.

Elle a caressé la plaque et donné un baiser à sa mère, lèvres chaudes sur la surface froide du verre. « J'y vais, maintenant. Mais la prochaine fois, je passerai plus de temps avec toi. »

La lumière était encore basse et tamisée, mais elle montait de la terre avec une intensité croissante. Dans quarante minutes, le gardien arriverait.

Emilia est descendue, elle a jeté les fleurs fanées dans une corbeille et, le second bouquet dans une main et l'arrosoir dans l'autre, elle s'est dirigée vers le centre du cimetière.

Elle devait chercher l'ange de marbre rose. Il était toujours tellement brillant qu'il avait l'air neuf, lui avait dit son père, il dépassait, au-dessus de toutes les autres statues : elle ne pouvait pas se tromper. Lui, il y était allé plusieurs fois, certainement pas un 23 juin ou un 2 novembre, mais il n'avait jamais manqué, durant ces quinze années, de lui porter des fleurs.

Pour Emilia, en revanche, c'était la première fois, et ça ne pouvait pas être autrement. Tandis qu'elle parcourait l'allée centrale qui coupait en deux le cimetière, son cœur battait fort, comme si elle allait naître à nouveau.

Elle l'a tout de suite reconnue. C'était la plus belle : une tombe pleine de fleurs fraîches, de peluches, de dessins. L'ange qui la surmontait avait les yeux clos, mais souriait.

Emilia a posé l'arrosoir. Elle a serré les fleurs des deux mains, les portant instinctivement à la hauteur de son cœur.

« Alors, nous revoilà, toi et moi », a-t-elle dit, et sa voix s'est brisée.

Elle a observé la photo que les parents avaient choisie. Celle de sa communion, peut-être : elle était habillée toute en blanc, avec une couronne de fleurs sur les cheveux, un visage frais plein de promesses.

« Moi j'en aurais choisi une autre, a dit Emilia en essayant de sourire. À la mer, en maillot de bain. »

C'était dur d'être là, debout, sous tout ce ciel. Emilia regardait la photo et laissait ses larmes glisser en silence sur ses joues.

« Angela, j'ai trente et un ans, presque trente-deux. Et toi tu en as seize. »

Elle a cherché un vase pour mettre les fleurs. Il y en avait plusieurs, sans aucun doute c'était sa mère qui avait pensé à ce détail pour ceux qui, aujourd'hui, viendraient lui rendre visite. Emilia l'a rempli, l'a mis au centre, un peu au-dessus des lettres argentées qui disaient :

ANGELA MASSIA * 1-10-1984 † 23-6-2001

Elle s'est attardée sur ces deux dates, longuement.

Puis elle s'est assise, en tailleur, sur l'herbe.

Il était cinq heures cinquante-sept. Son téléphone ne vibrait pas, signe que personne n'était en train d'arriver.

Elle pouvait faire les choses tranquillement. Rester avec elle à la surface de la terre et enfin trouver les mots.

«J'y ai pensé et repensé mille fois, a-t-elle dit en secouant la tête. Je crois que j'en suis même devenue folle. Mais toi, tu ne reviendras pas. Il faut que je l'accepte.

Nous ne sortirons jamais dîner pour mettre les choses au point, nous ne fumerons plus de joints ensemble, nous ne prendrons plus de bains de minuit. Et nous ne reviendrons plus là-bas, au Stradello. »

Les larmes emplissaient sa bouche, brouillaient sa vue, mais elle tenait à regarder le visage dans le cadre d'argent.

« Je ne peux pas accepter ça, que tu n'y sois plus. Parce que c'est ma faute. C'est moi qui l'ai décidé, qui l'ai voulu. En fait non, pas moi, mais cette pauvre fille, cette tarée, cette personne triste que j'ai été adolescente. Je la hais, celle-là. Parce qu'elle t'a enlevée non seulement à ta mère, à ton père, à ton frère, mais aussi à moi. »

Elle était déterminée à trouver tous les mots qu'elle n'avait jamais trouvés, espérant que, d'une manière ou d'une autre, d'un endroit ou d'un autre, Angela pouvait les entendre. Espérant que, contre toute évidence, il existait dans le monde au moins un gramme de magie.

« J'ai fait des études, j'ai un diplôme des Beaux-Arts. Je me demande ce que tu aurais fait comme études, toi, dans quelle ville. À Bologne, forcément, je crois. On y serait allées ensemble. Je n'aurais pas vu la ville à travers de grandes fenêtres pleines de barreaux, et toi tu aurais fini des études de médecine, ou de droit. Tu aurais eu un copain mieux que Fabio, ça je te le promets. Mais je ne t'ai pas permis de devenir adulte. Alors, comment on fait, Angela ? »

Emilia s'est couvert le visage de ses mains. « Je t'ai tout volé, même les choses minuscules comme une balade, une gorgée de Coca-Cola, un baiser. C'est tellement difficile de vivre avec ça. Ça aurait été plus facile de mourir, pour tout résoudre. Mais je ne veux plus être lâche. Alors j'ai pensé », elle a découvert son visage et s'est mordu la langue très fort pour ne pas se remettre à pleurer, « que moi, maintenant, tout ce que je vivrai de beau, je te le dédierai. Je ne veux pas échapper à ce que je t'ai fait, je veux m'en souvenir. Et si je ne peux pas te ramener à la vie, chaque jour que je vis, je veux le vivre pour toi. »

Elle s'est mise debout. Le ciel était plein de lumière maintenant.

Après l'avoir tuée, elle était venue là. Elle avait couru à son scooter toute barbouillée de sang, elle avait conduit sans casque, espérant avoir un accident sans regarder où elle allait. Mais d'instinct, elle le savait.

Quand elle était arrivée, elle avait pris une échelle et s'était assise en haut, devant la plaque de sa mère. « Maman, ne me regarde pas, je fais horreur. » Elle savait, sans le savoir, qu'elle devait se rendre dans un commissariat, une caserne, *se livrer, se constituer prisonnière.* C'est comme ça qu'on disait, non ?

Elle le savait, parce qu'autrement personne n'aurait trouvé Angela. Ou peut-être qu'on l'aurait trouvée, mais trop longtemps après, et un animal aurait pu lui faire encore plus de mal qu'elle ne venait de lui en faire.

Mais avant toute chose, elle devait dire à sa mère qu'elle l'aimait. Et sortir de son sac l'Alcatel pour appeler son père, le lui dire à lui aussi, et juste après bousiller sa vie. Le couteau, elle l'avait laissé là-bas, à côté de l'*Espérance* à qui manquaient le P et le C.

Emilia a glissé la main dans la poche de son sweat, à ce moment-là. Elle en a sorti le dessin, plié en deux, qu'elle avait fait ce soir-là pour moi, à Sassaia. Elle l'a ouvert et l'a placé à côté du vase rempli de fleurs.

Ensuite, elle l'a embrassée, elle aussi, sur le verre de la photo et s'en est allée à temps, cinq minutes avant que le gardien n'ouvre les portails.

L'aube les avait protégées.

Épilogue

Avant de continuer vers le sud, nous sommes allés voir Riccardo dans la maison où Emilia a grandi et qu'il n'a jamais voulu quitter. Les parents d'Angela eux aussi ont continué à vivre dans la maison voisine, raison pour laquelle, en descendant de la Seat, Emilia a baissé sa tête couverte d'une capuche et pressé le pas ; j'ai fait de même, partageant instinctivement son malaise. Nous avions entrepris ce voyage pour ajuster des choses qui ne pouvaient pas être ajustées, pour clôturer les comptes qui ne pouvaient pas être clôturés.

Il n'était même pas sept heures quand nous nous sommes garés devant la grille où Riccardo nous attendait, impeccable même à cette heure-là, avec une chemise en lin blanc et un pantalon bleu à pli. Il nous a préparé le petit-déjeuner, a demandé à Emilia comment ça s'était passé, mais elle n'a pas voulu en parler.

« J'ai invité Camilla à déjeuner, nous a-t-il dit, elle tient énormément à vous connaître, et vous ne pouvez pas refuser. Et toi, a-t-il ajouté en se tournant vers moi, je t'interdis de conduire si tu ne dors pas au moins quelques heures. »

Il avait raison, j'étais tellement épuisé que mes yeux se fermaient tout seuls, ma tête retombait sur ma poitrine.

« Je l'accompagne pas, moi », a dit Emilia en indiquant l'étage. Elle s'est déplacée de la table au canapé du salon et j'ai été obligé de remarquer qu'elle se tenait soigneusement à distance des fenêtres, par crainte, je crois, que les voisins, *ces* voisins-*là* puissent remarquer sa présence, même à l'intérieur. Aucun abri n'existait.

«Je m'en occupe.» Riccardo m'a montré le chemin dans l'escalier, puis le long d'un couloir, jusqu'à l'ancienne chambre d'Emilia.

Quand il a ouvert la porte, j'ai été assailli par une odeur que j'ai reconnue: la mienne, mêlée à celle de Valeria. L'odeur d'une pièce figée sur les années du lycée.

Riccardo a désigné le lit, et moi, je l'ai regardé lui. Je l'ai regardé droit dans les yeux, des yeux mâchés, mais encore vifs, lumineux. Comment as-tu fait, aurais-je voulu lui demander, pour rester toujours à ses côtés, sans conditions? Pour partager l'horreur avec elle, pour en prendre le poids sur toi, alors que tu étais, tu es, innocent?

Mais cette question, je l'ai ravalée tout de suite, parce que je me suis rendu compte que je connaissais déjà la réponse: je me comportais de la même façon que lui.

Riccardo m'a souri, comme s'il avait deviné mes pensées et il a refermé la porte derrière lui. Je suis resté là, seul, avec les persiennes baissées et les ours en peluche poussiéreux. Le dessus de lit léger avait un motif enfantin de chiots et de petites étoiles. Il y avait beaucoup de peluches pour une fille de seize ans: fourrées partout, sur les étagères, sur le lit, dans une corbeille en osier. En revanche, les livres étaient rares: seulement des manuels scolaires rangés sur le bureau. Accrochés aux murs par des punaises, il y avait quelques posters des Spice Girls, de Leonardo DiCaprio, de *Beverly Hills 90210*.

J'ai enlevé mes chaussures et, assis sur le lit, je me suis arrêté sur la normalité anonyme de cette petite chambre. J'ai essayé d'imaginer la dernière fois où Emilia l'avait regardée, avec quels yeux, avec quel cœur, avant de descendre dans la cuisine et de prendre le couteau.

C'est à ce moment-là, avec toute la lumière du jour qui s'infiltrait de force à travers les interstices des persiennes, que j'ai décidé, dès que nous rentrerions à Sassaia, d'écrire. De tout écrire.

Si vous aimez une personne, vous ne pouvez pas faire abstraction de ce qu'elle est, et a été. Vous ne pouvez pas la diviser en parties, choisir celles qui vous conviennent. Vous devez l'accepter tout entière.

Et moi, je devais écrire parce que, en définitive, les mots servent.

À vivre justement : à se rappeler, à comprendre. À laisser une trace pour ne pas mourir tout à fait, pour ne pas faire mourir ceux que nous aimons. Et parce que, si un jour nous devions avoir des enfants, il est nécessaire que la vérité s'incarne dans un témoignage. Pour le moment, nous excluons ce projet-là, aussi bien Emilia que moi, mais quel droit avons-nous, nous précisément qui nous pensions foutus et qui, en nous trouvant, avons réussi à changer, quel droit avons-nous d'ôter a priori quelque chose à l'avenir ?

Quand nous sommes repartis après le déjeuner, avec la promesse de recevoir Riccardo et Camilla à Sassaia au mois d'août, Emilia m'a raconté le cimetière, ce qu'elle avait dit à Angela et comment ses paroles lui semblaient déjà insuffisantes.

« Tu reviendras », lui ai-je dit pour la rassurer.

Pendant ce temps l'Italie défilait autour de nous. D'abord elle s'est plissée et durcie sur les Apennins, pour verdoyer ensuite, magnifique, en Ombrie, et se détendre à nouveau dans le Latium avec les champs, les petits bourgs perchés sur des éperons rocheux, des troupeaux de moutons sommeillant dans des flaques d'ombre.

Nous avons contourné Rome par le périphérique et même sans y rentrer, en longeant les grands immeubles des banlieues, la capitale nous a impressionnés. Un mélange de stupeur devant cette grandeur, cette histoire gigantesque qui nous dominait, et d'euphorie enfantine, de gratitude presque.

Nous parlions peu, trop accaparés par ces paysages nouveaux, ces artères pleines de circulation en direction de la mer, ces vendeurs de sandwichs le long des rues, ces petits marchés aux carrefours, ces vestiges romains au milieu des pins maritimes : l'œuvre du monde. Et nous en faisions partie.

J'ai ôté une main du volant, j'ai cherché celle d'Emilia et je l'ai serrée très fort.

Ma sœur était là, debout sur le trottoir, devant l'entrée. Ultra-maquillée, les cheveux teints en noir avec deux mèches violettes, elle portait une minijupe en cuir et d'épaisses chaussures à semelles compensées en liège.

Quand je suis descendu de la voiture et me suis dirigé vers elle, elle a d'abord eu de la peine à me reconnaître. Moi, je l'aurais reconnue entre mille du premier coup. Même si elle avait des rides, les jambes plus lourdes, et quarante-trois ans, elle resterait toujours pour moi la Sorcière des Bois.

Nous nous sommes embrassés sans rien dire, en respirant à l'unisson, longuement, j'ai contenu mes sanglots parce que, quand j'étais enfant, elle me criait après quand je faisais « mon sentimental ».

Nous nous sommes écartés en baissant les yeux, avec quelques commentaires sur la chaleur, la circulation, l'essence qui avait augmenté, et nous avons commencé à décharger les bagages. Nous les avons portés au troisième sans ascenseur, jusqu'à son deux-pièces. Nous avons installé le canapé-lit, les brosses à dents dans la salle de bains, les quelques vêtements à ne pas froisser dans le placard.

Tout cela rapidement, car il ne fallait pas être en retard. Valeria y tenait absolument : « C'est le meilleur restaurant d'Ostie, il faut sans faute arriver à l'heure. Un premier plat coûte au minimum vingt-cinq euros ! »

Je sentais que c'était son grand moment. Sans doute avait-elle vécu dans ce restaurant une soirée mémorable, elle ne se tenait plus à l'idée d'y revenir maintenant, d'y revenir avec nous.

Emilia et moi, nous nous sommes changés rapidement, coiffés, parfumés et avons suivi Valeria sur le bord de mer vers cet endroit « hyper-connu, hyper-chic, prestigieux ». Où nous avons en effet été accueillis par des serveurs élégants qui nous ont accompagnés sur une terrasse, à une table décorée d'une nappe brodée, de bougies allumées, avec un carton indiquant PERALDO.

Nous nous sommes assis et avons regardé la mer, sans parler.

J'éprouvai une sensation d'incrédulité, comme dépassé par la réalité, en me retrouvant là face à la mer Tyrrhénienne, en compagnie d'Emilia et de Valeria : ma famille.

Il faisait encore jour. Avant d'ouvrir le menu, Emilia s'est penchée vers nous : « Vous m'excusez un instant ? Il faut absolument que je passe un coup de fil. »

Elle a laissé ses sandales sous la table, elle a couru pieds nus. Nous l'avons vue s'éloigner sur la plage et grimper sur des rochers jusqu'au plus haut.

« Allô, Rita ?

– Qui est à l'appareil ? »

Après toutes ces années, certes, elle ne pouvait pas reconnaître sa voix.

« Rita, c'est moi, Emilia Innocenti. »

Silence à l'autre bout, brisé soudain par l'émotion : « Mon Dieu, je n'y crois pas. »

Emilia a souri : « Tu vois, je les tiens, mes promesses. »

Les vagues claquaient en lui éclaboussant le visage, le sel pétillait dans ses narines et sa gorge.

« Dis-moi comment tu vas, où tu es. »

« En ce moment ? Tu veux rire ? » Le visage ouvert, détendu, elle a regardé la mer, qui était inquiète, changeante, infinie. « Sur des rochers, au bord de l'eau.

– À la mer ? La mer que tu détestais tellement, que tu m'avais juré ne plus jamais revoir ?

– Mais c'est pas l'Adriatique, c'est la mer Tyrrhénienne. C'est bien de changer, non ? *Tout change.*

– Quand Pavulli m'a dit que Vargas et toi étiez allées la voir, j'ai eu envie de l'étrangler. Comment est-ce qu'elle a pu ne pas me prévenir ? Mais j'étais contente quand même, parce que j'ai compris que c'était une bonne nouvelle.

– Je voulais te dire quelque chose, Rita.

– Dis-moi. »

Emilia remplit ses poumons de vent et ferma les yeux. « Ce matin, je suis allée la voir, au cimetière. »

À nouveau le silence, un silence qu'Emilia pouvait sentir autour d'elle comme une étreinte.

« Je lui ai porté des fleurs et un dessin. »

Cette fois, Rita a pleuré, elle s'y est autorisée.

Emilia a encore regardé la mer, la lumière qui irradiait la surface. Pour vivre, il fallait une force extraordinaire.

« Surtout, Rita, je voulais te remercier. Parce que si aujourd'hui je suis là en train de te téléphoner, c'est parce que tu ne m'as jamais laissée seule. Vous n'avez jamais lâché, jamais arrêté de me casser les pieds, Pandolfi, Vilma, Pavulli, et même Venturi. Et toi, Rita, surtout toi. »

La mer resplendissait sur sa surface mouvante, infatigable, à perte de vue. Deux voiles traversaient l'horizon, le disque du soleil était posé dessus, en équilibre, pour quelques minutes encore, avant de sombrer. Mais il allait émerger, à nouveau, demain.

« Merci de m'avoir rappelé qu'en moi aussi, il y a du bon. »

Bologne, 22 mars 2023
Silvia Avallone

Remerciements et une note

Je n'aurais pas pu écrire ce roman d'imagination sans la rencontre, profondément marquante, avec la réalité. C'est-à-dire sans la confiance et la générosité de nombreuses personnes qui m'ont permis d'accéder à l'Institut pénal pour mineurs de Bologne. L'opportunité de faire la connaissance des jeunes garçons détenus, de les écouter, d'organiser avec eux des ateliers de lecture et d'écriture, a été une des expériences les plus puissantes de ma vie.

Pour ce cadeau, je remercie Salvatore Busciolano, juge honoraire du Tribunal des mineurs de Bologne et irremplaçable compagnon de voyage.

Je remercie également les juges pour enfants Luigi Martello et Francesca Salvatore. Le directeur de l'Institut pénal pour mineurs de Bologne Alfonso Paggiarino. La coordinatrice des éducateurs Romina Frati. Les enseignantes Agnese Arena et Elena Maresi. L'assistante sociale Anita Lombardi. Et tous ceux qui, travaillant dans l'Institut, m'ont apporté leur aide de manière émouvante.

Je remercie les jeunes qui ont participé aux ateliers, un par un : je n'oublierai jamais vos prénoms, vos visages, vos yeux. Vous m'avez enseigné, en termes de vie et d'humanité, incommensurablement plus que j'ai pu le faire, moi, avec mes mots et mes livres. Je me battrai toujours pour votre réhabilitation.

Et je remercie Monica Malatesta, première lectrice de *Cuore nero*.

Je tiens à ajouter une note pour les nouvelles lectrices et les nouveaux lecteurs. Puisque le roman est une œuvre d'imagination et m'y autorise, je me suis concédé plusieurs libertés : géographiques, temporelles, narratives. Je signale en particulier que la loi qui a porté de vingt et un à vingt-cinq ans la présence dans les établissements pour mineurs date de 2014, mais je l'ai antidatée afin qu'Emilia et Marta puissent passer plus de temps ensemble.

CET OUVRAGE A ÉTÉ ACHEVÉ D'IMPRIMER
SUR ROTO-PAGE
PAR L'IMPRIMERIE FLOCH À MAYENNE
EN JANVIER 2025

N° d'édition : 621. N° d'impression : 106310
Dépôt légal : février 2025
Imprimé en France